HEYNE

W0410968

Das Buch
Festung Draconis ist gefallen. Kytrins Horden machen sich auf die Suche nach den fehlenden Stücken der sagenumwobenen Drachenkrone, die es ihnen ermöglichen würde, ein unbesiegbares Heer von Drachen zu befehligen. Wie eine Geißel der Götter brechen sie über die unvorbereiteten Länder des Südens herein. Die einzige Hoffnung sind die Gefährten um Will Norderstett, denen es gelungen ist, zumindest eines der in der Festung verwahrten Fragmente der Drachenkrone vor Kytrin nach Oriosa zu retten. Doch dort lauert neue Gefahr: Der Krieger Kräh wird im ungünstigsten Augenblick mit seiner Vergangenheit konfrontiert. Als Tarrant Valkener wurde er in Oriosa schon vor langer Zeit in Abwesenheit zum Tode verurteilt. Nun wird er schnell erkannt und König Swindger, ein alter Feind Tarrants, ist fest entschlossen, das Urteil zu vollstrecken. Doch nicht nur Kräh schwebt in größter Gefahr, auch die Situation für die Länder des Südens wird immer aussichtsloser, während sich ihre prophezeiten Retter mit der Orioser Gerichtsbarkeit herumschlagen müssen …

Der Autor
Michael A. Stackpole wurde 1957 in Wausau, Wisconsin, geboren, wuchs in Vermont auf und studierte an der dortigen Universität Geschichte. Bereits seit 1977 arbeitet der Autor zahlreicher Fantasy- und Science Fiction-Romane erfolgreich in der Entwicklung von Computerspielen, 1994 wurde er in die *Academy of Gaming Arts and Design's Hall of Fame* aufgenommen. Zu seinen größten Erfolgen zählen die Bücher zu den Serien *Battletech, Shadowrun* und die *X-Wing-Romane* von *Star Wars.* Michael A. Stackpole lebt und arbeitet in Arizona.

Eine Liste der im WILHELM HEYNE VERLAG erschienenen Titel von Michael A. Stackpole finden Sie am Schluss des Bandes.

MICHAEL A. STACKPOLE

BLUTGERICHT

DÜSTERER RUHM

Vierter Roman

Deutsche Erstausgabe

WILHELM HEYNE VERLAG
MÜNCHEN

HEYNE SCIENCE FICTION & FANTASY
Band 06/9220

Titel der amerikanischen Originalausgabe
WHEN DRAGONS RAGE
1. Teil
Deutsche Übersetzung von Reinhold H. Mai
Das Umschlagbild schuf Brom

Umwelthinweis:
Dieses Buch wurde auf
chlor- und säurefreiem Papier gedruckt.

Deutsche Erstausgabe 05/2003
Redaktion: Joern Rauser
Copyright © 2002 by Michael A. Stackpole
Erstausgabe by Bantam Books,
A Division of Random House Inc., New York
(A Bantam Spectra Book)
Copyright © 2003 der deutschsprachigen Ausgabe
by Ullstein Heyne List GmbH & Co. KG, München
Der Wilhelm Heyne Verlag ist ein Verlag der
Ullstein Heyne List GmbH & Co. KG
http://www.heyne.de
Printed in Germany 2003
Umschlaggestaltung: Nele Schütz Design, München
Kartenentwurf: Erhard Ringer
Satz: Schaber Satz- und Datentechnik, Wels
Druck und Bindung: Elsnerdruck, Berlin

ISBN 3-453-87052-2

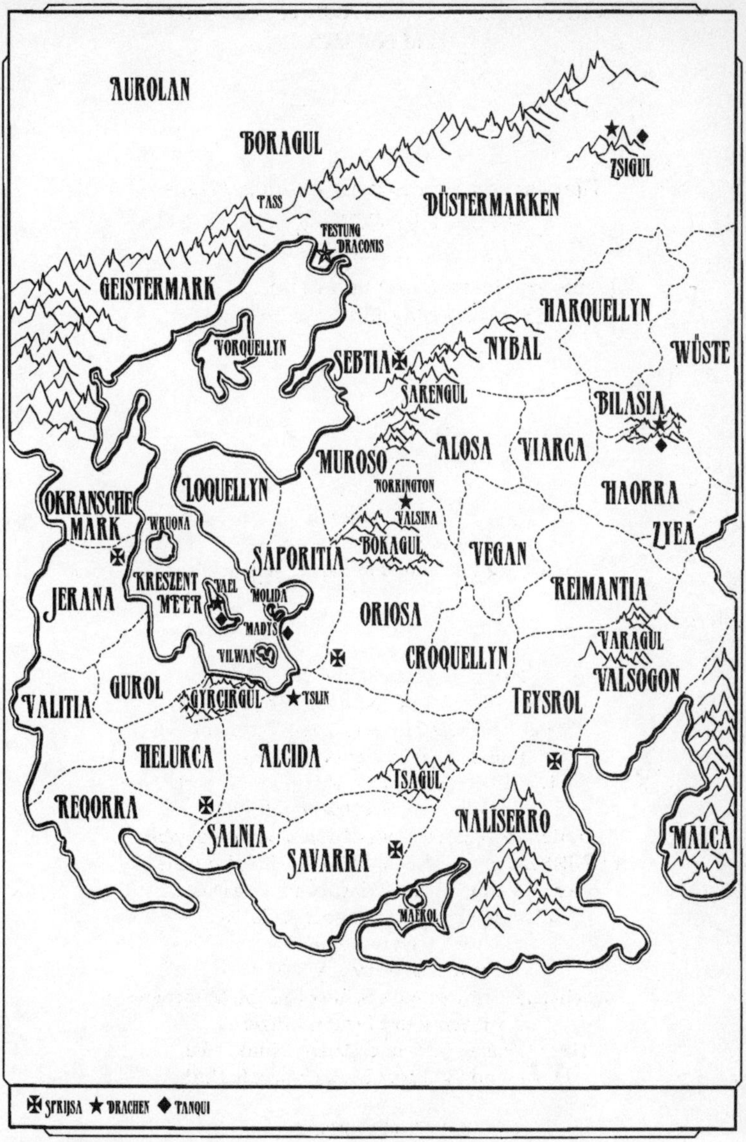

AUROLAN
BORAGUL
PASS
ZSIGUL
DÜSTERMARKEN
FESTUNG DRACONIS
GEISTERMARK
HARQUELLYN
VORQUELLYN
SEBTIA
NYBAL
WÜSTE
SARENGUL
BILASIA
MUROSO
ALOSA
VIARCA
LOQUELLYN
NORRINGTON
HAORRA
OKRANSCHE MARK
WRUONA
VALSINA
ZYEA
BOKAGUL
SAPORITIA
VEGAN
KRESZENT MEER
VAEL
MOLIDA
REIMANTIA
JERANA
ORIOSA
MADYS
VARAGUL
VILWAN
CROQUELLYN
VALSOGON
GUROL
VALITIA
GYRCIRGUL
YSLIN
TEYSROL
HELURCA
ALCIDA
ISAGUL
REQORRA
NALISERRO
SALNIA
MALCA
SAVARRA
MAEROL
SPRIJSA
DRACHEN
TANQUI

Was bisher geschah

Kytrin, die Kaiserin der eisbedeckten Nordlande, hat ihre Drohung wahr gemacht und ihre Heere gegen die Reiche des Südens in Marsch gesetzt. Festung Draconis, lange Zeit das wichtigste Bollwerk gegen eine Invasion, ist gefallen. Kytrins Kreaturen streifen durch die Ruine und suchen nach den Bruchstücken der sagenumwobenen Drachenkrone. Gelingt es ihr, alle Fragmente an sich zu bringen, dann kann sie ein Heer von Drachen befehligen, das sie unbesiegbar macht.

Vor dem Fall der Festung Draconis jedoch ist es dem jungen Magiker Kjarrigan Lies gelungen, einen Teil der Drachenkrone aus der Festung zu schmuggeln. Er hat ihn weit nach Süden gebracht, nach Oriosa, in die ursprüngliche Heimat Will Norderstetts – des Kriegers, dem prophezeit ist, Kytrin und ihre Schreckensherrschaft zu beenden. Kjarrigans große Leistung, Kytrin ein Fragment der Krone vor der Nase wegzuschnappen, wird jedoch überschattet vom Tod seiner Lehrerin, Orla. Bei aller Macht ist Kjarrigan doch äußerst unerfahren und nicht in der Lage, auf eigenen Beinen zu stehen.

Während der vom ruhmreichen General Markus Adrogans befehligte okransche Feldzug gegen Kytrin Erfolge verzeichnet, hat Prinzessin Alexia von Okrannel den Rückzug aus Festung Draconis angeführt. In Oriosa angekommen, wähnen sich die Flüchtlinge in Sicherheit – doch sie finden eine neue Bedrohung. Kedyns Krähe, ein menschlicher Krieger, der sich seit langen Jahren dem Kampf gegen Kytrin verschrieben hat, wird verhaftet und als Tarrant Valkener – der Verräter – entlarvt. Auf ihn wartet ein Todesurteil.

Und es sieht nicht so aus, als könnten Krähs Gefährten – Will, Alyx, Kjarrigan, der Vorqælf Entschlossen, die Gyrkymsu Perinne, der Panq Lombo, der Sprijt Qwc und der Hüne Dranæ – König Swindger, einen alten Feind, an dessen Vollstreckung hindern.

Kapitel Eins

Ein neblig blauer Schleier senkte sich über Prinzessin Alexia von Okrannel und überdeckte ihre Umgebung. Das Gefühl festen Bodens unter den Füßen war das Einzige, was ihr half, zwischen oben und unten zu unterscheiden. *Nicht, dass es hier tatsächlich einen Boden gäbe … oder ein Oben oder Unten.*

Sie hob den Kopf und schaute geradeaus, versuchte die Berge zu sehen, von denen sie wusste, dass sie in der Ferne aufragten. In Antwort auf ihre Gedanken teilte sich der wogende blaue Nebel und sank zu einem niedrigen Bodendunst hinab, der am Saum ihres Kleides zupfte. In der Ferne machte sie als keilförmige Silhouette vor dem sternenklaren Nachthimmel das steile Bergmassiv aus.

Obwohl der Berg Meilen entfernt lag, erreichte sie ihn mit drei großen Schritten. Sie lächelte. Der davonschmelzende Nebel und die schrumpfende Entfernung waren nicht die einzigen Veränderungen auf dem kurzen Weg. Sie war in einem einfachen weißen Kleid mit halblangem Umhang im Nebel erschienen, doch als sie den Berg und den bogenförmigen Höhleneingang nahe des Gipfels erreichte, hatte ihre Kleidung sich in ein Kriegerwams, einfache Hosen und ein robustes Paar Stiefel verwandelt.

Sie erkannte die Kleider, in denen sie Kräh zuletzt gesehen hatte. Das überraschte sie, denn obwohl sie sich in einem magischen Reich befand, in dem ihre Wünsche Gestalt annehmen konnten, hatte sie Krähs Kleidung nicht bewusst gewählt. Entweder hatte das Unterbewusstsein ihr einen Streich gespielt, oder andere Kräfte nahmen hier in der Domäne der Kommunion Einfluss.

Alyx blickte hinauf zu dem Steinbogen am Eingang der Höhle und zog das lange, weißblonde Haar über die Schulter nach vorne. Während sie es gedankenverloren flocht, las sie: »Für das Wohl aller Welt bleiben die Geheimnisse im Inneren Geheimnisse im Äußeren.« Der Satz war kaum erhaben oder poetisch zu nennen, doch er traf auf die Gespräche zu, die hinter diesem Torbogen geführt wurden. Nichts, was sie hier sagte oder hörte, konnte sie in der wachen Welt mit irgendjemandem teilen.

Sie schauderte und nahm die Schultern zurück. Es lag erst Monate zurück, dass sie in Yslin eingeladen worden war, der ältesten und exklusivsten Geheimgesellschaft der Welt beizutreten, der Hohen Kommunion der Drachen, auch wenn es schien, als wären es Jahre gewesen. Kommunikanten konnten diesen magischen Versammlungsort in einer einfachen Trance erreichen, die für uneingeweihte Zuschauer von gewöhnlichem Schlaf nicht zu unterscheiden war. Alyx war in der Herberge *Zur Scharlachroten Maske* zu Bett gegangen, bevor sie hierher kam. Es war ihr erster bewusster Besuch der Kommunion, und in ihrer Magengrube flatterte leise Furcht.

Noch immer die Haare flechtend betrat sie die Höhle. Gelegentlich musste sie sich ducken, um herabhängenden Tropfsteinen auszuweichen. Sie folgte einem sanft leuchtenden, kurvenreichen Weg, der sie hinab zu einer Brücke führte, die sich als ein weiter Bogen über eine breite Schlucht spannte. Sie konnte keinen Boden sehen und vermutete, dass es auch keinen gab. Der Weg hinüber zur anderen Seite war schmal, und so sehr sie sich auch bemühte, sie konnte ihn nicht verbreitern.

Auf der anderen Seite verengte die Höhle sich zu einem schmalen, gewundenen Tunnel, der sich weit hinab erstreckte, bevor er schließlich in einer großen Kammer endete, die von feuchter Luft und dem sanften Plätschern ans Ufer schlagenden Wassers erfüllt war.

Ein Boot wartete am Ende eines in den dunklen unterirdischen See ragenden Stegs. Es besaß keinen Mast, und war wie ein Drache geformt, mit einem Furcht einflößenden, am Bug aufragenden Kopf. Auf dem heckwärts gelegenen Steuerdeck stand eine durch Magik animierte Stahlkonstruktion, in der menschliche und drachenhafte Züge verschmolzen. Ihre riesigen, krallenbewehrten Hände lagen auf dem Rad. In den dunklen Augen funkelte kein Licht, und der Drachenmann ließ mit keiner Regung erkennen, dass er sie wahrgenommen hatte, als sie mittschiffs an Bord stieg.

Sie schaute zu ihm hinüber. »Meroth, befördere mich.«

Das Boot ruckte leicht, dann glitt es über den See. Alyx trat zum Bug. Wasser strömte rauschend unter dem Kiel vorbei, und etwas davon spritzte als kalte Gischt hoch und benetzte ihr Gesicht. Sie spürte am Wind auf ihrer Haut die Geschwindigkeit der Fahrt, doch das Boot glitt durch eine sternenlose Finsternis, die keinerlei Hinweis auf die Bewegung bot. Sie schaute sich um und sah keine Spur des Stegs mehr. Als sie aber wieder nach vorne blickte, war eine Insel aus dem Dunkel aufgetaucht und ragte hoch über dem Boot auf, als es sich einem kleinen Kai näherte.

Das Boot kam langsam, mit einem winzigen Ruck, zum Stehen, und Alyx sprang mühelos auf den Granitboden des Kais. Sie drehte sich um und verabschiedete sich von ihrem Bootsmann. »Danke, Meroth.«

Die mechanische Kreatur reagierte nicht.

Alyx stieg die Stufen hinauf und erkannte allmählich Teile der Insel wieder. Die Treppe erinnerte sie an den seewärtigen Eingang der Festung Draconis, auch wenn sie keine der Draconellenscharten sah, die deren kleinen Hafen verteidigten. Und die Insel besaß noch die hoch aufragenden zylindrischen Türme, wie sie typisch für Festungsanlagen gewesen waren, bevor Kytrin die Waffen entwickelt hatte, sie zum Einsturz zu bringen. Die Insel trug auch keine Kampfspuren, und obwohl Festung Draconis, als Alyx sie zuletzt gesehen hatte, noch nicht gefallen war, war sie sich ziemlich sicher, dass Kytrins Heer sie inzwischen in eine qualmende, leichenübersäte Ruine verwandelt hatte.

Die Stufen hinauf stieg sie, dann über den Wall der Insel und machte sich an den steilen Abstieg hinunter ins Innere. Ein üppiger Garten erwartete sie, gefüllt mit trotz des Zwielichts blühenden Blumen. Die Duftsymphonie dieses nächtlichen Parfüms übertraf noch ihre Schönheit. Manche der Bäume trugen Früchte, und ihr lief das Wasser im Mund zusammen.

Alyx lächelte und fragte sich, ob ihr nur dieser Traum den Mund wässrig machte, oder ob ihr Speichel auch in der Herberge floss. *Könnte ich dieses Obst wohl pflücken? Würde es so köstlich schmecken, wie es aussieht, wenn ich hineinbeiße?*

»Das würde es in der Tat, Tochter.«

Sie wirbelte herum und sackte in Angriffspositur, dann entspannte sie sich und richtete sich wieder auf. »Ihr habt mich erschreckt.«

»Ich entschuldige mich.« Aus einem schattigen Hain schälte sich die Gestalt eines breiten, muskulös gebauten Mannes. Er trug einen schwarzen Waffenrock mit einem Schuppenmuster, das an Drachenhaut erinnerte. Stiefel und Handschuhe, beide gepanzert und krallenbewehrt, setzten das Muster fort. Der prächtige Helm, wie ein Drachenkopf geformt, bedeckte das ganze Gesicht, doch die goldenen Augen glühten und bewegten sich wie echt, und selbst die Ohren schienen lebendig.

Alyx wusste, dass ihr Gegenüber diese Gestalt bewusst gewählt hatte und seine Umgebung hinreichend beherrschte, um jedes beliebige Aussehen anzunehmen. Was sie mit ihrer Kleidung fertig brachte, konnte er mit seiner ganzen Person tun. *Und mehr noch.*

Der Schwarze Drache hob den Arm und pflückte einen reifen roten Apfel vom Baum. »Er hat keinerlei Nährwert, doch seinem Geschmack tut das keinen Abbruch.«

Alyx legte die Hand auf den Bauch. »Ich bin mir nicht sicher, dass ich momentan etwas bei mir behalten könnte.«

Die Augen des Schwarzen wurden schmal. »Was gibt es Neues in der Welt? Was ist geschehen?«

Die Prinzessin rieb sich die Stirn, bevor sie ihn mit violetten Augen fixierte. »Viel, sehr viel, seit ich zuletzt mit Euch sprach. Auf Grund Eurer Warnung sandte Adrogans einen Teil von uns nach Wruona, um den Piraten das jeranische Fragment der Drachenkrone zu entreißen. Das ist uns gelungen, und wir sind von der Insel entkommen. Das wenige, das von ihrer Flotte nach dem Angriff auf Vilwan noch existierte, hat Kjarrigan zerstört.«

»Ich wusste, dass ihr Erfolg hattet, aber Kjarrigan kenne ich nicht.«

Sie zögerte einen Augenblick. »Kjarrigan Lies. Er stammt von Vilwan und ist höchstens siebzehn. Er ist groß, allerdings ein Fettkloß, den man leicht als verzogenes Adligengör abtun könnte. Aber er ist schlau und besitzt unglaubliche Macht. Er kann Zauber sprechen, die kein Mensch vor ihm je gemeistert hat, und manch andere, die seit den Tagen Yrulph Kajrûns niemand mehr benutzte.«

Der Schwarze nickte ernst. »Kytrins Mentor. Ein so junger Mann mit einer derartig großen Macht könnte zu einer Gefahr werden. Er ist reif über seine Jahre hinaus, dieser Kjarrigan?«

Alyx schaute auf den Apfel in seiner Hand und stellte sich vor, er läge auf der ihren. Er erschien auf ihrer Handfläche, und löste sich auf. »Ich wünschte es, aber leider ist er das nicht. Seine letzte Lehrerin, Orla, hat versucht, einen Erwachsenen aus ihm zu machen, doch sie ist auf Wruona gefallen. Seitdem bemüht er sich nach besten Kräften und hat dem Baron Draconis gewissenhaft geholfen. Aber da ich keine Richtung in seinem Leben erkenne, weiß ich nicht, was er tun würde. Er hat Orlas Verlust noch nicht wirklich begriffen, und falls er die Beherrschung verliert, könnte er tatsächlich äußerst gefährlich sein.«

Der Mann wanderte auf und ab. »Der Norderstett. Er war auch bei euch?«

»Ja. Will.« Alyx lächelte. »Er ist ein Dieb, und ein ausgezeichneter dazu. Ein Gewissen hat er kaum, obwohl er allmählich eines zu entwickeln scheint. Peri – meine Gyrkymeschwester Perrine – hält ihn für einen guten Jungen, und ich vertraue ihrem Urteil. Nach der Flucht von Wruona segelten wir nach Loquellyn. Die Ælfen dort waren nicht bereit, Peri an Land gehen zu lassen, doch Will konnte sie umstimmen. Er hat das Zeug, jemanden zu überraschen. Zudem ist er noch jung, jünger als Kjarrigan sogar, und kann sehr kindisch sein. Aber er schreckt vor einem Kampf nicht zurück und wirkt manchmal überaus klug.«

»Diese Klugheit wird sich als bedeutsam erweisen, denn er ist der Schlüssel zu der Prophezeiung, die Kytrins Untergang sein wird. Wir glaubten einmal, mit ihr sei sein Großvater gemeint, dann sein Vater, Boleif. Als sie sich beide Kytrin anschlossen und ihre Sullanciri wurden, zwang uns das, unsere Hoffnungen auf jemand anderen zu richten.«

Alyx seufzte. »Wir haben eine Reihe der Sullanciri getroffen und sogar ein paar getötet. Ihr wisst, dass ich in Swojin eine erschlagen habe. Entschlossen hat später südlich von Festung Draconis Ganagrei getötet, nachdem wir die Flüchtlinge evakuiert hatten. Habt Ihr Nachrichten aus der Festung?«

Der Schwarze Drache schüttelte den Kopf. »Nichts Zuverlässiges, außer, dass Nachrichten von dort selten kommen. Das legt das Schlimmste nahe: dass Kytrins Horden sie restlos geschliffen haben. Andererseits sind ihre Heere noch nicht weiter nach Süden vorgedrungen, also könnte sie noch immer auf der Suche nach den dort lagernden Teilen der Drachenkrone sein.«

»Oder die Verteidiger haben ihr Heer so geschwächt, dass sie auf Verstärkung warten muss.« Alexia tippte sich mit dem Zeigefinger ans Kinn. »Es könnte auch eine Mischung aus beidem sein. Das war eine gewaltige Feste, mit reichlich Tunneln und ausgedehnten Labyrinthen. Es kann noch immer Überlebende geben, die den Kampf weiterführen. Festung Draconis mag gefallen sein, aber sie völlig zu vernichten, ist schwierig.«

Der Schwarze schaute sie an. »Ich hoffe, deine Einschätzung stimmt. Ich vermute, du wirst eher als ich erfahren, ob dem so ist. Aber warum bist du nicht dort?«

»Kytrin gewährte den Oriosen und Nonkombattanten freien Abzug nach Süden. Ich wollte nicht fort, aber Dathan Cavarr bat mich, seine Frau und Kinder auf der Rückkehr nach Oriosa zu beschützen. Erst heute habe ich erfahren, dass er noch ein anderes Motiv hatte.« Alexia zögerte kurz. »Der Baron Draconis hatte Kjarrigan dazu gebracht, ein Fragment der Drachenkrone zu kopieren, und diese Kopie blieb in der Festung zurück, während er das echte Teil herausschmuggelte. Kytrin ist darauf hereingefallen, allerdings hat sie uns trotzdem Truppen hinterhergeschickt. Wir haben sie aber abgewehrt. Dabei hat Entschlossen Ganagrei getötet.«

»Sullanciri zu töten, ist nie verkehrt. Wie lange ist das her?«

»Zwei Wochen? Nein, weniger, achtzehn Tage. Sobald wir Sebtia erreicht hatten, konnten wir die Pferde wechseln und haben Tempo gemacht, um möglichst schnell mit Rautrud nach Oriosa zu kommen. Als wir die Grenze überquerten, offenbarte Kjarrigan uns, dass er das Fragment bei sich trug. Er sagte auch, er habe über ein anderes Bruchstück einen zweiten Zauber gelegt. Ich bin mir nicht sicher, ob Kytrin ihn bemerken wird oder nicht, doch falls nicht, wird er ihr angeborenes Misstrauen zum Verfolgungswahn steigern, was zu unserem Vorteil sein dürfte.«

Der Schwarze Drache nickte. »Das wird es ganz sicher.« Die Gestalt hob den Kopf und blickte sie an. »Du bist nicht hierher gekommen, während ihr unterwegs wart – obwohl du Festung Draconis verlassen und die Vernichtung eines Sullanciri gesehen hattest.«

Alexia blinzelte überrascht. »Ich wusste nicht, dass ...«

Der Schwarze schüttelte den Kopf. »Nein, du bist zu nichts verpflichtet, Tochter. Ich wollte auf etwas anderes hinaus: Was du geschildert hast, war von großer Bedeutung, und es wäre verständlich gewesen, hättest du den Wunsch verspürt, Abstand dazu zu gewinnen. Aber du bist nicht nur hergekommen, damit ihr so lange außer Gefahr wäret. Was ist noch geschehen?«

Sie runzelte die Stirn. »Als ich Euch zum ersten Mal begegnet bin, habt Ihr mir geraten, Kräh zu vertrauen. Als wir Oriosa erreichten, haben seine Landsleute ihn festgenommen. Sie halten ihn gefangen. Ihr wusstet, wer er ist. Habe ich Recht?«

Die dunkle Gestalt nickte langsam und legte die Arme auf den Rücken. »Ich weiß seit einiger Zeit um seine Identität.«

»Wie konntet Ihr mir dann raten, ihm zu trauen? Er ist Tarrant Valkener, der Mann, der die letzte Expedition, die gegen Kytrin aufbrach, verraten hat. Durch seine Schuld wurde Kenvin Norderstett zum Sullanciri.« Sie ballte die Fäuste. »Es gibt sogar Stimmen, die berichten, er habe meinen Vater das Leben gekostet.«

»Du fühlst dich verraten.«

»Ja!« Die Gefühle, die in ihr tobten, überraschten Alexia. Sie hatte nicht vorbehaltlos geglaubt, was der Schwarze Drache ihr gesagt hatte, doch seine Bemerkungen über Kräh hatten sie veranlasst, dem Mann aufgeschlossen gegenüberzutreten. Als sie erfahren hatte, dass sie es mit der bösartigsten Kreatur außerhalb der Legionen Kytrins zu tun hatte, war das ein schmerzhafter Schlag für sie gewesen.

»Du fühlst dich ein wenig von mir verraten, weil ich dir riet, ihm zu vertrauen, aber vor allem fühlst du dich von Kräh verraten. Ist es so?« Der Schwarze neigte den Kopf etwas zur Seite. »Du fragst dich möglicherweise, warum ich dir nicht erzählt habe, wer er ist, dabei reagierst du mit demselben Abscheu wie es jeder andere auch täte. Ja, Tarrant Valkener hat den Ruf eines Erzbösewichts – aber du hast ihn persönlich kennen gelernt. Ist Kräh böse?«

»Das spielt keine Rolle. Die Menschen ändern sich nicht.«

Der Schwarze Drache schnaubte, und kaltes blaues Feuer schlug ihm aus den Nüstern. »In diesem Falle, Tochter, bleiben dir zwei mögliche Erklärungen. Erstens, Kräh ist ebenso schurkisch wie der Tarrant Valkener der Legenden, und es ist ihm gelungen, dich zu täuschen. Oder zweitens …«

Alexia kniff die Augen zusammen. »Zweitens, Valkener war ebenso mutig wie Kräh, und die Legenden, die über ihn im Umlauf sind, lügen. Aber falls dem so wäre, warum sollte er zulassen, dass man solche Lügen verbreitet?«

Das Maul des Schwarzen öffnete sich zu einem draconischen Grinsen. »Er hatte nicht die Wahl, Alexia. Die Menschen sahen in ihm eine Gefahr. Sie stellten ihn kalt.

Er hat Glück, überhaupt noch zu leben. Lügen zu erdulden ist immer noch besser, als im Grab zu verwesen.«

»Welche Gefahr hätte er bedeuten können?«

»Er sagte den gekrönten Häuptern, dass Kytrin in einer Generation ihre Reiche überfallen würde. Das war eine Botschaft, die sie weder hören noch verbreitet sehen wollten.«

»Sie wussten, dass sie wiederkommt?« Alyx presste die Fäuste an die Schläfen. »Bei den Gyrkyme ging man davon aus, dass Kytrin eines Tages wieder angreifen würde, aber niemand wusste, dass sie es selbst angekündigt hatte. Wollt Ihr mir sagen, die Fürsten *wussten* von ihrer bevorstehenden Rückkehr und haben sich nicht darauf eingestellt? Dass niemand außer dem Baron Draconis und König Augustus sich vorbereitet hat? Wie ist das möglich?«

»Eine Krone auf dem Kopf garantiert kein Hirn im Schädel.«

»Aber diese Gefahr zu ignorieren, war kriminell!«

»Sicherlich, doch darfst du nicht vergessen, dass sie in einer Atmosphäre der Angst lebten. Ein Sullanciri tötete Königin Lanivette in Meredo, in ihrer Burg, obwohl all ihre Soldaten aufmarschiert waren, ihn aufzuhalten.«

Sie nickte. »Und er ließ Swindger als König zurück, wahrscheinlich als willigen Kollaborateur Kytrins.«

»So ist es, und welcher andere Herrscher hätte nicht dasselbe Schicksal für sich und sein Reich fürchten müssen?« Die Lider des Schwarzen senkten sich halb über die goldenen Drachenaugen. »Für viele von ihnen bot sich der Gedanke an: Wenn sie nichts unternähmen, würde Kytrin in ihnen keine Bedrohung sehen. Was sie sich dabei nicht klar machten, war, dass gegen einen Tyrannen nichts zu unternehmen gleichbedeutend damit ist, ihn zu stärken.«

Alexia setzte zu einer Entgegnung an, entschied sich

dann aber dagegen. »Kräh und Entschlossen haben zweieinhalb Jahrzehnte damit verbracht, sich ihr zu widersetzen.«

»Sie waren nicht allein. Und man vertraut ihnen.« Der Schwarze Drache nahm den Spaziergang wieder auf, den er unterbrochen hatte. »Baron Draconis hätte ihm niemals gestattet, euch zu begleiten, hätte er ihm nicht vertraut.«

»Soll das heißen, Cavarre wusste es?«

»Er muss es gewusst haben, ja.«

»Wer noch?«

Der Schwarze zuckte die Achseln. »Augustus mit Sicherheit. Noch ein paar andere. Nachdem die Öffentlichkeit Valkener tot glaubte, nahm niemand mehr von ihm Notiz. Einige der Vorqælfen wissen es, aber die Vorqælfen würden Kräh niemals verraten, denn er ist der Schlüssel zur Befreiung ihrer Heimstatt.«

Alyx schauderte. Die Enthüllung der wahren Identität Krähs hatte sie erschüttert und verwirrt. Er war ein Waffenbruder, ein Freund. Sie mochte ihn. Er hatte sein Leben riskiert, um sie zu retten. Er hatte sich Sullanciri in den Weg gestellt und sie getötet. Er hatte ihr wertvolle Ratschläge gegeben. Er hatte sie auch belogen, das wohl, aber nur, um seine Identität zu schützen.

»Dann kannte Kräh meinen Vater?«

»Sie waren eine Weile befreundet. Valkener hat deinen Vater mit Ehrlichkeit und Mut beeindruckt.«

Sie hob die rechte Augenbraue. »Ihr kanntet meinen Vater?«

»Ich hatte nie die Freude, ihn umarmen und Bruder nennen zu dürfen, aber ich kannte ihn und habe erst recht von ihm gehört. Er war ein guter Mann – und er wäre ungeheuer stolz auf dich.« Wieder grinste der Schwarze. »Doch wir können uns bei einer späteren Gelegenheit dem Andenken deines Vaters widmen. Es ist deine Sorge um Kräh, die dich hierher geführt hat.«

Seine Bemerkung ließ sie stutzen. »Könnt Ihr meine Gedanken lesen?«

Er zuckte die Achseln. »Je mehr du dich hier eingewöhnst, desto einfacher wird es. Es ist nicht wirklich so, dass ich deine Gedanken lese, aber manches, was dir im Kopf herumgeht, hat eine ziemliche Lautstärke. Du hast zum Beispiel Recht, dass Kräh für die Verbrechen, derer er vor so langer Zeit beschuldigt wurde, nicht hingerichtet werden sollte. Du wirst einen Plan ausarbeiten, ihn zu befreien, allerdings rate ich dir bei Schritten zur Vorsicht, die dich in Widerspruch zu den Autoritäten setzen würden. Du bist eine Prinzessin, wenn auch aus dem Herrscherhaus eines Landes, das weiterhin von aurolanischen Truppen besetzt ist. Doch du besitzt trotzdem Einfluss, den du geltend machen kannst.«

Sie grinste. »Obwohl ich viel lieber einfach in das Kellergewölbe einbrechen würde, in dem er einsitzt, um ihn zu befreien und dann zu verschwinden?«

»Der direkte Weg sagt mir ebenso zu wie dir, aber mit einem derartigen Vorgehen würdest du dir nur einen Ruf als hirnlose Raufboldin einhandeln. Du brauchst einen anderen Plan. Einen, der deine Feinde verwirrt und verunsichert.«

»Kytrin wird es so oder so gleichgültig sein.«

»Ich habe auch nicht von ihr gesprochen.« Der Schwarze fixierte sie mit golden glühendem Blick. »Kytrin ist nicht die Einzige, die auf Macht über den Süden aus ist. Wenn dein Einfluss wächst, werden andere einen Anlass finden, sich gegen dich zu stellen. Aber sie sind ein vorsichtiger Haufen, und je mehr du ihnen zu denken gibst, desto zögernder werden sie handeln.«

»Und jetzt habt Ihr mir etwas zu denken gegeben.« Sie lächelte. In den Worten des Schwarzen hatte sie das Echo von etwas gehört, das Kräh in Yslin gesagt hatte. »Ja, ich denke, ich habe bereits einen Plan, wie ich Kräh retten kann. Ich brauche nur …«

Der Schwarze hob die Hand. »Nein. Sag nichts, oder du wirst es in der körperlichen Welt nicht aussprechen können. Aber falls stimmt, was ich in den kurzen Eindrücken deiner Gedanken erkenne, kann dieser Plan deine Feinde ebenso heftig verwirren, wie er Kräh retten wird. Und beides findet meine vollste Zustimmung.«

»Ich danke Euch. Und ein verspätetes Danke für die Warnung vor dem Raub des jeranischen Fragments der Drachenkrone. Hättet Ihr Euch nicht gemeldet, befände es sich jetzt in Kytrins Hand.«

Der Schwarze schüttelte den Kopf. »Das bedarf keines Dankes. Dir zu berichten war alles, wozu ich in der Lage war. Du hast die wirkliche Arbeit geleistet, und alles Lob gebührt verdientermaßen dir. Und nun wirst du Kräh retten, wofür ich dir ebenfalls dankbar bin. Geh nun, Tochter, und tue, was getan werden muss. Die Welt braucht dich.«

Der Schwarze gestikulierte, und Schwindelgefühl erfasste Alexia. Einen Moment lang wurde ihr schwarz vor Augen, dann erwachte sie in ihrem Bett. Der Lärm des Schankraums drang durch den Holzboden. Ihr Plan nahm feste Gestalt an. Sie schlug die Decke zurück, schwang die langen Beine aus dem Bett und zog die Stiefel an.

»Du hast ein Menschenalter damit verbracht, andere zu retten, Kräh. Von jetzt an bekommst du davon etwas zurückgezahlt.«

Kapitel Zwei

Will Norderstett tigerte am Fußende des Betts auf und ab und schleuderte dem muskelbepackten Vorqælfen, der entspannt am Kopfbrett lehnte, giftige Blicke zu. »Sie werden Kräh umbringen. Wie kannst du einfach hier herumsitzen? Und so was nennt sich Freund.«

Entschlossen blinzelte einmal, langsam, dann fixierte er den Knaben mit kalten, silbernen Augen. »Sieh dich vor, was du sagst, Junge.«

Ein Schauder lief Wills Rückgrat hinab, doch die hell lodernde Wut, die in ihm brannte, ließ die Kälte schnell verblassen. »Willst du mich für das umbringen, was ich sage?«

»Nein.« Die Antwort kam leise und tief, mehr geknurrt als gesprochen. Wie alle Ælfen besaß Entschlossen ausgesprochen lange Glieder, und hätte er gestanden, der weiße Haarkamm, der sich in einem breiten Streifen über seinen Schädel zog, hätte die Zimmerdecke berührt. Zudem fehlte dem Vorqælfen die schlanke Statur der meisten seiner Art ganz und gar. Seine Arme waren von wuchtigen Muskeln geformt, und die Haut über ihnen wirkte reich verziert – von mystischen Tätowierungen. Zusätzlich zogen sich Narben kreuz und quer darüber, und die Knöchel standen als dicke Knoten hervor.

Die Augen des Vorqælfen wurden schmal. »Sieh dich vor, was du sagst, Junge, denn wenn du weiterredest, wirst du deine Worte fressen müssen. Heraus mit dem, was du wirklich denkst.«

Will stellte körperlich das Gegenteil Entschlossens dar: klein, schlank und auf Grund seiner Jugend kaum von Falten oder Narben geprägt, mit grauen Augen und braunem Haar. Jetzt stemmte er die Fäuste in die Hüften und runzelte die Stirn. »Ich sage, was ich denke. Wir sollten aus dieser Hütte marschieren, Kräh aus dem Rübenkeller holen, in dem sie ihn festhalten, und machen, dass wir hier wegkommen.«

»Tatsächlich?« Die silbernen Augen des Vorqælfen besaßen keine Pupillen, sodass Will nicht sicher feststellen konnte, ob Entschlossen ihn ansah oder nicht. »Gehen wir deine Vorstellung doch einmal durch. Aber nicht die offensichtlichen Probleme.«

»Als da wären?«

»Als da wären, wir wüssten nicht, wohin. Als da wären, die Übermacht von Gegnern.«

»Örtliche Miliz. Wir könnten an ihnen vorbei und Kräh befreien, ohne dass sie etwas bemerken. Das weißt du selbst so gut wie ich.«

Entschlossen gestattete sich für einen Pulsschlag den Hauch eines Lächelns. »Trotzdem würden sie uns nachsetzen.«

»Dann töten wir sie.«

»Wirklich?« Die Miene des Ælfen wurde ernst. »Wofür?«

»Sie wollen Kräh töten. Hast du nicht bemerkt, wie Call Mably uns draußen auf der Straße gestoppt hat? Sie glauben, Kräh wäre dieser Valkener, und es ist ein Todesurteil über ihn gesprochen worden. Sie werden ihn nach Meredo bringen, König Swindger wird vortäuschen, ihn anzuhören, und dann werden sie ihn töten. Das ist falsch!«

»Warum?«

Will riss die Augen auf. »Weil Kräh nicht Valkener ist. Er ist nicht der Verräter, und wir können nicht zulassen, dass sie ihn hinrichten. Falls ein paar von ihnen sterben, weil sie zu dumm sind, die Wahrheit zu erkennen … Na ja, manchmal führt Dummheit nun mal zum Tode.«

»Wahr genug. Aber ich wäre trotzdem vorsichtig.«

Etwas in Entschlossens Tonfall schnitt durch Wills Empörung. »Was?«

Der Vorqælf hob die rechte Braue. »Deine ganze Selbstdarstellerei beruht auf der Überzeugung, dass sie Kräh mit Valkener verwechselt haben.«

»Haben sie ja auch.«

Entschlossen schüttelte den Kopf. »Nein, haben sie nicht. Kräh *war* Valkener.«

Will fiel der Mund auf, und er sackte nach vorne, musste sich am Bett festhalten. Es schien ihm, als habe der Ælf ihm einen Tiefschlag geradewegs in die Magengrube versetzt. Ihm stockte der Atem. Die Stimme seines Begleiters ließ keinen Zweifel an den Worten zu, keine Suche nach versteckten Bedeutungen. Und so sehr er sich bemühte, er fand keine Möglichkeit, sie zu verdrehen.

Aber das ist unmöglich! Alle Welt kannte die Geschichte des Verräters, der die Helden der zivilisierten Welt an Kytrin verkauft hatte. In den Balladen war er zu Plumper geworden, dem hinterhältigen Feigling, der regelmäßig scheiterte. Es war allgemein bekannt, dass der echte Valkener aus Scham über seine Verbrechen Selbstmord begangen hatte.

»Nein. Das kann nicht sein. Nicht Kräh.« Will hob den Kopf und blickte in Entschlossens feste Miene. Ein Kloß setzte sich in seinem Hals fest, und Tränen stiegen ihm in die Augen. *Tränen? Nein, nein, nein!* Er legte die Linke vors Gesicht und schlug mit der rechten Faust aufs Bett. »Du irrst dich. Du musst dich irren.«

Entschlossens Stimme klang gleichmütig. »So dumm bist du nicht, Junge. Denk nach, Junge. Denk nach. Ich weiß, dass du es kannst.«

Der Knabe schaute hoch und wischte sich die Tränen ab. »Was gibt es da nachzudenken, Entschlossen? Kräh kann nicht Valkener sein. Valkener war ein Feigling und Intrigant. Das ist Kräh nicht.«

»Du warst dabei, Will. Kräh hat sich ohne Widerstand abführen lassen.«

»Ja, sicher. Sicher, aber das hat er getan, um uns zu beschützen. So ist er nun mal, er hat darauf vertraut, dass der Irrtum sich aufklärt.« Will lächelte und nickte. »Er ist zu vertrauensselig, das weißt du.«

»Ja, das ist er. Genau wie Valkener.« Der Vorqælf zog die Beine an und legte die Arme auf die Knie. »Deshalb musste Valkener sterben.«

Will stützte sich schwer auf das Fußbrett des Betts und schüttelte den Kopf. »Ich glaube es nicht. Wie könnte Kräh Valkener sein?«

»Weil er zu vertrauensselig war. Das Grundgerüst der Geschichte stimmt. Valkener hat Baron Norderstett, deinen Großvater, und Boleif Norderstett, deinen Vater, in den letzten Krieg gegen Kytrin begleitet. Das geschah vor einem Vierteljahrhundert. Unterwegs fand dein Vater ein furchtbares Schwert, Temmer. Es machte ihn im Kampf unbesiegbar, jedoch nicht unverletzbar. Der Preis, den sein Besitzer dafür zahlte, war die Niederlage in der letzten Schlacht. Diese letzte Schlacht fand in der Festung Draconis statt. Kytrin hatte einen uralten Sullanciri dabei, einen untoten Hôrgun. Du hast in Swojin ein paar der Frostriesen gesehen, aber dieser war schon tot, lange bevor ich geboren wurde. Er setzte Angst ein – wie ein Stinktier Gestank – und diese Kreatur strahlte ganze Wogen davon aus. Die Krieger, die sich dem Dunklen Lanzenreiter entgegenstellten, gerieten in Panik und ergriffen die Flucht, dein Vater auch. Nur zwei Männer hielten stand.«

Will schaute hoch. »Am Innentor?«

Entschlossen nickte ernst. »Dein Vater war davongelaufen, und Swindger mit ihm. Valkener lief ebenfalls, allerdings aus Angst um deinen Vater. Als er ihn fand, nahm er ihm Temmer ab und erschlug den Sullanciri.«

»Wirklich?« Der junge Dieb runzelte die Stirn. »Davon habe ich nie etwas gehört.«

»Alle, die dort waren, wussten es, aber viele waren vor Angst so wahnsinnig geworden, dass sie nicht mehr an die Schlacht zurückdenken wollten.«

»Du hast gesagt, zwei Männer hielten stand. Der andere war Prinzessin Alexias Vater, oder?«

Der Vorqælf nickte. »Du hast den Platz in der Festung Draconis gesehen. Du hast gesehen, wo er fiel. Valkener konnte ihn nicht retten, aber er hat zahllose andere gerettet. Deshalb wurde er ausgewählt, um mit deinem Großvater und König Augustus nach Norden zu gehen und Kytrins abziehendes Heer zu verfolgen. Als Kytrin sich vom Heer trennte, durfte Valkener sich der Gruppe anschließen, die ihr nachsetzte.«

»Natürlich. Er hatte ja Temmer.«

»Nein. Temmer zerbarst, als er den Sullanciri tötete.« Entschlossen schaute zu dem Schwert mit dem Schlussstein im Blatt. »Das ist Tsamoc, das Schwert, mit dem Valkener Kytrin verfolgte.«

Will nickte. Er hatte Kräh die Waffe in der Schlacht führen sehen. In der Stärke des Schwertblatts war ein glühender, opalisierender Edelstein eingelassen. Das Schwert hatte genug Magik besessen, auf dem Schlachtfeld Swojins eine Sullanciri zu töten, auch wenn Prinzessin Alexia es bei dieser Gelegenheit geführt hatte.

»Die Helden wussten, dass sie in einer Selbstmordmission unterwegs waren, doch sie gingen trotzdem. Nur erwies es sich als noch schlimmer, als sie geahnt hatten, denn Kytrin lauerte ihnen auf. Sie tötete einige, verletzte andere schwer, alle aber zwang sie unter ihren Willen. Sie machte ihre neuen Sullanciri aus ihnen, als Ersatz für die alten, die gefallen waren. Und sie folterte Valkener, körperlich und seelisch. Sie bot ihm an, ihn zu ihrem Gemahl zu machen, ihm alle Lande des Südens zu unterstellen, falls er ihre Truppen als General anführte. Valkener weigerte sich, und er überlebte ihren Versuch ihn umzubringen. Er kam nach Süden und berichtete den gekrönten Häuptern, was Kytrin ihm mit auf den Weg gegeben hatte: Die Kinder jener Tage würden ihre Nachkommen nicht volljährig werden sehen. Sie hatte geschworen zurückzukehren, und allen war klar, wie ernst diese Drohung gemeint war.«

Will starrte ihn an. »Aber falls sich das alles so verhielt, wie du es erzählst, hat Valkener nichts Böses getan. Warum will Swindger seinen Tod?«

»Swindgers Hass auf Valkener sitzt tief. Swindger wollte Temmer für sich. Er wollte ein Held sein, stattdessen erwies er sich als Feigling. Valkener wusste das. Aber was noch wichtiger war, die Fürsten und Könige standen vor einem Problem. Kytrin hatte Okrannel überrannt, und das machte den Menschen gewaltige Angst. Sie wussten, wäre Kytrins Warnung bekannt geworden, so wäre es zu einer Panik gekommen. Ihre Untertanen hätten revoltiert. Um die Sicherheit zu gewährleisten, nach der sich die Menschen sehnten, hätten ihre Söhne und Töchter für Okrannel in den Krieg ziehen und sterben müssen. Es war dieselbe Argumentation, mit der sie sich regelmäßig weigern, Vorquellyn zu befreien, meine Heimstatt. Valkener musste sterben, damit ihm niemand glauben konnte.« Entschlossen schob das Kinn vor. »In Yslin, in der Feste Gryps, hat Valkeners Vater ihm die Maske vom Gesicht gerissen. Sein eigener Vater erklärte ihm, er habe keinen Sohn namens Tarrant. Das war noch nicht der eigentliche Augenblick, in dem Kräh geboren wurde, doch ganz sicher der, in dem Valkener starb. Wir Vorqælfen haben ihn aufgenommen, weil wir wissen, was es bedeutet, heimatlos zu sein. Und wir wussten, dass Valkener nicht der sein konnte, als den man ihn darstellte.«

Entschlossen lächelte. Gleichzeitig wurden seine Augen schmal. »Kurz nachdem ich Valkener kennen lernte, schwor er, er würde Vorquellyn zu seinen Lebzeiten befreit sehen. So wie Orakel wusste, dass du Teil einer Prophezeiung bist, Teil des Netzwerks von Ereignissen, das zu Vorquellyns Erlösung führen wird, wussten wir auch, dass Valkener ein Teil dieses Netzes ist. Und deshalb wussten wir, dass die Gerüchte haltlos waren.«

Will blinzelte verwirrt. »Du erzählst mir all das, und trotzdem willst du mir nicht helfen, ihn zu befreien? Seine Hinrichtung wird für die Erlösung deiner Insel besonders hilfreich sein.«

Entschlossen schüttelte heftig den Kopf. »Du kapierst es nicht, Junge. Benutz deinen Kopf. Mehr als zwei Jahrzehnte hat Kräh keinen Fuß auf Orioser Boden gesetzt. Warum nicht? Weil wir wussten, dass irgendwann jemand die Wahrheit herausfindet. Es waren Vorqælf-Barden, die sich die Plumperballaden ausgedacht haben. Sie haben das Gerücht aufgebracht, Valkener habe sich umgebracht, und die Menschen haben es geglaubt, weil sie glauben wollten, ein Verräter hätte noch genug Anstand, sich aus Scham über seine Tat das Leben zu nehmen. Später haben dieselben Barden die Balladen von Kedyns Krähe gesungen, die übrigens alle wahr sind, was das betrifft. Aber trotzdem wussten wir, dass es zu riskant gewesen wäre, nach Oriosa zu kommen.«

»Warum hat er es dann jetzt trotzdem getan?«

»Die Frage kannst du selbst beantworten.«

Will schloss die Augen und dachte nach. Kräh hatte ein Vierteljahrhundert damit zugebracht, gegen Kytrin zu kämpfen. Er hatte die Welt nach Will abgesucht, weil er wusste: Er war der Letzte der Norderstett-Blutlinie, dem es prophezeit war, Kytrin zu vernichten. Er hatte sich ihren Truppen in den Weg gestellt und versucht, sie daran zu hindern, ein Fragment der Drachenkrone zu erbeuten. Und auf dem Weg nach Süden hatten sie einen weiteren Sullanciri getötet und Prinzessin Rautrud und ihre Kinder nach Oriosa eskortiert.

Der Dieb öffnete die Augen. »Kräh glaubte, Rautrud hierher zu bringen, dies allein war die Gefahr für sein Leben wert?«

»Rautrud? Du warst wichtiger, Will. Du bist der Norderstett.«

Will rollte die Augen. »Das hat doch damit nichts zu tun. Wir können Kräh nicht in dem Loch versauern lassen, in das sie ihn geworfen haben.«

»Das werden wir schon nicht. Aber einzubrechen und ihn mit Gewalt herauszuholen, wird auch nicht helfen. Du kannst denken, wenn du es darauf anlegst, Will, also benutze deinen Kopf.«

»Das tue ich ja. Ihn hier aus dem Kerker zu holen, wird sicher leichter fallen als in Meredo.«

Entschlossen schüttelte den Kopf. »Du musst dich schon etwas mehr anstrengen. Krähs Freiheit werden wir nicht mit dem Schwert erreichen.«

Will bewegte unbehaglich die Schultern. »Kann sein, aber jemand wie Call Mably das Schwert in den Wanst zu stoßen, würde Spaß machen.«

»Und mehr Ärger verursachen als verhüten.« Der Vorqælf streckte sich wieder aus. »Suche nach einer Lösung, die zu einem Schatten passt, nicht zu einem Schwert.«

Der Knabe seufzte laut. »Du bist überhaupt keine Hilfe.«

»Wenn du einen Plan hast, der funktioniert, helfe ich.«

»Ich brauche die Hilfe aber bei der Suche nach einem Plan«, raunzte Will. »Das heißt also, du wirst überhaupt nichts tun.«

»Doch. Ich werde schlafen.« Entschlossen gähnte. »Aber nicht die ganze Zeit, bis dir etwas eingefallen ist. Ich bezweifle, dass ich mehr als eine Woche Schlaf brauche.«

Der Dieb streckte dem Ælfen die Zunge heraus. »Ich gehe runter in den Schankraum. Vielleicht finde ich da eine Inspiration.«

Bevor er die Tür erreichte, rief Entschlossen: »Vergiss deine Maske nicht.«

Will erstarrte, dann zog er sie von dem Haken an der Wand. Unter dem rechten Augenschlitz der einfachen grünen Ledermaske kennzeichnete ihn eine einzelne Kerbe als Waisen. Oberhalb des Nasenansatzes hatte der Orioser König sein Siegel in die Maske gebrannt. Will legte sie um. Das Leder lag kühl auf der Haut. Beim Verknoten der Schnüre achtete er darauf, eine Haarsträhne im Knoten zu fangen, um die Maske zu einem Teil von sich zu machen.

Er drehte sich um und öffnete die Hände. »Zufrieden?«

»Fürs Erste.«

Will glitt aus dem Zimmer und wanderte den Gang hinab, vorbei an Alexias Zimmer auf der rechten Seite und Kjarrigans auf der linken. Es ärgerte ihn, dass die beiden zu Bett gegangen waren. Er wünschte sich, sie hätten Kräh ebenso dringend befreien wollen wie er. Aber die Verärgerung verband sich mit der Erinnerung an das, was Entschlossen ihm erklärt hatte.

Vielleicht arbeiten sie gerade jetzt an ihren *Plänen.* Will lächelte, als er die Treppe hinabstieg. Alexia würde einen Weg finden, Kräh zu befreien. Kjarrigan? Nun ja. Will war sich gar nicht sicher, was er von dem Magiker halten sollte, aber auf dem Rückzug hatte Kjarrigan tatsächlich so etwas wie Rückgrat bewiesen, also waren Hopfen und Malz bei ihm wohl noch nicht verloren.

Will zog es in den kleinen Schankraum der Herberge,

und für einen Augenblick musste er grinsen, als das vertraute Tavernengeräusch an seine Ohren drang. Dann, nach und nach, legte sich der Lärm. Die Leute drehten sich zu ihm um. Die meisten von ihnen trugen Masken, abgesehen von einer Gruppe Schweinebauern in der hintersten Ecke. Dadurch war ein Großteil ihrer Gesichter verdeckt, aber trotzdem sah Will, wie ihre Augen sich weiteten und ein Lächeln auf ihre Züge trat.

Spontan brandete Beifall auf, dann erhob sich ein dicker Bursche, der anscheinend für jedes Haar, das er auf dem Kopf verloren hatte, ein Pfund Bauchspeck gewonnen hatte, und winkte Will näher. »Meine Freunde, das ist Will Norderstett … *der* Norderstett. Der Held, der Kytrin vernichten wird. Er hat Prinzessin Rautrud hierher gebracht – in unsere Stadt. Aber, was noch wichtiger ist, er war es, der den Verräter endlich der gerechten Strafe zuführte!«

Will riss entsetzt die Augen auf. »Nein, nein, das stimmt so nicht.«

Das Grinsen des Mannes wurde noch breiter und die rosigen Wangen bauschten sich. »Seht ihr, und bescheiden ist er auch noch! Ein wahrer Held Oriosas.«

Der Applaus wurde noch lauter, und der Wahnwitz der Situation schlug in Wogen über Will zusammen. Diese Leute hatten ein völlig falsches Bild von Kräh. Wichtiger noch, sie ließen ganz außer Acht, dass er nur hier war, weil Kytrin Festung Draconis geschleift hatte und noch vor Frühlingsanfang Tolsin überfallen würde.

Die Freude auf den ihm ringsum zugewandten Mienen hielt ihn davon ab, es ihnen ins Gesicht zu brüllen. Diese Menschen wussten sehr genau, wie es ihn hierher verschlagen hatte. Aber hätten sie ernsthaft darüber nachgedacht – sich ausgemalt, wie ihre Häuser in Flammen aufgingen, ihre Kinder niedergemetzelt wurden, ihre Stadt, ihre Heimat von der Landkarte gewischt wurde –, es hätte sie in den Wahnsinn getrieben. Stattdessen genossen sie einen kleinen Sieg, eine kleine Trotzgebärde, die ihnen Hoffnung machte.

Meine Anwesenheit macht ihnen Hoffnung.

Will zitterte. Vor einem Vierteljahrhundert hatten die Herrscher der Welt Valkener vernichtet, um ihren Völkern die Hoffnung zu bewahren. Jetzt sahen dieselben Völker in ihm das Symbol ihrer Hoffnung. Er hatte nichts getan und wurde verehrt, während Kräh, der so viel geleistet hatte, verdammt wurde.

Der Glatzkopf nahm Will beim Arm und führte ihn an einen Tisch. »Ein Bier für unseren Helden. Bitte, Fürst Norderstett, setzt Euch, setz Euch. Leistet uns Gesellschaft.«

Will nahm mechanisch Platz und starrte auf den Holzkrug, der vor ihm auftauchte, bis zum Rand gefüllt mit schäumendem Gerstensaft.

Sein Gastgeber drehte sich zu dem Bänkelsänger am Feuer um. »Singvogel, spiel uns was Feines.« Der Mann zögerte kurz, dann schlug er Will auf den Rücken. »Sing uns was von Plumper. Das wäre Euch doch recht, nicht wahr, mein Fürst?«

Wills Augen wurden schmal, und die Schatten eines Planes nahmen in den Ausläufern seines Geistes Gestalt an. »Ja, ja, das wäre mir recht.« Der junge Dieb lächelte zu seinem Gastgeber hoch. »Sing mir von Plumper. Es gibt so viel, das ich erfahren möchte.«

Kapitel Drei

Kjarrigan Lies lag bebend im Bett, eingerollt unter einer dicken Wolldecke, die nach saurem Schweiß stank. Der korpulente Knabe hatte sich die Decke über den Kopf gezogen. Er bemühte sich, so regungslos wie möglich zu liegen, um zu verhindern, dass das Knarzen der Strohmatratze ihn zurück in die Wirklichkeit zerrte.

Doch das Zittern machte ihm einen Strich durch die Rechnung. Die Schauer, die den fülligen Leib durchliefen, lockten leise Geräusche aus dem Stroh. Wie das Nagen von Mäusen vielleicht, oder das Krabbeln von Insekten. Oder von Käfern, die sich in ein Grab fraßen, um das Fleisch der Toten zu verzehren …

Er schüttelte den Kopf, damit der Donnerhall der Bewegung die unerwünschten Gedanken vertrieb. Ein, zwei Augenblicke gelang es, dann kehrten die Geräusche zurück. Von unten drang der dumpfe Lärm des Schankraums zu ihm herauf, in dem der Pöbel lachte, brüllte und irgendein idiotisches Lied gröhlte.

Kjarrigan fragte sich, wie jemand in einem solchen Augenblick singen konnte. Alles war über ihm zusammengestürzt. Die ganze Welt, die er in den siebzehn Jahren seines bisherigen Lebens gekannt hatte, war zerplatzt wie ein Destillierkolben bei einem missglückten Zauber. Sein Leben auf Vilwan war von Frieden und Komfort geprägt gewesen, auch wenn er das zum damaligen Zeitpunkt nicht erkannt hatte. Seine Lehrer waren schwer zufrieden zu stellen gewesen, aber sie hatten ihn jede Menge Zauber gelehrt, die seit Jahrhunderten kein menschlicher Magiker gemeistert hatte. *Falls überhaupt jemals!*

Er hatte von der Welt draußen gewusst, von dem Bösen namens Kytrin. In der Großen Historie Vilwans hatte er über die Kämpfe gegen sie gelesen, vom Fall Vorquellyns und dem Krieg, der vor seiner Geburt getobt hatte. Damals hatten Kytrins Horden Okrannel unterjocht, aber vor Festung Draconis waren sie gescheitert. Alles hatte darauf hingedeutet, dass dieser letzte Krieg ihren Überfällen ein Ende gemacht hatte, aber ihre erneuten Angriffe auf die Völker des Südens hatten diese Annahme Lügen gestraft.

Und diese Angriffe hatten sein Leben zerstört.

Kytrin war ein Bündnis mit Vionna eingegangen, der Piratenkönigin Wruonas. Die Piraten hatten eine Flotte gegen Vilwan geschickt, komplett mit Draconellen an Bord der Schiffe. Sogar ein Drache war an dem Angriff beteiligt gewesen. Ein gnadenloser Kampf war am Nordende der Insel entbrannt. Der Angriff der Piraten war gescheitert – und hatte einen furchtbaren Preis gefordert.

Kjarrigan hatte die Schlacht nicht selbst miterlebt. Er war, wie so viele Zauberer seines Alters und Jüngere, aus Vilwan evakuiert worden. Erst als die Schiffe, die zusätzliche Verteidiger nach Vilwan gebracht hatten, sich mit den Akoluthen und Adepten auf den Rückweg zum Festland gemacht hatten, war das wahre Ziel der Pläne Kytrins offenbar geworden. Die Piraten hatten die Evakuierungsflotte überfallen, die Schiffe versenkt und eine ganze Generation Magiker ausgelöscht. Kjarrigan selbst war schwer verletzt worden und hatte nur durch Glück und Zufall überlebt.

Danach war er zum Spielzeug halbwüchsiger Panqui geworden, war nach Yslin und von dort nach Okrannel gereist, wo er bei den Vorbereitungen für die Belagerung Swojins geholfen hatte. Man hatte ihn übers Meer geschickt, um ein Fragment der Drachenkrone zurückzuholen, das Vionnas Gefährte, die Blaue Spinne, aus Jerana gestohlen hatte. Bei diesem Unternehmen war Orla, seine letzte Lehrerin, ums Leben gekommen.

Und dann die Belagerung der Festung Draconis, und eine zweite Evakuierung nach Süden. Dabei hatte er die Aufsicht über eine kleine Truppe Kinder geführt. Er hatte die jungen Zauberer nicht beschützen können, die sich mit ihm auf dem Schiff befunden hatten, aber diesen Kindern, den Nachkommen der tapferen Verteidiger der Festung, sollte nichts zustoßen. Das hatte er sich geschworen.

Bei all dem hatte er sich wacker gehalten. So viel konnte er sich eingestehen, aber kaum hatten sie Oriosa erreicht und er war von dem Versprechen erlöst, das er dem Baron Draconis gegeben hatte, da stürzte ihm der Himmel auf den Kopf. Orla hatte ihm auf dem Totenbett das Versprechen abgenommen, Vilwan den Rücken zu kehren und von nun an Kräh und Entschlossen zu folgen. Entschlossen empfand offenkundig nur Verachtung für ihn … und dabei war es auch kein sonderlicher Trost, dass Entschlossen offenbar für *alle* Verachtung empfand, mit denen er zu tun hatte. Und Kräh, der freundlich und nett zu ihm gewesen war, saß jetzt im Kerker. Kjarrigan fühlte sich mutterseelenallein.

Fetzen einer Melodie drangen an sein Ohr, und zu seiner eigenen Überraschung erkannte Kjarrigan die Töne. Er konnte zwar gewaltige Magik wirken, aber keinen Ton halten, selbst wenn er Tragegriffe gehabt hätte. Einer seiner Lehrer hatte eine Schwäche für Tavernenlieder besessen, und reichlich Sänger waren nach Vilwan gekommen, um ihn zu unterhalten – und natürlich hatte Kjarrigan die Vorstellungen ebenfalls besuchen müssen. Kjarrigan erinnerte sich an keinen Vers der Ballade, aber der Refrain drängte sich in sein Bewusstsein, als die Zuhörer unter ihm mit einstimmten:

Nun ist Plumper tot,
sein Hals sprudelt rot,
sein Herz ist gebrat.
Knoblauch im Maul,
dass der Kopf ihm verfaul,
verscharrt separat.
So ist es die Sitte
für Feiglinge bitte,
rechter Lohn für böse Tat.

Der Liedtext erzählte von Plumpers Fehlschlägen und stellte ihn als rechten Narren hin. Kjarrigan hatte keinen Zweifel daran, dass Kräh Valkener gewesen war. Als die Orioser Behörden gekommen waren, um ihn festzunehmen, hatte Kräh den jungen Magiker ermahnt, das Geheimnis zu bewahren, das der Baron Draconis ihm anvertraut hatte. Krähs geheimnisvolles, heimlichtuerisches Verhalten in jenem Augenblick hatte Kjarrigan verraten, dass er schuldig war. Aber dass Kräh *Plumper* war, das hatte ihn überrascht. Vor allem, weil Plumper immer als ausgemachter Dummkopf erschien – und auf Kräh traf das ganz und gar nicht zu.

Jetzt war das ihm anvertraute Geheimnis alles, was er noch besaß. Er griff ins Wams und zog den schweren Lederbeutel hervor, der sich ausbeulte, als enthielte er einen Apfel aus Metall. Beim Öffnen sah er einen Hauch von Gold, aber gleich darauf blitzte es rubinrot auf. Er schüttelte den Gegenstand auf die rechte Handfläche, dann legte er auch die Linke darunter, um ihn zusätzlich abzustützen.

In Festung Draconis waren drei Bruchstücke der Drachenkrone untergebracht gewesen, die Yrulph Kajrûn Jahrhunderte zuvor geschaffen hatte. Nach seiner Niederlage hatten die Fürsten der Welt die Krone zerschlagen und ihre Fragmente weit entfernt von einander gelagert. Der Baron Draconis hatte Kjarrigan gebeten, für das Rubinfragment eine Attrappe anzufertigen, dann hatte er ihm das echte Fragment anvertraut, um es mit den Flüchtlingen in Sicherheit zu bringen.

Der in Gold gefasste Rubin pulsierte langsam mit einem vollen, roten Licht. Der junge Magiker hatte schon ein anderes Fragment der Krone in Händen gehalten, doch das war kalt und leblos gewesen. Dieses hier hatte sich in seinem Besitz erwärmt, und als er die Fingerspitzen über die Oberfläche des Juwels strich, wurde das Leuchten, wo seine Haut es berührte, stärker.

In Festung Draconis hatte Kjarrigan das Licht im Stein nicht bemerkt. Er hätte es dem Baron gegenüber erwähnt. Es war erst auf dem Rückzug aus der Festung erschienen und seitdem beständig stärker geworden. Er wusste nicht, was es war oder warum es geschah.

Vermutlich hätte ihm das Angst machen müssen, dem war aber nicht so.

Der Glanz des Rubins erfüllte die düstere Enge unter der Decke. Kjarrigan studierte den langsam pulsierenden Edelstein. Er konnte eine leichte Wärme an den Fingerspitzen fühlen – zumindest hatte er diesen Eindruck –, und er hob den Stein ans Gesicht, um herauszufinden, ob er die Wärme auch mit der Wange spüren konnte.

Tatsächlich fühlte er etwas, wenn auch nur sehr leicht, aber das Licht hörte auf zu pulsieren und dehnte sich stattdessen zu einem roten Tunnel aus, der ihn ins Innere zog. Panik stieg in ihm auf und seine Eingeweide verkrampfen. Ein Kitzeln lief ihm über den Körper, dasselbe Gefühl, das einem die Nackenhaare aufstellt, wenn man sich beobachtet fühlt. Kjarrigan versuchte, den Kopf zurückzuziehen, die Hände zu senken, aber er war starr wie der magische Panzer, der ihm bei Gefahr durch die Haut stieg, um ihn zu beschützen.

Du bist nur ein Knabe.

Die Worte kamen leise, ein körperloses Flüstern. Trotzdem schnitten sie durch den roten Nebel, der ihn einhüllte. Er spürte seinen Körper nicht, hatte aber auch kein Gefühl der Freiheit. Irgendwie trieb sein ganzes Wesen gestaltlos irgendwo hinter seinem Blickpunkt. Er wollte sich umdrehen und nachsehen, herausfinden, wer mit ihm sprach, doch er konnte es nicht.

Es gibt nichts zu sehen, Knabe, weil du im Innern bist.

Augenblicklich erkannte Kjarrigan zweierlei. Erstens: Wer auch immer mit ihm sprach, las seine Gedanken. Er versuchte sie abzuschirmen, aber selbst der einfachste Schutz wurde davongefegt wie trockenes Laub von einer Windbö.

Der zweite Punkt hätte ihn erzittern lassen, hätte sein Körper sich bewegen können. Die Worte füllten seinen Geist wie eine Woge, aber sie waren nur die Gischt auf dem Kamm der Welle: übersetzt, destilliert, gefiltert und vorverdaut, um für ihn greifbar zu werden. Unter ihnen wogte unfassbare Macht.

Eine Million Fragen wirbelten durch seinen Geist. Er konnte dem Chaos keinen Sinn abgewinnen, doch die Sprecherin – eine Frau, dessen war er sich sicher – sortierte sie so leicht wie eine Hand voll Münzen. Fühler einer Regung, die möglicherweise Belustigung war, streichelten ihn. Er versuchte, sich zu konzentrieren.

Die Anstrengung löste erneute Belustigung aus. *Du bist klug, Knabe, aber dir fehlt noch die Weisheit. Du bist ein Kind in den Kleidern des Vaters, das vorgibt ein Mann zu sein.*

Die Worte – Knabe, Kind, Vater, Mann – rollten durch Kjarrigans Geist. Sie enthielten einige der Nuancen, die sie im Alltagsgebrauch besaßen, aber da war noch mehr. Er hätte einen scharfen Kontrast zwischen Knabe und Mann erwartet, doch beide wirkten von einem Gefühl der Jugend gezeichnet, ja geradezu von Kindlichkeit. Vater und Kind hätte ein stärkeres Band verbinden müssen. Sie hätten eine deutlichere Beziehung zueinander besitzen sollen, stattdessen aber wirkten sie einander fremd. Es war, als würde Vater nur zur Feststellung einer biologischen Verbindung benutzt, besäße aber keinen Anteil der Zuneigung und Erziehung, die ein Elternteil lieferte.

In Gedanken runzelte Kjarrigan die Stirn. *Wer seid Ihr?*

Heiterkeit brandete auf, in der aber auch ein peitschender Hieb mitschwang. *Namen sind Macht, wie du sehr wohl weißt. Aber Namen haben jetzt, für uns, keine Macht. Wir sind nur Spieler, die von anderen geführt werden. Figuren. Die Pfade unseres Schicksals begegnen und trennen sich, dann kehren sie wieder zurück, um sich zu vereinen oder auszulöschen.*

Er hörte die Worte weniger als dass er sie spürte, in einem Gefühl von Schweben, Tanzen, Wirbeln und Herabstoßen, wie ein Vogel vielleicht, der durch die Auf- und Abwinde über einer Klippe segelte. Anfangs fühlte er sich leicht und schnell, dann, ganz zum Schluss, traf ihn ein harter Schlag, und er wirbelte außer Kontrolle davon.

Eine sanfte Gegenwart streichelte seinen Geist, und Frieden kehrte zurück. *Verzeih mir, Knabe. Ich hatte lange keine Gesellschaft mehr und habe meine Kraft vergessen.*

Kjarrigan schauderte. *Ich bin kein Knabe. Und ich bin keine Spielfigur.*

Keine Spielfigur sieht sich jemals selbst so.

Wer führt mich?

So einfach ist das Spiel nicht, Kjarriganlies. Viele spielen, viele führen die Figuren. Es ist uns nicht gegeben, uns zu widersetzen, wohl aber, es zu wissen, wenn wir geführt werden. Wir können nicht beeinflussen, wo wir scheitern, aber möglicherweise, wie.

Verwirrung durchzuckte ihn. Auf Vilwan hatte er kryptische Antworten zur Genüge gehört. Das war unter Zauberern gang und gäbe. Er war immer davon ausgegangen, dass all das zum überwiegenden Teil nur Schau war, aber hier las er Bewegungen auf der Oberfläche eines Ozeans. Er wollte mehr erfahren, wusste aber, dass er dabei ertrinken würde.

Vielleicht doch nicht ganz ohne Weisheit. Die Worte wärmten ihn. *Du weißt, dass viel getan werden muss. Du allein kannst es nicht. Du bist stärker, als du glaubst, aber deine Stärke stammt von deinen Freunden. Vergiss das, und die Welt wird darunter zu leiden haben.*

Der Stich war schnell und brutal, bohrte sich ihm tief in den Bauch. Die Lähmung fiel von ihm ab. Sein Körper zuckte nach vorne und er rollte sich auf die linke Seite, das Drachenkronenfragment eng an sich gepresst. Sein Fleisch zitterte, und er versuchte, sich noch enger zusammenzurollen, doch der Bauch war ihm im Weg. Die Schmerzen in seiner Körpermitte strahlten wie glühende Blitze durch den Rest des Leibes. Nach einem Augenblick lösten sie sich auf, und er blieb schweißnass und kalt zurück.

So kalt wie der Stein in seiner Hand.

Kjarrigan schlug die Decke beiseite und sog in tiefen Zügen die kühle Zimmerluft ein. Er wälzte sich auf den Rücken und lag eine Weile nur keuchend da. Er starrte hinauf zu den tanzenden Schatten und Lichtern, die durch die Ritzen im Zimmerboden auf die Decke fielen. Schweiß brannte ihm in den Augen. Er wischte ihn mit einer Hand weg, bevor er das Fragment zurück in den Lederbeutel steckte und ihn sich wieder unters Hemd packte.

Er hatte keine Ahnung, was ihm gerade widerfahren war. Oder zumindest keine konkrete Vorstellung, wohl aber ein paar Gedanken. Ein fremder Geist hatte ihn berührt. Kytrin war es nicht gewesen, so viel war klar, denn sie hätte ihn ausgelöscht. Dieser Geist jedoch empfand keinen Hass auf ihn. Die Schmerzen, die er am Ende der Begegnung erlitten hatte, erklärten sich allein daraus, dass für diesen Geist das Wort *leiden* eine weit größere Bedeutung besaß als im alltäglichen menschlichen Sprachgebrauch.

Das Wort trat zurück in seine Gedanken, und er sah es in feinsten Schriftzeichen vor sich, wie eine Maske, hinter der sich etwas verbarg. *So wie der Orioser König seine Feigheit hinter einer Maske versteckt.* In diesem Falle aber verbarg das Wort etwas weit Entsetzlicheres. Es verbarg einen Schrecken, so gewaltig, dass sein unverhüllter Anblick Kjarrigan den Verstand gekostet hätte.

Die Logik legte den Schluss nahe, dass er mit einem Drachen gesprochen hatte. Immerhin war die Drachenkrone geschaffen worden, um diese dem Träger zu unterwerfen. Der einzelne Stein, den Kytrin besaß, gestattete ihr, zumindest einen Drachen zu kontrollieren. Hatte er den Geist eines versklavten Drachen berührt?

Kjarrigan zuckte die Achseln und setzte sich auf. *Das spielt keine Rolle.* Ob es ein versklavter Drache gewesen war oder ein Trick Kytrins, das war ohne Bedeutung. Bei einem Sieg Kytrins würden die Leiden, die dieser Geist erfahren hatte, alltäglich werden.

Der junge Magiker schüttelte den Kopf. Mit der Hilfe seiner Freunde würde er verhindern, dass es jemals dazu kommen konnte.

Kapitel Vier

Mit hilflos wedelnden Armen, die vergeblich versuchten, seine Flugbahn zu beeinflussen, landete der Tolsiner Gardist hart auf dem runden Holztisch, der unter dem Aufprall krachend zerbarst. Der kurze Sturz hinab zum Boden entriss ihm ein Grunzen, und der topfförmige Helm flog ihm vom Kopf. Er tanzte scheppernd über den Boden, bis er Call Mably voll am Knie erwischte, eine unbeabsichtigte Konsequenz, die Alyx aber durchaus genehm war.

Mably, ein dürrer Mann mit braunen Augen und dünnen, quer über die offensichtliche Glatze drapierten Haarsträhnen, zischte und hielt sich das Bein. Er schleuderte ihr einen wütenden Blick zu. Der Magistrat trug eine oriosagrüne Ledermaske, die mit einer Vielzahl kleiner Markierungen und Zeichnungen bedeckt war, um seine Autorität zu unterstreichen. Doch die bunte Pracht über der oberen Gesichtshälfte untergrub die Glut seiner Augen höchst wirkungsvoll. Er richtete sich an seinem Tisch in der Taverne *Zur Distelwolle* auf und tat sein Bestes, nicht laut zu werden.

»Welchem Umstand verdanke ich diese Ehre, Prinzessin Alexia?«

Alexia trat einen Schritt vor und mit dem Stiefel auf die rechte Hand des Gardisten. »Ich bin gekommen, um Kräh zu besuchen, aber dieser Mann leidet unter der irrtümlichen Annahme, ein derartiger Besuch sei nicht gestattet.«

Mablys Nasenflügel bebten einen Augenblick lang, dann hob er einen kleinen Becher mit dampfendem

Glühwein vom Tisch. »Er hat sich keineswegs geirrt. Der Verräter darf keinen Besuch empfangen.«

Alexia runzelte die Stirn und drehte den Kopf etwas nach links. Sie ließ ihren Blick auf ein paar der Tavernenbesucher in der Nähe des Kamins fallen. Als diese plötzlich den Kopf senkten und vorgaben, ganz und gar mit eigenen Angelegenheiten beschäftigt zu sein, antwortete sie Mably mit leiser Stimme. »Falls ich Ihn richtig verstanden habe, Magistrat, sagte er, Kräh dürfe keinen Besuch empfangen.«

»So ist es, Hoheit.«

»Und er sagte das in der irrtümlichen Annahme, diese Regel gälte auch für mich?«

»In der Tat.«

Alyx ging zu ihm hinüber. Ihr goldenes Kettenhemd klirrte bei jedem Schritt. Sie beugte sich vor, die behandschuhten Hände fest auf den Tisch gestützt, ihre Nase nur eine Mückenlänge vor seinem Gesicht. »Ich habe festgestellt, dass seine Annahme ›irrtümlich‹ war.«

Mablys Blick wurde so hart es ihm möglich war, was heißen soll, seine Augen erinnerten nicht mehr an weich gekochte Eier. Jedenfalls kaum noch. Seine Stimme klang gepresst und eine Oktave höher als zuvor. »Ich habe es gehört. Das war sie aber nicht.«

»Ah. Gut. Dann bedenke Er Folgendes. Ich bin eine Prinzessin von Okrannel. Ich bin vom selben Rang wie Sein König Swindger. König Augustus ist mit einer meiner Cousinen verheiratet. Sollte ich mich entschließen, Sein Verbot als Beleidigung aufzufassen und Genugtuung zu fordern, was glaubt Er, würde geschehen? Glaubt Er denn, irgendeiner Seiner Leute würde sich mir widersetzen? Und glaubt Er, sollte ich sie allesamt erschlagen, Ihn selbst eingeschlossen, ich hätte irgendeine Strafe oder Zurechtweisung deshalb zu erwarten? Er nicke nicht, Mably. Er mag nicht der klügste Mann der Welt sein, aber selbst Er ist so dumm nicht. Ich will mit Kräh sprechen. Ich werde mit Kräh sprechen. Jetzt.«

Sie richtete sich auf und hakte die Daumen hinter die runde Schnalle des Gürtels.

Mably griff scheinbar lässig nach dem Wein, doch die Wellen auf dessen Oberfläche verrieten seine Angst. Er hob die Linke und ließ sie in einer beiläufigen Bewegung zur hinteren Wand der Taverne zucken. »Die Prinzessin wünscht mit dem Gefangenen zu sprechen. Lasst sie passieren.«

»Er ist zu freundlich.«

Mablys Stimme wurde kalt. »Selbst Ihr könnt nicht annehmen, Ihr dürftet bei diesem Besuch eine Waffe tragen.«

Ihre Augen wurden schmal. »Er hat mein Wort ...«

»Euer Wort, ja, aber nicht seines. Ihr versteht meine Zwangslage, Prinzessin. Euren Schwertgurt, bitte.«

Alexia löste den Gurt und nahm ihn ab. Dann schloss sie ihn wieder und hängte ihn an einen der hölzernen Haken an den Pfeilern des Schankraums. Ohne den Gurt hing das Kettenhemd an ihr herab wie ein Sommerkleid und klirrte laut, als sie durch den Raum ging. In der hinteren Ecke mühte sich ein korpulenter Posten auf, zog einen Lehnstuhl von seinem breiten Hintern und stellte ihn beiseite, um eine Falltür in den Keller freizugeben.

Als der Soldat den Eingang öffnete, nahm sie eine Laterne von einem Wandhaken und drehte den Docht höher. Unter der aufgeklappten Falltür wurde eine leiterähnliche Treppe sichtbar. Sie stieg hinab – und kühle, feuchte Luft schlug ihr entgegen. Der Soldat schloss die Tür, und das Scharren über ihr zeigte, dass er seinen Posten wieder eingenommen hatte. Sie lauschte aufmerksam, ob Mably ihm befahl, sie ebenfalls eingesperrt zu lassen, hörte aber nichts. Schade. Sie hatte gehofft, der Magistrat würde eine derartige Dummheit begehen, doch er war zu feige, sie offen anzugreifen.

Tolsin war zu klein, um einen eigenen Kerker zu besitzen. Bei Krähs Ankunft hatte man entschieden, ihn an einem sicheren Ort festzuhalten, und der Lagerkeller unter der Taverne war das Beste, was sich gefunden hatte. Alyx war ziemlich sicher, dass die Taverne Mably entweder ganz oder zum Teil gehörte – und die Orioser Regierung eine Rechnung für die sichere Verwahrung Krähs zu erwarten hatte.

Soweit sie das feststellen konnte, hatten sich die Vorkehrungen für Krähs Unterbringung auf das Nötigste beschränkt. Man hatte eine Ecke des Kellers ausgeräumt und Stroh aufgeschüttet. In einen Balken war eine Öse geschraubt worden, an der eine in Handschellen endende Kette hing. Die Kette war lang genug, dass Kräh sich hinlegen konnte. Das überraschte Alyx.

Endlich erreichte das Licht der Laterne auch Kräh selbst und brachte Farbe in die bis dahin bleiche Silhouette einer in der Ecke kauernden Gestalt. Man hatte ihm die Kleidung abgenommen, und während das lange weiße Haar und der Bart ihn wie einen Greis wirken ließen, blieb sein Körper noch immer der eines erheblich jüngeren Mannes. Das linke Bein war noch etwas geschwollen von nur teilweise magisch verheilten Knochenbrüchen. Eine lange Narbe zog sich vom Haaransatz auf die rechte Gesichtshälfte, über die Wange abwärts und erhielt in Höhe des Schulterbeins zwei Begleiter, mit denen sie bis über die Hüfte und den Oberschenkel hinablief, bevor sie am Knie endete. Eine Vielzahl anderer Narben, sämtlich weiß und alt, zog sich kreuz und quer über seinen Leib.

Alexia keuchte. Nicht der Nacktheit oder Narben wegen, sondern ausgelöst durch die frischen, blauschwarz schillernden Prellungen auf der Brust, den Armen, den Beinen und im Gesicht. Krähs Unterlippe war aufgeplatzt, das linke Auge praktisch zugeschwollen. Eingetrocknetes Blut verklebte das Haar an der rechten Schläfe und auf einer Prellung an seiner Brust zeichnete sich deutlich ein Stiefelabsatz ab.

Während sie aufkeuchte, flog das gesunde Auge auf. Wut, nicht Angst, zuckte durch seinen Blick, dann hob sich der rechte Mundwinkel zu einem Lächeln. »Prinzessin. Ich bin geehrt. Verzeiht mir, wenn ich nicht aufstehe.«

Alyx schüttelte den Kopf und hockte sich vor ihn. Die Laterne stellte sie an den Rand des Strohs. »Sie haben dich verprügelt?«

»Ich habe sie gereizt.«

Sie runzelte die Stirn. »Du hast dich ohne Widerstand abführen lassen. So etwas Dummes würdest du nicht tun.«

Er schnaubte, und das Lächeln spannte seine geplatzte Lippe. »Euer Zutrauen in mich ist tröstlich. Ich befürchte, ich habe sie herausgefordert.«

»Wie?«

Er hob die Hände. »Sie hatten die Kette so kurz um den Balken gewickelt, dass ich mich nicht hinlegen konnte.« Das rechte Auge funkelte, als er die Hände auseinander zog und dann schnell die Handgelenke zusammenschlug. Die Schellen trafen mit dumpfem Scheppern aufeinander, dann sprang die rechte auf. »Eine Handschelle ist nur so gut wie die Feder, die das Schloss hält. Ich habe ein Stück Kette abgewickelt. Danach habe ich mir etwas von den Vorräten hier unten genehmigt. In dem Fass dort drüben lagert ein annehmbarer Wein und da in der Holzkiste liegt guter Käse.«

Alyx konnte sich ein Grinsen nicht verkneifen. »So so. Ich hätte mir also gar keine Sorgen um dich zu machen brauchen?«

Er zuckte zusammen, als er das Gewicht mehr auf

die linke Hüfte verlagerte. »Nicht, was meine Ernährung betrifft, nein. Sie sind zu dem Schluss gekommen, ich hätte irgendeinen Schlüssel in meinen Sachen versteckt, also haben sie sie mitgenommen. Und dann entschieden sie, ich bräuchte eine Lektion.«

»Ich werde dafür sorgen, dass du etwas zum Anziehen erhältst. *Mich* fröstelt hier unten, und ich trage ein Steppwams unter diesem Panzer.« Sie rieb sich mit den Handschuhen über die Arme. »Du brauchst heute Nacht nicht zu frieren.«

Er zuckte die Achseln. »Ich habe schon unter weit kälteren Bedingungen überlebt, aber ich weiß Eure Freundlichkeit zu schätzen, meine Fürstin.«

»Kräh, nenn mich Alyx.«

»Hoheit, dieses Gespräch hatten wir bereits.«

»Die Zeiten haben sich geändert. Damals wolltest du keine Vertraulichkeit zulassen, weil – wie du sagtest – unsere Ziele uns eines Tages entzweien würden. Du wolltest keine Belastung für mich werden. Damals wusste ich nicht, wovon du sprachst, aber jetzt weiß ich es, und es spielt keine Rolle.«

Kräh legte die Handschelle wieder um. »Hoheit, als ich das sagte, ging es mir nicht darum, wer ich bin. Und ich muss mich dafür entschuldigen, Euch getäuscht zu haben. Ich hätte mit Freuden alles mit Euch geteilt, was ich von Eurem Vater weiß. Ich habe ihn nicht lange oder gut gekannt, doch ich habe ihn respektiert. Dass es mir nicht gegeben war, sein Leben zu retten, bedaure ich mehr als alles andere in meinem Leben.«

»Kräh, ich sagte, nichts davon spielt eine Rolle.« Alyx ließ sich nach vorne auf die Knie sinken und legte die Hände auf die Oberschenkel. »Ja, ich möchte, dass du mir von meinem Vater erzählst, aber im Augenblick stellt sich uns ein drängenderes Problem. Mably hat vor, dich nach Meredo zu bringen, wo man dich hinrichten wird.«

Kräh nickte langsam, dann lehnte er den Kopf an die Wand. »Er hat sich große Mühe gegeben, mir mein Schicksal auszumalen. Ausgesprochen detailfreudig sogar. Wenn ich ihn recht verstanden habe, hofft er, sein Pferd werde eines der Tiere sein, mit denen man mich vierteilt.«

»Das werde ich nicht zulassen, Kräh.«

»Es gibt nichts, was Ihr dagegen tun könntet, Prinzessin. Wir sind in Oriosa. Swindger hasst mich schon sehr, sehr lange, und er hat Grund dazu. Ich wusste, dass ich mein Leben riskierte, als ich hierher kam. Aber ich musste es tun. So einfach ist das. Ich musste für Will Sicherheit schaffen, Rautrud zurückbringen und was immer es war, das Baron Draconis aus der Festung holen wollte, von dort fortbringen.«

Das Rascheln einer Ratte im Stroh lenkte sie einen Augenblick ab, dann schaute sie ihm wieder in die Augen. »Du irrst dich, wenn du meinst, ich könnte nichts für dich tun.«

»Hoheit, ich habe keinen Zweifel, dass Ihr mich retten könntet.« Er lachte. »Ihr könntet mich über Eure Schulter werfen wie eine in Spitzen gehüllte Jungfer in einem Bänkelsang und Euch den Weg freikämpfen, aber was dann? Das Entscheidende ist nicht, dass Ihr mich nicht befreien könntet, sondern, dass Ihr es nicht *solltet*. Vergesst nicht, Ihr seid hier, um die Monarchen vom vereinten Kampf gegen Kytrin zu überzeugen. Euch mit mir zu verbünden, wird Euch dabei keine Hilfe sein. Swindger hasst mich, weil ich weiß, dass er ein Feigling ist. Vor fünfundzwanzig Jahren habe ich den Fürsten der Welt ins Gesicht gesagt, dass sie Feiglinge sind. Ich habe ihnen gesagt, Kytrin hat geschworen zurückzukehren. Würden sie den Vorschlägen welcher Person auch immer aus meiner Umgebung folgen, würde man ihre Urteilsfähigkeit und Regierungsfähigkeit anzweifeln.«

»Wenn sie dermaßen dumm oder feige waren, gehören sie angezweifelt.«

Er schüttelte den Kopf. »Das bestreite ich nicht. Aber Ihr dürft nicht vergessen, wenn Ihr ein Heer gegen Kytrin führen wollt, müsst Ihr erst einmal über ein Heer verfügen. Was glaubt Ihr, wie die Fürsten sich entscheiden werden, wenn Ihr sie zwingt, zwischen Euch und dem Anschein von Kompetenz zu wählen?«

»Das gilt nicht für alle, Kräh. Königin Carus von Jerana ist noch nicht lange auf dem Thron. Sie ist nicht durch die Entscheidungen ihres Vaters gebunden. Was dir geschah, ist Unrecht.«

»Ja, aber ein Unrecht, das seit mehr als zwanzig Jahren Bestand hat. Die Männer, die mich verprügelt haben, waren noch nicht einmal geboren, als ich meine Maske verlor, doch sie glauben jedes Wort, das man ihnen seit frühester Kindheit über mich erzählt hat. Selbst wenn Ihr und König Augustus und Königin Carus Euch erhebtet und erklärtet, es sei ein Fehler gewesen, sie würden es nicht glauben. Trotzdem habt Ihr Recht, Hoheit. Königin Carus kann Anspruch darauf erheben, getäuscht worden zu sein. Ihr müsst daraus Eure Lektion ziehen und das ebenfalls tun. Überlasst mich meinem Schicksal. Erklärt, ich hätte Euch hintergangen, und zeigt Euch wütend darüber. Lasst nicht zu, dass all meine Anstrengungen vergebens waren. Indem Ihr mich verstoßt, werdet Ihr an Einfluss gewinnen, und Euer Gewinn ist Kytrins Verlust.«

Alyx schüttelte so entschieden den Kopf, dass ihr dicker blonder Zopf über die Schulter peitschte und sie sich damit fast selbst ins Gesicht schlug. »Nein, das werde ich nicht tun. Ich habe mir diese Sache durch den Kopf gehen lassen. Gründlich. Du bist ein Freund. Du hast mein Leben gerettet. Ich gebe etwas um dich, und ich lasse niemanden im Stich, der es wert ist, gerettet zu werden.«

»Hoheit, ich werde Euch nicht mit ins Unglück zerren.«

»Du zerrst mich nicht ins Unglück. Wie du bereits selbst gesagt hast, Kräh, ich bin stark genug, dich zu tragen.« Sie stand auf und sah zu ihm hinab. »Ich habe einen Plan. Er wird dir das Leben retten, und er ist von erschreckender Einfachheit. Ich werde dich heiraten.«

Kräh kniete mit offenem Mund vor ihr, dann stieg allmählich ein Kichern in ihm auf. Seine Schultern zuckten und er sank zurück in die Ecke. »Oh, ausgezeichnet, Prinzessin. Es ist grausam, solchen Spaß mit mir zu treiben, aber er ist wirklich ausgezeichnet.«

»Es ist mir Ernst, Kräh.«

Sein Kopf zuckte hoch, das rechte Auge wurde zu einem schmalen Schlitz der Angst. »Das muss ein Witz sein.«

»Nein. Es passt wunderbar. Ich heirate dich und du wirst mein Prinzgemahl. Das erhebt dich in einen so hohen Adelsstand, dass Swindger dich unmöglich standrechtlich hinrichten kann. Du wirst ein neues Gerichtsverfahren erhalten, denn ein Urteil in Abwesenheit wird in keinem Vertrag zwischen Okrannel und Oriosa als verbindlich anerkannt. Außerdem wurdest du als Verräter angeklagt, und da du mit der Heirat zu einem Bürger Okrannel wirst, wird diese Anklage haltlos. Im besten Falle könnte man dich noch als Spion belangen, und das würde scheitern, denn du müsstest vor einem Gericht deines Standes angeklagt werden, und kein Monarch wird bereit sein, einen solchen Präzedenzfall zu schaffen. Swindger *könnte* persönliche Genugtuung für mögliche Beleidigungen durch dich fordern, doch wir wissen beide, dass er das nicht tun wird.«

»Verzeiht mir, Hoheit, aber habt Ihr den Verstand verloren? Euer Plan mag schlau sein, aber er ist vergeudet. Ihr würdet ohne vernünftigen Grund eine Menge politisches Kapital verschleudern.«

»Ich halte dich sehr wohl für einen ›vernünftigen Grund‹.«

»Hoheit, bitte, hört auf mich.« Kräh ballte die bleichen Hände. »Eure Loyalität mir gegenüber ... Ich kann Euch nicht sagen, wie sehr sie mich freut, aber sie ist verfehlt. Ihr müsst sicherstellen, dass Will Kytrin entgegentreten kann. Ihr müsst sicherstellen, dass Kjarrigan sein Möglichstes verwirklicht. Ihr müsst ein Heer gegen Kytrin ausheben. Ihr dürft Euch nicht von meinem Schicksal ablenken lassen.«

Alyx trat zu ihm und hockte sich wieder hin. Ihr Schatten fiel über seinen zernarbten Leib. »Ich sehe sehr klar, dass dein Schicksal mit meinem, Wills, Kjarrigans, Vorquellyns und Kytrins verwoben ist. Ließe ich dich sterben, ließe ich die Welt sterben.« Sie streckte die Hand aus und streichelte sein Gesicht, achtete aber darauf, das blaue Auge nicht zu berühren. »Ich werde keinen von beiden untergehen lassen. Wir werden heute Nachmittag noch einen Priester herbringen, der uns traut.«

»Nein.« Kräh schüttelte den Kopf. »Selbst wenn wir heiraten sollten, niemand würde es glauben. Man hielte es für einen Trick, der es ja auch wäre.«

»Sie werden es glauben müssen. Wir werden Zeugen haben.«

»Man wird behaupten, sie lügen.«

Sie schnaubte verächtlich. »Niemand wird wagen zu behaupten, *ich* würde lügen.«

»Doch, das wird man. Nur nicht, wo Ihr es hören könnt. Dort wird man sagen, ich hätte Euch dazu verleitet. Nein, Hoheit, gebt diesen Plan auf.«

»Kräh, er wird dir das Leben retten.«

»Und Eures ruinieren.« Er hob die Arme und fasste ihre Hand. »Prinzessin.« Seine Stimme sank zu einem Flüstern herab. »Alexia, versprecht mir, dass Ihr das nicht versucht. Ich werde meine Zustimmung dazu nicht geben, und Euer Bemühen wäre verschwendet. Lasst es. Ich bitte Euch.«

Sie drückte seine Hand. »Du wirst dich weigern, nicht wahr?«

Er nickte.

»Dann muss ich mir einen anderen Plan ausdenken.« Sie stand langsam auf, dann beugte sie sich vor und hob die Laterne vom Boden. »Ich lasse dich nicht sterben.«

Krähs rechtes Auge funkelte. War das eine Träne in seinem Augenwinkel? »Kümmert Ihr Euch um die Welt, Hoheit. Die Welt könnt Ihr retten. Und nur das zählt.«

Kapitel Fünf

Will wachte reichlich beduselt auf. Es lag weniger daran, dass er am Abend zuvor zu viel getrunken hatte. Vielmehr war er viel zu lange aufgeblieben. Entschlossen war im Morgengrauen aufgestanden und hatte ihn aus dem Schlaf gerissen. Er schaffte es zwar, sich wieder in die Decken zu graben und versuchte, mit ihrer Hilfe das Licht abzublocken, doch es gelang ihm nicht. Zu mehr als einem unruhigen Dämmerzustand hatte es nicht gereicht, und nach einem halben Dutzend vergeblicher Versuche, doch noch Schlaf zu finden, gab er es auf und zog sich an.

Obwohl er erst halb wach war, dachte er daran, die Maske aufzusetzen und zu verknoten, bevor er das Zimmer verließ. Bis zum gestrigen Abend hatte er keinerlei Sinn in dieser Maskerade erkennen können. Als Dieb verstand er den Wert einer Maske, allerdings nur, wenn sie dem Erhalt der Anonymität diente. Orioser Masken erreichten genau das Gegenteil und verkündeten allen und jedem sämtliche Einzelheiten aus dem Leben ihres Besitzers. Es erschien ihm geradezu eine Ironie, dass ihm das alltägliche Handwerkszeug eines Diebes hier gestattete, mögliche Opfer zu finden, allein durch die Maskenverzierungen, die deren Reichtum oder Adelsstand verkündeten.

Er hatte die Maske zwar seit dem Aufbruch aus Yslin getragen, aber nur den Fürsten zum Gefallen, die das Heer aufgestellt hatten. Doch in der vergangenen Nacht unten im Schankraum hatte er gesehen, wie die einfachen Leute ihn behandelten. Sie lasen die Maske und glaubten, was sie sagte. Sie wussten, dass er sie vom König erhalten hatte und dass er *Der Norderstett* war. Dass er ursprünglich ein Dieb gewesen war, bekümmerte sie nicht. Die einfache Tatsache, dass er diese Maske erhalten hatte, hatte ihn aus der Menge erhoben, und nur darauf kam es an.

Einerseits wollte er die Maske noch immer als Unsinn abtun, er gab diesem Impuls aber nicht nach. Vor allem – und es schmerzte ihn, sich das einzugestehen –, weil die Menschen ihn wirklich als ihre Hoffnung gegen Kytrin betrachteten. Ihr Glaube überraschte ihn, denn in dem Banditennest, in dem er aufgewachsen war, hieß an jemanden zu glauben den ersten Schritt auf dem Weg zur bitteren Enttäuschung tun. Hätte er denen, die an ihn glaubten, ihr Geld abnehmen wollen, so hätte er in einem Augenaufschlag alles haben können, was sie auf der Welt besaßen.

Doch er wollte ihr Geld nicht. Er wollte ihre Hoffnung und Segenswünsche. Er hatte eine Mission – Kräh zu retten –, und diese Maske sagte jedem in Tolsin, dass man ihm vertrauen konnte. Sie bot ihm eine Legitimität, die er ohne sie niemals hätte erreichen können, und er war entschlossen, diese Macht zum Nutzen seines Freundes einzusetzen.

Will stieg die Treppe hinab und durch den Schankraum. Er erwiderte mit einem Nicken den Gruß des Wirts und wanderte hinaus in die Stadt. Der nahende Winter kündigte sich mit morgendlicher Kühle an, doch die Sonne wärmte ihn. Sie stand längst im Süden über den Bokaguls, und irgendwo zwischen den Bergen und Tolsin lag Valsina, die Heimat der Norderstetts. Die Frau seines Vaters leitete die Güter in Treuhand für ihre Kinder – angeblich seine Halbbrüder. Boleif Norderstett hatte die beiden Knaben als Söhne anerkannt, doch es gingen dunkle Gerüchte, dass nicht er der Vater der beiden war.

Tolsin selbst war nicht sonderlich beeindruckend, auch wenn es groß genug war für zwei Herbergen und eine dritte Taverne, ebenso wie für einen Schmied und mehrere Zimmerleute. In der Mitte des Orts lag ein Marktplatz, auf dem die Bauern zusammen mit fahrenden Kaufleuten ihre Waren feilboten.

Will schlenderte durch den Ort und studierte das *Zur Distelwolle* auf Möglichkeiten, sich unbemerkt Zugang zu verschaffen. Unterwegs erkannte er ein paar der Leute, die er am Abend zuvor im Schankraum der Herberge getroffen hatte. Sie wechselten ein paar freundliche Worte oder eine Geste, und er bemerkte, wie die Leute unter seiner Aufmerksamkeit aufblühten. Sechs Monate zuvor noch hätte er sich jetzt ausgerechnet, um wie viel er sie erleichtern konnte. Stattdessen ertappte er sich bei dem Gedanken, welche schrecklichen Konsequenzen sein Scheitern für sie haben würde.

»Guten Morgen, mein Fürst.« Die Stimme war leise, trotz einer gewissen Schärfe im Ton. Sephi schob ihm die Hand in die rechte Armbeuge und lächelte ihn an. »Ich muss mit Euch reden.«

Will ließ sich keine Gefühlsregung anmerken, als er sie betrachtete. Sie hatte das schwarze Haar zu einem schweren Zopf geflochten, und die haselnussbraunen Augen glänzten hinter einer dunkelbraunen Maske. Die Maske trug eine Waisenkerbe unter dem linken Augenschlitz, zum Zeichen, dass ihr Vater tot war. Einen Augenblick lang fragte sich Will, ob Distalus ihr Vater gewesen war, der Mann, in dessen Begleitung sie nach Alcida unterwegs gewesen war. *Der ist ganz eindeutig tot.*

Sephi presste die Lippen zu einem Strich zusammen, als er ihren Gruß nicht sofort erwiderte. »Bitte, mein Herr Norderstett. Ich weiß, Ihr glaubt, ich hätte Euch ein furchtbares Unrecht zugefügt.«

Du hast Kräh verraten! Er wollte sie wegstoßen. Möglicherweise hätte er genau das auch getan, hätte ihn nicht zweierlei aufgehalten. Erstens war sie eine Spionin im Dienst Oriosas gewesen und konnte ihm dadurch möglicherweise von Nutzen sein. *Um Kräh zu retten, werde ich jeden benutzen, alles, was sich mir anbietet, ohne einen Gedanken daran zu verschwenden.*

Der zweite Punkt war der flehende Ton in ihrer Stimme. Sie wollte ihm verständlich machen, warum sie getan hatte, wofür er sie hasste, und das bedeutete: Sie konnte ihm Informationen liefern, im Austausch für Vergebung. Informationen, die er dringend benötigte. Und so nickte er.

»Ja, Sephi, falls das wirklich Ihr Name ist, was Sie getan hat, hat mich verletzt.« Er atmete tief ein und ließ die Luft langsam wieder entweichen. Seine Stimme blieb neutral, doch ihr Ton war kalt. »Kräh hat Ihr das Leben gerettet, und Sie hat ihn an seine Feinde ausgeliefert, damit sie ihn töten.«

Ihre Schultern sackten. »So scheint es, ich weiß. Und ja, ich heiße Sephi. Bitte, mein Fürst, erlaubt mir zu erklären, warum ich so und nicht anders gehandelt habe.«

»Es spielt keine Rolle.«

»Aber für mich spielt es eine Rolle. Ihr seid der Norderstett, und ich habe Euch verletzt.«

Will blieb stehen und schaute sie an, legte seine Linke auf ihre Hand. Er ließ eine Spur von Wärme in seine Stimme einfließen, ein Versprechen, der Bruch zwischen ihnen ließe sich kitten. »Ich bin sicher, Sie hat gehandelt, wie sie es tat, weil Sie es für das Richtige hielt.«

»Ja, genau das ist es.« Sie nickte ernst, dann senkte sie die Stimme. »Ich fühle, dass ich mich Euch auch anvertrauen kann, mein Fürst, denn wir haben einander nackt gesehen.«

Will zuckte kurz zusammen. Während des Sommers

hatten Kräh, Entschlossen und er Sephi in Alcida kennen gelernt. Sie hatten sie vor einer Horde Schnatterfratzen gerettet, die ihre Begleiter getötet hatte. Sephi selbst war verletzt gewesen, und bei der Behandlung der dabei erlittenen Wunden hatte er durchaus Teile ihres schlanken Körpers zu Gesicht bekommen, die sonst unter der Kleidung verborgen blieben. Aber obwohl sie danach mehrere Tage gemeinsam weitergeritten waren, hatte er sie nie wirklich nackt gesehen. Daran hätte er sich ganz sicher erinnert.

Dann begriff er, was sie meinte. *Als wir uns kennen gelernt haben, trug sie keine Maske!* Sie als Oriosin fühlte sich ohne Maske so verletzlich, wie er sich unbekleidet gefühlt hätte. *Und Kräh haben sie die Maske abgenommen!* Will konnte sich nicht einmal ansatzweise vorstellen, wie furchtbar das für seinen Freund gewesen sein musste.

Er nickte dem Mädchen zögernd zu und machte sich daran, sie auszunutzen. »Ja, Sephi, du kannst mir vertrauen. Seit ich erfahren habe, wer ich bin, nun, die Verantwortung lastet schwer, aber ich weiß, wie wichtig Vertrauen ist. Und ich gebe zu, ich habe mich von dir verraten gefühlt.«

»Aber Will, ich meine, mein Herr Norderstett, ich habe Euch nicht ... ich will sagen, das war nicht meine Absicht.« Sie seufzte schwer. »Mein Fürst, Ihr müsst verstehen, ich bin hier in Oriosa aufgewachsen. Ich bin groß geworden mit Geschichten über den Verräter, und wir Oriosen fühlten seinen Verrat deutlicher als andere. Die Norderstett-Prophezeiung, die Euer Erscheinen vorhersagte, war zunächst so gedeutet worden, dass Euer Großvater gemeint war, und danach Euer Vater. Als Baron Norderstett ins Feld zog, um gegen Kytrin zu kämpfen, herrschte große Freude, und als er scheiterte und zur Nordlandhexe überlief, kam tiefe Verzweiflung über uns. Schlimmer noch, wir fühlten uns von Valkener verraten, dem Feigling. Und dann zog Euer Vater nach Norden, um das Übel auszumerzen, das Euren Großvater Königin Lanivette hat ermorden lassen, und zu tun, was jene stolze Heldentruppe nicht erreicht hatte. Ihr wisst selbst, was geschah. Euer Vater, so tapfer er war, fiel Kytrins Verlockungen zum Opfer.« Sie senkte wieder die Stimme und führte ihn in eine Gasse zwischen dem Hauptstall der Stadt und einer Zimmermannswerkstatt. »Distalus hat erzählt, Euer Vater habe versucht, Kytrin dazu zu bringen, die Helden freizugeben, die ihre Sullanciri geworden waren. Aber sie hinterging ihn, und sein Vater überredete ihn, sich ihr ebenfalls anzuschließen.«

Will schauderte. Er war seinem Vater begegnet. Was immer er einmal gewesen war, jetzt war er eine missgestaltete Schreckenskreatur, die Kytrin als Herold und Botschafter diente. Aus Erzählungen wusste er, dass sein Vater nicht gesund gewesen war, als er nach Norden zog, und was immer Kytrin ihm angetan hatte, es hatte ihn nicht geheilt.

Sephi erzählte weiter. »Ihr kennt die Geschichte, wie Nefrai-kesh Königin Lanivette tötete. Ich war dabei, als Distallus sie Euch erzählte. Aber er hat Euch nicht alles erzählt. Als der Sullanciri sie packte, hielt er ihren Kopf kurz in den Händen, bevor er ihn vom Körper trennte. Er sagte ihr, Kytrin hasse den Verräter und Oriosa werde als erstes Land des Südens untergehen, weil es Valkeners Heimat war. Er sagte ihr, Valkener sei nicht tot und Oriosa werde niemals sicher sein, solange er noch lebte. Dann erst brachte er sie um, indem er ihr den Kopf vom Körper drehte.«

Will verzog das Gesicht. »Woher wusste Distallus dies?«

»Weil der König dabei war, mein Fürst. Prinz Swindger war dort und schlug in dem Versuch auf den Sullanciri ein, ihn von der Königin abzulenken. Doch es gelang ihm nicht, und Nefrai-kesh legte ihm den abgerissenen Kopf der Königin in die Hände. Dann versprach er, wiederzukehren und ihn zu holen. Er versprach, wiederzukehren, falls Valkener überlebte. Deshalb, mein Fürst, wurde Valkener nach der Thronbesteigung des Königs in Abwesenheit vor Gericht gestellt und zum Tode verurteilt. Kytrin sah das als Zeichen, und deshalb wurde Oriosa bisher verschont, wenn auch nur vorerst. Dann sandte König Swindger Agenten aus, Agenten wie mich, um die Südlande nach Valkener abzusuchen ... und nach Euch. Er wollte Euch in Sicherheit bringen, damit Ihr Kytrin vernichten und unser Heimatland retten könnt.«

»Er hat nach mir gesucht? Er hatte doch schon die Norderstetts in Valsina.«

Sephi schüttelte den Kopf. »Sie sind groß genug, die Rolle von Helden zu erfüllen, aber sie erinnern nicht an Eures Vaters Sohn. Ihr dagegen passt perfekt, und ich weiß, Ihr werdet die Prophezeiung erfüllen.«

Es fiel dem Dieb nicht schwer, die ehrliche Überzeugung in ihrer Stimme zu erkennen. Er hätte nicht erklären können, weshalb er sicher war, dass sie die Wahrheit sagte, doch nach Jahren in Gesellschaft der besten Lügner in Yslins Unterwelt besaß er die Gabe, Wahrheit und Dichtung auseinander zu halten. Sie wollte, dass er ihr glaubte, und er glaubte ihr.

»Wie kommt es dann, Sephi, dass du Kräh als Valkener erkannt hast? Du warst nicht einmal geboren, als der Verräter verbannt wurde.«

Sie bewegte unbehaglich die Schultern. »Ich habe ihn nicht erkannt, nicht wirklich. Nachdem Ihr mich gerettet habt, fehlten gewisse Dinge aus meiner Habe. Distalus hatte Notizen geführt, und ich musste annehmen, dass sie in die falschen Hände gefallen waren. Ich wusste nicht, wer Ihr und Eure Begleiter wart, aber während wir gemeinsam unterwegs waren, nahm ich von jedem von euch etwas an mich. Von Euch war es ein angenagter Knochen, ein blutiger Fetzen Stoff von Entschlossen, eine Strähne von Krähs Haar. In Yslin übergab ich diese Dinge den Magikern des Königs, und die identifizierten sie. Sie erkannten erst, dass Kräh der Verräter ist, als sie bereits wieder in Meredo waren. Zu dieser Zeit befand sich Kräh bereits in Okrannel, und sie verloren seine Spur, bis sie eine Nachricht erhielten, dass er Prinzessin Rautrud von Festung Draconis nach Süden begleitete. Ich wurde nach Tolsin geschickt, um ihn zu identifizieren.«

Will nickte. Sie hatte natürlich ein paar Einzelheiten überschlagen, doch das spielte jetzt keine große Rolle. »Als du Kräh wiedergesehen hast, Sephi, hast du dich daran erinnert, dass er dein Leben rettete? Hast du daran gedacht, wie er deine Wunden versorgte?«

Ihre Hand spannte sich um seinen Unterarm. »Mein Fürst, versteht. All mein Leben wurde ich erzogen, den König zu lieben und den Verräter zu hassen. Als ich in die Dienste der Krone trat, war es eine heilige Pflicht, ihn vor den Henker zu bringen und die Gefahr für unsere Nation auszulöschen. Und als die Zauberer ihn erkannt hatten, wurde ich in die Hauptstadt gerufen. Ich wurde gefeiert und geehrt. Der König selbst sagte mir, wie stolz er auf mich war. Ich war ... Ich konnte nicht mehr klar denken. Ich habe überhaupt nichts mehr gedacht, bis ich ihn identifiziert und seinem Bruder gesagt hatte, wer er ist. Der Schmerz in Oberst Valkeners Augen, der Hass in Euren ...«

Sie zögerte einen Augenblick. »Ich weiß, es war falsch, was ich getan habe. Ich wurde dazu ausgebildet, es zu tun. Ich musste es tun, um mein Heimatland zu retten. Aber ich weiß auch, was Kräh auf Wruona getan hat. Ich weiß, was er in Swojin tat ...«

Will nickte. »Gestern Abend haben sie Plumperlieder gesungen. In ihnen ist er immer der Erste, der davonläuft, der Erste, der um Gnade winselt, immer derjenige, der vor allen anderen einen Tritt verdient. Ich habe mir diese Lieder angehört und konnte nur immer wieder denken: Das ist nicht Kräh.«

Sephi nickte zögernd und Will lächelte sie an. »Sephi, ich weiß – Kräh weiß –, dass du nur deine Pflicht getan hast. Du hattest keine Wahl, aber ich denke, du bist dir auch darüber im Klaren, dass Kräh nicht Plumper ist. Es ist undenkbar, dass ein solcher Feigling ein Vierteljahrhundert damit zugebracht hätte, gegen Kytrin zu kämpfen. Und es ist undenkbar, dass ein solcher Feigling Kytrin dermaßen Angst einjagen könnte, sie eine ganze Nation erpressen zu lassen, damit sie ihn tötet. Allein schon, dass Kytrin seinen Tod will, sollte dir alles über ihn sagen, was du brauchst.«

Ihre Augen weiteten sich, als die ganze Bedeutung seiner Worte sie traf. Sie schlug die Hand vor den Mund. »O nein! Was habe ich getan?«

»Es ist nicht wichtig, was du getan hast, Sephi. Das ist geschehen.« Will legte neue Wärme in seine Worte und bot ihr eine Möglichkeit, den Fehler wieder gutzumachen. »Und ich würde nicht von dir verlangen, deine Überzeugung oder deine Freunde zu verraten. Die simple Tatsache ist die: Da wir jetzt wissen, wie sehr Kytrin Kräh fürchtet, wissen wir auch, dass er eine Schlüsselrolle bei ihrem Untergang spielt. Falls Kräh stirbt, hat sie gewonnen. Und das können wir nicht zulassen.«

»O mein Fürst, ich würde alles tun …« Sephi klammerte sich an seinen Arm, dann löste sie den Griff, und ihre Stimme sank zu einem Flüstern herab. »Ihr vertraut mir nicht, und Ihr habt guten Grund, es nicht zu tun. Würde ich glauben, es verdient zu haben, würde ich um Eure Vergebung flehen.«

Will lächelte und streichelte ihr über die Wange. »Sephi, das Letzte, was ich wollte, wäre, dich in Schwierigkeiten zu bringen. Ich möchte nicht, dass du gegen deine Überzeugung handelst. Aber es *gibt* etwas, was du tun kannst, um zu helfen, falls du dazu bereit bist.«

Sie nickte entschieden. »Alles, mein Fürst.«

Will ahmte die Geste nach, dann schaute er sich verschwörerisch um, bevor er die Stimme senkte. Sie beugte sich erwartungsvoll vor, und er wusste, er hatte gewonnen. Er hatte ihr gezeigt, wie das Handeln, von dem sie geglaubt hatte, es würde ihre Heimat retten, dieser in Wahrheit geschadet hatte. Wie erwartet war sie jetzt zu jedem Opfer bereit, um das wieder gutzumachen. In Yslin hätte er nicht den Hauch eines Gedankens daran verschwendet, sie zu benutzen, aber hier fühlte er sich ein wenig unbehaglich dabei. *Trotzdem, sie hat Kräh in Schwierigkeiten gebracht, da kann sie auch helfen, ihn wieder herauszuholen.*

Seine Stimme war kaum mehr als ein Flüstern. »Halte nur Augen und Ohren offen. Ich weiß, darin bist du gut. Falls du irgendetwas siehst oder hörst, was Krähs Lage verbessern könnte, lass es mich wissen. Besonders in Meredo, denn du kennst die Stadt.«

»Ja, mein Herr Norderstett, das werde ich. Ich verspreche es.« Sie seufzte wieder. »Als ich Euch kennen lernte, wusste ich, Ihr seid etwas Besonderes. Ich wusste nur nicht, wie besonders. Es freut mich, dass ich Euch richtig eingeschätzt habe, und heute habt Ihr es bestätigt. Ich danke Euch, mein Fürst.«

Er zwinkerte ihr zu. »Wie du Oriosa die Treue gehalten hast, spricht Bände über meine neue Heimat, Sephi. Und wenn wir jetzt zusammenarbeiten, können wir ihre Zukunft sichern.«

»Ja, mein Fürst, so ist es.« Sie nahm ihre Hand aus seiner Armbeuge, dann zog sie sich zurück und ging zur Straße. »Ihr werdet von mir hören.«

Will nickte und schaute ihr nach. Ein kurzes Schuldgefühl stach ihn, weil er sie benutzt hatte, aber die Empörung über ihren Verrat erstickte es sofort wieder. Er war sich nicht sicher, was sie tun konnte, um Kräh zu helfen, oder wie viel es ihm nutzte, aber es schadete nicht, sie auf seiner Seite zu haben.

Und was, wenn sie mich wieder getäuscht hat, so, wie sie es schon früher versuchte? Will zuckte die Achseln und stampfte zurück zur Straße. Er war der Norderstett. Falls sie ihm nachspionieren und ihn an Swindger verraten wollte, würde sie Mühe haben, etwas zu finden, das sich zu verraten lohnte. *Bis sie etwas von Wert für ihn gefunden hat, werde ich genug Erfahrung besitzen, um mich zu schützen.*

Lächelnd nahm er seinen Spaziergang durch Tolsin wieder auf, und an den Gesichtern der Leute, die ihm begegneten, sah er, dass sein Lächeln ein ausgezeichnetes Omen war.

Kapitel Sechs

Kjarrigan Lies duckte sich so gut es ging in die Schatten – und zitterte. Die kühle Nachtluft hatte wenig mit seinem Unbehagen zu tun. Er war dick angezogen, in schwarzen Wollsachen, in denen er nahezu unsichtbar war. Er ließ sich sogar auf ein Knie hinab, wie die Anführer der Expedition, obwohl er wusste, dass er so erhebliche Schwierigkeiten haben würde, falls schnelles Handeln von ihm verlangt wurde.

Kjarrigan zitterte, weil die letzte Geheimoperation dieser Art, an der er beteiligt gewesen war, Orlas Tod zur Folge gehabt hatte. Zugegeben, die Straßen Tolsins waren nicht die des Piratennests Wruona, und die örtliche Stadtwache war keine Bande blutrünstiger Seeräuber, die zufällig gerade einen Sullanciri zu Besuch hatten. Aber dennoch, dort hatte er einen Fehler begangen, und seine Lehrerin hatte teuer dafür bezahlt.

Na ja, wenigstens die Prinzessin hält das hier für eine gute Idee. Seine Schultern sanken etwas herab. *Andererseits, sie ist nicht hier.*

Vor ihm knieten, ebenfalls ganz in Schwarz, Entschlossen und Will und studierten die Taverne *Zur Distelwolle.* Das gedrungene, zweistöckige Gebäude mit dem schweren Strohdach und den winzigen Fenstern machte nicht viel her. Der schwache Lichtschein, der durch das Butzenglas drang, ließ auf eine ausgesprochen geizige Verteilung von Kerzen schließen. Aber das kam ihrem Vorhaben sehr entgegen.

Neben der Tür standen zwei Mann auf Posten und

stampften mit den Füßen, um sich aufzuwärmen. Die beiden mochten genug sein, um Tolsins kriminelle Elemente abzuschrecken, aber nicht die Truppe, die sich heute Nacht hier versammelt hatte. Entschlossen hätte jeden der beiden in einem Augenblick töten können, und Will war auch kein schlechter Kämpfer. Dranæ, ein riesenhafter menschlicher Krieger mit dunklem Haar, Vollbart und blauen Augen, hockte neben Kjarrigan. Der Mann ragte hoch über ihm auf und wog mehr als der junge Magiker, obwohl an seinem Körper kein Gramm Fett war. Kjarrigan hätte etwas darum gegeben, so stark zu sein, aber das Leben auf Vilwan hatte nicht gerade nennenswerte körperliche Anforderungen an ihn gestellt. Dranæ hielt einen kurzen Holzstock, der keineswegs nach einer gefährlichen Waffe aussah – doch in den Händen dieses Hünen konnte er Knochen brechen.

Die beiden letzten Mitglieder der Gruppe trugen keine Waffen. Qwc, ein Sprijt, hing an der Regenrinne des Hauses, an dessen Mauer sich Kjarrigan drückte. In der Dunkelheit wirkte sein grüner Chitinpanzer schwarz, aber die vier Flügel funkelten selbst jetzt noch wie von eingefangenem Sternenlicht. Die oberen seiner vier Hände strichen über die Antennen, während er sich mit den unteren und den Füßen an der Wand festhielt. Obwohl er kaum größer als Kjarrigans Unterarm war, machten Qwcs Schnelligkeit und seine Flugfähigkeit ihn sehr nützlich.

Seine Stimme sirrte leise. »Nur zwei, die zwei dort.«

Entschlossen nickte. »Lombo?«

Kjarrigan schaute sich über die Schulter zu der Kreatur um, die hinter ihm hockte. Der Panq war eine intelligente Echse, die als Pirat auf Wruona gelebt hatte, bis er verraten worden war und fast das Leben verloren hätte. Der riesige Echsenmann mit der von schweren Knochenplatten bedeckten Haut, den langen, einziehbaren Krallen und der vorstehenden, vor Zähnen starrenden Schnauze schien mehr als fähig, die ganze Stadt auseinander zu nehmen, geschweige denn zwei Posten am Eingang einer Taverne. Im Kampf gegen Kytrins Heere hatte der Panq begeistert Großtemeryxen angegriffen und getötet, ohne einen Kratzer davonzutragen.

Lombo hob die Schnauze und schnupperte, die Ohren flach an den Schädel gelegt. »Zwei draußen. Mehr drinnen. Und Kräh.«

Der Vorqælf nickte, dann drehte er sich zu Kjarrigan um. »Du bist dran, Adept. Schaffst du es?«

Kjarrigan runzelte kurz die Stirn, dann zuckten seine Finger in Richtung des Gebäudes. Der Spruch, den er geworfen hatte, sauste unsichtbar zur Taverne, dann kehrte er ebenso schnell zu ihm zurück und gestattete ihm einen Magikerblick. Für ihn hob sich die Dunkelheit der Nacht, und das Gebäude strahlte hell. Alle lebenden Wesen darin leuchteten heller als die Kerzen. Abgesehen von den zwei Männern an der Tür befanden sich noch drei Personen im oberen Stockwerk. Eine schlief, und die beiden anderen …

Kjarrigan wurde rot und konzentrierte sich auf Erdgeschoss und Keller. In der Taverne selbst hielten sich vier Menschen auf, zwei weitere bemerkte er im Keller. Sie hielten sich sehr dicht beieinander auf, aber einer lag am Boden, während der andere vor Aktivität geradezu loderte. »Jemand ist dort unten bei ihm und tritt auf ihn ein.«

Will drehte sich mit schmalen Augen um. »Halt ihn auf.«

Der junge Magiker setzte zu einer Erklärung an, dass es zwar einfach war, den entsprechenden Zauber zu sprechen, jedoch schwieriger, ihn auf die Personen im Keller zu zielen. Aber ein Blick in Wills Augen machte ihm klar, dass er sich die Mühe sparen konnte. Kjarrigans vilwanische Lehrmeister hätten ihn mit Sicherheit heftig gescholten, hätten sie gesehen, wie er seine Fähigkeiten zu einem Gesetzesbruch benutzte, doch er atmete tief durch, spannte die Schultern und öffnete die Hände, um die Magik freizugeben.

Der Zauber floss mühelos und glitt wie ein Nebelstreif durch die Nacht. Die beiden Wachen sanken wie knochenlose Haufen zu Boden. In der Taverne sank der Schläfer oben tiefer in die Decken, und die beiden anderen wurden vom Schlaf übermannt. Der Mann fiel aus dem Bett, doch selbst das weckte ihn nicht auf. Die Wachen im Erdgeschoss fielen um oder sackten auf den Stühlen zusammen. Und im Keller kippte der Mann, der auf Kräh eingetreten hatte, wie vom Henkersbeil gefällt um.

Kjarrigan lächelte, und Will machte sich auf den Weg über die Straße. Der Magiker packte ihn am Handgelenk. »Warte.«

»Warum?«

Um das Gebäude erklang ein Trommelfeuer von dumpfen Schlägen. Plumpe kleine Kreaturen fielen aus den Regenrinnen, zwei weitere rollten vom Dach. Will reckte den Hals, dann schüttelte er sich. »Ratten?«

»Drinnen werden noch mehr sein, also seht euch vor.«

Der Vorqælf hob die Hand und deutete zur Taverne. Qwc flog in direkter Linie hinüber, dann stieß er einen hohen Heulton aus. Die anderen folgten ihm. Lombo hob die beiden umgefallenen Wachtposten auf. Dranæ und Kjarrigan nahmen ihnen Speere und Helme ab, dann stellten sie sich an ihrer Stelle neben dem Eingang auf, während Will mühelos das Türschloss knackte. Lombo, der Vorqælf und Will verschwanden im Innern. Danach erhob sich der Sprijt in die Luft und kreiste über dem Gebäude.

Kjarrigan erwartete keine Probleme. Prinzessin Alexia und ihre Gyrkyme-Gefährtin Perrine gaben ein

Essen für Call Mably und die übrigen Würdenträger der Stadt. Sie waren alle an Ehrenplätzen untergebracht, während er und seine Begleiter sich sehr viel weiter unten am Ende der Tafel herumgedrückt und vorgegeben hatten, zu viel zu trinken, bis sie sich wankend verdrückten, angeblich, um ihren Rausch auszuschlafen, während die geladenen Gäste sich über Weltpolitik und bedeutende Ereignisse unterhielten. Niemand von ihnen würde sich entfernen dürfen, bevor Alexia die Gesellschaft für beendet erklärte, und das würde sie erst tun, nachdem Qwc mit der Nachricht vom erfolgreichen Ende des Unternehmens zurück war.

Dranæ setzte sich den verbeulten Helm auf. »Eure magischen Fähigkeiten sind beeindruckend, Adept Lies.«

Kjarrigan blinzelte. »O nein, ich war sehr nachlässig.« Er stieß eine der schlafenden Ratten mit dem Fuß an. »Hätte ich mich konzentriert, hätte ich den Zauber auf die Menschen beschränken können. Oh, und auf den Hund in der Ecke. Aber ich habe den Spruch einfach blind geschleudert, und er hat alles dort drinnen erwischt. Ich hätte genauer arbeiten müssen.«

»Aber, Adept Lies, ich war bisher der Meinung, außerhalb des Bereichs der Kampfmagik besäßen Menschen nicht die nötige Disziplin, lebende Wesen magisch zu beeinflussen. Ist der Spruch, den Ihr eingesetzt habt, nicht Teil eines ælfischen Heilverfahrens, das dazu dient, den Verletzten ruhig zu stellen, während andere Heilzauber ihre Wirkung entfalten?«

»Nun, ja, schon, aber …« Kjarrigan runzelte die Stirn. »Auf Vilwan hatte ich auch ælfische Lehrmeister. Ich habe nur benutzt, was sie mir beigebracht haben.«

»Ihr habt Eure Lektionen sehr gewissenhaft gelernt.«

»Wie kommt es, dass Ihr so viel über Magik wisst?« Der junge Zauberer versuchte, seine Stimme unter

Kontrolle zu halten. »Ich will Euch nicht zu nahe treten, doch ...«

»Doch ich wirke nicht wie ein Gelehrter?« Der Hüne zuckte die Achseln und kippte den Helm nach links. »Ihr wisst, Kräh, Entschlossen und Will haben mich aus der Gewalt eines Trupps Schnatterfratzen befreit. Sie hatten mich gefangen genommen und mir auf den Kopf geschlagen. Ich erinnere mich an nichts, bevor ich mich Kräh anschloss, daher kann ich Euch nicht darauf antworten. Vielleicht habe ich auf Vilwan etwas darüber aufgeschnappt, als wir gegen die Piraten kämpften. Es waren ælfische Heiler dort. Wahrscheinlich ist das die Erklärung.«

Kjarrigan nickte. »Ælfische Magik ist sehr schwer zu erlernen, weil sie sich von der menschlichen grundlegend unterscheidet. Menschliche Magik kann man konstruieren, während ælfische fließt und wächst.«

Eine weitere Diskussion über die Feinheiten der Magik wurde von der sich öffnenden Tavernentür abgeschnitten. Entschlossen trat zuerst ins Freie, Lombo folgte ihm, mit jeder Hand einen Posten hinter sich her schleifend. Er setzte sie neben die Tür, den Rücken an die Wand gelehnt. Will bildete das Schlusslicht und verriegelte die Tür wieder, während Dranæ und Kjarrigan Helme und Speere ihren Besitzern zurückgaben.

Entschlossen verzog das Gesicht, als er den Helm sah, den Kjarrigan dem Posten aufgesetzt hatte, dann bückte er sich und drehte ihn richtig herum. »Fertig.«

Kjarrigan lächelte. »Es ist gelungen?«

Will lachte. »Vollendet, Kjarrigan. Wenn das hier vorbei ist, kann uns beide niemand aufhalten. Du schläferst die Wachen ein und ich hole die Beute.«

Der Vorqælf schaute auf den Dieb hinab. »Du hast da drinnen doch nichts gestohlen, oder, Junge?«

Wills Nasenflügel blähten sich. »Das war nicht vorgesehen. Nein.«

»Gut. Dann beweg dich.«

Die fünf Gestalten huschten über die Straße zurück. Kjarrigan zögerte, als er wieder in den Schatten angekommen war, aus denen er den Zauber geworfen hatte. »Soll ich sie aufwecken?«

»Nein.«

»Ja.«

Kjarrigan schaute von Entschlossen zu Will. »Was nun?«

Der Vorqælf schüttelte den Kopf. »Lass sie morgen früh aufwachen, als wären sie ganz gewöhnlich eingeschlafen.«

Will stöhnte. »Aber dann schläft der Kerl unten im Keller weiter.«

»Soll er. Das zögert es nur heraus.«

Dranæ lupfte die rechte Braue. »Der, der Kräh getreten hat? Was habt ihr mit ihm gemacht?«

Entschlossen zuckte die Achseln. »Die Leiter in den Keller ist steil. Er ist gefallen. Hat sich das Bein gebrochen.«

Will nickte. »Ein wirklich übler Bruch. Der Knochen ragt heraus und all so was.«

Kjarrigan wurde bleich. »Ihr habt ihm absichtlich das Bein gebrochen?«

»Ich wollte ihm beide brechen und die Daumen in ...«

»Es reicht, Will.« Entschlossen drängte sie weiter durch die Stadt und legte Kjarrigan die Hand in den Rücken. »Es gibt Augenblicke, Adept Lies, da ein kleines Übel eine schmerzhafte Vergeltung verlangt. Der Mann wird von der Verletzung genesen, aber wann immer er sich in Zukunft anschickt, jemanden zu treten, wird er sich daran erinnern. Es ist kein großartiger Sieg, aber für heute reicht es.«

Das Rascheln von Federn, das Perrines Ankunft ankündigte, war leiser als das Flattern der von der Morgensonne geweckten Tauben auf den Dächern. Alyx lächelte und beugte sich aus dem Fenster, als die Gyrkymsu ihre Schwingen einfaltete. Perrine war gefärbt wie ein Falke, mit dunkelbraunem Gefieder über Schultern und Rücken, das sich über Brüsten und Bauch zu einem braun gefleckten Cremeton aufhellte. Das war in der Kriegerkaste der Gyrkyme nicht ungewöhnlich. Große, bernsteingelbe Augen funkelten vor Klugheit, auch wenn die braunen Federn, die sie umgaben, den Eindruck erweckten, das Gesicht sei tränenfeucht. Das wilde Grinsen verscheuchte jedoch jeden Gedanken an Traurigkeit.

»Du hattest Recht, Schwester. Sie sind am anderen Ende der Stadt versammelt und haben vor, die Ortschaft auf dem Weg zur Hauptstadt zu umgehen. Lombo sitzt im Tor und scheint die beiden Wachen, die mit Stöcken auf ihn einschlagen, gar nicht zu bemerken.«

Alyx schüttelte den Kopf. »Ich sehe besser zu, dass ich hinunterkomme, für den Fall, dass er sich doch noch entschließt, sie zu bemerken. Kannst du …?«

Perrine kreischte freudig und erhob sich mit einem mächtigen Flügelschlag in die Luft. »Kein übermäßiges Blutvergießen, ich verspreche es.«

»Danke, Schwester.«

Alyx drehte sich um und stampfte durch das Zimmer. Gepäck und Schwert ließ sie zurück. Wie üblich hatte sie das Haar zu einem dicken Zopf geflochten, dessen Ende mit einem schwarzen Lederband umwickelt war. Sie trug ein einfaches Rehlederhemd und passende Hosen, die allerdings schwarz gefärbt waren. Deren Beine waren in die Stiefel gesteckt, und um das Hemd war ein breiter Gurt gebunden, in dem die Handschuhe steckten. In der leichten Kleidung fühlte sie sich beinahe nackt, als sie die Treppe hinab und auf die Straße lief, so gewohnt war sie es, den schweren Kettenpanzer zu tragen.

Sie brauchte nicht lange für die Strecke von der Herberge bis zu der Stelle, an der Call Mably und seine Stadtwache sich versammelt hatten. Lombo hockte noch immer im Torbogen, umgeben von zerborstenen Holzstöcken. Perrine saß auf dem Tor und betrachtete Mably mit schräg gelegtem Kopf, während Qwc sich auf Krähs Schulter gesetzt hatte. Um die Gruppe versammelten sich langsam die Städter.

Alexia lächelte, als sie in den Kreis trat und die Zügel von Mablys Pferd fasste. »Magistrat Mably, hätte Er gestern erwähnt, dass Er plante, so früh abzureisen, ich hätte unsere Gesellschaft eher beendet.«

Abgesehen von der grünen Maske zeigte Mablys Gesicht keinen Hauch von Farbe. Nein, verbesserte Alyx ihre erste Einschätzung. Seine Augen waren ziemlich rot, und über seiner Haut lag ein leichter Schimmer von ähnlicher Farbe, wie sie die Maske aufwies. Sie widerstand der Versuchung, sein Pferd zu erschrecken, was ihn mit ziemlicher Sicherheit aus dem Sattel geworfen und zum Kotzen gebracht hätte.

»Hoheit, ich hielt es nicht für angebracht, Euch mit so alltäglichen Belangen wie der Verlegung des Gefangenen zu langweilen.«

»Er mag nicht der Ansicht sein, dass es mich interessiert, aber wohin mein Gatte geht, dahin gehe auch ich.«

Mablys rote Augen quollen fast aus der Maske. »Was?«

Selbst Krähs Kopf flog hoch. »Prinzessin, nicht.« Er wollte sichtlich heftiger protestieren, doch ihm fehlte die Kraft. Man hatte ihn auf dem Sattel festgebunden, und auch seine Handgelenke waren schwer gefesselt. Jemand hatte ihm eine fadenscheinige graue Decke übergeworfen, sie reichte aber nur bis auf die Oberschenkel, sodass die nackten, von Prellungen übersäten Beine deutlich zu sehen waren.

Mably hob den Kopf. »Ihr behauptet, dieser Mann sei Euer Gatte?«

Alyx nickte. »Das ist er.«

»Sie lügt.«

Mably lächelte. »Er verneint es, Hoheit.«

»Er ist nicht bei klarem Verstand. Kein Wunder nach der Behandlung, der er ausgesetzt war.« Alyx lächelte freundlich. »Wie Er sehr gut weiß, gestatten die Orioser Sitten einer Gattin, ihren Ehemann zu begleiten, wenn er vor Gericht gestellt wird.«

»Das Urteil ist bereits gesprochen, er wird zur Vollstreckung gebracht. Diese Sitte kommt hier nicht zur Anwendung«, schnaubte Mably. »Außerdem bestreitet er, mit Euch verehelicht zu sein.«

»Und Er behauptet standfest, dass sein Gefangener Valkener sei, der Verräter, ein notorischer Lügner. Wie kann Er ihm dann jetzt Glauben schenken?« Sie hob die linke Hand und strich mit dem Daumen über einen goldenen Ring. »Wir sind verheiratet. Wir wurden in einer Zeremonie in Kedyns Tempel auf Festung Draconis getraut. Prinz Ermenbrecht war Zeuge.«

Kräh knurrte. »Mably, Ihr seid doch hoffentlich nicht Narr genug, das zu glauben?«

»Still, Liebster.« Die Prinzessin schaute von Kräh wieder hinauf zu Mably. »Er betrachte die Hand seines Gefangenen, Magistrat, und Er wird den Ring sehen. Selbst der jüngste Seiner Magiker wird bestätigen können, dass sie verbunden sind, wie es nach einer Hochzeitszeremonie auch sein sollte.«

Der Amtsmann fletschte die Zähne. »Als wir ihn in Gewahrsam nahmen, trug er keinen Ring.«

»Bei ihrer Durchsuchung seiner Person haben sie ihn nicht gefunden.«

»Ihr trugt gestern Nacht keinen Ring.«

»Er hat ihn nur nicht gesehen.« Alyx schnaubte. »Vermutlich, weil Er zu betrunken war.«

Mably schüttelte heftig den Kopf, dann zischte er vor Schmerz. »Prinzessin, der einzige Magiker in Tolsin, der die Bezeichnung verdient, ist Adept Lies, wie Ihr wohl wisst, und ich würde seinem Wort bezüglich der Ringe keinen Glauben schenken. Ihr lügt.«

»Sie lügt nicht.«

Alyx drehte sich um und sah eine schlanke, dunkelhaarige Frau aus der Menge treten. Wut durchzuckte sie, und über dem Tor entfaltete Perrine die Schwingen. *Das ist Sephi, die Frau, die Kräh an Swindger verriet. Was für ein Spiel spielt sie?*

Mablys Kopf zuckte hoch. »Wovon schwätzt du, Mädchen?«

Sephis Augen funkelten. »Ich sagte, sie lügt nicht. Sie sind verheiratet.«

»Unsinn.«

»Ist es das?« Sephis Tonfall wurde schärfer. »Ihr wisst sehr gut, wer ich bin, Call Mably. Ich bin des Königs Aug und Ohr. Ich wurde hierher gesandt, um zu bestätigen, dass es sich um den Verräter handelt. Ich weiß alles über ihn, und ich weiß, sie sind Eheleute.«

Der Magistrat bewegte unbehaglich die Schultern. »Warum erfahre ich erst jetzt davon?«

»Magistrat, Ihr braucht nur zu wissen, wovon der König der Ansicht ist, dass Ihr es wissen müsst. Seid Ihr klüger als er? Ich bin sicher, die Antwort des Königs auf diese Frage würde sich von der Euren unterscheiden.« Sephi schüttelte den Kopf. »Ich teile Euch dieses Wissen mit, um zu verhindern, dass Ihr eine Dummheit begeht, etwa, indem Ihr einen Prinzen Okrannels nackt durch Oriosa paradiert. Ich werde nicht zulassen, dass Ihr unsere Heimat in Verlegenheit bringt.«

Der Magistrat sackte im Sattel zusammen. »Hier stimmt etwas nicht. Es war kein Ring an seiner Hand.«

»Weil die Prinzessin lügt.«

»Halt's Maul!« Mablys Ausbruch ließ Kräh verstummen, doch es war unübersehbar, dass er den Magistrat Kraft gekostet hatte. Er keuchte mehrere Sekunden lang, dann starrte er zu Alyx herab. »Das ist ein Trick. Ich weiß es. Ich lasse mich nicht zum Narren machen.«

Die Prinzessin trat zurück und breitete die Hände aus. »Falls Er darauf besteht, mich eine Lügnerin zu nennen, verlange ich Genugtuung von Ihm. Er hat die Wahl. Er kann auch der Spionin Seines Königs hier glauben und mir gestatten, meinen Gatten nach Meredo zu begleiten.«

»Nur Ihr, Prinzessin.«

»Natürlich, nur ich. Und meine Leibwache.«

Mably stöhnte.

Alyx lächelte. »Er weiß sehr gut, dass sie auf jeden Fall mitkommen werden. Er sollte besser keine Schlacht ausfechten, die Er nicht gewinnen kann.«

»Dies ist nur ein Scharmützel, Prinzessin, und Ihr habt es gewonnen.« Mably richtete sich wieder auf. »In Meredo wird sich die Schlacht entscheiden, und nicht zu Euren Gunsten.«

Kapitel Sieben

Die Gesellschaft verließ Tolsin am Mittag, und Alyx war mit dem Verlauf des Morgens durchaus zufrieden, auch wenn gewiss nicht alle in ihrer Begleitung diese Ansicht teilten. Call Mably war sichtlich nicht erfreut. Sie spürte, wie wütende Blicke sich ihr in den Rücken gruben. Mably ritt an der Spitze der Nachhut, wohin Entschlossen ihn verscheucht hatte. Der Tolsiner Magistrat hatte seine Stadt an der Spitze der Kolonne verlassen, aber nachdem ein Teil seiner Wachen losgeritten waren, um den Zug nach vorne und zu den Seiten zu sichern, hatte er sich plötzlich mitten in ihrer Gruppe wiedergefunden und hastig den Rückzug angetreten.

Es half Mably nichts, dass alle Soldaten mit angesehen hatten, wie Sephi ihn zurechtgestutzt hatte. Das hatte seinem Ansehen bei der Stadtwache erheblich geschadet, und die Soldaten duldeten ihn eher als auf seine Befehle zu warten. Je weiter sie sich von Tolsin entfernten, desto geringer wurde sein Einfluss, und Entschlossen füllte das entstehende Machtvakuum aus.

Seine faktische Übernahme des Befehls behagte Mably noch weniger. Der Vorqælf sandte, unterstützt von Dranæ, Kundschafter aus und teilte die Wachen der Soldaten ein. Nur einer der Tolsiner Reiter widersetzte sich Entschlossens Befehlen … bis Will die Bemerkung fallen ließ, dass es dumm war, Entschlossen zu verärgern – und Dummköpfe sich häufig bei furchtbaren Unfällen die Beine brechen. Der Soldat steckte hastig zurück und fand schnell heraus, dass Entschlossen sehr wohl wusste, was er tat.

Alles in allem wäre Alyx höchst erfreut gewesen, hätte Kräh nicht eine so düstere Miene zur Schau getragen. »Kräh, du hast doch wohl nicht ernsthaft geglaubt, ich würde ihm erlauben, dich abzutransportieren, oder? Glaubst du etwa, du hättest Meredo lebend erreicht?«

Kräh verzog das Gesicht. »Wahrscheinlich wäre ich der Hauptstadt eine Meile näher gekommen als Mably, doch das ist ohne Bedeutung. Ich wollte nicht, dass Ihr in mein Schicksal mit hineingezogen werdet. Ich hatte Euch gebeten, das nicht zu tun.« Er hob die linke Hand und drehte mit dem Daumen den goldenen Ring an seinem Finger. »Ich nehme an, Kjarrigan hat diese Ringe auf dieselbe Weise fabriziert, wie er in der Lage war, das Duplikat des Fragments zu erschaffen?«

»Er musste die Ringe des Herbergswirts und seiner Frau borgen, um die richtige Verbindung zu schaffen, aber … ja.«

Der Weißhaarige schüttelte den Kopf. »Und dann hat Will sich in die Taverne geschlichen und ihn mir an den Finger gesteckt.«

Alyx nickte. »Ich war nicht dabei. Ich war damit beschäftigt, Mably und ein paar andere abzulenken. Es ist alles überaus glatt gelaufen.«

»Sofern man sich nicht dabei das Bein gebrochen hat.«

»Soweit ich es verstehe, hat er auf dich eingetreten.«

Kräh zuckte die Achseln. »Es hat nicht geschmerzt. Er hat getreten wie ein Mädchen.«

Ihre violetten Augen wurden groß. »Das würdest du nicht sagen, wenn ich dir einen Tritt versetzte.«

»Vermutlich nicht.« Er sah zu ihr hinüber, und die Haut um sein linkes Auge war kränklich gelb, durchzogen von blauvioletten Schlieren. »Aber Ihr habt mir einen Tritt versetzt. Mit dieser Scharade.«

»Jetzt musst du nur noch behaupten, es hätte deine Eitelkeit verletzt, gerettet zu werden!« Alyx warf den Kopf in den Nacken und lachte. »Falls es nämlich darauf hinausläuft, hast du mehr Schläge auf den Kopf bekommen, als ich gedacht hatte.«

Kräh setzte sich auf und nahm die Schultern stolz nach hinten. Es fiel ihm nicht leicht, doch das einzige äußere Anzeichen der Anstrengung war die Spannung in der Haut um seine Augen. »Ihr kennt mich besser, Prinzessin. Ich wollte, dass Ihr mich vergesst. Ich wollte Euch vor dem beschützen, was mich erwartet. Ich bin seit Jahren auf diesen Tag vorbereitet, aber Euch hat das überrumpelt. Für meinen Untergang bin ich selbst verantwortlich, und Ihr solltet Euch da heraushalten.«

»Warum wolltest du mich beschützen?«

»Weil Ihr wichtig seid. Die Welt verlässt sich auf Euch.«

Sie beugte sich vor und stützte beide Hände aufs Sattelhorn. »Wäre dies der Grund, hättest du mich nie in den Kampf ziehen lassen.«

Kräh seufzte. »In der Schlacht ist das etwas anderes. Für das, was uns jetzt erwartet, seid Ihr nicht ausgebildet. Und das ist nicht alles. Ihr seid eine Freundin. Ich habe Entschlossen auch gesagt, er solle sich heraushalten.«

Alyx musterte ihn mit schmalen Augen. »Wie kommt es, Kräh, dass du treu zu deinen Freunden stehst, mit ihnen in den Kampf reitest, ihnen das Leben rettest, Jahrzehnte der Schande auf der Suche nach dem einen Menschen erträgst, der die Welt retten kann, die dich verstoßen hat, aber gleichzeitig kannst du nicht begreifen, warum deine Freunde dir beistehen sollten? Findest du das nicht oberflächlich?«

Er hob die Hand, und der Ärmel des Lederwamses fiel weit genug zurück, um die Spuren erkennen zu lassen, die die Handschellen hinterlassen hatten. »Nein,

nein, das ist es nicht. Es ist nur ...« Er schluckte und schaute zur Seite, biss sich auf die Unterlippe. Er setzte erneut zu einer Antwort an, dann stieß er aber nur laut die Luft aus.

Sie streckte den Arm und legte ihm sanft die Hand auf die linke Schulter. »Es ist gut, Kräh.«

»Nein, ist es nicht, Prinzessin.« Er atmete tief ein und ließ die Luft langsam entweichen. »Von dem Augenblick an, da ich die Maske verlor, wusste ich, dass ich das Richtige tue. Trotzdem, als sie mir die Maske abnahmen ... als mein *Vater* mir die Maske nahm, hat mich das erschlagen. Mir war, als hätten mir wilde Bestien das Gesicht abgefressen. Ich hatte mich mein ganzes Leben bemüht, mich einer Maske würdig zu zeigen, und jetzt hatte man sie mir aberkannt. Tarrant Valkener war tot. Danach weiß ich nichts mehr, jedenfalls für die nächsten paar Monate. Ich trank bis zur Besinnungslosigkeit, aber immer wieder wachte ich *mit nacktem Gesicht* auf. Ich hätte mich in den fleischlichen Freuden vergessen, wenn ich eine Partnerin gefunden hätte. Ich wurde aus Herbergen geworfen, verprügelt und zusammengeschlagen, angespuckt, in Rinnsteine und Sickergruben geworfen. Hätte ich in Flammen gestanden, mich hätte keiner angepisst, um sie zu löschen.«

Seine Stimme war kaum lauter als ein Flüstern. Er zitterte, als er sprach. Alyx spürte es durch die Hand, und obwohl sie das Gefühl hatte, mit der Berührung in seine Privatsphäre einzudringen, konnte sie ihn nicht loslassen. Eigentlich wollte sie ihm tröstend über Schulter und Rücken streichen, ließ es aber, weil sie sich an die Prellungen erinnerte.

Dieser Drang, ihn zu trösten, verwirrte sie. Jedem anderen hätte sie auf die Schulter geschlagen und ihn aufgefordert, sich zusammenzureißen. Unter den Gyrkyme waren Beichten dieser Art unbekannt. Es gab so wenige von ihnen, und sie lebten auf so engem Raum zusammen, dass sich unter ihnen einfach nichts ergab, was irgendjemand noch hätte beichten müssen. Trotz der Tatsache, dass Gyrkyme ein in sie gesetztes Vertrauen niemals enttäuschten, war es beinahe unmöglich zu verhindern, dass ein Geheimnis bekannt wurde, und war das einmal der Fall, breitete es sich in Windeseile aus. Sünden blieben nicht verborgen und wurden schnell vergeben. Seit sie hinaus in die Welt gezogen war, hatte sie gelegentlich Kameraden gefunden, die das Bedürfnis gehabt hatten, sich ihr gegenüber zu erleichtern. Aber sie hatte ihnen nur zugehört, solange es die Höflichkeit erforderte, bevor sie die Flucht ergriff.

Doch dies hier war etwas anderes. Der Schmerz in seiner Stimme schlich sich langsam in Alyx' Geist und verkrampfte ihr die Eingeweide. Seine Worte beschrieben eine Last, die er fast so lange getragen hatte wie sie auf der Welt war, und sie wünschte, sie hätte etwas tun können, um sie ihm abzunehmen.

In dieser Hinsicht schien ein tröstender Schulterdruck kläglich unzureichend.

Kräh sprach weiter, den Blick auf die Straße geheftet. »Entschlossen war im Norden gewesen und hatte in den Boraguls nach Spuren Kytrins gesucht. Wie er mich gefunden hat, kann ich nicht sagen, doch er holte mich aus Yslin weg, fort von den Menschen, und brachte mich in die Berge bei Gyrvirgul. Ich weiß nicht, wie er mich ertragen hat. Ich habe nur geschlafen oder geheult, und beides habe ich gehasst. Er saß einfach dabei und leistete mir Gesellschaft, blieb stumm, wenn ich es brauchte, herrschte mich an, wenn ich das brauchte, und sprach oft genug von der Zukunft, was ich mehr als alles andere brauchte.«

Jetzt drückte Alyx ihm die Schulter. »Entschlossen ist dein Freund.«

Kräh nickte. »Ja, und der beste, den ich je hatte. Er hat mich wiederaufgebaut. Er hat Kedyns Krähe erfunden – ein Name, der auf irgendeine Ælfenprophezeiung zurückgehen soll, die er vermutlich auch erfunden hat. Aber vor allem hat er mich daran erinnert, dass ich geschworen hatte, Vorquellyn zu meinen Lebzeiten befreit zu sehen. Erst widersetzte ich mich dem Gedanken, doch irgendwann schlug er Wurzeln. Trotzdem wusste ich schon damals, dass dieser Tag kommen würde, und ich habe ihm das Versprechen abgenommen, sich nicht einzumischen, wenn es soweit ist.«

»Wie könnte er das, wenn du Vorquellyn noch befreien musst?«

»Ich habe nur geschworen, dass es zu meinen Lebzeiten frei sein wird. Je eher ich sterbe, desto schneller wird es befreit.«

Alyx schleuderte ihm einen schrägen Blick zu. »Ich vermute, Entschlossen sieht das etwas anders.«

»Entschlossen sieht nur, was er sehen will.« Kräh hob den Kopf und schaute zu dem Vorqælfen, der ein gutes Stück vor ihnen ritt. »Entschlossen Eidbrecher!«

Der Ælf drehte sich halb um, legte eine Hand an das spitze Ohr, dann ließ er sie wieder fallen und zuckte die Achseln.

Kräh knurrte. »Der Kerl kann auf zwanzig Rittmeilen eine Grille atmen hören, aber wenn er will, ist er stocktaub.«

»Könnte sein, Kräh, dass er diese Anschuldigung einfach keiner Antwort wert findet.« Sie lächelte ihn kurz an. »Oder er ist der Ansicht, es wäre ein schlimmerer Eidbruch gewesen, dich im Stich zu lassen.«

Er schaute sie an. »Entschlossen braucht keine Verteidigung.«

»Ich habe nicht ihn verteidigt, sondern mich und meine Entscheidung.« Ihre Augen wurden schmal. »Du erinnerst dich, wie du dich geweigert hast zu versprechen, dass du mich tötest, sollte ich zu Kytrin überlaufen? Du hast erklärt, du würdest dich weigern, damit ich mich nicht fälschlich sicher fühle. Du wolltest verhindern, dass meine Vorsicht nachlässt und ich gerade deshalb empfänglich für ihre Versprechungen werde. Erinnerst du dich?«

»Allerdings.«

»Du hast mir damals nicht gesagt, was ich hören wollte. Du hast mich mit der Wahrheit konfrontiert, die ich hören *musste*. Und jetzt werde ich dir diesen Gefallen zurückerweisen. Wir sind deine Freunde, und wir *brauchen* dich hier bei uns. Das mag deinen Plänen widersprechen, aber damit wirst du leben müssen.«

Kräh schloss für einen Moment die Augen, dann nickte er. »Danke.«

»Gern geschehen.«

Er räusperte sich. »Trotzdem. Hättet Ihr dafür keinen anderen Weg finden können, Prinzessin? Es ist eine so fadenscheinige Strategie, dass niemand sie glauben wird.«

»Was, ist es so unmöglich, dass ich deinem Charme erlegen bin?«

»Selbst wenn ich welchen besäße.« Kräh grinste. »Weicht mir nicht aus. Indem Ihr behauptet, mit mir verheiratet zu sein, habt Ihr Euren Wert als dynastische Ehepartnerin höchst wirksam zerstört.«

»Ein zusätzlicher Bonus.«

»Lasst die Witze.«

Sie ließ die Hand an seinem Arm hinabgleiten, und legte sie wieder auf das Sattelhorn. »Es ist mir ernst. Du weißt, dass ich ausgebildet wurde, ein Heer zu führen. So hat mein Vater es gewollt und es Preiknosery Eisenschwinge anvertraut. Die Gyrkyme haben die Wünsche meines Vaters geachtet, und König Augustus hat dafür gesorgt, dass ich die nötige Unterstützung bekam. Sie und er kennen meinen wahren Wert für die Welt. Mein Großvater aber und meine Urgroßtante kennen ihn nicht. Für sie bin ich eine Zuchtstute, die mit irgendeinem Prinzen verheiratet werden muss, um Bündnisse zu festigen, damit wir Unterstützung bei der Rückeroberung Okrannels bekommen. Sie würden mich in irgendein Bett legen, um uns zusätzliche Truppen zu schaffen, selbst wenn ich ein kleineres Heer anführen und Okrannel selbst erobern könnte.«

»Das mag alles der Wahrheit entsprechen, Prinzessin, aber niemand glaubt an unsere Ehe.«

Alyx lächelte. »Der Norderstett und Perrine waren unsere Trauzeugen. Prinz Ermenbrecht war ebenfalls zugegen, er ruhe in Frieden.«

»Zwei Freunde und ein Toter als Zeugen? Niemand wird ihrem Wort vertrauen.«

»Sie werden dem meinen vertrauen. Es wird ihnen nichts anderes übrig bleiben, das ist eines der Gesetze des Adels. Mich der Lüge zu bezichtigen, hätte Konsequenzen.«

»Aber wenn es offensichtlich ist, dass Ihr lügt, Prinzessin …«

Sie schüttelte vehement den Kopf. »Jetzt hör mir zu, Kräh, und hör gut zu. Ich kenne deine Geschichte. Ich habe sie von Kindesbeinen an gehört. Die Schande, die Lügen, wie sie dich als unwichtig abgetan haben. Ich habe dich kennen gelernt. Du hast mir das Leben gerettet. Ich habe dir das Leben gerettet. Wir haben nach der Schlacht einen Weinschlauch geteilt, wir haben zusammen ein Piratennest gestürmt und einen Sullanciri getötet. Ich weiß, der Valkener der Legende, der berüchtigte Feigling, das bist nicht du.«

»Ja, aber …«

»Nein, Kräh, kein aber.« Sie schluckte mühsam, weil ihr ein Kloß in die Kehle stieg. »Ich möchte glauben, hätte mein Vater noch gelebt, wäre er dort gewesen, als sie dich abgeurteilt haben, und hätte gegen das Unrecht protestiert. Ich bin sicher, wäre König Augustus nicht in Okrannel gewesen, er hätte es ebenfalls getan.«

Kräh schüttelte den Kopf. »Sie hätten es nicht gekonnt.«

»Wir werden es nie erfahren, aber ich kenne Augustus und weiß, er hätte einem derartigen Unrecht nie zugestimmt. Doch worauf ich hinaus will, ist Folgendes: Die gekrönten Häupter des Südens haben sich damals entschieden, dein Leben zu vernichten, um ihre Herrschaft zu sichern. Sie haben eine Lüge in die Welt gesetzt und sie benutzt, dich zu zerstören. Du hast gesagt, dein Vater hätte dir die Maske genommen. Glaubst du, das hätte er getan, hätte er die Wahrheit gekannt?«

Der Mann neben ihr zitterte einen Augenblick, dann wurde seine Stimme leise. »Er kannte eine Wahrheit, und die hat ihn veranlasst, mir die Maske abzunehmen. Er brauchte ihre Lüge nicht.«

Sie runzelte die Stirn, verstand nicht, wovon er sprach. *Dafür ist später noch Zeit.* »Kräh, die Fürsten der Welt waren es, die dir dies angetan haben. Ich werde es nicht länger dulden. Diese Lüge hat schon genug Schaden angerichtet.«

»Und nun kämpft ihr mit einer neuen Lüge dagegen an?« Die Worte waren eine Anschuldigung, aber das Grinsen um seine Mundwinkel nahm ihr die Schärfe.

Sie nickte. »Sie hält deine Hinrichtung auf und kauft uns Zeit. Eine Menge Leute werden sich abmühen, mir diese Hochzeit auszureden. Ich könnte eine Annullierung gegen eine Begnadigung eintauschen, und damit wäre die Sache erledigt. Schließlich weiß alle Welt, dass Valkener Selbstmord begangen hat. Du wurdest nur versehentlich mit ihm verwechselt. Vergiss nicht, laut den Vorqælfen sind die Geschichten über Kedyns Krähe seit der Zeit vor dem letzten Krieg im Umlauf.«

Kräh lachte. »Oh, Ihr habt das alles gründlich durchdacht.«

»Mir blieb nichts anderes übrig. Will und Kjarrigan würden ausgezeichnete Inquisitoren abgeben. Natürlich wird auch dieser Plan, wie jeder andere, in sich zusammenstürzen, sobald wir in Kontakt mit dem Gegner kommen.« Alyx zuckte mit den Schultern. »Aber wir müssen gewinnen, also werden wir es auch.«

Er schaute zu ihr hinüber, dann schüttelte er den Kopf. »Swindger ist kein Dummkopf, aber er dachte, er würde sich nur mit mir anlegen. Ich sehe, er wird weit mehr aufgetischt bekommen, als er bestellt hat.«

»Er hat die Melodie vor einem Vierteljahrhundert bestellt und tanzt jetzt lange genug danach.« Prinzessin Alexia drückte noch einmal Krähs Schulter. »Es ist an der Zeit, den Spielmann zu bezahlen.«

Kapitel Acht

Die Schneesäule wirbelte über die aurolanische Landschaft auf sie zu wie ein lebendiges, zielbewusstes Wesen. Isaura streckte die bloße Hand aus. Lange, schlanke Finger, bedeckt mit einer Haut kaum dunkler als der Schnee, sanken in den Wirbelwind. Unter der Berührung brach der Schneegeist auseinander. Einzelne Flocken legten sich ihr auf das lange Haar und Gewand und waren dort so unsichtbar, wie sie auf dem Schnee zu ihren Füßen gewesen wären.

Die Bö, die die winzige Fontäne aufgewirbelt hatte, erschuf noch weitere, die auf das Konservatorium zurasten wie Südlandkrieger bei einem Ansturm auf das Gebäude. Die Schule war in den Berghang eingelassen. Die Magik des Sullanciri Neskartu hatte den Fels geschmolzen und zu Türmen und Kammern geformt. Selbst die glasige Oberfläche der Außenwände schien makellos, obwohl sie schon ein Vierteljahrhundert lang wilden Polarstürmen ausgesetzt war.

Auf dem weißen Feld vor dem Konservatorium hielten sich Schüler auf, denn nach Jahren des Studiums waren sie zumindest teilweise gegen die Kälte abgehärtet. Diejenigen, die für den Kampf ausgebildet waren, duellierten sich, Männlein wie Weiblein mit bloßem Oberkörper, die Haut von farbenfrohen Tätowierungen verziert. Magik knisterte zwischen ihnen und die eisige Luft übertrug jeden Laut. Falls die Kampfmagiker den aufkommenden Wind überhaupt bemerkten, unternahmen sie keinen Versuch, vor ihm Schutz zu suchen.

Andere Langzeitschüler trugen mehr Kleidung, beachteten den Wind aber ebenfalls nicht. Nur die jüngsten Neuzugänge, die meisten von ihnen Kinder, die ihren ersten Winter hier erlebten, drängten sich zusammen und kehrten den Böen den Rücken zu. So weit entfernt sie war, sie konnte trotzdem spüren, wie sie versuchten, einen Wärmezauber zu sprechen. Da sie auf Vilwan ausgebildet worden waren, wirkten ihre Methoden umständlich, ihre Bemühungen kläglich und deren Ergebnis mager.

Isaura legte den Kopf leicht zur Seite und beobachtete sie. Die Piraten hatten die vilwanischen Schüler aus dem Meer gefischt und nach Aurolan gebracht, damit Neskartu sie trainieren konnte, doch sie widersetzten sich ihm und seinen Methoden ebenso sehr wie der Kälte. Und litten unter beiden gleichermaßen.

Isaura widersetzte sich dem Wind und der Kälte nicht, sondern öffnete sich ihnen. Die Vilwaner betrachteten Kälte als Abwesenheit von Wärme, doch das war kurzsichtig gedacht. Es lag noch Wärme im Wind, denn Wärme war nichts anderes als Energie, und ohne Energie hätte es auch keinen Wind gegeben. *Die Wärme existiert. Man muss nur wissen, wo man sie suchen soll.*

Ein neuer Wirbelwind glitt auf sie zu, und augenblicklich erkannte sie seine Absicht. Sie drehte sich um und blickte zurück zu der eisverkrusteten Festung aus schwarzem Felsgestein, die das von hohen Bergwänden umschlossene Tal beherrschte. Das Konservatorium wuchs aus dem Stein, aber die Festung wirkte wie ein gewaltiger Zahn, der scharf und mächtig durch den Boden der Winterlandschaft gebrochen war.

Sie bemerkte ein weißes Aufblitzen in einem der oberen Fenster und lächelte. Schnell ging Isaura auf die Burg zu. Der Wirbelwind zupfte ihr am Rocksaum und trieb sie an. Sie streckte kurz die Hand aus, zupfte an den Energiefäden, die ihn durchzogen, und er zerfiel zu einer kleinen Wolke aus Eisstaub.

Aus der Wolke erhob sich ein neuer Wirbel, mächtiger diesmal. Er drehte sich einmal um sie und entlockte ihr einen Aufschrei des Vergnügens, als ihr Haar unter den zupfenden Berührungen tanzte. Der Sturmwind warf sich auf sie, schloss sie mit seinem Zorn ein. Der Wind heulte schrill, dann hob er sie auf und trug sie auf einem eisigen Podest zu einem der oberen Balkone der Burg.

Isaura lachte laut. Ihre silbernen Augen blitzten, als sie über die Winterlandschaft flog. Außerhalb des Tals, weit im Norden und ebenso im Westen konnte sie die fernen, düsteren Kegel der Vulkane sehen, aus denen Dampf in den Himmel stieg. Weite Felder aus reinstem Weiß lagen zwischen ihnen, hier und da getupft mit kleinen Grüppchen von Kuppelbauten. Die meisten Aurolanen lebten in riesigen Höhlenanlagen. Die Gebäude, die sie sah, waren zum größten Teil Ställe für die verschiedenen Herdentiere der Tundra.

Der Wirbelwind setzte sie sanft auf dem Balkon ab, dann schnürte er sich zu einer schlanken Säule ein. Sie neigte gnädig den Kopf. »Ich danke für die Freundlichkeit.«

Nahezu lautlos erbebte die Eissäule, dann löste sie sich auf.

Isaura trat lächelnd durch den offenen Türbogen. Ihre Haut kribbelte, als sie durch den Schwellenzauber schritt, der die Wärme der Burg festhielt. Einzelne Schneeflocken fielen ihr von den Schultern und aus dem Haar, doch die wenigsten erreichten den Boden, wo sie sofort zerschmolzen und sich kurz darauf verflüchtigten.

Sie blieb einen Schritt hinter dem Eingang des Raumes stehen. Die Kammer erstreckte sich weit voraus in die Dunkelheit und war leicht drei Mal so lang wie hoch oder breit. An der rechten Seite, in der Mitte der Wand und gegenüber dem Doppelportal ins Burginnere, befand sich ein offener Kamin, groß genug, dass ein erwachsener Mann hätte hindurchgehen können, ohne sich zu bücken, und breit genug für eine ganze Kompanie. In seinem Innern loderte ein Feuer, das die davor stehende Frau in waberndes Licht tauchte.

Die Frau war mindestens so groß wie Isaura und besaß dieselben leicht spitzen Ohren. Aber ihr Haar war golden, in deutlichem Kontrast zu Isauras schneeweißer Mähne. Sie war von schlanker Statur, wenn auch kräftiger gebaut als ihr Gegenüber, und strahlte eine gelassene Eleganz aus, die selbst das Tosen der Flammen im Kamin zu dämpfen schien. Das Feuer verlor nichts von seiner Hitze, aber seine Zungen bewegten sich träger als sonst, wanden sich und tanzten wie Seide in einem sanften Windhauch.

Isaura strich das Kleid glatt und fuhr sich mit den Fingern nach hinten durchs Haar. Sie gestattete sich ein Lächeln, das für einen winzigen Augenblick ihre starken, weißen Zähne zeigte, dann näherte sie sich der anderen Frau. »Mutter! Du bist aus den Südlanden zurück! Hattest du Erfolg?«

»Ja, Tochter, den hatte ich.« Die Frau schaute sie mit blaugrünen Augen an, in denen sich das Spiel der Flammen spiegelte. »Ich habe einen Teil dessen, wonach ich suche, in Draconis gefunden, aber zugleich auch ein Rätsel.«

»Ein Rätsel?« Isaura runzelte die Stirn. »Stimmt etwas nicht?«

»Nein, mein Kind. Verzieh nicht das Gesicht. Deine Züge sind zu schön, um sie durch Sorgenfalten zu entstellen.« Die Frau hob die rechte Hand und winkte. »Komm näher, Isaura. Du wirst mir helfen, dieses Problem zu beheben, und alles wird gut.«

Isauras Herz hüpfte in der Brust, als sie an die Seite ihrer Mutter trat. Sie wusste wohl, dass die Imperatrix Kytrin nicht wirklich ihre Mutter war. Kytrin hatte sie adoptiert, als sie noch ein Wickelkind war, nachdem ihre leibliche Mutter sie ausgesetzt hatte, und über ihren Vater existierten keine Informationen. Ihre uneheliche Herkunft hatte Kytrin jedoch nichts ausgemacht, und sie hatte Isaura aufgenommen und als ihr Kind aufgezogen, hatte ihr alles zukommen lassen, was einer rechtmäßigen Thronerbin zustand.

»Ich möchte helfen, Mutter. Bitte, ich werde tun, was ich kann.«

»Natürlich wirst du das, Kind.« Kytrin lächelte freundlich, doch das Lächeln erstarb schnell, ein Indiz für Sorgen, die nur eine Herrscherin ertragen konnte. »Im Süden, Tochter, bereitet man mir Kummer. Sie haben Anariah in einer grausamen Falle getötet. Sie lockten ihn mit Attrappen an, die sie an die echten Fragmente der Drachenkrone gekoppelt hatten. Die Imitate waren nicht sehr gut, aber Anariah war jung und in niederer Magik nicht erfahren. Er ahnte nichts von der Gefahr, bis es zu spät war.«

Isaura schloss die Augen und senkte den Kopf. Sie hatte den goldenen Drachen Anariah nur flüchtig gekannt, doch er war einer der Lieblinge ihrer Mutter gewesen.

Ursprünglich hatte ihn das einzelne Fragment der Drachenkrone, das Kytrin bereits vor dem Fall der Festung Draconis besessen hatte, angezogen. Sie hatte ihm von ihren Plänen erzählt, die Krone wiederherzustellen, und der Drache hatte sich ihrer Sache angeschlossen. Er war ein begeisterter Helfer des Feldzugs gegen den Süden gewesen.

»O Mutter. Du hast mein tiefstes Mitgefühl.«

»Natürlich, Kind, danke. Du bist zu gütig.«

Der Druck eines Fingers unter ihrem Kinn hob Isauras Kopf und sie öffnete die Augen. »Ich bin sicher, er war sehr tapfer.«

Kytrin nickte ernst. »Das war er. Seine Ergebenheit an unsere Sache blieb unerschütterlich. Anariah zögerte keinen Augenblick im Kampf um die Befreiung der Drachenkrone aus den Klauen der Südlandtyrannen. In ihrem Besitz bedrohte die Krone seine ganze Art, und sogar ihn persönlich, doch er kämpfte nicht nur für die Drachenheit. Er focht gegen die Fäulnis des Südens, die droht, uns mit ins Verderben zu stürzen.«

Kytrins Hand fiel herab, und wieder schaute sie in die Flammen. »Ach, Tochter. Du hast keine Vorstellung davon, wie verdorben der Süden ist. Es ist meine Schuld, und du musst mir dafür vergeben. Ich habe dich hier in unserem Land gehalten, um dich zu beschützen. Es gibt Augenblicke – und das meine ich nicht als Tadel –, in denen du so feinfühlig bist.«

»Ich weiß, du willst nur das Beste für mich, Mutter«, lächelte Isaura. »Ich bin sehr zufrieden hier in deinem Reich.«

»Es ist wunderschön, nicht wahr? Jedes Mal, wenn ich in den Süden reise, sehne ich mich zurück. Nicht nur, weil ich die drückende Hitze hasse. Es ist auch der Gestank, die Feuchtigkeit, die wuchernden, würgenden Pflanzen.« Kytrin verzog das Gesicht. »Schau, Isaura-Liebes, die Welt in Aurolan ist einfach und so, wie sie sein sollte. Sie ist kalt. Sie ist gnadenlos. Was schwach ist, stirbt, damit, was stark ist, gedeihen kann. Hier leben wir im Einklang mit den Gesetzen der Welt, so wie es sein sollte. Aber dort, in den Südlanden … Ach, Isaura, du würdest es nicht für möglich halten. Sie glauben, sie könnten Flüsse zähmen, leiten ihr Wasser in die Felder um. Sie bauen Deiche, um dem Meer Land zu stehlen, und dann wundern sie sich, wenn das Meer ihre Deiche zertrümmert und sich sein Eigentum zurückholt. Und erst ihre Städte …«

Kytrin schüttelte langsam den Kopf. »Unser Volk lebt in Höhlen, in lebendigem Fels. Wir suchen uns einen Platz im Innern der Welt, an dem wir existieren können, aber im Süden benutzen sie den Fels, um den Raum aufzuteilen, ihn einzuschränken. Sie haben eine solche Angst vor der Welt, dass sie sich in diesen wuchernden künstlichen Höhlen einschließen. Wenn hier etwas stirbt, wird es geerntet, verarbeitet, bis auf den letzten Rest für das Gemeinwohl genutzt. Unsere Ausscheidungen sammeln wir, um die Gärten zu düngen. Nichts hier wird verschwendet, aber dort schütten sie ihre Nachttöpfe auf die Straße. Tote Tiere liegen in der Gosse und Ungeziefer kriecht herum, balgt sich um die Kadaver und schlimmer noch: Es dringt in die Vorratsschuppen und frisst sich fett. Und wird es dort entdeckt und getötet, essen die Südländer es dann etwa? Nein, sie werfen es in die Gosse, damit es eine neue Generation Ungeziefer füttert.« Die Augen der Aurolanenherrscherin glühten. »Ich habe dich vor all dem beschützt, Tochter, denn es dreht mir den Magen um. Ich hasse es, dir davon erzählen zu müssen und würde dich lieber für immer davor abschirmen, aber die Umstände gestatten es mir nicht.«

»Warum nicht? Was ist geschehen, Mutter?«

»Vielerlei, Isaura, vielerlei.« Kytrin griff in einen Ärmel ihres Gewandes und zog einen in Gold eingefassten gelbgrünen Edelstein heraus. Mit einer kurzen Bewegung der freien Hand befahl die Imperatrix einen kleinen Tisch heran, der durch den Raum segelte und mit einem leichten Wackeln neben ihr aufsetzte. Als er zur Ruhe gekommen war, stellte sie das Juwel darauf ab.

Isaura erkannte das erste Fragment der Drachenkrone, das Kytrin schon vor ihrer Geburt aus Swarskija befreit hatte. Ihre Mutter trug es gelegentlich als Schmuck, und Isaura hatte das Farbenspiel des Steins immer bewundert. Es hatte Augenblicke gegeben, als sie noch ein Kind war, in denen sie sich vorgestellt hatte, er habe sie angeblinzelt wie ein riesiges Auge.

Wieder kam die Hand ihrer Mutter aus dem Ärmel, und diesmal hielt sie einen gelben Stein. Das Licht des Feuers zeichnete ein glühendes Kreuz auf das Juwel, das sich über dessen Oberfläche bewegte. Kytrin setzte auch diesen Edelstein auf dem Tisch ab, dann strich sie mit den Fingerspitzen darüber.

»Dieser ist aus Draconis, Mutter?«

»Ja, es war der Erste, den wir gefunden haben. Wir haben sein Doppel entdeckt und es benutzt, um das Original aufzuspüren. Wir haben auch ein Doppel des Rubins gefunden, und es führte uns zu diesem.«

Kytrins Rechte verschwand im linken Ärmel und holte einen in Gold eingefassten Rubin heraus, der auf den ersten Blick in Kunstfertigkeit und Fassung den beiden anderen ebenbürtig schien. Er strahlte sogar Macht aus, jedoch auf eine gedämpftere Weise als die beiden anderen. Trotzdem, hätte sie nicht nach Unterschieden gesucht, Isaura war nicht sicher, ob sie ihr bei flüchtiger Betrachtung aufgefallen wären.

Sie streckte die Hand aus. »Darf ich?«

»Ja, Isaura. Dieser Stein ist das Rätsel, bei dessen Lösung du mir helfen sollst.« Kytrin reichte ihr den Rubin, dann senkte sie den Blick und strich mit den Fingern über den gelben Stein. »Sag mir, was du über ihn denkst.«

Isaura nahm den Stein in beide Hände, dann drückte sie ihn an die Brust. Sie schloss die Augen und senkte den Kopf. Sie verdrängte das Knistern des Feuers ebenso wie dessen Wärme. Sie befreite ihren Geist bewusst von allen körperlichen Empfindungen und konzentrierte sich ganz auf das Juwel. Zunächst fühlte sie einen Widerstand, dann, plötzlich, brach sie hindurch.

»Oh!« Sie keuchte laut auf und zuckte zurück. Ihre Hände öffneten sich. Der Stein stürzte, doch bevor er auf den Boden schlagen konnte, fing eine magische Hand ihn auf und hob ihn wieder empor.

Isaura fiel augenblicklich auf die Knie. »Verzeih mir, Mutter.«

»Kind, ich bin es, die um Verzeihung bitten muss. Ich habe dich nicht gewarnt.« Mit einer flüssigen Geste dirigierte Kytrin den Stein zurück auf den Tisch. »Was hast du gespürt?«

Isaura konzentrierte sich. »Verschiedene Zauber, Mutter. Er ist mit dem wahren Stein verbunden, und das auf sehr enge Weise. Er enthält einen Zauber, der jede Magik benutzt, die nach dem Stein sucht, um die Verbindung zu stärken. Es war, als würde man, zieht man hier an einem Faden, an einem anderen, fernen Ort eine Glocke läuten. Diese Attrappe würde um so lauter läuten, wenn sich Suchende dem wahren Stein näherten.«

Kytrin lächelte. »Ja, dieser Zauber war höchst reizvoll und durchaus unerwartet. Und was ist mit der Magik, die das Fragment erschaffen hat?«

Die junge Frau runzelte die Stirn. »Es ist schwer, sie zu erfassen. Es ist ein sehr komplexer Zauber, denn das Doppel besitzt tatsächlich ein Echo des Originals. Es kombiniert Elemente aus vier verschiedenen magischen Konzepten, doch das ist nicht das Interessanteste daran. Es scheint entlang der Linien eines menschlichen Zaubers geformt, aber es enthält Teile von ælfischer und urSreiði-Magik. Was ist es?«

Kytrin schüttelte den Kopf. »Ich weiß es nicht, doch es legt den Schluss nahe, dass die Südlande einen neuen Champion haben, oder zumindest einen möglichen. Es würde sicher zu weit gehen, zu hoffen, er sei in Draconis gefallen. Er ist noch irgendwo dort draußen. Ich kann es fühlen.«

Isaura schaute auf, ihre Augen weiteten sich vor Entsetzen. »Ist es der Norderstett, Mutter?«

Die Aurolanenherrscherin zog die rechte Augenbraue hoch. »Wie kommst du jetzt gerade auf den Norderstett, Tochter?«

»Es liegt nur an meiner Sorge um dich. Nefrai-laysh sagte, er habe den Norderstett gesehen, und du hättest Myral'mara geschickt, ihn zu vernichten. Ich weiß, du willst nicht, dass ich Angst um dich habe, aber ich kann es nicht verhindern. Seine Existenz lässt mich um dein Leben fürchten.«

Kytrin kam zu ihr und strich ihr mit der Hand über die Wange. »Kleines, du brauchst dir keine Sorgen zu machen. Dieser Norderstett ist nur ein Kind. Er wird Vernunft annehmen, wie sein Vater und Großvater vor ihm. Doch es besteht Gefahr. Ich brauche jemanden, dem ich vertrauen kann, um damit fertig zu werden. Du, Isaura, wirst mir dabei helfen.«

»Ja, Mutter.« Ein strahlendes Lächeln ließ das Gesicht des Mädchens aufleuchten. »Ich werde dich nicht enttäuschen. Was auch immer nötig ist, ich werde es tun.«

Kytrin nahm Isauras Hände. »Das weiß ich, Kind. Du musst mir jetzt genau zuhören. Du weißt, es besteht die Möglichkeit, dass ich ums Leben komme. Yrulph Kajrûn wusste es von sich ebenfalls und bildete mich aus, seine Mission fortzusetzen. Ich muss mich gegen diese Möglichkeit schützen, deshalb werde ich dich in den Süden schicken, damit du dir die Zustände dort selbst ansehen kannst. Du wirst feststellen, dass alles wahr ist, was ich dir gesagt habe.«

»Das weiß ich doch schon, Mutter. Ich weiß es mit Herz und Hirn.«

»Isaura, Liebstes, du bist klug genug zu wissen, dass man sich auf ungeprüftes Eis nicht verlassen darf. Und auch wenn du jedes Wort akzeptierst, dass ich über den Süden gesagt habe, wird das, was du mit eigenen Augen siehst, dir die Bedeutung meiner Mission nur noch eindringlicher klar machen.« Kytrin nickte langsam und drückte ihre Hände. »Schon bald, Tochter, wirst du in den Süden aufbrechen und seine Verderbtheit selbst erfahren. Sobald du dort fertig bist, habe ich weitere Arbeit für dich. Mit deiner willigen Hilfe wird der kommende Winter der Letzte für die Südlande sein.«

Kapitel Neun

Will drehte sich nicht einmal zum Feuer um, als der Zweig knackte. »Kannst wohl nicht schlafen, Kjarrigan?«

Der Atem des jungen Burschen stockte. »O, der brechende Zweig hat dir verraten, dass jemand hier ist. Keiner der anderen wäre darauf getreten, oder?«

Will wollte schon antworten: ›Nein, du ungeschickter Trottel‹, aber er verkniff sich die Bemerkung. Stattdessen zuckte er die Achseln und deutete auf eine moosbewachsene Stelle des Baumstamms, auf dem er saß. »Außer mir, aber das liegt daran, dass ich der Einzige hier bin, der sich noch weniger für einen Waldausflug eignet wie du. Entschlossen hat hart daran gearbeitet, es mir beizubringen, aber es bleibt nicht alles hängen.«

Kjarrigan setzte sich und zog die Decke fester um die Schultern. »Du brauchst mich nicht zu schonen, Will.«

»Habe ich nicht getan.«

Der fette Magiker nickte. »Du bist ein Dieb. Würdest du auf etwas so Zerbrechliches wie einen Zweig treten, würde das deine Opfer warnen, also hast du ganz sicher schon vor Jahren gelernt, es zu vermeiden. Außerdem habe ich dich im Wald bereits gesehen, aber nicht *gehört*.«

Der junge Dieb konnte ein Grinsen nicht unterdrücken, als er sich zu Kjarrigan umschaute. Zwanzig Schritte entfernt loderte zur Linken das große Feuer, um das sich Prinzessin Alexias Leibwache schlafen gelegt hatte. Am Südrand des Runds war ein Zelt aufgestellt, um dem Ehepaar etwas Privatsphäre zu bieten. Davor hatte man einen Stock in den Boden gerammt, von dem aus zwei mit Fußschellen verbundene Ketten ins Innere liefen. Dahinter, weitere zwanzig Schritt entfernt, lag das Tolsiner Lagerfeuer. Mably und seine Leute hatten sich zwischen dem Gefangenen und den Pferden niedergelassen.

Hier draußen, abseits des Feuers, erreichte sie nur ein Teil des Lichts und nichts von der Wärme. »Ich habe wirklich nicht versucht, dich zu schonen, Kjar.«

Der Magiker schaute auf. »Verzeihung?«

»Kjar, wie der erste Teil deines Namens. Ich weiß, du magst nicht Kjarri genannt werden, aber Kjarrigan ist ziemlich lang. Es ist ein Spitzname, verstehst du?«

Kjarrigan schüttelte den Kopf. »Nein. Ich habe noch nie einen Spitznamen gehabt.«

Will blinzelte überrascht. »Noch nie? Ich hatte schon jede Menge und werde sogar mit einem gerufen. In Ordnung, ich sage es dir. Will ist mein Spitzname.« Er senkte die Stimme. »Eigentlich heiße ich Wilmenhart.«

Kjarrigan nickte ernst. »Ein guter, starker Name.«

»Jetzt schonst du mich.«

»O nein. Ich meine es ernst. Auf dem Zwielichtfeldzug gab es einen Orioser Kavalleriekommandeur, Wilmenhart Ostersteg, der einen wichtigen Beitrag dazu leistete, Kri'tchuk nach Süden zu treiben. Sicher weißt du davon, und auch, dass dein Name deshalb als besonders gutes Omen betrachtet wird.« Kjarrigan schaute ihn mit unschuldigen grünen Augen an. »Das haben die Leute erzählt, als wir durch Valsina kamen.«

»So etwas weißt du, aber nicht, was ein Spitzname ist?«

Der Magiker zuckte die Achseln. »Auf Vilwan haben wir keine Spitznamen benutzt.« Er zögerte einen Augenblick, dann runzelte er die Stirn. »Ich muss mich korrigieren. Auf Vilwan hatte ich nie einen. Von den anderen weiß ich es nicht.«

Etwas in Kjarrigans Stimme weckte Wills Neugierde. Er drehte sich um und legte das linke Schienbein über den Baumstamm. »Hattest du keine Freunde, für die du dir Namen ausgedacht hast? Manchmal, im Winter zum Beispiel, haben ein paar der anderen Kinder mich Eisratte genannt, weil ich gerne über die Dächer gelaufen bin, und weil ich im Bett immer die kältesten Füße von allen hatte. Das habe ich gehasst, diesen Spitznamen, ›Will die Eisratte‹.«

Der Magiker legte den Kopf zur Seite und nickte. Will war klar, jetzt nahm er den Spitznamen auseinander, so wie Entschlossen ihm beigebracht hatte, Spuren zu lesen. Nach ein paar Sekunden blinzelte Kjarrigan. »Ja, ich verstehe, wie sie darauf gekommen sind. Und nein, ich hatte keine Freunde. Ich entsinne mich, als ich noch sehr jung war, gab es ein paar andere Schüler, die mit mir zusammen gelernt haben. Doch es dauerte nicht lange, dann wurden wir getrennt, und ich erhielt Einzelunterricht wie von Orla, auch wenn keiner meiner anderen Lehrer an sie herangereicht hat.«

»Du hattest keine Freunde?« Will versuchte, sich die Überraschung nicht anmerken zu lassen, versagte aber auf ganzer Linie. »Niemanden, mit dem du lachen konntest, Streiche spielen, nichts?«

Kjarrigan zuckte zurück. »So ein Ort ist Vilwan nicht.«

»Ich entsinne mich. Ich war da.« Will verzichtete darauf, hinzuzufügen, dass er während des Aufenthalts auf der Insel reichlich Magiker gesehen hatte, die sehr wohl Freunde hatten, die gemeinsam kämpften, die Witze machten. Selbst Orla besaß Sinn für Humor. »Ich war bei der Belagerung.«

»Nun, dann weißt du es. Mich haben sie während der Belagerung ausgeschifft.« Der korpulente Knabe seufzte. »Ich wünschte, sie hätten mich in Ruhe gelassen. Dann wäre ich jetzt noch dort, und Orla würde noch leben.«

»Ja, und Kytrin hätte das Fragment der Drachenkrone, das du bei dir trägst.«

Kjarrigans Augen wurden groß, und unter der Decke bewegte sich seine Hand. »Woher …? Hat Kräh es dir erzählt?«

Will schüttelte den Kopf und kratzte mit dem Daumennagel an der Borke unterhalb seines linken Knies. »Ich bin ein Dieb. Du erinnerst dich? Du bist so besorgt um das Ding wie ein Juwelenhändler um sein Kapital oder irgendein Stenz um das Amulett mit einer Locke seiner großen Liebe. Niemand sonst hätte es bemerkt. Na ja, niemand. Entschlossen vermutlich. Dem entgeht nichts. Aber du bist breit genug, dass die meisten nur denken werden, du hast Läuse unter der Achsel.«

»Die habe ich nicht.«

Will zuckte die Achseln. »Kratz dich einfach, als hättest du welche, und die Leute werden Abstand halten.«

»Na gut, du wusstest, dass ich etwas verstecke, aber woher hast du gewusst, dass es ein Fragment ist?«

Der Dieb schürzte die Lippen. Statt zuzugeben, dass er es bis zu Kjarrigans Reaktion auf seinen Bluff nicht sicher gewusst hatte, entschied er sich zu lügen. »Du versteckst es, seit wir Festung Draconis verlassen haben. Abgesehen von den Leuten, die wir begleiteten, waren die Fragmente das Einzige, was es wert war, in Sicherheit gebracht zu werden. Der Baron Draconis musste versuchen, wenigstens ein Stück nach Süden zu schaffen, und wenn es irgendjemanden gibt, der es mit Hilfe von Magik verstecken könnte, bist du das. Der Rest war eigentlich nicht schwer.«

»Ich musste ihm versprechen, nichts zu sagen. Es niemandem zu erzählen außer Kräh und der Prinzessin. Will, du darfst es niemandem sagen.«

Will schüttelte den Kopf. »Werde ich auch nicht, aber du musst mir erlauben, dir dabei zu helfen, es zu verstecken. Hier, solange wir unterwegs sind, ist es nicht weiter wichtig. Doch wenn man bedenkt, was die Leute von Kräh halten, schätze ich, dass Meredo eine ziemlich feindselige Umgebung sein wird. Letzten Herbst hatte Kytrin Sullanciri in Yslin, da muss dir klar sein, dass sie auch welche in Meredo haben könnte.«

Der Magiker nickte zögernd. »Ja, das ergibt einen Sinn. Wie wollen wir es verstecken?«

»Ganz einfach. Wir fangen schon unterwegs damit an.« Will schüttelte sich. Kjarrigan beugte sich eifrig vor und hing geradezu an seinen Lippen. Nach einer Kindheit ohne Freunde und nach Orlas Tod war er verzweifelt auf der Suche nach jemandem, mit dem er reden konnte. Hätte Will ihn ausrauben wollen ... Es wäre so einfach gewesen, dass es geradezu lächerlich war.

Der Will, der alle Lektionen verinnerlicht hatte, die Marcus ihn lehrte, wollte Kjarrigan auslachen. Da saß doch tatsächlich ein Macht strotzender Magiker, in dessen Besitz sich ein Schatz befand, so unbezahlbar, dass die Aurolanenherrscherin bereit war, ganze Reiche in Schutt und Asche zu legen, um in seinen Besitz zu kommen. Kjarrigan hatte die Reichtümer gesehen, die sie der Piratenkönigin Wruona für das Lakaslin-Fragment angeboten hatte, also wusste er, wie kostbar sein Besitz war. Und trotzdem hörte er sich jetzt Wills Ratschläge darüber an, wie er es beschützen sollte. Es hätte keinen Pulsschlag gebraucht, und das Fragment hätte Will gehören können – und mit ihm die Belohnung dafür.

Will schnaubte. »Von Morgen an packst du all deine Sachen in eine Packtasche und füllst die andere mit Müll.« Er beugte sich vor und hob einen Tannenzapfen vom Boden. »Zeug wie das hier, und kleine Tierschädel, seltsam geformte Steine. Schick Qwc und Lombo los, dir was zusammenzusuchen, und verbring viel Zeit damit, sie zu betrachten. Biet den Tolsiner Soldaten an, sie ihnen zu zeigen. Lass sie denken, du seist nicht ganz bei Verstand.«

Kjarrigan nickte. »Das denken sie jetzt schon. Und auch, dass ich nutzlos bin, obwohl ich ihnen Feuer gemacht habe. Mit nassem Holz.«

»Ich hätte sie frieren lassen. Außer vielleicht Mably. Mit dem hätte ich Feuer gemacht.«

»Nein, Will, sag das nicht. Bei Rahd ist es nicht gelungen, und deswegen ist Orla jetzt tot.«

»He, Kjar, nicht.«

»Wie?«

»Orlas Tod war nicht deine Schuld.« Will hob die Hand, um Kjarrigans Protest abzublocken. »Ich weiß, als ich dies das letzte Mal gesagt habe, hast du behauptet, ich tauge nicht zum Gedankenleser, aber erinnerst du dich noch an Yslin? Orla kam zusammen mit Kräh, Entschlossen und der Prinzessin, und wir haben uns eine Sullanciri geholt. Und diese Dunkle Lanzenreiterin hat meine Freunde in Monster verwandelt, die wir dann umbringen mussten. Nur, als alles vorüber war, als sie alle tot waren, da waren sie wieder nichts als Kinder. Und ich konnte nicht anders, ich musste ständig daran denken, dass es eine Möglichkeit gegeben haben muss, ihnen das Leben zu retten. Aber weißt du was? Inzwischen bin ich überzeugt, dass es nicht meine Schuld war. Wenn du es nämlich weiter zurückverfolgst, landest du bei Kytrin. Sie hat die Sullanciri erschaffen und sie will meinen Tod, und sie hat auch die Piraten gegen Vilwan gehetzt, was dich zwang, die Insel zu verlassen und Orla, dich zu begleiten.« Er hob den Kopf. »Es sind nicht wir zwei, du und ich, die das alles zu verantworten haben. Wir machen vielleicht nicht alles richtig, aber irgendetwas müssen wir unternehmen, denn wenn wir gar nichts tun, dann wird sie gewinnen und eine Menge Leute werden sterben. Eine gewaltige Menge.«

Kjarrigan saß eine Weile mit geschürzten Lippen da. Will war sich nicht sicher, wie lange der Magiker nachdachte, aber es war lange genug, die Kälte und das Schweigen unangenehm werden zu lassen. Wäre nicht weißer Dunst aus Kjarrigans Nase aufgestiegen, hätte er glauben können, der Magiker wäre zu Stein erstarrt.

»Aber genau das ist der Punkt, Will«, antwortete er schließlich. »Wir machen vielleicht nicht alles richtig, aber du machst wenigstens ab und zu etwas richtig. Ich dagegen …« Für einen Augenblick versagte Kjarrigans Stimme, dann kehrte sie gedämpft und kühl zurück. »Meine ganze Ausbildung sollte mich für etwas Großes vorbereiten. Was, weiß ich nicht. Niemand hat es mir je gesagt. Ich musste nur mehr und immer mehr lernen. Und dann, als ich Vilwan verließ, haben die Piraten versucht uns aufzuhalten. Ich habe ihr Schiff zerstört, aber die anderen, die mit mir auf dem Boot waren, wurden verletzt, und dann ist es gekentert, und das war meine Schuld, sodass die, die nicht ohnehin schon tot waren, ertrunken sind. Und dann habe ich den falschen Zauber gegen Rahd eingesetzt …«

»Aber Kjarrigan, dein Zauber hat ermöglicht, dass der Orlas wirkte. Und du vergisst all das, was du während der Belagerung Swojins geleistet hast, und wie du die Zauber entschlüsselt hast, während wir uns in Loquellyn befanden, und wie du den Feuerdreck entzündet hast, der Kytrins Truppen getötet hat – und die Leute gerettet hast, die wir aus der Festung Draconis geholt haben. Du hast eine Menge richtig gemacht, wirklich eine Menge. Und ich war dir gegenüber auch gemein. Das weiß ich.« Will seufzte. »Ich habe dich von Narbenjacks und Gerros Bande zusammenschlagen lassen. Ich habe behauptet, du wärst vor Schreck erstarrt, als die große Frostkralle dich angriff. Ich habe dir nie gesagt, dass mir Orlas Tod Leid tut. Ich schätze, ich hatte zwar Freunde, als ich groß geworden bin, aber nie jemanden, dem ich so hätte vertrauen können, wie du ihr vertraut hast. Ich habe gesehen, wie sie war, und ich beneide dich darum, dass du sie gekannt hast. Sie war ein guter Mensch.«

»Das war sie, und ich vermisse sie.«

Eine Weile saßen beide schweigend auf dem Baumstamm. Will dachte kurz an Orla, dann an Entschlossen und Kräh. Die beiden waren die ersten echten Freunde, die er je gehabt hatte, und die Ersten, denen er vertrauen konnte, weil sie ihm vertrauten. Zugegeben, sie hatten ihn in diese ganze Angelegenheit verwickelt, ohne ihm zu sagen, wer er war, aber inzwischen hatte er erkannt, dass sie damit nur versucht hatten, ihn zu schützen. Sie hatten ihn darauf vorbereitet, die Verantwortung zu tragen, die auf ihm lastete, weil die Prophezeiung angekündigt hatte, dass er Kytrins Einmarsch in die Südlande beenden würde.

Kjarrigan Stimme drang leise durch die Dunkelheit. »Hättest du je erwartet, einmal hier zu sitzen, Will?«

»Hier, in irgendeinem Wald in Oriosa, mit einer Maske vor dem Gesicht, und fast zu erfrieren, während der größte Schurke der bekannten Welt bei einer wunderschönen Prinzessin schläft und die größte Schurkin der bekannten Welt riesige Armeen gen Süden schickt, um mich umzubringen? Nicht wirklich. Nein.«

»Du weißt, was ich meine.« Der Magiker zog die Hände unter der Decke vor und schaute auf seine leeren Handflächen. »Als ich noch ein Kind war, habe ich mir allerlei ausgemalt. Ich dachte, ich würde vielleicht eines Tages Großmagister von Vilwan werden und wundervolle neue Zauber entwickeln. Und bei anderen Gelegenheiten habe ich davon geträumt, gegen Kytrin zu kämpfen, doch dabei haben wir uns immer bei irgendeinem Magikerduell gegenübergestanden, und ich habe sie bezwungen und die Welt gerettet. Und jetzt sitze ich hier in einem kalten Wald und rede mit jemandem, der noch jünger ist als ich, und, das soll keine Beleidigung sein, noch weniger darauf vorbereitet, die Welt zu retten, als ich.«

»Vergiss nicht, dass man Jagd auf uns macht.«

»Das habe ich ganz sicher nicht vergessen.« Kjarrigan schaute hinüber zum Zelt. »Orla hat mir aufgetragen, Kräh und Entschlossen zu folgen, und jetzt stellt Kräh sich als der Valkener heraus, und König Swindger wird ihn vermutlich töten. Und ich besitze ein Fragment, du bist ein Spielball des Schicksals, Festung Draconis ist gefallen und meine Lehrerin ist tot. Habe ich sonst noch etwas ausgelassen?«

Will grinste. »Ja, General Adrogans hat Swojin befreit und anschließend niedergebrannt.«

»O ja.« Kjarrigan verzog das Gesicht. »Es läuft nicht so gut.«

»Wenn man es so betrachtet, stimmt das. Ich will sagen, wenn ich die große Hoffnung der Welt bin, dann wird es Zeit, dass die Welt sich ernsthaft Sorgen macht.« Er hob die Schultern. »Andererseits, noch sind wir am Leben. Wir haben ein paar von Kytrins Dunklen Lanzenreitern getötet, und es gibt wenigstens zwei Fragmente, die sie nicht in den Fingern hat. Dass Festung Draconis gefallen ist, wird einige Leute zwingen, etwas gegen Kytrin zu tun, also haben wir eine Chance.«

»Ja, die haben wir.« Kjarrigan nickte langsam. »Und wir werden unser Bestes tun, sie zu nutzen. Was mich daran erinnert: Wenn ich diese Sammlung von Zeug habe, verstecke ich das Fragment darin?«

Will schüttelte den Kopf. »Nö, aber du behandelst die Sammlung so, als wäre etwas wirklich Wertvolles darunter. Du zeigst den Leuten einzelne Teile davon, lässt aber niemanden die Sammlung selbst sehen. Wenn wir Meredo erreichen, werden sie sich auf diese Sammlung stürzen. Und wenn sie herausfinden, dass nichts davon einen Wert hat, werden sie zu dem Schluss kommen, dass du verrückt bist und in Wahrheit gar nichts hast, was sich zu stehlen lohnt. Also werden sie auch nicht mehr danach suchen.«

»Das ergibt einen Sinn.« Aber trotzdem wirkte der Magiker unsicher. »In Meredo hilfst du mir, es so zu verstecken, dass niemand es in die Hände bekommt?«

Will stand auf, reckte sich und stampfte mit den Füßen. »Ja, wir finden ein Versteck dafür, das niemand je entdecken kann.«

Kjarrigans Stirn legte sich in Falten und seine Wangen bebten. »Aber wenn wir es finden können, kann es verständlicherweise kein Ort sein, den ... O Verzeihung.«

»Wir finden ein Versteck.« Der Dieb grinste. »Vertrau mir, Kjar. Du bist Kytrin Vergeltung für Orla schuldig, ich für meine Freunde und noch mehr. Dafür zu sorgen, dass sie dieses Fragment nicht bekommt, ist nur der erste Teil der Rückzahlung.«

Kapitel Zehn

Die Wut, die von König Swindger ausging, war kälter als der Nordwind, in dem die Schneeflocken über den Dächern Meredos tanzten. Alyx ließ sie von ihrem Rücken abprallen, während sie aus einem der Fenster des Thronsaals schaute. Sie gestattete sich die Andeutung eines Lächelns, als sie sich den Ausdruck auf Swindgers Gesicht vorstellte und das Grinsen, mit dem Kräh ihre Beschreibung davon quittieren würde. Sie freute sich besonders darauf, das mit ihm zu teilen.

Swindger saß kochend vor Wut auf dem Thron und hämmerte mit der rechten Faust auf die Armlehne, während sein Protokollminister, Kerdel Baersch, und der ölige Kabot Marstamm auf den okranschen Botschafter, Wladoslaw Swojinyk, einredeten. Sie wünschte, Perrine hätte sie zu dem Treffen begleitet, doch möglicherweise hätte ihre Gyrkyme-Schwester Marstamm gepackt und aus der Kuppel des Saales fallen lassen.

»Bei allem Respekt für das Haus Swarskija, das Königreich Okrannel oder Prinzessin Alexia«, sagte Marstamm gerade, und aus jeder Silbe quoll Verachtung, »aber wir alle wissen, dass diese Ehe eine Farce ist. Ganz offensichtlich hat der Verräter sie selbstsüchtig dazu verleitet, zu behaupten, ihn geheiratet zu haben, um seine wertlose Haut zu retten. Seine Hinterlist ist legendär. Seine Opfer sind bekannt für ihre Unschuld. Würde die Prinzessin nur die Andeutung einer möglichen Täuschung zugestehen, werden wir …«

Baersch, ein hoch aufgeschossener Adliger mit dichter weißer Haarmähne, schnitt ihm das Wort ab. »Was wir sagen wollen, Botschafter, ist schlichtweg dieses: Wir anerkennen vollauf die Kraft und den Stolz des okranschen Adels, denn es ist gerade dieser Stolz, der es ihm gestattet hat, sich seine Kraft und die Bereitschaft zu bewahren, Kytrin zu vernichten. Es ist offensichtlich, dass dieser Stolz ihn dazu befähigte, Swojin zu befreien, die Heimatstadt Eurer Familie, und ohne diesen wilden Stolz hätte die Prinzessin ihre Gefährten niemals erfolgreich in dem wagemutigen Überfall befehligen können, der zur Befreiung des Drachenkronenfragments aus den Händen der Wruoner Piraten führte. Und es war ebendieser Stolz, die Kraft und der überwältigende Mut, der es ihr gestattete, unsere Prinzessin Rautrud hierher nach Meredo zu bringen, und damit ihr Leben und das ihrer Landsleute zu retten. Doch dieser Stolz muss gegen die legendäre okransche Ehre aufgewogen werden. Die Ehre, die ihr Vater gezeigt hat, als er in Festung Draconis sein Leben gab, um seine Begleiter vor dem Sullanciri in Kytrins Diensten zu retten. Die Prinzessin muss doch einsehen, dass ihre Beziehung zu dem Verräter ihrem Reich Schande brächte. Wir haben die notwendigen Schritte eingeleitet, um zu verhindern, dass die Nachricht dieser angeblichen Heirat weitere Kreise zieht. Doch solange sie nicht widerruft, werden Gerüchte aufkommen, die sich beim besten Willen nicht unterdrücken lassen. Die Prinzessin mag die Ansicht vertreten, dass sie zu ihrer Entscheidung stehen muss, auch wenn sie übereilt getroffen wurde, nachdem sie einmal ihr Wort gegeben hat, aber sie muss doch auch wissen, dass Hast nur selten der Bruder der Vernunft ist. Falls sie es wünscht, könnte ein bedachter Kommentar hier und jetzt die Ehre Okrannels retten.«

Alyx setzte eine neutrale Miene auf, als sie sich wieder zu den anderen umdrehte. Das durch das Fenster fallende Licht überstrahlte sie und erschwerte es, in ihrem Gesicht zu lesen. Sie hatte sich bewusst dagegen entschieden, volle Rüstung zu tragen, und stattdessen ihre alcidische Uniform gewählt, wenn auch ohne Rangabzeichen. An der rechten Hüfte trug sie einen Dolch, den sie als Zugeständnis an ihren Rang hatte behalten dürfen.

Wladoslaw Swojinyk war von mittelgroßer Statur. Sein weiches Gesicht und das dunkle Haar ließen ihn viel zu jung für eine bedeutende Position am Orioser Hof erscheinen. Aber die Schärfe seiner dunklen Augen und das ernste Nicken, mit dem er auf die Worte des Ministers reagierte, verrieten sorgfältige Überlegung, bevor er antwortete. Alyx hatte Männer wie ihn bei den Soldaten gesehen. Ihre Feinde neigten dazu, sie zu unterschätzen, und zahlten einen furchtbaren Preis für diesen Fehler.

»Minister, Eure freundlichen Worte über den Stolz und die Ehre Okrannels wärmen mein Herz, denn nur zu oft werden wir als gescheiterte Nation abgetan. Beim Rat der Könige in Alcida im letzten Herbst hat König Swindger darauf bestanden, dass man die Delegation Oriosas vor der Okrannels ankündigt, was sich leicht als Anspielung deuten ließe, unser Reich sei nicht mehr als eine Fantasie.«

»Verehrter Botschafter, dieser Irrtum war das Ergebnis von Fehleinschätzungen des alcidischen Protokollministers, beruhend auf beiläufigen Bemerkungen meinerseits über die Ansichten *anderer* Herrscher. Dass diese Worte meinem Lehnsherren zugeschrieben wurden, hat mir schlaflose Nächte bereitet. Die Verantwortung für jedwede Unannehmlichkeit, die dies Euch oder Eurer Nation bereitet hat, liegt ganz und gar bei mir.«

Swojinyk nickte ernst. »Minister Baersch, Eure Liebe für das okransche Volk ist uns bekannt. Es wundert mich aber, dass Ihr eine andere unserer berühmteren Eigenschaften nicht erwähnt habt: unsere Klugheit. Ihr habt den Mut und Stolz erwähnt, mit denen Prinzessin Alexia Eure Landsleute gerettet und die Wruoner Piraten besiegt hat, aber Ihr habt nicht anerkannt, wie überaus klug sie sein muss, zu beidem fähig gewesen zu sein.«

Baersch senkte den Kopf. »Wieder habe ich Euch beleidigt, und dabei liegt nichts mir ferner. Ihr Geist ist in jeder Hinsicht offenkundig, ebenso wie ihre Zähigkeit und ihr Ehrgeiz. Solltet Ihr zu der Einschätzung gelangt sein, ich hätte sie in dieser Hinsicht nicht gebührend gewürdigt, flehe ich demütig um Eure Verzeihung.«

Swojinyk lächelte. »In diesem Falle, Minister, erscheint es mir seltsam, dass Ihr einerseits zugesteht, wie geistreich sie ist, und gleichzeitig darauf besteht, dass sie übertölpelt wurde.«

Baerschs Augen weiteten sich, doch bevor er sich von der Überraschung erholen konnte, schnappte Marstamm: »Der Verräter hat schon viele getäuscht, auch solche, die weit klüger waren als Prinzessin Alexia.«

Swojinyks Miene erstarrte, und seine Antwort konnte es mühelos mit Swindgers eisiger Wut aufnehmen. »Ihr konfrontiert mich mit einem Paradox, Graf Marstamm. Ich weiß, Valkener hat Euch getäuscht, und ich komme nicht umhin zu glauben, dass Ihr Euch einbildet, klüger als meine Prinzessin zu sein. Doch sie erklärt mir, keineswegs Opfer einer Täuschung geworden zu sein. Was sie, falls man Klugheit daran misst, wer sich täuschen lässt und wer nicht, Euch überlegen machen würde. Des Weiteren verfügen wir über reichlich Beweise für ihren Mut, Witz, Stolz und Ehrsinn, wohingegen ich bis heute nichts dergleichen gesehen habe, was zu Euren Gunsten spräche. Prinzessin Alexia mag es als unter ihrer Würde betrachten, die Beleidigungen zur Kenntnis zu nehmen, die Ihr Euch erlaubt, doch dies gilt nicht für meine Person. Meine Stellung in den Diensten meines Königs hindert mich daran, Genugtuung von Euch zu fordern, aber ich bin fast bereit, all das aufzugeben, um es trotzdem zu tun.«

Swojinyks Angriff erschütterte Marstamm. Sein Gesicht lief violett an, bevor er jedoch antworten konnte, schnippte der König mit den Fingern. »Er kann gehen, Marstamm.«

»Aber, Hoheit …«

»Ermüde Er mich nicht bereits so früh am Tag.« Swindger strich sich mit der Hand über die Augen, mehr, als wolle er seine Maske vor Marstamm verbergen, als um seinen Untergebenen nicht mehr sehen zu müssen. »Gehe Er und suche meinen Sohn. Er helfe ihm … bei irgendetwas.«

Der Saal lag still, bis auf die schweren Schritte des abziehenden Marstamm. Die Türangeln quietschten. Draußen heulte der Wind und riss an den grauen Wolken, die den Himmel bedeckten. Der Schneefall nahm deutlich zu. Swindger hob den Kopf, als die Tür sich schloss, wartete aber noch ein paar Sekunden, bevor er seine Worte unter die Stille kriechen ließ.

»Beenden wir diese höfliche Scharade. Ich bin ihrer müde.« Er schaute hinüber zu Alyx. »Ich habe Valkener noch nie leiden können. Er war nie etwas anderes als ein gemeiner Ränkeschmied, und ich habe das auf den ersten Blick erkannt. Ich wusste sofort, worum es ihm ging: um Macht. Ich war dabei, als er Boleif Norderstett Temmer stahl.«

Swindger strich sich mit der Rechten übers Kinn. Dass Valkener den König geschlagen hatte, war Teil der Legende, und Alyx hatte keinen Zweifel, dass er den Schmerz dieser Schläge nachvollzog.

»Also, Prinzessin, ich erkenne an, Ihr seid mutig und ehrbar, stolz, klug und heldenhaft. Ich begreife auch, dass Ihr dem schwächeren Geschlecht angehört, und Eure Gefühle mehr Einfluss auf Euch haben als gut wäre. Doch es ist offensichtlich, dass Ihr die Schwächen Eurer Natur abstreifen könnt, wenn es zum Kampf kommt. Deshalb bitte ich Euch, auch jetzt über Eure Gefühle hinauszublicken und zu erkennen, dass Eure besten Bemühungen hier zum Scheitern verurteilt sind. Der Verräter wird für seinen Verrat hingerichtet. So muss es sein.«

Alyx' Nasenflügel bebten, und rote Wut nagte an den Rändern ihres Sichtfelds. Es drängte sie, zu dem Thron hinüberzumarschieren, Swindger zu packen und ihn besinnungslos zu prügeln. Zweierlei hielt sie davon ab. Zum Ersten die Gewissheit, dass Swindger diese Reaktion als Bestätigung dafür gewertet hätte, dass seine Beleidigung gerechtfertigt war.

Zum Zweiten hob Swojinyk die Hand. »Hoheit, die Prinzessin würde Eurer Ansicht der Lage widersprechen. Die Tatsache Ihrer Eheschließung mit Kräh steht Eurer Feststellung entgegen. Minister Baersch wird bestätigen, dass Kräh als Prinzgemahl Recht auf ein neues Verfahren hat, da sein Rang es fraglich macht, ob er Oriosa überhaupt verraten *kann*.«

Swindger schnaufte verächtlich. »Wir haben seine Schande lange genug ertragen müssen. Er ist Oriose.«

»Ich gestatte mir, dem zu widersprechen, Hoheit. In Yslin hat ihm sein Vater die Maske abgenommen und öffentlich erklärt, keinen Sohn namens Tarrant zu haben. Mein Studium Eurer Gesetze erbrachte, dass ein Vater seinen Sohn auf diese Weise verbannen kann, mit der Folge, dass dessen Name auf alle Zeiten aus den Annalen Oriosas gestrichen wird. Da Ihr den älteren Valkener nach Yslin gebracht habt, muss diese Verbannung als von Euch gestattet betrachtet werden. Des Weiteren fand die Verhandlung wegen Hochverrats gegen Kräh Jahre nach seiner Verbannung statt. In Eurer eigenen Geschichte wurde der Rebellenprinz Lehern von seinem Vater nach Ende der Rebellion auf ähnliche Weise verbannt, vor allem, um seinen Bruder daran zu hindern, ihn wegen Hochverrats aburteilen und hinrichten zu können.«

»Er versuche nicht, mich über meine eigene Geschichte zu belehren, Botschafter. Er geht zu weit.«

»Es ist keine Beleidigung beabsichtigt, Hoheit. Die Prinzessin ist nur darauf bedacht, Eure Geschichte zu würdigen und weiß auf Grund derer, dass Oriosa den Mann, den sie zum Gemahl gewählt hat, gerecht behandeln wird.« Swojinyk schaute hinüber zu Baersch. »Die neue Verhandlung wird natürlich vor einem Tribunal seines Ranges stattfinden müssen. König Augustus ist bereits auf dem Weg, um daran teilzunehmen. Auch Königin Carus von Jerana kommt nach Meredo. Oriosa wird selbstverständlich ebenfalls im Tribunal vertreten sein. Ich nehme an, seine Hoheit wird dies persönlich übernehmen?«

Alyx biss sich in die Wange, um ein Lächeln zu unterdrücken, während Swindger sich wand. Swojinyk hatte sie auf dem Ritt durch die verschneiten Straßen vorgewarnt, dass er dem König über die bereits angelaufenen Vorbereitungen berichten würde. Augustus und Carus waren über jeden denkbaren Einspruch erhaben, was Swindger in eine Minderheitsposition drängte. Ob er sich ihnen anschließen sollte oder nicht, war eine Entscheidung, die er sich lange und mühsam würde überlegen müssen. Der Ausdruck auf Swindgers Gesicht, auch wenn die Maske es zur Hälfte verdeckte, war der Beginn dieses Prozesses.

»Des Weiteren, Minister, wird die Verhandlung notwendigerweise im Geheimen stattfinden. Wir wollen die Beziehungen zwischen unseren Reichen nicht durch Umzüge oder andere Demonstrationen stören, die den Eindruck erwecken könnten, Okrannel würde einen Feind des Landes beherbergen und beschützen. Die Verhandlung wird Euch gestatten, Beweise dafür vorzulegen, dass Kräh tatsächlich Valkener ist. Aber diese Beweise müssen einer gründlichen Überprüfung unterzogen werden und sollten nicht zu Futter für die Gerüchteküche gemacht werden.«

Baersch runzelte die Stirn. »Botschafter, sicher könnt Ihr nicht ernsthaft erwarten, dass sich die Gefangennahme Valkeners geheim halten lässt?«

»Aber Minister, habt Ihr mir nicht eben erst selbst versichert, dass genau dies bereits in die Wege geleitet wurde?«

Der weißhaarige Minister zögerte ein wenig, dann blickte er sich zu Swindger um. »Mein Fürst, ich habe versagt.«

»Das hat Er in der Tat, Baersch, tragischerweise.« Der König schaute zu Alyx. »Sollen wir diese beiden entlassen, damit sie die Einzelheiten klären, Prinzessin? Euer Mann ist mehr als fähig, Euch zu beschaffen, was Ihr wünscht, und Baersch wird es ihm liefern.«

Alyx nickte. »Und Euer Marstamm wird versuchen, es zurückzustehlen. Ihr wisst sehr wohl, dass er Geheimnisse schneller los wird als ein Matrose, wenn er auf Landurlaub ist, sein Geld.«

»Ich kümmere mich um Marstamm.«

»Sonst tue ich es.«

Swindgers Augen wurden schmal, dann nickte er. »Und vermutlich würdet Ihr mir damit einen Gefallen erweisen. Baersch, Er nehme den Botschafter mit in seine Räume. Er tue, was getan werden muss.«

Swojinyk schaute sich flehentlich zu Alyx um, doch sie nickte nur. »Gehe Er. Er weiß, was wir wollen.«

»Ja, Hoheit.« Der Botschafter folgte Baersch aus dem Saal.

Swindger lehnte sich auf dem Thron zurück, dann stützte er die Ellbogen auf die Armlehnen und legte die

Fingerspitzen aneinander. »Möglicherweise habe ich Euch unterschätzt.«

»Ihr seid noch nicht überzeugt?«

Ein Lächeln trat auf die Züge des oriosischen Königs. »Die Bemerkung über das schwächere Geschlecht hat gesessen, nicht wahr?«

Der verschmitzte Ton hätte sie überrascht, hätte Kräh ihr nicht in der Nacht zuvor im Flüsterton von Swindger und dessen Rolle beim ersten Norderstettfeldzug erzählt. *Kräh hat Recht, der Kerl glaubt, er wäre klüger als jeder andere.*

Alyx schob das Kinn vor. »Ja, es hat mich beleidigt.«

»Aber Ihr habt nichts gesagt. Das war gut.« Swindger deutete mit einer Hand zur Tür, durch die die beiden anderen verschwunden waren. »Das hat Euch den Sieg gebracht, auch wenn es eine verschwendete Mühe war. Diese angebliche Heirat soll Valkener beschützen. Ihr hättet nicht auf Ränkespiele zurückgreifen müssen. Ihr hättet zu mir kommen können. Man hätte sich einigen können.«

»Ich glaube Euch nicht, Hoheit.« Sie musterte ihn mit kaltem Blick. »Ich bin überzeugt, Kräh wäre irgendwo auf dem Weg zur Hauptstadt von Call Mably auf der Flucht getötet worden. Das hätte Euch die öffentliche Hinrichtung erspart, die ohnehin schwer zu rechtfertigen gewesen wäre, nachdem er Eurer Schwester das Leben gerettet hatte, indem er sie aus der Festung Draconis eskortierte.«

»Das ist ein guter Einwand, obwohl ich keinen Befehl erteilt habe, Kräh umzubringen.«

»Ihr sicher nicht, aber ich wäre mehr als bereit zu wetten, Kabot Marstamm hätte Mably rechtzeitig erreicht.«

Swindgers Lächeln war viel zu entspannt. »Eure Sorge um Kräh lässt mich beinahe glauben, dass Ihr ihn liebt. Was seht Ihr nur in einem solchen Menschen?«

»Er ist ein guter Mann. Er ist tapfer, loyal und selbstlos.« Alyx runzelte die Stirn. »Warum hasst Ihr ihn so? Weil er Euch geschlagen hat? Weil er Euch das Schwert und einen Platz in den Annalen vorenthielt? Ihr wisst, was aus Boleif Norderstett geworden ist. Ihr wart dabei. Ich weiß es nur aus Liedern, aber ich kenne genug davon, um zu wissen, dass diese Tragödie wirklich stattfand, auch wenn manche Einzelheiten vergessen sind. Hättet Ihr Euch das wirklich gewünscht?«

Die Stimme des Königs sank zu einem Knurren herab. »Seid ihr Okraner alle darauf versessen, mir die Geschichte um die Ohren zu schlagen? Es war eine andere Zeit damals, mit anderen Bedingungen.«

»Ich habe gegen Kytrin gekämpft. Ich habe Sullanciri erschlagen. Ich weiß, was Ihr damals erlebtet.«

»Nein. Nein, dass wisst Ihr nicht. Ich bin nicht unter dem Schatten Kytrins aufgewachsen. Sie war ein Monster aus der Vergangenheit. Ein Gespenst, mit dem man kleine Kinder erschreckte. Ihre Kreaturen, die Vylænz und Schnatterer und Frostkrallen, die waren wirklich genug, aber selten, so selten, dass sie uns wie Überbleibsel aus einer anderen Zeit erschienen, da wir sie in unserem Land entdeckten. Wir waren auf die Gefahr, die uns überfiel, völlig unvorbereitet.«

Und du hast in ihrem Angesicht versagt. Alyx schauderte. Der Mann, den sie vor sich sah, war im Laufe der Jahrzehnte verbittert und ängstlich geworden, doch sie wusste: Er war schon ein Schwächling gewesen, bevor seine Generation gegen Kytrin hatte kämpfen müssen. Sie erinnerte sich an die Botschaft, die sein Sohn Ermenbrecht sie gebeten hatte, ihm zu überbringen, und wusste: Sie war aus der Sicht eines Knaben auf seinen Vater geboren – noch bevor Valkener sich Swindgers Zorn zugezogen hatte.

»Bei den Göttern, ist es das?« Alyx ging vor dem Thron auf und ab. »Ihr, der Prinz des Reiches, werdet in einen Konflikt gedrängt, auf den Ihr nicht vorbereitet seid. Und hier kommen Boleif Norderstett und Tarrant Valkener und Kenvin Norderstett, ein obskurer Markbaron Eures Reiches. Sie finden Schnatterer. Sie finden ein magisches Schwert. Es gibt eine Prophezeiung über sie. Eure Heimat steht an vorderster Front im Kampf um die Rettung der Welt und den Sieg über Kytrin, und Ihr habt keinen Anteil daran. Ihr zieht natürlich mit, aber vor der wirklichen Arbeit drückt Ihr Euch, versteckt Euch hinter Eurem Status als Kronprinz.«

»Nein!« Swindger sprang auf, die Fäuste geballt, und sein Protest hallte durch den Saal. Er sah aus, als wolle er auf sie losgehen. Die Augen unter der Maske funkelten. Dann hustete er und seine Augen verengten sich.

Er setzte sich wieder. »Ich bin nicht mehr der, der ich damals war. Es ist eine andere Welt gewesen, und ich war für diese Welt erzogen worden. Allianzen, Geheimverträge, Handelsbeziehungen ... damit kannte ich mich aus, das beherrschte ich. Seit der letzten Invasion war ein Jahrhundert verstrichen, und mit jedem Jahr redeten wir uns mehr ein, Kytrin sei gestorben oder habe das Interesse verloren. Es gab nichts, was ich hätte fürchten müssen, und dann stand die Welt plötzlich Kopf. Ein hergelaufener Märker beschämte mich und beanspruchte meinen rechtmäßigen Platz. Doch im Untergang der Helden las ich die Zukunft, Prinzessin. Ich war zurück in meinem Reich der Bündnisse und Geheimdiplomatie, der Politik und des Handels. Ich war zurückgekehrt in meine Welt der Machtpolitik, und ich sah, was geschehen würde, wenn die Nachricht von Kytrins Überleben, von Kytrins Bedrohung für die Welt bekannt geworden wäre. Aufruhr, Flüchtlingsströme. Das Schicksal Okrannels in weit größerem Maßstab wiederholt. Ich machte es den anderen ebenfalls deutlich. Ich war es, der die Welt rettete, denn die bloße Drohung Kytrins hätte sie zerstört.«

Alyx schüttelte den Kopf. Die Argumentation war in sich schlüssig, beruhte aber auf einer völligen Abkehr von der Wirklichkeit. Der Herausforderung auf dem Schlachtfeld nicht gewachsen, hatte Swindger alles in eine Arena verlagert, in der er Meister war. Er hatte sich selbst davon überzeugt, möglicherweise nicht einmal zu Unrecht, die Welt gerettet zu haben. Das Problem daran war, er hatte sie nur einstweilen gerettet, nur für die Zeit, die Kytrin ihm ließ. Ihre Rückkehr bedrohte alles, und die Wahrheit über Kräh und die von ihm übermittelte Warnung Kytrins bewies die Verlogenheit der Bemühungen Swindgers.

Wut loderte in ihr auf. Sie sah Swindger mit seinem Ring spielen. Alyx erinnerte sich, gehört zu haben, dass der Ring feindselige Absichten in seiner Umgebung auffing. Sie lächelte. *Er hat nicht gemerkt, dass seine Bemerkung mich verärgerte. Der Ring hat es ihm gesagt. Diese Schlange.*

Sie ließ ihre Stimme ruhig und gelassen klingen. »Etwas solltet ihr wissen, Hoheit. Vor einer Generation wart Ihr nicht bereit für die Schläge, mit denen das Schicksal auf Euch wartete. Ich bin es. Kräh ist von großer Bedeutung für den Sieg über Kytrin, und wärt Ihr bereit, unvoreingenommen darüber nachzudenken, wäre das auch für Euch offensichtlich. Da ich jedoch bezweifle, dass Ihr bei diesem Thema zu klaren Gedanken fähig seid, werde ich Euch etwas anderes geben, worüber Ihr nachsinnen könnt.«

»Eine Drohung, Prinzessin?«

»O nein, keine Drohung.« Ihre Miene blieb ausdruckslos. »Als ich Euren Sohn in der Festung Draconis zuletzt sah, bat mich Ermenbrecht, Euch eine Nachricht von ihm zu überbringen. Er bat mich, Euch zu sagen, für das Wohl Eures Reiches solltet Ihr nicht das ganze Leben lang ein Feigling bleiben.«

Die Worte trafen ihn, jedoch nicht so hart, wie sie

gehofft hätte. »Es gab eine Zeit, da war ich ein Held für ihn.«

»Vielleicht möchtet Ihr darüber nachdenken, ob es eine Möglichkeit gibt, dass er Euch wieder so sehen kann.«

Swindger schüttelte den Kopf. »Er ist tot. Was er dachte, spielt keine Rolle mehr.«

»Falls das Euer Ernst ist, habt Ihr wirklich Glück.« Sie nickte ihm kurz zu. »Falls Ihr angesichts der Gefahr, der wir uns gegenübersehen, ein Feigling bleibt, wird Euer Reich untergehen. Und es wird niemanden mehr geben, der an Euch denken könnte.«

KAPITEL ELF

Ich bin tot. Ermenbrecht machte sich keine Illusionen, was seine Überlebenschancen betraf. Über einen Monat stand die Garnison der Festung Draconis schon im Rückzugsgefecht gegen die Aurolanenhorde. Wer die Ruinen kontrollierte, hing von der Tageszeit ab. Tagsüber beherrschten die Eindringlinge das Feld, nachts die Verteidiger. Sporadische Draconettenschüsse und das Kreischen der Verwundeten hallte durch die Dunkelheit, als kleine Grüppchen von Soldaten ihre Feinde in den Hinterhalt lockten.

Ermenbrecht war klar, dass ihre Schläge gegen das Aurolanenheer nicht mehr als Mückenstiche waren. Bestenfalls konnten sie einzelne Streifen überwältigen, Vorräte vernichten und den Besatzern der Festung generell das Leben schwer machen. Tagsüber versteckten die Verteidiger sich in den Tunnellabyrinthen unter der Stadt, und wiederholte Versuche, sie von dort zu vertreiben, hatten den Aurolanen nur Rückschläge eingebracht.

Kytrins Truppen schreckten vor nichts zurück, wenn es darum ging, die Verteidiger auszuräuchern. Der höchste Turm der Festung Draconis stand noch. Der Kronturm war mit dem Schädel des Drachen verziert gewesen, der Jahrzehnte zuvor auf ihm verendet war. Die Aurolanen hatten den Leichnam Dathan Cavarrs, des Barons Draconis, an den Schädel gebunden, und täglich zerfraßen die Aasgeier ihn mehr.

Mindestens zwei Widerstandsgruppen hatten den

Turm bereits im vergeblichen Versuch attackiert, die Überreste des Barons zu retten. Sie waren gnadenlos niedergemetzelt worden, und nun hingen ihre Leichen von den verbliebenen Mauerresten. Die Zurschaustellung sollte die restlichen Verteidiger entmutigen, doch stattdessen betrachteten die Überlebenden sie als Herausforderung.

Ermenbrecht hatte seine Leute von einem ähnlichen Angriff abgehalten, indem er sie daran erinnert hatte, dass sich ihre Aufgabe in Festung Draconis nicht geändert hatte. Sie alle – Menschen, Ælfen, Meckanshii und urSreiði – waren hier stationiert, um die Südlande vor einer Invasion zu beschützen und die Bruchstücke der Drachenkrone zu bewachen. »Die beste Art, unseren Respekt vor dem Baron Draconis zu beweisen, besteht nicht darin, seine Knochen zu bergen, sondern weiterhin die Aufgabe zu erfüllen, der er sein Leben gewidmet hatte.«

Damit hatte er sie überzeugt, und ihre Hingabe an diese Mission hatte zu Ermenbrechts jetzigem Dilemma geführt, einem Dilemma, das ihn vermutlich das Leben kosten würde. Vor ihrem Fall hatte Festung Draconis die Marschroute der Aurolanenheere nach Süden blockiert. Die Garnison war nicht groß genug gewesen, eine Armee zu zerschlagen – aber deren Nachschubrouten abzuschneiden, wäre ihr ein Leichtes gewesen. Kytrin hatte Festung Draconis aus dem Weg räumen müssen, bevor ein groß angelegter Angriff auf den Süden denkbar wurde.

Nun hatte sie ebendies getan, und ihre Truppen strömten tagein, tagaus an den Ruinen vorbei südwärts. Ermenbrechts Kompanie beobachtete die Truppenbewegungen, stellte die Informationen zusammen und übertrug sie mit Hilfe einer Arkantafal, einem magischen Holzbrett, das alles, was darauf geschrieben wurde, zu seinem Doppel an einem anderen Ort übertrug, nach Süden. Ermenbrecht hatte keine Ahnung, wo das Doppel der Arkantafal seiner Einheit sich befand, doch den kurzen Antworten nach, die darauf eintrafen, neigte Jilandessa zu der Vermutung, dass es sich um Alcida oder Valitia handelte. Seine Leute sandten nur Truppeninformationen und hatten niemandem verraten, dass er noch lebte, aus Angst, diese Information könnte in Kytrins Hände fallen und sie veranlassen, Jagd auf ihn zu machen, um ihn gegen seinen Vater zu benutzen.

Zwei Tage zuvor hatten Ermenbrechts Leute einen ihrer üblichen Beobachtungsposten bezogen, um die Heerzüge zu verfolgen, und hatten neue Banner in den Rängen der nach Süden ziehenden Aurolanen entdeckt. An die großen Banner, die einzelne Einheiten bezeichneten, hatten sie sich gewöhnt, doch seit kurzem waren kleinere Wimpel über ihnen aufgetaucht. Während sie diese neuen Einheiten beobachteten, war ein Gewitter von Norden aufgezogen und hatte heftigen Schneefall gebracht, der die Verteidiger in der Festung in Deckung und Ermenbrechts Leute hinab in die warmen Eingeweide der Erde trieb.

Als der Sturm anderthalb Tage später mit ungeminderter Heftigkeit weitergezogen war, hatte Ermenbrecht Ryslin und Pal Burgener hinaufgeführt, um sich umzusehen – und war in eine nahe Ruine gestiegen, die sie als Ausguck benutzten. Wie üblich, war eine Streife Schnatterfratzen vorbeigekommen. Alles wäre glatt gegangen, hätten die Aurolanen nicht ausgerechnet das Gebäude, in dem Ermenbrecht sich versteckte, als Unterschlupf vor dem auffrischenden Wind benutzt.

Selbst das wäre an und für sich noch nicht weiter schlimm gewesen. Die Schnatterer neigten dazu, sich irgendwo unterzustellen und zu warten, bis der anbrechende Morgen die Wachablösung ankündigte. Die mannsgroßen Kreaturen hatten vorstehende Schnauzen und breite Reißzähne sowie ein fleckiges, schwarzbraunes Fell, das sich zur Tarnung im Schnee miserabel eignete. Ihre in Haarbüscheln endenden Ohren ragten über den breiten Schädeln auf und zuckten vor und zurück, aber weit stärker als auf Sicht und Gehör schienen sie sich auf ihren Geruchssinn zu verlassen. Ihr Schnaufen im Zimmer unter ihm verriet Ermenbrecht, dass die sinkenden Temperaturen den empfindlichen Schleimhäuten zu schaffen machten und halfen, ihn unentdeckt zu lassen.

Er erwartete, dass sie weiterzogen, solange es dunkel genug war, seine Männer zurück in Sicherheit zu bringen, und das heftige Winseln schien anzudeuten, dass ein Aufbruch bevorstand. Aber dann hallte ein lautes Bellen von der Straße herüber und brachte sie zum Schweigen.

Das Geschnatter erstarb jäh, und Ermenbrecht wagte einen Blick ins Freie. Er schob den Kopf gerade weit genug über ein geborstenes Fensterbrett, um eine große, schlanke Gestalt in der Mitte der schneebedeckten Straße näher stapfen zu sehen. Der Wind wirbelte um sie herum, und Schneeflocken tanzten in ihrem Schatten. Sie trug einen weißen Umhang, der zu ihrem Fell passte. Die Kreatur kam langsam heran und drehte dabei den Kopf von einer Seite zur anderen. Das ausgeprägte Kinn erinnerte an eine Schnauze, doch das Gesicht des Wesens wirkte weit weniger tierisch als das der Schnatterer.

Und diese Augen. Ermenbrecht wusste, er hatte sie schon früher gesehen, denn sie waren ganz und gar einfarbig. Sie erinnerten an die Augen eines Vorqælfen, ohne erkennbare Pupille, nur waren diese Augen ganz und gar schwarz. Und doch, noch während er die Feststellung traf, bemerkte er eine Bewegung in ihnen, als wäre in der tintenschwarzen Tiefe dieser Augäpfel eine teuflische Macht eingeschlossen.

Der Kopf der Kreatur hob sich, und Ermenbrecht sprang zurück – doch er wusste, sie hatte ihn gesehen. Als das Unwesen einen Befehl zischte, blies er auf die Lunte der vierschüssigen Draconette. Auf den Befehl hin trampelten die Schnatterer knurrend die verschneite Treppe in den ersten Stock des Baus hinauf. Ein blank gezogenes Langmesser in der Rechten, kam die vorderste Bestie um die Ecke und stürmte auf ihn zu.

Ermenbrecht zog den Abzug des Vierschüssers, und die Waffe spie Feuer und Blei. Eine olivengroße Kugel schlug aus der dichten grauen Qualmwolke und traf den Schnatterer in den Bauch. Die Wucht des Einschlags riss die Nordlandkreatur herum, und das Langmesser flog ihr aus der Hand. Rotes Blut spritzte über den weißen Schnee, dann prallte das Biest gegen den zweiten Schnatterer.

Der Orioser Prinz erhob sich aus der Hocke und zog den Säbel, den er auf dem Rücken trug. Die Klinge glitt mühelos aus der Scheide und war weit leichter als sie zunächst schien, denn sie war magisch und hatte ursprünglich einer von Kytrins Sullanciri gehört. Ermenbrecht warf die Draconette beiseite und stellte sich den angreifenden Schnatterfratzen.

Die Magik der Waffe machte den Kampf gegen die Schnatterer zu einem Kinderspiel. Vor seinen Augen verlor die Welt alle Farbe, bis auf die Stellen, an denen ein goldenes, rotes oder blaues Leuchten das Fließen von Energie markierte. Wenn ein Schnatterer vor dem Stoß ein Langmesser zurückzog, sammelte sich rotes Licht in den Muskeln, die er für den Angriff brauchte. Durch den Farbwechsel gewarnt, konnte Ermenbrecht ihm zuvorkommen.

Und die Klinge war dafür geschaffen. Ihre Schneide wirkte eher stumpf, und die Leichtigkeit der Waffe hätte vermuten lassen, dass sie zu keinem harten Hieb in der Lage war, doch sie schnitt durch muskelbepackte

Gliedmaßen wie durch dürre Strohbündel. Ein schneller Schlag reichte aus, eine Hand abzuhacken, Pfote und Langmesser davonfliegen zu lassen, und ein Hieb mit dem Handschutz zertrümmerte eine Schnauze.

Der erste Hieb schleuderte einen Schnatterer mit halbiertem Gesicht davon, der Rückschwung schnitt einem anderen den Leib auf. Er stürzte durch ein Loch im Boden und schlug krachend ein Stockwerk tiefer auf, während die nächste Nordlandbestie von der Treppe aus auf Ermenbrecht zuhechtete. Dieser Schnatterer führte das Langmesser mit beiden Händen, wollte es wie eine Axt benutzen.

Der Prinz sprang ihm entgegen und duckte sich, sodass der Hieb die Kreatur über seinen Rücken trug. Sie schlug hart auf, kam aber sofort wieder auf die Beine und stand links von ihm, den Rücken zum Fenster. Er schlug den Säbel nach rechts, und die Klinge schnitt tief in die Hüfte eines anderen Schnatterers, der die Treppe hinabrutschte und auf dem ersten Absatz verkrümmt liegen blieb.

Ermenbrecht drehte sich zu dem unverletzten Aurolanen um, hielt sich aber geduckt, den rechten Fuß auf der ersten Treppenstufe abwärts. Der Säbel zeigte ihm, dass ein schneller Seithieb auf die Beine der Kreatur das Gleichgewicht nehmen und sie durch das Loch im Boden schleudern würde. Es bestand eine Chance, dabei selbst verletzt zu werden, aber soweit es das Schwert betraf, würde der Angriff den Gegner töten, also war eine mögliche Verwundung ohne Bedeutung.

Ermenbrechts Widerstand gegen diese Betrachtungsweise ließ ihn kurz zögern, aber es spielte keine Rolle. Eine Serie kleiner Explosionen zog sich plötzlich von links nach rechts und sprengte winzige Löcher in die Wand. Berstender Putz flog in den Raum, und Qualm stieg aus vier Löchern auf.

Das fünfte Loch brannte sich nicht durch die Wand.

Welche Art Magik auch im Spiel war, sie war durch das Fenster geflogen und hatte den Schnatterer mitten in den Rücken getroffen. Der Hieb hob die Kreatur vom Boden. Ermenbrecht duckte sich, als die Bestie auf ihn zuflog und ein Fuß ihn an der linken Schulter traf. Die Schnatterfratze drehte sich in der Luft, dann brach ihr Brustkorb auf. Blut, Knochensplitter und Eingeweide spritzen durch den Raum.

Ermenbrecht hob den von Schnattererblut nassen Kopf und sah die weiße Gestalt. Die Kreatur hatte einen Zauberstab unter dem Mantel hervorgeholt. Einen Moment lang begegneten sich ihre Blicke, dann hob sich der Stab. Ermenbrecht ließ das Schwert fallen und hechtete flach in Richtung Vierschüsser.

Der Prinz riss die Waffe vom Boden und betätigte hastig den Hebel, der die Läufe drehte und einen geladenen Lauf vor den Schussmechanismus brachte. Über dem metallischen Klicken und Knacken der Zahnräder krachte der Schuss einer anderen Draconette. Dann erschütterte eine gewaltige Explosion das Gebäude. Was drei Schritt entfernt an Wand noch existiert hatte, verschwand und nahm Treppe und Absatz mit. Von dem verletzten Schnatterer blieb nur ein roter Schmierfleck auf dem Schutt.

Mit den reflexartigen Bewegungen, die er in zahllosen Stunden Drill eingeübt hatte, machte Ermenbrecht den frischen Lauf scharf und rollte am Fenster auf die Knie. Er zielte auf die schlanke Gestalt und bemerkte, dass deren linke Schulter blutverschmiert war und weiteres Blut in Strömen über den kraftlos herabhängenden Arm floss.

Doch ihr rechter Arm hob sich, und ein feuriger blauer Pfeil schoss aus dem Stab. Er schlug einen Schritt vor Burgener, der sich auf ein Knie niedergelassen hatte und seinen Vierschüsser scharf machte, in die verschneite Straße ein. Die Explosion hob den Soldaten vom Boden und wirbelte ihn wie eine Stoffpuppe davon. Er krachte knapp zehn Schritt entfernt in eine Schneewehe und verschwand unter einer Wolke von Pulverschnee.

Ermenbrecht schoss und traf die Kreatur hoch in die Brust. Ein Strahl hellen Bluts spritzte in die kalte Luft, dann kippte das Geschöpf nach hinten um. Es schüttelte sich heftig, bis Ryslin es erreichte und mit dem Hieb eines Schnattererlangmessers köpfte.

Der Prinz sprang aus dem Fenster und landete federnd im Schnee. »Ryslin, bringt dieses Ding mit.«

»Jawohl, mein Fürst.«

Ermenbrecht rannte hinüber zu Burgener und drehte den auf dem Bauch im Schnee liegenden Mann um. Die Explosion hatte dem Oriosen die Maske und den größten Teil des Gesichts abgerissen. Der lippenlose Mund des Mannes bewegte sich einen Augenblick, brachte aber nur blutigen Schaum hervor, keine Worte. Er krümmte den Rücken, dann erschlaffte er.

Der Prinz streckte die Hand aus und schloss das eine verbliebene Auge, dann suchte er nach dem Vierschüsser des Mannes. Er warf sich die Draconette über die Schulter, kehrte zu dem gefallenen Kameraden zurück und zog ihn hinter sich her. Gemeinsam mit Ryslin kehrten sie durch geheime Passagen, die sich vor ihnen öffneten und hinter ihnen wieder schlossen, in ihre unterirdische Zuflucht zurück.

Die beiden Vierschüsser reichte Ermenbrecht ihrem Rüstmeister, dem alten Verum. Zwei andere hatten ihm Burgeners Leiche bereits abgenommen und waren in einer Ecke des Raums damit beschäftigt, ihn zu waschen und ein Leichentuch zu nähen. Auf der anderen Seite hatten die schwarzhaarige Harqælfe Jilandessa und die Murosoner Meckanshii-Oberste, Jancis Eisenbart, die Kreatur auf einem Tisch ausgebreitet, der in diesem Feldzug schon für die verschiedensten Zwecke

Verwendung gefunden hatte. Selbst ohne Kopf war sie zu groß, um ganz auf die Tischplatte zu passen.

Der Prinz trat zu den beiden Frauen hinüber. »Was ist das?«

Die Harqælfe schüttelte den Kopf. »Ich habe so etwas noch nie gesehen, und auch noch nie von etwas Ähnlichem gehört. Ich könnte raten, aber erfreulich wird es auf keinen Fall.«

Ermenbrecht legte ihr die Hand auf die Schulter. »Es schleudert Magik besser als ein Vylæn. Es wurde von zwei Draconettenschüssen getroffen und hat trotzdem erst aufgehört, sich zu bewegen, nachdem Ryslin ihm den Kopf abgeschlagen hatte. Es hat Schnatterern Befehle erteilt und sie haben augenblicklich gehorcht. Schlimmer kann es auch durch Euer Raten nicht kommen.«

Die Ælfenheilerin nickte, dann fuhr sie mit der Hand über den Bauch der Kreatur und strich deren Fell zurück. Unter den weißen Haaren wurde rosafarbene Haut und dann die dunkle Tätowierung eines mystischen Symbols sichtbar. »Erkennt Ihr das?«

»Nicht ganz, aber ich habe bei Vorqælfen schon Ähnliches gesehen.«

»Genau.« Sie deutete zum Kopf der Kreatur, der neben ihren Schultern auf dem Tisch lag. »Ich habe den Kadaver mit Magik behandelt, nur ein einfacher Diagnosezauber, um mir einen Eindruck zu verschaffen. Er besitzt einen deutlichen Vylænanteil, daneben aber hat er auch etwas Ælfisches. Ælfen unterscheiden sich nicht grundsätzlich von ihrer Heimstatt, aber mit entsprechendem Talent kann man leichte Variationen erkennen. Diese Kreatur hat einen vorquellynschen Einschlag.«

Der Prinz nickte. »Mir sind die Augen aufgefallen.«

Jancis Eisenbart griff mit der linken Hand hinüber und zog eines der Augen auf. Da sie eine Meckansh war, eine jener Kriegerinnen, deren unbrauchbare Körperteile durch mechanische Teile ersetzt worden waren, wies die Hand nur zwei Finger und einen Daumen auf, die sie aber mit sanfter Geschicklichkeit bewegte. »Sehr schwer zu übersehen diese Augen. Bei dem Anblick läuft es mir selbst die mechanischen Glieder kalt hinab.«

Im Tod waren die Augen der Kreatur trüb geworden, aber noch immer konnte Ermenbrecht sich vorstellen, eine bösartige Präsenz in ihren Tiefen zu sehen. Er schaute wieder zu der Ælfe. »Ihr glaubt, diese Viecher kommen aus Vorquellyn?«

Sie nickte. »Wie Ihr wisst, hat Yrulph Kajrûn vor Jahrhunderten Araftii mit Ælfen zwangsvereinigt, um die Gyrkyme zu erschaffen. Ich fürchte, Kytrin ehrt ihren Meister von neuem, indem sie diese Kreaturen erschafft. Sie scheinen Mischlinge aus Vylænz und Vorqælfen, geboren auf Vorquellyn. Erst eroberte sie die Heimstatt, jetzt benutzt die Hexe sie, um eine Rasse von Kriegermagikern zu züchten, die ihre Schnatterer gegen uns ins Feld führt.«

Die Vorstellung jagte dem Prinzen kalte Schauder über den Rücken. »Gibt es eine Möglichkeit, es sicher herauszufinden?«

»Ich werde Maße nehmen, die Tätowierungen katalogisieren, nach anderen Hinweisen suchen. Es könnte helfen, wenn wir mehr von ihnen zur Untersuchung hätten.«

Ermenbrecht nickte. »Ich werde sehen, was sich machen lässt.«

Jancis legte die natürliche Hand auf ihre metallene Schulter. »Hoheit, wir wissen, Kytrin ist vor einer Woche, vielleicht zwölf Tagen, abgereist, und wir haben angenommen, sie hätte alle Fragmente der Drachenkrone gefunden und mitgenommen.«

»Ja, das war unsere Schlussfolgerung. Und wir haben

geschlossen, dass sie Truppen hier zurückgelassen hat, um zu verhindern, dass die Festung wieder aufgebaut wird und ihre Nachschublinien gefährdet.«

»Beides logische Schlussfolgerungen. Aber warum sollte sie dann magisch begabte Kreaturen hierher schicken?«

Der Prinz rückte die Maske zurecht. »Ich verstehe, worauf Ihr hinaus wollt. Falls sie einen Grund hat, sie hierher zu schicken, muss das ein wichtiger Grund sein. Möglicherweise fehlt ihr ein Teil der Krone, oder hier befindet sich noch etwas anderes von Wert für sie. Also ist es für uns nicht nur wichtig herauszufinden, was diese Kreaturen sind, sondern ebenso, was sie hier wollen. Sehr gut kombiniert, Oberst Eisenbart. Darauf wäre ich nicht gekommen.«

Ryslin kam herüber und nickte dem Prinzen zu. »Hoheit, Burgener ist eingenäht. Nygal und ich werden ihn tief in die Tunnel tragen und eine Stelle finden, wo wir ihn einmauern können.«

»Ryslin, schnell!«, rief Nygal Tymtas, der junge Soldat aus Savarra, aus der Ecke, in der Burgener lag. »Hier geht etwas Seltsames vor.«

Der Loqælf und der Prinz rannten in die Ecke, dann stoppten sie. Die Fußbodensteine, auf denen Burgeners Leiche lag, glühten. Hitze schlug ihnen entgegen. Nygal sprang mit qualmenden Stiefelspitzen zurück, doch der weiße Leinstoff des Leichentuchs zeigte seltsamerweise keinerlei Spur von Rauch oder Glut. Der Fels wurde flüssig. Eine dünne Kruste brach auf und gab einen rotgoldenen Lavateich frei. Einen Augenblick lang trieb die Leiche auf dem glühenden Fels, dann versank sie, Kopf und Schultern voraus. Die Zehen verschwanden als Letztes, und als sie untergingen, schlug eine kleine, goldene Lavawelle über die Oberfläche. Danach wurde der Stein wieder dunkel und fest.

Ermenbrecht starrte auf den unberührt wirkenden

Steinboden, auf dem der Leichnam seines Kameraden gelegen hatte. »Niemand hier hat irgendetwas getan? Irgendetwas gesagt? Irgendwie Magik gewirkt?«

Ein Chor von Verneinungen hallte durch die Kammer.

»In Ordnung, ich glaube euch. Aber das bedeutet, ich habe keine Erklärung dafür, was soeben vorgefallen ist. In spätestens einer Stunde sind wir hier weg. Packt alles ein, was ihr einpacken könnt. Wir ziehen tiefer.« Er drehte sich um und betrachtete ihre Gesichter. »Ich weiß nicht, ob das, was gerade geschehen ist, ein gutes oder ein schlechtes Zeichen war, aber bis wir das wissen, ist es Grund genug für uns, in Bewegung zu bleiben.«

Kapitel Zwölf

Kjarrigan kam nicht auf die Idee, es könnte unangemessen sein zu versuchen, mit der Zunge eine Schneeflocke zu fangen, bis jemand hinter ihm sich räusperte und er ein zischendes Flüstern hörte.

Bis dahin hatte der junge Adept knietief draußen im Schnee gestanden, nicht weit von der Herberge, in der er untergekommen war. Er hatte darüber gestaunt, wie die Schneedecke Meredo veränderte. Sie dämpfte die grellen Farben der Hauswände und verbarg das Rot der Schindeldächer. Dicke Girlanden aus Schnee bedeckten die dürren Äste der Bäume und in den Straßenecken türmten sich kleine Schneewehen auf. Die schweren Flocken sanken langsam herab, wirbelten und trieben im Wind, tanzten manchmal regelrecht die Straße hinab. An anderen Stellen fielen sie in Klumpen von Ästen und Regenrinnen.

Schon das Gesicht zum Himmel zu heben und zu spüren, wie die Flocken ihm auf den Wangen schmolzen, hatte ihn zum Lachen gebracht. Seine Freude glich der der im Schnee spielenden Kinder, die sich in Schneeballschlachten austobten und Festungen bauten, mit lautem Kreischen vorstürmten und warfen, bevor sie von den Salven der Spielkameraden zurückgescheucht wurden. Andere Kinder lagen auf dem Rücken und wedelten mit den Armen, um Schneegyrkyme zu fabrizieren. Wieder andere krochen in leere Fässer und ließen sich Hänge hinabrollen, während sie aus voller Brust kreischten.

Doch es war nicht allein der Schnee, der Kjarrigans Lächeln ausgelöst hatte. Seine bisherigen Erfahrungen mit Städten waren nicht gerade gute gewesen. In Yslin war er von einer Bande Straßenkinder in einen Hinterhalt gelockt und zusammengeschlagen worden. Und Festung Draconis war eine belagerte Militärstadt gewesen. Es hatte wenig Kinder dort gegeben, und noch weniger Gelächter.

Was hier den Unterschied machte, war die Stimmung. Als er durch die schneebedeckten Straßen wanderte, hatte er aus einem Impuls heraus einen Schneeball geformt und nach einem Pfosten geworfen. Der Wurf war weit vorbei geflogen und ein Mann, der in der Nähe Holz sammelte, hatte den Versuch belächelt. Ein paar Kinder hatten aus größerer Entfernung ebenfalls auf den Pfosten geworfen und gejubelt und gelacht, als eines von ihnen traf. Eine Frau, die Schnee von den Stufen vor ihrer Haustür fegte, hatte ihm zugenickt und gelächelt, das Gesicht von weißem Atemdunst umrahmt.

Keiner dieser Menschen kannte ihn, da er ohne Aufhebens in Meredo eingetroffen war. Er war einfach nur ein Mensch, und selbst in einer Stadt, wo diejenigen, die Masken trugen, sich anderen überlegen fühlten, lächelte man und war höflich. Es herrschte ein freundlicher Respekt im Umgang zwischen Fremden, wie er ihn nie zuvor gesehen hatte, und es gefiel ihm.

Die Stimme und das Flüstern jedoch besaßen nichts von dieser Freundlichkeit. Kjarrigan drehte sich langsam um und sah drei Gestalten, zwei Männer und eine Frau. Er erkannte keinen von ihnen, aber der leichenblasse Fremde in der Mitte der Gruppe trug trotz seiner scheinbaren Jugend die graue Robe eines Magisters. Der rasierte Schädel, die Hakennase und der vorstehende Adamsapfel verstärkten noch den vom grauen Teint der Haut erweckten Eindruck, dass er, wenn nicht bereits tot, dann doch dem Ableben sehr nahe war. Die Frau und der zweite Mann, der an Körperumfang wettmachte, was seinem spindeldürren Vorgesetzten fehlte, waren in die blutroten Roben von Adepten gehüllt, trugen jedoch keine sonstigen Dekorationen, die ihnen einen Hinweis auf ihre Spezialisierung hätten geben können.

Der Magister nickte ernst und legte die Hände auf den Rücken. »Du bist Kjarrigan Lies.«

Kjarrigan lief ein Schauder den Rücken hinab. Orla hatte ihn ermahnt, sich von Vilwan fern zu halten, und diese Drei repräsentierten seine alte Heimat. Halb wünschte er sich, er hätte davonlaufen können, aber selbst ohne die Schneedecke wäre er zu langsam gewesen, einem Zauberspruch zu entkommen.

Und davonzulaufen hieße, sich wie Beute zu benehmen!

Kjarrigan nickte zögernd. »Der bin ich.«

»Ich bin Magister Syrett Kar. Ich bin hier, um dich heimzuholen.«

»Mich heimzuholen?«

»Nach Vilwan.«

Kjarrigan schüttelte den Kopf. »Ich gehöre nicht nach Vilwan.«

Die Frau beugte sich vor, um Kar etwas zuzuflüstern, doch der Magister riss die linke Hand hoch und brachte sie zum Schweigen. »Adept Lies, du hast eine Menge durchgemacht. Der Großmagister ist erfreut von allem, was du erreicht hast. Nun musst du nach Vilwan zurückkehren, um deine Ausbildung abzuschließen.«

»Auf Vilwan gibt es für mich nichts mehr zu lernen, Magister.« Kjarrigan zupfte an den Ärmeln des Schaffellmantels, dann zog er die Fäustlinge aus. »Hier gibt es einiges für mich zu tun, und ich werde mich nicht davor drücken.«

»Du irrst dich, Adept Lies.«

Eine versteckte Drohung schlängelte sich durch die

Stimme des Magisters und fand einen Verbündeten in Kjarrigans Geist. *Mein ganzes Leben lang habe ich mich immerzu geirrt, gelernt, trainiert, versucht zu erreichen, was niemand sonst erreichen konnte, habe erfahren, dass ich einen Fehler gemacht habe und musste meine Bemühungen über und über wiederholen, bis ich endlich Erfolg hatte und eine neue Aufgabe gestellt bekam.* Keiner seiner Lehrer hatte ihm je erklärt, warum man etwas von ihm erwartete, warum er diese besondere Ausbildung erhielt. Sie hatten ihm nur immer wieder gesagt, dass er sich irrte, oder dumm war, zu langsam oder zu nachlässig. Immer wieder hatten sie ihn mit diesem besonderen Tonfall zurechtgewiesen, und immer wieder hatte er gehorcht.

Aber jetzt rebellierte etwas in ihm. Ein Teil seines Wesens, der von zahllosen Kleinigkeiten aufgebaut worden war. Seit er Vilwan verlassen hatte, hatte er eine Menge richtig gemacht. Vielleicht nicht alles, aber genug, und diese Erfolge nahmen Kars Stimme viel von ihrer Macht.

Kjarrigan schob das Kinn vor. »Auf wessen Autorität erteilt Ihr mir Befehle?«

Für einen kurzen Augenblick verließ den Magister seine Gelassenheit, aber er hatte sich schnell wieder im Griff und verengte die braunen Augen. »Du wagst es, mir zu widersprechen?«

»Wie könnte ich das nicht, Magister? Ich stehe in einem Kampf gegen Kytrin. Ich weiß, sie würde vor nichts zurückschrecken, mich aufzuhalten. Woher weiß ich, dass Ihr keine Schüler Ihrer Magikerakademie seid, die sich nur als Vilwaner Würdenträger verkleidet haben? Um ehrlich zu sein, ich glaube ohnehin, dass Ihr gar nicht von Vilwan kommt, sondern nur hier im Konsulat arbeitet.«

Während Syrett Kar seine Züge unter Kontrolle hielt, gelang das dem korpulenten Adepten zu seiner Rechten nicht. Der Mann wirkte sichtlich überrascht. Die blauen Augen seiner Begleiterin verdüsterten sich, als sie Kjarrigan wütend anstarrte. Sie trat zwei Schritte nach links und zog die Handschuhe aus.

Kar warf einen Blick in ihre Richtung und runzelte die Stirn. »Werde nicht melodramatisch, Adeptin Tether. Adept Lies wird uns nicht angreifen.« Er drehte sich wieder zu Kjarrigan um. »Deine Fragen sind berechtigt. Wir sollten uns zum Konsulat begeben, um sie zu beantworten. Ich weiß, du warst noch nicht dort. Das sollte beweisen, dass ich der bin, als der ich mich vorgestellt habe.«

»Ohne jeden Zweifel lässt Kytrin unser Konsulat beobachten.« Kjarrigan hatte Mühe, sich seine Nervosität nicht anmerken zu lassen. »Ihr könnt zum Konsulat zurückkehren. Wenn ihr eine Autorisation vorweisen könnt, die ausreicht, um meine Rückkehr zu erzwingen, schickt mir eine Nachricht, und ich komme ebenfalls. Aber nicht vorher.«

Die Frau knurrte. »Wir besitzen ›ausreichende Autorisation‹.«

Kjarrigan wandte ihr den Kopf zu, langsam und flüssig, in einer Geste der Verachtung, die er sich bei Entschlossen abgeschaut hatte. »Vielleicht ausreichend für dich, aber meine Belange bewegen sich in Sphären weit jenseits deiner kleinlichen Interessen.«

Ihm war klar, dass er sie damit herausforderte, und sie reagierte sofort. Magische Kraft durchströmte sie, ihre Finger verkrampften sich. Kar drehte sich zu ihr um und bellte einen Befehl, aber ihre Augen hatten sich zu wütenden Schlitzen verengt. Der zweite Adept trat den Rückzug an. Auf seinem Gesicht machte sich Entsetzen breit.

Die Zeit verlangsamte sich für Kjarrigan. Das verängstigte Kind in ihm, das Kars Befehl gehorchen wollte, erkannte die Gefahr. Allein aus den magischen Emanationen, die Tetther ausstrahlte, erkannte er in ihr eine Kampfmagikerin, und sie war bereit, ihn brutal zum Gehorsam zu zwingen. Er verspürte den Drang, auf die Knie zu fallen und sie um Gnade anzuflehen, aber die Angst blieb begrenzt und kontrollierbar.

Auch der Magikstudent in ihm erkannte die Gefahr. Er untersuchte sie innerhalb eines Herzschlags, erkannte den Spruch und hatte ein halbes Dutzend Zauber zur Auswahl, um ihn zu kontern. Zwei davon hätte er so schnell schleudern können, dass Tetther gar nicht erst zum Zuge gekommen wäre. Die aufgebaute Energie hätte ihren Körper nicht verlassen können und wäre in sie selbst zurückgeschlagen. Als magische Übung betrachtete er diese Antwort und ihre Folgen in reiner, gefühlloser Neutralität. Die menschlichen Kosten waren nicht mehr als eine unbedeutende Abstraktion.

Doch da war noch ein Aspekt in seinen Gedanken, das Ergebnis all dessen, was er seit Vilwan getan und gesehen hatte, und dieser Aspekt behielt die Oberhand. Er ignorierte die Angst. Er erkannte die Kosten. Dann winkte er mit der rechten Hand, locker, beiläufig, und schleuderte einen Zauber, den er so gut kannte, dass er den Einsatz kaum registrierte.

Es war der Telekinesezauber, mit dem er in seinem Studierzimmer Bücher aus den Regalen geholt und mit dem er ebenso leicht ein Schiff aus dem Ozean gehoben hatte. Jetzt kitzelte er damit Schnee von einem Dach und ließ ihn in einer kleinen Lawine auf sie herabstürzen. Der Schnee schlug hart in ihren Rücken, warf sie nach vorne und begrub sie unter sich. Der Schlag nahm ihr den Atem und kostete sie die Konzentration, die sie brauchte, um den Zauber zu wirken.

Kar sprang einen Schritt zurück. Er starrte auf die Adeptin, dann bürstete er sich sorgfältig den Schnee von Brust und Armen, bevor er sich umdrehte. »Du bist ein Risiko eingegangen, sie so aufzuhalten.«

Kjarrigan schüttelte den Kopf. »Nicht im Mindesten.« Er schaute hinauf zu den Dächern, und Kar folgte dem Blick. Dort, auf dem First des roten Ziegeldachs, kauerte Lombo. »Hätte ich nichts getan, hätte er eingegriffen. Bitte richtet Vilwan aus, dass ich gut beschützt bin.«

Der Magister blinzelte, dann blickte er sich zu Tetther um, die spuckend und fluchend den Kopf aus der Schneewehe schob. »Du bist nicht, wie man es mir vorhergesagt hat.«

»Und wie wäre das?«

Kar setzte zu einer Antwort an, dann klappte sein Mund jäh zu. »Es spielt keine Rolle. Ich werde die Autorisierung besorgen. Aber ich schätze, ich frage besser zuerst, was du als ausreichend betrachtest.«

Kjarrigan zuckte die Achseln. »Ich schätze, diesen Punkt kann ich mit dem Großmagister debattieren, wenn er eintrifft.«

»Du kannst nicht ernsthaft erwarten ...«

Kjarrigan hob die Hand. »Meine letzte Lehrerin ist gegen Kytrin gefallen, aber sie hatte Euch Jahrzehnte voraus. Ihr wisst genug über mich, um zu wissen, dass ich keiner Schule der Magik zugeteilt bin, also gibt es keinen Magister über mir. Nach Orlas Tod ist der Großmagister der Einzige, dem ich Rechenschaft schulde. So läuft es auf Vilwan. So will es das System, auf das sich Eure Autorität stützt.«

Kar runzelte die Stirn. »Jetzt verwirrst du mich, Adept.«

»Inwiefern?«

»Du bist zu dem Schluss gekommen, dass ich über keine ausreichenden Fähigkeiten in der Kampfmagik verfüge, um dich festzunehmen. Wäre dem so, hätte ich Adeptin Tetther nicht mitzubringen brauchen, und hätte ich die geringste Ahnung gehabt, wie dieses Gespräch ausgeht, hätte ich mehr Unterstützung mitgebracht. Du bist mächtig genug, mich nicht zu beachten, aber du bietest mir diese vernünftige Bitte als einen Weg an, meine Würde zu bewahren und nicht erklären zu müssen, weshalb ich dich nicht herbeischaffen konnte.«

Kjarrigan hatte erhebliche Mühe, eine unbeteiligte Miene aufrecht zu erhalten. Will hatte ihm erst vor kurzem verraten, dass er nicht wirklich gewusst hatte, was Kjarrigan versteckte, bis dessen Reaktion seine Vermutung bestätigt hatte. *Will nannte es einen Bluff.* So wie Kjarrigan angenommen hatte, Will wüsste mehr, als es tatsächlich der Fall war, glaubte Kar nun, Kjarrigan hätte bestimmte Rückschlüsse gezogen. Der junge Adept erkannte, dass es in seinem Interesse lag, den Magister in diesem Glauben zu lassen.

»Magister, ohne respektlos erscheinen zu wollen, aber ich war in Swojin, in Port Gold und Festung Draconis. Ich habe bei den Panqui gelebt. Ich habe gegen Piraten gekämpft. Ich habe in Yslin gegen Banditen und in den Wäldern der Düstermarken gegen Schnatterer gekämpft. Es sind Dinge im Gange, die wichtiger sind als die Anweisungen, die Ihr erhalten habt. Falls ich mich entscheiden muss, ob ich Euch gehorche oder Kytrin besiege … nun, meine Wahl steht fest. Und für die Eure sollte das ebenso gelten.«

Kar nickte zögernd, dann ging er hinüber zu der noch immer halb verschütteten Tetther. Mit der Hilfe des zweiten Adepten zog er sie heraus. Kar schickte die beiden voraus, dann drehte er sich um und verneigte sich vor Kjarrigan. »Ich würde gerne sagen: Auf ein baldiges Wiedersehen! Aber ich fürchte, das wäre gelogen. Meine Schule übrigens ist die Hellseherei. Daher wusste ich, wo ich nach Euch suchen musste.«

»Die Hellseherei gehört zu den schwierigsten Schulen.« Kjarrigan schaute auf den Schneehügel. »Ihr sagtet, Ihr hättet keine Ahnung gehabt, dass sie mir nicht gewachsen war. Eure Visionen endeten mit unserer Begegnung?«

»Eine. Die anderen ...« Der Mann seufzte, und eine große Dunstwolke stieg vor seinem Gesicht auf. »Euer Weg, Adept, bewegt sich mehr durch die Finsternis als durch das Licht. Seht Euch vor, aber behaltet Mut.«

Kjarrigan nickte, dann verneigte er sich respektvoll. »Ich danke Euch, Magister. Falls sich unsere Wege eines Tages wieder kreuzen, hoffe ich, es wird im Licht sein.«

»Das hoffe ich ebenfalls, Adept Lies, das hoffe ich ebenfalls.«

Der grau berobte Magiker zog ab, und einen Pulsschlag, nachdem er um eine Ecke verschwunden war, sprang Lombo vom Dach und landete in der Schneewehe, die Tetther unter sich begraben hatte. Seine Krallen gruben sich in den Schnee, dann grinste er zu Kjarrigan hoch. »Gut nicht tot.«

»Tut mir Leid, dich um dein Vergnügen gebracht zu haben, mein Freund. Sie hatte es nicht verdient, zu sterben.«

»Klüger lebt länger.«

»Wohl wahr.« Kjarrigan lächelte. »Wärst du nicht da oben gewesen, wäre ich nicht auf die Idee gekommen, sie unter dem Schnee zu verschütten.«

»Kjarrigan tötet nicht.« Lombo zuckte die Achseln. »Nicht töten schwer.«

»Nein. Es fällt nur manchen viel leichter, zu töten. Ich kann es nicht ...«

»Nicht nötig.« Lombo trabte zu ihm herüber und legte ihm einen langen Arm um die Schultern. »Kjarrigan macht Will-reden. Aber weniger.«

Der Magiker lachte. »Ja, Will kann eine Menge reden, aber manchmal ist das, was er sagt, ganz nützlich. Hier zum Beispiel. Es hat uns eine Menge Ärger erspart. Ich schätze, das ist gut so.«

Lombo nickte. »Viel Ärger kommt.«

»Das hat auch Magister Kar gesagt.« Kjarrigan seufzte und schaute der weißen Atemwolke nach, die ihm aus dem Mund stieg. »Wir wollen hoffen, es ist nicht so viel Ärger, dass wir Will-reden und Nicht-töten nicht reichen.«

Kapitel Dreizehn

Will bemühte sich nach Kräften, nicht zu gaffen, als Graf Marstamm ihn in den Thronsaal des Palasts führte. Von außen wirkte der Palast mit den schmalen Fensterschlitzen und dicken Mauern wie eine Festung, aber zumindest Teile des Inneren hatten ganz offensichtlich eine ausgedehnte Renovierung hinter sich. Die Kuppeldecke des Thronsaals ruhte zwar noch auf wuchtigen Säulen, aber die Wände waren mit goldgefasster Holztäfelung verkleidet. Prächtige Malereien prangten auf den Paneelen, und auch wenn ein schneller Blick darauf schließen ließ, dass einige von ihnen Geheimtüren verbargen, waren sie sichtlich weniger aus Zweckmäßigkeit denn zur Verzierung angebracht.

Ein dicker grüner Teppich zog sich vom Eingang bis zum Thron. Zu beiden Seiten des Läufers erstreckte sich ein Mosaikboden aus Marmor mit prächtigen Mustern in Weiß, Schwarz und Rot. Er wirkte recht neu, denn es war kaum eine Spur von Abnutzung zu erkennen. Der Thron selbst stand auf einer kleinen Empore und bestand aus einem Sessel mit hoher Rückenlehne und einem Baldachin. Links und rechts waren Sitze für Swindgers zwei Söhne am Thron befestigt. Dass diese aus kaum mehr als einem grünen Samtkissen auf einem Brett bestanden, war vermutlich keine Ermunterung, bei Hof zu erscheinen.

Marstamm blieb unmittelbar hinter der Tür stehen. »Hoheit, ich darf Baron Norderstett ankündigen.«

Swindger blickte von dem kleinen Buch auf, in dem

er blätterte. Obwohl Will selbst nicht lesen konnte und auch mit den Gewohnheiten von Leuten nicht vertraut war, die dieser Kunst mächtig waren, wusste er, dass Swindger nur eine Pose eingenommen hatte, um klüger zu erscheinen. Das durch die Fenster hereinfallende Licht reichte nicht bis zum Thron, und Swindger saß viel zu tief im Dunkeln, um tatsächlich etwas auf den Seiten erkennen zu können. Diese Erkenntnis machte Will noch vorsichtiger, als er für den König ein Lächeln aufsetzte.

Swindger klappte das Buch zu und lächelte. Dann stand er auf. »Aber natürlich, Marstamm. Ich erkenne meinen Freund, Baron Norderstett, doch auch ohne Seine Ankündigung. Wer würde ihn nicht erkennen? Er hat die Stadt im Sturm erobert. Unser Volk liebt ihn ebenso wie ich, wie die ganze Welt es tut.«

»Natürlich, Hoheit. So wie ich ihn ebenfalls liebe.«

»Und das sollte Er auch, Marstamm.« Der König nickte kurz, dann scheuchte er Marstamm mit einer kurzen Geste fort. Auf so große Entfernung wirkte die Bewegung unbedeutend, aber sie erschütterte Marstamm. Der Mann mochte es offensichtlich gar nicht, entlassen zu werden, schon gar nicht so beiläufig.

Er wandte sich zur Tür, doch Will hielt ihn mit einer Hand auf. »Graf Marstamm, Er leistet uns so treue Dienste.« Will fasste die Rechte des Mannes mit beiden Händen und pumpte sie begeistert, dann drehte er sich halb um und winkte ihn zur Tür.

Marstamm ging, aber heimlich blickte er auf seine Hand, nur um sich zu vergewissern, dass noch alle Ringe an Ort und Stelle waren. Er verbeugte sich in der Tür, doch bevor deren Flügel ins Schloss fielen, sah Will, wie der Mann ihn wütend anstarrte. Er unterdrückte den Impuls, ihm die Zunge hinauszustrecken.

Kabot Marstamm hatte ihn in der Herberge *Zum Springenden Panther* gefunden, wo Alexias Begleiter sich Zimmer genommen hatten. Er hatte ihn mit blumigen, öligen Worten vollsalbadert – ein Wort, dass Will von Kjarrigan kannte. Er wusste nicht genau, was es bedeutete, doch es klang genau richtig. Marstamm hatte sich darüber ausgelassen, welche Ehre es wäre, ihn zum König zu eskortieren, und über die Hoffnung und Liebe, die er für Will empfand. Trotzdem war Will aufgefallen, dass der Mann weniger Ringe an den Fingern trug als sonst – was an den hellen Abdrücken auf der Haut deutlich zu erkennen war –, für den Botengang ältere Kleidung angelegt hatte, und einen Beutel trug, den kaum Münzen nach unten zogen.

Wäre Vertrauen Gold gewesen, hätte Marstamm nicht genug besessen, um saures Bier und schimmliges Brot für den Schweinetrog zu kaufen.

Aber soweit es Will betraf, wäre der Inhalt eines Schweinetrogs für Marstamm ohnehin zu gut gewesen, und für den König vermutlich auch. Trotzdem rückte er jetzt die Maske gerade und verneigte sich tief.

»Will, zwischen uns besteht kein Bedarf für derartige Förmlichkeiten. Du magst zwar nur ein Baron sein, aber du und ich sind aus demselben Holz geschnitzt. Große Zeiten erfordern große Anstrengungen von den Großen dieser Welt, und wir gehören zu ihnen.« Swindger winkte ihn ebenso beiläufig näher, wie er Marstamm entlassen hatte, aber Will hatte den deutlichen Eindruck, dass ihm diese letzte Geste erheblich leichter von der Hand gegangen war. »Komm her, Will. Wir haben einiges zu besprechen.«

Der Dieb marschierte in gerader Linie den Teppich entlang und musterte dabei die Wände und Fenster. Die Maske zu tragen störte ihn nicht, aber sie engte sein Blickfeld etwas ein. Trotzdem bemerkte er reichlich Gegenstände von beträchtlichem Wert, die allerdings viel zu groß waren, um leicht gestohlen zu werden.

Die plötzliche Vision eines Feuers und Plündergut

davonschleppender Schnatterer erschütterte ihn. *Nichts von alldem hier wird verschwinden, es sei denn, man plündert den Palast.* Im ersten Augenblick gefiel ihm der Gedanke, da Swindger dadurch bestraft würde. Aber damit war es schnell vorbei, als Will sich klar machte, dass der Palast nur geplündert werden konnte, nachdem die Stadt gefallen war. Die lächelnden Gesichter der Menschen, die ihn begrüßt hatten, die in ihm ihren Retter sahen, verzerrten sich zu gepeinigten Fratzen in Tümpeln von Blut.

Will blieb vier Schritt vor der Empore stehen und konzentrierte sich auf den König. »Was kann ich für Euch tun, Hoheit?«

»Zunächst ein herzliches Willkommen und die besten Wünsche. Ich entschuldige mich dafür, dich erst jetzt hierher gerufen zu haben. Ich bestehe geradezu darauf, dass du aus deinem jetzigen Quartier ausziehst und hier im Palast wohnst.«

Der Dieb nickte. »Die Einladung ist sehr freundlich, Hoheit, doch ich werde bleiben, wo ich bin. Die Menschen dort haben mich gern. Wir singen und erzählen uns Geschichten. Es macht ihnen Freude und lindert ihre Angst.«

Swindger zögerte kurz und schien Wills Einspruch zu bedenken. »Aber deine Sicherheit steht auf dem Spiel.«

»Ihr habt Euch Entschlossen nie aus der Nähe angesehen, oder?«

»Ist das dein Vorqælf?«

Der Dieb zuckte zusammen. »Er und Kräh haben mich gefunden und beschützt. Er hat einen Sullanciri getötet. Das taten sie beide. Bei ihm bin ich sicher.«

Der König nickte zustimmend, doch für Will kam diese Bereitwilligkeit etwas zu schnell. »Ich werde mich in dieser Sache deinen Wünschen fügen, obwohl ich darauf hinweisen sollte, dass du als Baron des Reiches über ein gewisses Einkommen verfügst und dir eine bessere Unterbringung leisten kannst.«

Wills Miene hellte sich auf, als Geld erwähnt wurde, doch das kurze Aufblitzen in den Augen des Königs warnte ihn. »Das wusste ich nicht, Hoheit.«

»Durchaus. Du bist nicht der Reichste meiner Adligen, aber Valsina bringt Pacht und andere Einkünfte. Der Handelsmann Spilfair hat die Güter verwaltet, seit dein Vater ... uns ... verließ. Er führt solide die Bücher, unterschlägt nur wenig und zahlt die Steuern pünktlich. Es wäre keine Untertreibung, würde ich dir mitteilen, dass du die Herberge, in der du derzeit wohnst, kaufen könntest, ohne deinen Wohlstand deutlich zu mindern.«

Der Dieb runzelte nachdenklich die Stirn und filterte langsam den Sinn aus den Worten des Königs. »So viel, hä? Das ist eine Menge, denn wir zahlen einen Blinden pro Nacht.«

Swindger versteifte sich, als Will die Alltagsbezeichnung für die Orioser Goldtaler benutzte. Offiziell hießen sie Kronen, doch eine Seite trug das Profilbild Swindgers. Nahezu ohne Ausnahme war bei allen umlaufenden Münzen das Auge des Bildes ausgestochen oder zerkratzt. Mancher erklärte es damit, Swindger benutze Magik, um die Leute durch die Münzen zu beobachten, aber Will hatte den Eindruck, die meisten wollten nur, dass der König sie und ihre Geschäfte nicht näher in Augenschein nahm.

Will sprach weiter, mit schneller Stimme, die einen Mangel an Erfahrung deutlich werden ließ. »Das macht dann zehn Blinde in einer Woche, dreißig in einem Monat, das wären im Jahr, äh, also, das ist mehr Geld, als ich jemals gehabt habe. Seid Ihr sicher, das gehört alles mir?«

»Ja, Will, alles. Es gehört dir als Erbrecht und ...«, hier ließ der König eine ernste Note in seine Stimme einfließen, »… in Anerkennung der Verantwortung, die du der Krone gegenüber trägst. Du willst doch die Verantwortung eines Adligen beachten und ihr entsprechen, oder, Will Norderstett?«

Der Dieb nickte, weil das die Antwort war, die der König erwartete.

»Sehr gut.« Swindger stieg von der Empore und wanderte hinüber zu den Fenstern. Draußen fiel noch immer Schnee. In den letzten vier Tagen hatte nur einmal die Sonne geschienen, sie hatte nur eine Kruste in den Schnee geschmolzen und die Straßen mit Eis bedeckt. Danach hatten zwei Tage Schneefall die Stadt unter einer frischen weißen Decke begraben. Schon Will zum Palast zu bringen, war harte Arbeit für Marstamms fluchenden Kutscher gewesen, und in ein, zwei Tagen würde der Verkehr der Stadt vollends zum Erliegen kommen, wenn das Wetter so blieb.

»Wie du weißt, Will, steht in Kürze die Verhandlung gegen Valkener für Verrat an deiner Heimat und Familie bevor. König Augustus und Königin Carus werden heute Abend oder morgen früh eintreffen, und in fünf Tagen beginnt der Prozess. Deine Teilnahme an diesem Verfahren ist von entscheidender Bedeutung. Valkener stammt aus Valsina und ist damit einer deiner Vasallen. Er schuldet dir und deiner Familie eine Verantwortung, der er nicht nachgekommen ist.«

Der König drehte sich um, und ein Lichtstrahl aus dem Fenster zeichnete seine Silhouette in silbernem Feuer nach, vor dem sein Gesicht im Schatten verschwand. »Du hast freundschaftlich von Kräh gesprochen. Ich kenne die Lieder, die du in der Taverne singst, selbst gedichtete Lieder, in denen du ihn zum Helden machst. Ich habe ›Die Geschichte von Ganagrei‹ gehört und muss zugeben, sie ist recht mitreißend, wenn auch offensichtlich erfunden. Deine Zuneigung für Valkener ist verständlich, aber du bist noch jung und musst erst in die Verantwortung eines Erwachsenenlebens hineinwachsen. Verstehst du, was ich sagen will?«

Will nickte. »Ich glaube schon, Hoheit.«

»Dann wollen wir sichergehen, dass es keine Missverständnisse gibt. Du hast Jahre vor der Zeit die Maske eines Erwachsenen erhalten. Das Schicksal hat dich auserwählt, Will, und das Schicksal wird vieles von dir verlangen, was du sonst sicher gerne vermeiden würdest. Valkener hat, Jahre vor deiner Geburt, Jahre, bevor du ihn getroffen hast, diese Nation verraten. Er hat mich verraten. Er hat deinen Vater und Großvater verraten und hätte fast die Welt in den Untergang gestürzt. Alles, wogegen du jetzt kämpfst, ist seine Schuld, und seine Anstrengungen deinetwegen sind das Ergebnis von Reue, nichts weiter. Als ein Adliger dieses Reiches ist es deine oberste Pflicht, dein Land vor Verrat zu beschützen. Aus diesem Grund hast du die Verpflichtung, die rechtmäßige Ordnung zu bewahren. Valkener wurde bereits als Verräter verurteilt, doch durch politische Manöver Prinzessin Alexias sind wir gezwungen, ihn erneut vor Gericht zu stellen. Dein Wort als Adliger und sein Lehnsherr wird vor Gericht eine bedeutende Rolle spielen. Falls du ihn anklagst, wird er verurteilt werden. Falls nicht, wird dein Volk untergehen, denn das wird zum Zusammenbruch aller Ordnung und Disziplin führen.«

Der Dieb kratzte sich am Nacken. »Ihr sagt also, falls ich das jetzt richtig verstanden habe: Wenn ich nicht mithelfe, einen Mann zu verurteilen, der sich nichts hat zu Schulden kommen lassen, vernichte ich Oriosa?«

»Ganz genau, Will.« Swindger trat weit genug vor, sodass Will sein Gesicht erkennen konnte. »Rund um Oriosa stehen sich gewaltige Mächte gegenüber. Noch befinden sie sich im Gleichgewicht, und nur, indem wir dieses Gleichgewicht erhalten, können wir überleben. Es steht das Leben eines Menschen – eines ganz und gar nicht unschuldigen Menschen – gegen das Leben aller Oriosen. Es gab eine Zeit, da hätte sich Valkener für diesen Handel freudig selbst geopfert, aber jetzt sträubt er sich feige gegen das Unvermeidliche.«

»Ihr wollt also, dass ich meine Pflicht als Adliger des Reiches erfülle?«

»Ja.«

»Und Ihr wollt, dass ich Kräh als Verräter anklage?«

»Ganz genau.« Swindger lächelte. »Du hast es erfasst, mein Junge.«

»Nein, Hoheit. Ich denke nicht, dass ich das tun werde.«

Der König neigte den Kopf zur Seite und kehrte auf seinen Thron zurück. »Wie meinst du das?«

Will bewegte die Schultern, dann hob er den Kopf. »Nun, Hoheit, seit meiner Ankunft hier habe ich mir diese Sache durch den Kopf gehen lassen, und meine Pflicht gilt Land und Volk.«

»Genau das habe ich gerade gesagt.«

»Ja, aber Ihr verwechselt Euch selbst mit Oriosa. Die beiden sind keineswegs dasselbe.«

Der König lachte bellend. »Eine Lektion in Staatsbürgerkunde von einem Hurenbengel und Straßenkind? Du wirst tun, was dir gesagt wird.«

»Ich werde meine Pflicht als Adliger des Reiches erfüllen, und das heißt, ich werde die Wahrheit über meinen Vasallen sagen. Ich weiß nicht, was er vor Jahrzehnten angestellt hat, doch ich weiß, was er jetzt getan hat, und einen Sullanciri zu töten, war nicht annähernd alles. Ich werde weder für Euch noch für irgendjemanden sonst über Kräh lügen.«

Swindgers Augen funkelten vor Wut. »Er hat mich wohl nicht verstanden! Ich habe ihn gemacht. Ich kann ihn auch wieder zu einem Niemand werden lassen.«

Will knurrte. »Dazu wird es nicht kommen. Ihr habt mich zu einem Adligen gemacht, aber Kräh hat mich zum *Norderstett* gemacht. Ich habe die ganze letzte Woche damit verbracht, alle und jeden wissen zu lassen, dass ich der Norderstett bin. Sie haben mich gesehen. Sie haben meine Geschichten gehört. Sie mögen mich, was mehr ist, als man von Euch behaupten kann. Wenn ich jetzt aus dem Palast gehen und allen erzählen würde, Ihr wärt Kytrins Leibsklave, die Leute würden es mir glauben. Und sie würden es auch noch glauben, nachdem sie Euch an den Eingeweiden aufgeknüpft hätten.«

»Er vergisst sich!« Swindger sprang von der Empore und holte aus. Der mit der Rückhand geführte Schlag erwischte Will an der Schläfe und schleuderte ihn zum Fenster. Er hatte nicht damit gerechnet, dass Swindger ihn angreifen könnte, aber dass es nur ein kleiner Schritt vom Feigling zum Schläger war, hatte er schon immer gewusst.

Und wie man mit Schlägern fertig wurde, hatte Entschlossen ihm nicht erst beibringen müssen.

Mit vor Wut dunkel anlaufendem Gesicht stürmte der König vor und zielte einen Tritt auf Wills Leib. Der Knabe drehte sich zur Seite, dann fasste er das Bein und gab es erst nach einer schnellen Drehung wieder frei. Swindger prallte außer Balance und mit wedelnden Armen rücklings gegen die Wand und rutschte zu Boden. Die als einfacher Stirnreif gearbeitete Krone wirbelte im Sonnenlicht blitzend und funkelnd davon, dann schlug sie klirrend auf und tanzte über den kalten Steinboden davon.

Will tänzelte zurück und rieb sich das Ohr, dann warf er einen Blick auf den Orioser Monarchen. Swindger rieb sich mit einer Hand den Hinterkopf. Will sah kein Blut an der Wand oder an seiner Hand, und das enttäuschte ihn. Einen Augenblick lang tröstete er sich damit, dem Stöhnen des Königs zu lauschen.

Dann traf ihn die Tragweite dessen, was er gerade

getan hatte, wie ein Hammerschlag. *Ich habe den König angegriffen. Was immer er für Kräh geplant hatte, wird nichts gegen das sein, was mich erwartet. Oh, und falls er mich nicht umbringt, wird Entschlossen es tun!*

Swindger knurrte. »Für dich kann ich einen Hochverratsprozess ansetzen, Hurenbengel. Ich werde dich vor Kräh vierteilen lassen, das wird schmerzhafter für ihn.«

»Äh, vergesst Ihr da nicht etwas? Ich bin der Norderstett. Ihr könnt mich nicht hinrichten.«

»Dies ist mein Reich. Es gibt nichts, was ich hier nicht tun könnte.«

»Ich wüsste da schon etwas. Ihr könnt Eurem Volk keine Hoffnung machen.« Will strich die Haare über sein gerötetes Ohr. »Ohne Hoffnung, ohne den Glauben an die Prophezeiung, die ihm die Rettung verspricht, wird Euer Reich untergehen. Und ob es Euch gefällt oder nicht, ich bin diese Hoffnung.«

»Du kleiner Bengel. Ich habe meinem Volk mehr gegeben als eine Hoffnung. Ich gab ihm Sicherheit.«

»Indem Ihr Oriosa verraten habt. Alle wissen es, aber sie haben Angst, deswegen etwas zu tun, weil Ihr für sie das Gegengewicht zu Kytrin seid. Sobald Euch das nicht mehr beschützt, seid Ihr tot.«

»War das eine Drohung?« Der König schnaubte. »Du wagst es, mir zu drohen?«

»He, wer hat hier mit der Prügelei angefangen? Wer redet davon, mich vierteilen zu lassen? Ich bleibe keinem etwas schuldig, also, ja, ich bin eine Bedrohung für Euch.« Will verschränkte die Arme vor der Brust, um sein Herz aufzuhalten, das drohte, sich den Weg durch die Rippen zu hämmern. »Und falls Ihr meint, Ihr bräuchtet meine Drohung nicht ernstzunehmen, erinnert Euch nur an den letzten Besuch eines Norderstett in diesem Raum. Ich bin nicht mein Großvater, aber ich nehme meine Pflicht ebenso ernst wie er.«

Der Dieb trat auf den König zu. Nach ein paar Schritten bückte er sich und hob die Krone auf. Er drehte sie in den Händen, dann rollte er sie zu Swindger hinüber. »Ich werde meine Pflicht Oriosa, meinen Freunden und der Welt gegenüber erfüllen. Also versucht nicht, mich daran zu hindern.«

Ohne sich umzusehen, stampfte er aus dem Saal. Auf dem Flur hieb er sich so hart mit der Faust auf die Hüfte, dass es schmerzte. Es war dumm gewesen, sich von der Wut überwältigen zu lassen. Swindger hatte in ihm bisher nur eine Marionette gesehen, die er nach Belieben benutzen konnte. Von jetzt an würde er ihn als Feind betrachten. *Als ob ich so dringend noch einen gebraucht hätte.*

Er zuckte mit den Schultern. *Soll er sich hinten anstellen. Falls Kytrin was von mir übrig lässt, darf er sich gerne bedienen.*

Kapitel Vierzehn

Alyx war die typische Abneigung einer Kommandeurin gegen Überraschungen zu eigen. Sie versuchte, sich so gut es ging vor ihnen zu schützen, doch in dem politischen Mahlstrom namens Meredo war das nicht gerade leicht. König Augustus war aus Alcida eingetroffen und wohnte in Swindgers Palast. Königin Carus hatte sich im Stadthaus eines örtlichen Adligen einquartiert und Alyx hatte mit Repräsentanten beider Monarchen gesprochen. Da sie zusammen mit Prinz Lüdwin über Kräh zu Gericht sitzen sollten, wäre es unpassend für sie gewesen, direkten Kontakt aufzunehmen. Aber sie hatte ihre Vertreter wissen lassen, wie wichtig Kräh für den Kampf gegen Kytrin war.

Ein Schneesturm nach dem anderen hatte den Beginn des Prozesses verzögert. Die Schneemassen in den Straßen Meredos machten ein Durchkommen beinahe unmöglich. Alyx konnte Kjarrigans offenbare Begeisterung über den Schnee nachvollziehen, allerdings auch Wills Unmut, denn unter diesen Bedingungen fiel es leicht, einen Dieb zu verfolgen und jede Tour über die Dächer wurde halsbrecherisch. Zwar verschönerte der Schnee die Stadt, indem er Abfallberge verhüllte und den Lärm dämpfte. Das gefiel Alyx. Aber sie ärgerte sich über die Gewitter, die Perrine das Fliegen unmöglich machten.

Und so waren die Prinzessin und ihre an den Boden gefesselte Schwester gezwungen, sich die Zeit zu vertreiben, indem sie auf ihrem Zimmer Schach spielten.

Sie spielten nach Gyrkymeregeln, und die flugfähige Gyrkymefigur, die andere Figuren überspringen konnte, war nur von einem der Bogenschützen zu schlagen, die entlang der Diagonalen schossen. Diese Variante schien den meisten Spielern verhasst, doch sie waren beide damit aufgewachsen, und es wäre ihnen unnatürlich erschienen, nach anderen Regeln zu spielen.

Ein lautes Hämmern an der Tür unterbrach ihre Partie. Noch bevor Alyx ›Herein‹ rufen konnte, hob sich der Riegel und die Tür schwang auf. Die Prinzessin war bereits aufgesprungen und zog den Säbel aus der Scheide.

Die schlanke Frau mit den scharfen Gesichtszügen, die in der Tür erschien, betrachtete die auf sie gerichtete Waffe mit hochgezogener linker Braue. »So schnell bereit, eigenes Blut zu vergießen, Alexia?«

Die Prinzessin senkte die Klinge nicht sofort. »Urgroßtante Tatjana, ich hatte keine Ahnung, dass Ihr Euch in Meredo aufhaltet. Wie seid Ihr gekommen?«

Die weißhaarige Großherzogin zuckte die Achseln und schüttelte den Umhang ab. Bevor das Kleidungsstück aus dunkler Wolle zu Boden fallen konnte, hatte einer der beiden Hünen hinter ihr es schon gefangen. Beide trugen die gleichen schwarzen Uniformen mit weißen Litzen entlang den Ärmeln und Hosenbeinen. Alyx kannte sie nicht, wohl aber die Uniform. Die Kronzirkelgarde genoss beinahe abgöttische Verehrung unter den Exilokranern und war bekannt für ihre Ergebenheit der königlichen Familie insgesamt und Großherzogin Tatjana gegenüber im Besonderen. Hätte sie der Garde befohlen, sie zum Mond zu bringen, hätte diese einen Weg gefunden, und das ohne unnötige Verzögerungen.

»Mit der Kutsche bis zum Schnee, danach mit dem Schlitten. Wir waren in Okrannel viel Schnee gewohnt, Alexia. Es war keine Mühe.«

»Nein, war es wohl nicht.« Alyx schob das Schwert zurück in die an der Rückenlehne ihres Stuhls hängende Scheide, dann deutete sie mit der linken Hand über den Tisch zu Peri. »Ihr erinnert Euch an meine Gefährtin, Perrine.«

Die Greisin musterte die Gyrkymsu von oben bis unten wie eine einfältige Dienstmagd, die gerade ein kostbares Stück Porzellan hatte fallen lassen. »Ja, natürlich. Wie geht es Ihr?«

»Gut, Großherzogin.«

»Ausgezeichnet. Sie wird uns jetzt verlassen.«

Alyx knurrte. »Sie ist keine Dienerin. Sie ist meine Schwester.«

Die Bemerkung ließ Tatjana in einem Antwortknurren, das sie nur mit sichtlicher Mühe beenden konnte, die Oberlippe hochziehen. »Deine *Schwester*. In der Tat, Kind. Nun, ich habe mit dir zu reden, und ich möchte dir die Peinlichkeit ersparen, es vor deiner … *Schwester* zu tun.«

Peri blinzelte nur unschuldig mit den großen, bernsteingelben Augen, und Alyx musste sich das Lachen verkneifen. Jeder andere wäre unter Tatjanas eisblauem Starren zusammengebrochen, Perrine aber beachtete es gar nicht. Sie würde erst gehen, wenn sie selbst den Wunsch dazu verspürte oder Alyx sie darum bat. Und dass ihre Gegenwart die Großherzogin ärgerte, war Grund genug für sie zu bleiben.

Die Prinzessin schüttelte den Kopf. »Sie wird ohnehin alles erfahren, was Ihr mir zu sagen habt. Ich habe keine Geheimnisse vor ihr.«

Tatjanas Augen weiteten sich überrascht. »Keine?«

Alyx zögerte. Sie hatte Peri nichts von der Kommunion der Drachen erzählt, hauptsächlich aber, weil sie es nicht konnte. Diese Unmöglichkeit, es mit ihr zu teilen, nagte ein wenig an Alyx, doch falls Peri etwas davon bemerkte, erwähnte sie es nicht.

Tatjanas Frage hatte aber nichts mit der Kommunion zu tun, sondern bezog sich auf etwas, das in den Augen der alten Adligen weit wichtiger war. Der Kronzirkel verlangte, basierend auf einer Vision Tatjanas, dass alle Mitglieder des okranschen Exiladels im Alter von fünfzehn Jahren eine ›Traumjagd‹ durchführen mussten, in deren Verlauf sie Okrannel betraten und eine Nacht auf Heimatboden verbrachten. Die Träume dieser Nacht galten als hellseherisch und der Norderstett-Prophezeiung ebenbürtig. Nach der Rückkehr nach Yslin und zum Kronzirkel war es den Traumjägern untersagt, ihre Träume mit irgendjemandem außer dem Zirkel der Ältesten zu teilen. Peri von ihren Träumen erzählt zu haben, wäre in den Augen ihrer Urgroßtante ein Verrat gewesen, weit schlimmer als alles, was Kräh vorgeworfen wurde.

Alyx nickte langsam. »Ich teile mein Herz mit ihr, meinen Verstand, meine Hoffnungen und die *meisten* meiner Träume, wenn auch nicht alle.«

Tatjana schien fürs Erste zufrieden gestellt. Sie hob eine Hand, und einer der Gardisten betrat das Zimmer, nahm den Stuhl, auf dem Alyx gesessen hatte, und bot ihn der Großherzogin an. Sie nahm geziert darauf Platz und schaute zu ihrer Urgroßnichte hoch. »Ich kam, sobald ich die absurde Behauptung gehört hatte, du hättest diesen Kräh geheiratet. Wer ist das?«

Alyx faltete die Hände vor dem Bauch und lehnte sich nach hinten an die Wand. »Ihr habt ihn in Yslin kennen gelernt. In der Nacht des Empfangs für General Adrogans. Der Mann, der mir den Wein geholt hat.«

»Dein *Diener*? Alexia, wie konntest du? Er ist nicht von Adel. Er ist ein Nichts. Und dann stellt er sich noch als der Verräter Valkener heraus? Er hat deinen Vater ermordet.«

»Er hat nichts dergleichen getan.«

Der Blick der Greisin wurde bitter. »Du warst damals kaum geboren.«

»Und Ihr befandet Euch nicht in Festung Draconis.«

»Nein, aber ich war anwesend, als die Herrscher der Welt erfuhren, was dort geschah. Nur dein Vater stand gegen einen Sullanciri. Valkener hätte ihn retten können, doch er lief davon. Nachdem dein Vater gefallen war, kehrte er mit dem Schwert zurück, das den Sullanciri tötete. Aber es war zu spät. Und er hat absichtlich getrödelt, weil er deinen Vater hasste, dafür, dass der alles war, was er nicht sein konnte.«

Das Gift in Tatjanas Stimme schockierte Alyx. Sie hatte ihre Urgroßtante schon immer als verbittert betrachtet, aber nie zuvor hatte sie erlebt, dass sie solche Galle spie. Prinz Kirills Tod hatte Tatjana schwer getroffen. Doch so verbittert sie auch war, bisher hatte sie ihr Gift für diejenigen reserviert, die zwischen ihr und der Befreiung Okrannels standen.

Tatjanas Nüstern blähten sich vor Wut. »Manch einer wird behaupten, er sei damals noch ein Kind gewesen. Andere werden sein Handeln mit der damaligen Zeit entschuldigen oder der Magik des Sullanciri. Valkener selbst aber hat erklärt, den Tod deines Vaters zu bereuen. Hättest du ihn gehört, Alexia, ihn *damals* gehört, nicht jetzt – nicht, nachdem er ein Vierteljahrhundert Zeit hatte, seine Lügen einzuüben und sein Handeln vor sich selbst zu rechtfertigen –, hättest du gewusst, dass er seine Taten in Festung Draconis bereut.«

»Es reicht!« Alyx stieß sich von der Wand ab und schlug mit der Faust auf den Tisch, dass die Schachfiguren tanzten und hüpften. »Ich lasse nicht zu, dass Ihr so von Kräh sprecht. Ich lasse nicht zu, dass Ihr so über meinen Mann redet.«

Tatjanas Augen wurden groß. »Bei den Göttern, Alexia, sag mir, dass du *nicht* sein Kind trägst!« Die alte Großherzogin streckte die skelettdürre Hand nach ihr aus. Ihre zitternden Finger krümmten sich.

»Es reicht, Tante Tatjana. Genug ist genug!« Alyx gab

der Versuchung nach und strich sich mit der Hand über den Bauch, wie sie es schon bei vielen Schwangeren gesehen hatte. »Falls du gekommen bist, um mich anzublaffen, hast du einen guten Anfang gemacht.«

Die Stimme der Greisin wurde zwar nicht sanfter, aber sehr viel leiser. »Ich bin gekommen, um dich an deine Pflicht unserem Volk gegenüber zu erinnern. Du weißt ebensogut wie ich, dass man dich auf den Thron setzen wird, wenn wir Okrannel befreit haben – wenn *du* unsere Heimat befreit hast. Unser Volk hat sich im Exil zwar einen gewissen Wohlstand bewahren können, unsere Mittel aber sind für den Wiederaufbau unzureichend. Swojin ist verloren, und es wiederaufzubauen wird uns in den Ruin treiben. Du aber bist der Schlüssel zu einer Dynastie. Deine Verbindung mit einem Prinzen der Südlande würde uns die Mittel verschaffen, die wir benötigen, um wieder stark zu werden.«

Aleyx lachte auf, und Peri stimmte ein, wenn auch leise. »Wen soll ich denn deiner Ansicht nach heiraten, Tante Tatjana? Lüdwin? König Augustus hat keine Söhne im heiratsfähigen Alter. Savarra vielleicht schon, ist für Handelsbeziehungen aber zu weit entfernt. Dasselbe gilt für alle anderen Reiche mit Ausnahme von Saporitia, Jerana und Gurol. Die beiden Ersten verfügen über keine Anwärter, und Prinz Joachim von Gurol wäre zwar eine Möglichkeit, aber Gurol ist fast so arm wie Okrannel.«

Ihre Tante schüttelte den Kopf. »Du übersiehst das Offensichtliche: Ermenbrecht von Oriosa.«

»Er ist in Festung Draconis geblieben. Sein Vater sagt, er sei dort gefallen.«

Die alte Fürstin zuckte mit den Schultern. »Swindger ist nicht allwissend, Alexia.«

Im Gegensatz zu dir? Alyx verschluckte die Bemerkung. »Und du glaubst, meine Ehe mit Kräh würde eine Verbindung verhindern? Ermenbrecht – den Göttern sei Dank, falls er tatsächlich noch lebt – hat eine Geliebte, und mit ihr ein Kind. Würde ihn das nicht noch unerwünschter machen als mich?«

»Mach dich nicht lächerlich, Alexia. So einfältig bist du nicht. Man kann Übereinkünfte treffen und Annullierungen arrangieren.«

Alyx' violette Augen wurden hart. »Nun gut, dann trefft Eure Übereinkünfte, falls ich den Krieg überlebe. Falls ich Okrannel befreie.«

Tatjana stieß ein scharfes Zischen aus und warf Peri einen versteckten Blick zu. »Du *wirst* Okrannel befreien. Das *weißt* du.«

Ein Schauder lief Alyx den Rücken hinab. Die Betonung in den Worten ihrer Urgroßtante rief ihr die Begegnung mit dem Kronzirkel nach der Traumjagd wieder ins Gedächtnis. Sie hatte vor den Adligen gestanden und ihnen in eingehender Genauigkeit die Abfolge von Schlachten beschrieben, in denen sie ihre Truppen gegen Kytrin führen würde. Sie hatte ihnen von neuen Kampfmagikern erzählt, die sie einsetzen würde, und vom Verlauf der Kämpfe. Sie hatte darauf bestanden, den Sieg zu erringen, und sie alle mit ihrem Wissen um die Kriegskunst beeindruckt. Ihre Träume und ihr Können hatten dem Kronzirkel Mut gemacht, und seitdem ruhte die Hoffnung aller okranschen Exilanten auf ihr.

»Ja, Tante Tatjana, ich *weiß* es, und deshalb weiß ich, dass eine Zeit für die Arrangements kommen wird, von denen Ihr sprecht. Ich habe meine Pflicht unserem Reich gegenüber nicht vergessen, aber ich bin mir auch sehr der Pflicht meinen Freunden gegenüber bewusst.«

Die Greisin presste die Lippen zusammen, bis sie nur noch ein Strich waren, dann nickte sie langsam. »Ich verstehe. Das alles ist nur eine Komödie?»

Alyx hob den Kopf. »Wir haben miteinander geschlafen. Swindgers Leute werden es dir bestätigen.«

»Ja, aber hast du *bei* ihm gelegen?«

Tatjanas Frage hätte sie nicht überraschen dürfen, doch sie tat es. In den Nächten unterwegs war sie in körperliche Berührung mit Kräh gekommen. Es war nicht die Intimität gewesen, auf die diese Frage abzielte, aber doch mehr als beiläufig. *Angenehm* beschrieb es teilweise, allerdings nicht ausreichend. Ihre Unfähigkeit, eine passende Beschreibung zu finden, enttäuschte sie ebenso sehr wie die Tatsache, dass sie nun darauf verzichten musste.

Die Prinzessin machte ihrem Ärger mit einem lauten Schnauben Luft. »Wollt Ihr meine Lenden begutachten, Großherzogin?«

Die Alte schnippte mit dem Finger, und einer der Soldaten trat näher, bis Peris wilder Aufschrei die Luft zerschnitt. »Rühr meine Schwester an und ich schlitze die Hexe auf wie ein Stück Vieh.« Die Gyrkymsu streckte die linke Hand aus, die langen Krallen bereit zum Schlag.

»Peri, nicht.« Alyx starrte den Gardisten an, bis er zurück an seinen Platz ging. »Ihr habt etwas vergessen, *Großherzogin*. Ihr mögt dem Kronzirkel vorstehen, Ihr mögt das Ohr Eures Bruders haben, aber ich bin die *Thronfolgerin*. Nichts von all Euren Edikten und Erlässen gibt Euch das Recht, mich zu berühren. Ihr habt das schon einmal vergessen und einen geringen Preis dafür bezahlt. Weder Ihr noch Eure Agenten werden noch einmal so leicht davonkommen.«

Tatjana presste die Hände an die Brust und rieb sich die Finger, in die Alyx sie bei ihrer ersten Begegnung gebissen hatte, als Tatjana sie ihr in den Mund geschoben hatte, um ihre Zähne zu inspizieren. »Und du hast vergessen, Kronprinzessin Alexia, wer unser Volk zusammenhielt, während du unterwegs warst, um dich für seine Befreiung ausbilden zu lassen. Deine Schulden, unserem Haus gegenüber, sind Schulden bei *mir*.

Arroganz und Gleichgültigkeit mir und meinen Wünschen gegenüber werden dich teuer zu stehen kommen.« Die Fürstin stand auf und griff hinter sich, wo einer der Soldaten ihr sofort den Mantel über die Schultern legte. »Aber geh ruhig und spiel deine kleine Komödie, um diesen Kräh zu retten. Denk nur immer daran: In deinen Träumen hattest du nie einen Ehemann. Überlege dir gut, wie du deine Zukunft beeinflusst. Es ruht so viel auf deinen Schultern. Ich werde nicht zulassen, dass du wegen einer Laune alles ruinierst.«

»Es ist keine Laune, Tante Tatjana. Kräh ist ein Freund, und jemand, der dem Gegner viel Ärger bereiten wird.«

Tatjana zog die linke Augenbraue hoch. »Tatsächlich. In dem Falle wäre er vielleicht wirklich einen Blick wert, dieser Kräh. Ich hoffe es für dich, denn falls nicht, ist er eine Ablenkung, und wegen deiner Dummheit wird alles zu Asche zerfallen.«

Kapitel Fünfzehn

General Markus Adrogans, Kommandeur der Jeranischen Reitergarde und der Südlandexpedition zur Befreiung Okrannels, stand auf einem windumtosten Gipfel nördlich der Stadt Guraskja. Er gestand dem Ort die Bezeichnung Stadt zu, denn immerhin war Guraskja die Hauptstadt der Guraninhochebenen. Doch verglichen mit den Städten des Südens und Ostens mit ihren steinernen Bauten und hoch aufragenden Türmen, schien es ihm eher ein aus den Nähten geplatztes Dorf.

Die Guranin-Hochländer waren zwar seit ihrer Unterwerfung Jahrhunderte zuvor Gefolgsleute der okranschen Herrscher, aber sie betrachteten sich als eigenständiger Volksstamm. Jüngere Söhne und Töchter der okranschen Eroberer hatten in die Hochlandsippen eingeheiratet, aber statt die Zivilisation der großen Städte in ihre neue Heimat zu bringen, hatten sie sich von der Kraft der Hochlandfamilien und ihrer Sitten einfangen lassen. Generationen niederer Adliger waren ins Hochland geflohen, wenn die Städte für ihre Träume und rebellischen Geister zu eng geworden waren, und man hatte sie mit offenen Armen aufgenommen.

Guraskja war nach Hochlandmanier angelegt, was bedeutete: ohne jede Planung. Rechteckige hölzerne Langhäuser mit Strohdächern und Abzuglöchern boten Schutz vor den Elementen. Keines der Häuser besaß auch nur ein einziges Obergeschoss – und auch Seitenflügel, falls eine Sippe zu groß für diesen einfachen Bau wurde, waren unbekannt. Stattdessen baute man in einem solchen Fall ein neues Haus, vielleicht in der Nähe, vielleicht auch nicht, jedenfalls ohne Verbindung zum vorigen. Und die Achsen der verschiedenen Häuser waren so zufällig zueinander angeordnet, dass sie wirkten wie vom Wind verstreute Strohhalme.

Von seinem Aussichtspunkt konnte Adrogans zwei oder drei Marktplätze sehen, aber ihrer Größe und Position nach schloss er, dass sie auf den Überresten niedergebrannter Langhäuser entstanden waren. Im Süden, Westen und Osten umgaben Viehgehege die Stadt, und in deren Nähe sah er Scheunen und Lagerhallen. Im Norden war ein ›Ausländerviertel‹ entstanden, bis zur Ankunft seiner Truppen hatte es jedoch nur aus zwei Herbergen und einer Taverne bestanden, denn Besucher waren hier selten, und die Unterbringung war nicht darauf ausgelegt, sie zu längerem Aufenthalt zu überreden.

Im letzten Monat allerdings hatte sich das Ausländerviertel recht schnell ausgedehnt. Er und der Alcider General Turpus Caro hatten ihre Truppen und ein Fünftel der Flüchtlinge aus Swojin in Guraskja einquartiert. Andere Einheiten waren weiter nach Norden und Westen gezogen, um die Flüchtlinge in Dörfern und Flecken, Kleinstädten und Sippenzentren unterzubringen. Die Hochlandsippen, die für Tiefländer meist nichts als Verachtung zeigten, bewiesen ein erstaunliches Mitgefühl für die zerschlagenen Gestalten, die in ihrem Land Zuflucht suchten. Die Sippen hatten miteinander gewetteifert, Platz für sie zu finden, und Adrogans' erste Zeit in Guraskja war damit ausgefüllt gewesen, sich anzuhören, was die Sippenältesten anzubieten hatten.

Er hatte die Swojiner unter seiner Obhut entsprechend der Größe und des Wohlstands der verschiedenen Sippen verteilt. Die weitaus überwiegende Mehrheit, tausend der Schwächsten und Unterernährtesten, war in Guraskja geblieben. Die Sippen der Tsuvo, Bravonyn und Arzensk teilten sich die Stadt und waren bei der Behandlung der Flüchtlinge überaus großzügig. Sie hatten den fremden Soldaten zwar ihre Langhäuser nicht geöffnet, waren aber mit äußerster Sorgfalt bemüht gewesen, die Abstammung der Flüchtlinge festzustellen, um sie bei Familien unterzubringen, die eine noch so entfernte Verwandtschaft mit ihnen aufwiesen. Und man hatte ihm versichert, dass in kürzester Zeit eine Menge Beziehungen entstanden waren – zur allgemeinen Zufriedenheit.

Schnee lag über der Stadt, trotzdem aber herrschte Betrieb. Am meisten rührte sich in den Aufmarschbereichen der Truppen rund um den Berg, auf dem er stand. Man hätte es für ein Trugbild halten können, denn die runden Zelte der Soldaten wogten und zitterten im böigen Wind, auch wenn der um die Tuchwände aufgewehte Schnee das Innere zu schützen half. Aber die Soldaten hatten reichlich zu tun. Sie drillten, organisierten Holzfällertrupps und erkundeten die verschiedenen möglichen Angriffsrouten der Aurolanen.

Adrogans strich sich mit einer im Fäustling steckenden Hand übers Kinn. Auf der Ebene vor Swojin war er mit Nefrai-kesh zusammengetroffen, dem Sullanciri, der einst Kenvin Norderstett gewesen war und jetzt in Kytrins Namen die aurolanische Garnison in Swarskija befehligte. Kytrins General hatte Adrogans versprochen, nicht vor dem Frühling anzugreifen, aber der Jeranser war nicht so dumm, sich auf das Wort eines Sullanciri zu verlassen. Falls Nefrai-kesh eine Entschuldigung für einen heimtückischen Überfall gebraucht hätte, konnte er ohne weiteres behaupten, er habe sich bei seinem Versprechen auf einen Feldzug gegen Swojin bezogen und nicht auf einen Schlag gegen Adrogans' Heer.

Guraskja lag keine hundert Meilen Gyrkymefluglinie von der okranschen Hauptstadt entfernt, und die Drohung eines möglichen Angriffs war ständig gegenwärtig. Zwar existierten nur wenige, leicht zu bewachende Aufstiege ins Hochland, doch auch ohne die Hilfe von Kytrins Magik und Draconellen hatten okransche Heere es vor Jahrhunderten unterworfen. Es war vor allem die Tatsache gewesen, dass ihnen aus dem Hochland keinerlei aktiver Widerstand entgegenschlug, der die Aurolanen bisher daran gehindert hatte, massiv gegen sie vorzurücken, doch Adrogans dachte nicht daran, die Großzügigkeit der Guranin zu vergelten, indem er eine Nordlandinvasion zuließ.

Ideen und Strategien zogen durch seinen Geist, aber zweierlei hielt ihn davon ab, sie zu eingehend zu betrachten. Erstens bewegten sich nach und nach Menschen auf dem Übungsfeld links unter ihm, an der Ostseite des Lagers. Er zählte einhundertfünfzig, eine dadurch erleichterte Übung, dass sie sich in Kompanien zu je dreißig formiert hatten. Eine Woche zuvor hatte sich nur ein Viertel dieser Zahl dort unten befunden. Die Menschen, Männer wie Frauen gleichermaßen, waren noch immer dürr wie Skelette, aber in ihren Augen brannte der mörderische Hunger von Wölfen in Menschengestalt.

Er war sich ganz und gar nicht sicher, wie viele der Tausend, die in Guraskja geblieben waren, sich der Swojiner Infanterie letztlich anschließen würden. Die hundertfünfzig dort unten waren die Stärksten der Flüchtlinge, und in vielerlei Hinsicht überraschte es ihn, dass so viele die Kraft hatten, zum Exerzieren anzutreten. Man konnte einen Menschen zufrieden stellen, indem man ihm Nahrung gab, aber es gab keine einfache Methode, seinem Herzen Kraft einzuhauchen. Den anderthalb Legionen auf dem Exerzierfeld ging es vor allem um Rache, denn bei der Vergewaltigung Swojins durch die Aurolanen hatte jeder zumindest einen Verwandten, Freund oder Geliebten verloren.

Kämpfen würden sie, und das ohne Gnade. Doch Adrogans gab sich keinen Illusionen hin, was ihre Leistung betraf, denn selbst drei Monate Ausbildung konnten sie nicht wirklich auf die schiere Brutalität des Krieges vorbereiten. Er würde sie zurückhalten müssen wie einen wilden Hund an kurzer Leine, um sie in dem Augenblick freizugeben, in dem sie den größten Schaden anrichten konnten. Der Feind würde sie niedermetzeln, daran gab es keinen Zweifel, aber er war sich ziemlich sicher, dass den Swojinern ihr Tod weniger bedeutete als die Möglichkeit, einige ihrer Peiniger mit ins Jenseits zu nehmen.

Das Zweite, das ihn ablenkte, mühte sich gerade keuchend und schnaufend den Hang herauf. Das Weiß des Schnees bot einen deutlichen Kontrast zur braunen Haut des kleinwüchsigen Mannes. Was noch seltsamer anmutete: Der Greis trug nur einen Lendenschurz und einen verschlissenen Umhang. Durch die geringfügige Bekleidung waren die verschiedenen Talismane, die von zahlreichen durch die ledrige Haut gestochenen Metallringen hingen, deutlich zu erkennen. Die spärlichen Locken grauen Haares flatterten im Wind und unterstrichen die Fröhlichkeit des schiefen Grinsens.

Adrogans schaffte es nicht, diesem Grinsen zu widerstehen und erwiderte es. »Onkel, es muss eine beachtliche Nachricht sein, die dich den ganzen Weg hier herauf auf dich nehmen lässt.«

Ph'fas' Grinsen wurde noch breiter, und gelbe Zähne prangten in seinem Mund. »Du kannst die Veränderung fühlen. Versuch es.«

»Dafür habe ich die Zeit nicht.«

Der shuskische Schamane schüttelte den Kopf. »Bis du sie dir nimmst, ist alle Zeit verschwendet.«

Adrogans atmete tief ein und schloss die Augen, um sich zu konzentrieren. Die Shusken, ein Naturvolk, das auf einer Hochebene im Südosten Okrannels lebte, hielt nicht viel von den Göttern der Neuzeit und hatte sich stattdessen mit den Naturgewalten und Elementargeistern der Welt verbündet. Durch uralte Rituale schufen sie eine Bindung an diese so genannten Yrûn. Die Talismane an Ph'fas' Körper zeigten, dass er an das Yrûn der Luft gebunden war, und dieser Geist trug ihm Nachrichten oder flüchtige Hinweise zu, in einem Austausch von Geschwindigkeit gegen das Gewicht der Information.

Adrogans war in Jerana aufgewachsen, ohne zu ahnen, dass er ein Shusken-Halbblut war, bis Ph'fas es erkannt und ihn eingeladen hatte, Teil der Shusken-Gesellschaft zu werden. Der General hatte viele seiner Unternehmungen gegen die Aurolanen vom Shusker Hochland aus gestartet, unterstützt durch sein neues Volk. Aber erst in der ersten Schlacht um Swojin hatte er sich den Ritualen unterzogen, die ihn an die Yrûn banden. Während auf der Ebene die Schlacht tobte, war er in einer gnadenlos brutalen Zeremonie an mehrere Yrûn gebunden worden.

Jetzt wandte er sich nach innen, fand einen Ort der Stille in sich und blockte alle Geräusche und sonstigen Wahrnehmungen ab. Er beachtete weder den Wind noch das Atmen des Schamanen. Er verschloss die Ohren vor den Rufen der exerzierenden Flüchtlinge, dem Gebell der Hunde und dem einsamen Schrei eines vorbei segelnden Falken. Er schob sich an den körperlichen Eindrücken vorbei, um sich ganz auf den Geist und die Yrûn auszurichten, die seine Gefährten waren.

Erde und Luft gab es dort, Wasser und Feuer, aber ihre gewaltige Kraft verwehrte ihnen die Feinheit, die er benötigte. Noch an anderen glitt sein Geist vorbei, bis er seine Herrin erreichte, das eine Yrûn, an das er fester gebunden war als an jedes andere. Sie schien nur ein blutjunges Mädchen, mit weichen, knospenden Brüsten, kaum der ungelenken Lebenszeit entwachsen, die ihre weibliche Schönheit ankündigte. Sie nahm in leuchtendem Weiß Gestalt an, beinahe geisterhaft, doch als er sie näher an sich zog, verhärtete sich ihr Leib zu scharfen, reißenden Kanten, so spitzzahnig wie das freudlose Lächeln, mit dem sie ihn begrüßte. Eiskalt glitzerten ihre Zähne, und er fühlte das Nagen von Erfrierungen an Zehen und Gesicht.

Er schob die Empfindung beiseite. *Ich werde mich nicht ablenken lassen.*

Sie kannte seine Gedanken und streckte die Hände nach ihm aus. Ihre Krallen bohrten sich ihm tief in die Kopfhaut. Sie zog ihn an sich, drückte ihn an ihren Leib. Wo immer sie ihn berührte, explodierte Schmerz. Dann hob sie das Gesicht zu einem Kuss. Sie öffnete die Lippen und sog seine Zunge in den von nadelspitzen Zähnen starrenden Mund.

Ein Blitz durchzuckte ihn, doch Adrogans kämpfte sich an den Schmerzen vorbei. Hinter ihnen erreichte er eine Sicht auf ganz Okrannel. Es war nicht wie bei einem hoch schwebenden Falken, der auf das Land hinabschaute. Das wäre sehr hilfreich gewesen, aber seine Herrin – das Yrûn des Schmerzes – vermittelte ihm stattdessen den Eindruck, wie eine Decke aus Gewitterwolken über dem Land zu liegen. Wo der Blitz einschlug, da blühte der Schmerz, und manche Stellen waren mehr als gesegnet damit.

Lachend befreite er sich aus der peinigenden Umarmung und floss zurück in seinen Körper. Seine Augen öffneten sich, und er hob die Hand ans Gesicht, als der Glanz des Schnees ihn blendete. »Er hat also Truppen nach Süden verlegt.«

»Wie du es gesagt hast.« Ph'fas nickte so nachdrücklich, dass seine Talismane tanzten und klirrten. »Der Frühling kommt früh in diesem Jahr.«

Der weißhaarige General schüttelte den Kopf. »Nicht so früh, wie du es gerne hättest, Onkel.«

Adrogans verabscheute Parallelen zwischen Kriegsführung und Spielen, weil Spiele eine Abstraktion waren, die in keinster Weise die furchtbaren Kosten an Menschenleben nachvollziehen konnten, die jeder Krieg mit sich brachte. Doch ein gewisses Maß an Spiel ließ sich im Krieg nicht vermeiden. Beide Seiten mussten versuchen, ihre wahre Stärke zu verbergen und gleichzeitig die Fähigkeit zu bewahren, den Feind anzugreifen oder dessen Züge zu kontern. Das Ganze konnte ein Katz-und-Maus-Spiel werden, bei dem beide Seiten darauf hofften, dass ihre Katze sich nicht plötzlich einer hundert Pfund schweren Maus mit scharfem Gebiss und einem Skorpionstachel gegenüber sah.

Bei der Schlacht um Swojin war es Adrogans gelungen, einen solchen Stachel versteckt zu halten. Er hatte Truppen von den aurolanischen Kundschaftern und seinen eigenen Leuten verborgen, und im entscheidenden Augenblick hatten sie die Aurolanen von hinten angegriffen. Dieses Überrumplungsmanöver hatte das Nordlandheer zerschlagen. Prinzessin Alexia hatte die Sullanciri getötet, die es anführte, und seine Leute hatten die Aurolanen geschlagen. Der Sieg, bei dem ihm seine Yrûn-Verbündeten geholfen hatten, hatte ihm die Zeit erkauft, die er zur Befreiung Swojins gebraucht hatte.

Alle Welt wusste, dass die Kriegsführung im Winter ruhte. Schnee behinderte das Reisen, einerseits, indem er Straßen und Pässe blockierte, und andererseits auch, weil er Menschen ebenso wie Pferden die Nahrungssuche erschwerte. Selbst wenn eine Armee sich ins Feld wagte und die Erfrierungen und Desertionen überstand, die unter solchen Umständen unvermeidlich waren, konnte ein einzelner Schneesturm sie restlos auslöschen. Schlimmer noch, ein Sturm oder eine Lawine konnte eine Nachschubkarawane auslöschen und das Heer zum Hungertod verurteilen.

Doch Adrogans konnte sich nicht darauf verlassen, was alle Welt zu wissen glaubte, denn die Aurolanenheere stammten aus einem eisigen Reich, in dem die schlimmsten Winterbedingungen des Südens bestenfalls als mildes Frühlingswetter erschienen. Schnatterer, Frostkrallen und Vylænz waren vielleicht geistig nicht die flexibelsten Truppen, sie standen jedoch in Hülle und Fülle zur Verfügung, waren die Kälte gewohnt und zeichneten sich durch eine erstaunliche Gleichgültigkeit gegenüber dem Tod aus. Das bot Nefrai-kesh die Möglichkeit, Truppen aus Swarskija nach Süden zu bewegen, ins Hochland zu schleusen und Ärger zu stiften.

Der Jeranser General hatte genau das aus zwei Gründen vorhergesagt. Erstens musste es dem Sullanciri darum gehen, im ganzen Land Entsetzen zu säen und alle – durch den Sieg bei Swojin möglicherweise entstandene – Zuversicht zu ersticken. Außerdem schienen die Aurolanen Grausamkeiten um ihrer selbst willen zu genießen. Nefrai-kesh verfügte über die Truppen und konnte sie einsetzen, also würde er auch genau das tun.

Zweitens – und solange Nefrai-kesh in der Offensive war, war dies der strategisch wichtigere Grund – zwang er Adrogans damit zu einer Antwort. Das ganze Hochland war übersät mit winzigen Siedlungen. Es schien unmöglich, sie alle zu beschützen. Adrogans würde nichts anders übrig bleiben, als eine Truppe aufzustellen, die ständig hierhin und dorthin unterwegs war, in dem Bemühen, Angreifer zu stellen, die wie Geister aus dem Nichts auftauchten und wieder verschwanden. Die Anstrengung der Jagd auf die Aurolanen würde seine Leute erschöpfen, ihre Kampfmoral zerstören und unter Umständen sogar zu Feindseligkeit bei den Hochländern führen, wenn er die Angriffe nicht unterbinden konnte.

Nefrai-kesh jedoch operierte zugleich unter zwei Beschränkungen, obwohl Adrogans sicher war, dass der Sullanciri keine von beiden als erwähnenswert betrachtet hätte. Zum Ersten war er, als er noch ein Mensch gewesen war, ein ausgezeichneter Heerführer gewesen. Auch zu seinen besten Zeiten war Kenvin Norderstett Adrogans zwar nicht ebenbürtig gewesen, doch er erkannte an, dass Norderstett über beachtliche Kenntnisse auf dem Gebiet der Kriegsführung verfügt hatte. Das aber bedeutete, Nefrai-kesh glaubte möglicherweise, was allgemein über Winterkriege im Umlauf war. Er würde erwarten, dass Adrogans seine Leute über den Winter schonte und er deshalb im Vorteil war, da seine Truppen im Winter kämpfen *konnten*.

Die zweite Schwäche verstärkte die Auswirkungen der ersten noch, denn beide beruhten darauf, dass der Sullanciri seinen Gegner unterschätzte. Wahrscheinlich ahnte Nefrai-kesh nichts von der Existenz der Yrûn, und ganz sicher wusste er nichts von Adrogans' Verbindung zu ihnen. Zauberer neigten, wie die Vilwaner Kampfmagiker in seinem Heer deutlich unter Beweis stellten, dazu, die Shusken als Kuriosität zu betrachten, und vermutlich teilte Kytrin diese Ansicht. Hätte sie in den Shusken auch nur halbwegs eine Bedrohung gesehen, hätte sie in den letzten fünfundzwanzig Jahren versucht, sie auszuradieren.

Da sein Gegner also davon ausging, dass seine Truppen im Winter nicht kämpfen konnten, und Nefrai-kesh nichts davon ahnte, dass die Yrûn ihm genügend Kenntnisse über die Bewegung der feindlichen Einheiten lieferten, um seine Leute für den Gegenschlag zu postieren, blieb Adrogans keine andere Wahl, als einen Weg zu finden, wie er im Winter kämpfen konnte. An der Straße nach Swarskija gab es mehrere Schlüsselstellungen, deren Eroberung gegen aktive Verteidiger ihn teuer zu stehen kommen würde. Im Frühjahr würden sie mit Sicherheit befestigt sein, doch falls es ihm gelang, vorher zuzuschlagen und tief ins aurolanisch besetzte Gebiet vorzudringen, konnte er Truppen vor der Vernichtung bewahren, ohne die er keine Chance hatte, Swarskija zu belagern.

Der größte Teil seiner Armee war ganz und gar nicht für den Einsatz in verschneiten Hochlandwäldern geeignet, aber er hatte zwei Truppenteile, die für Einsätze dieser Art wie geschaffen schienen. Die Nalisker Bergläufer stammten aus dem Zentralgebirge Naliserros und hatten mit ihrem Gleichmut unter den härtesten Bedingungen sogar die Shusken beeindruckt. Und die loqælfischen Schwarzfedern hatten sich vor Swojin hart und gut geschlagen. Ihre Kommandeurin, Meisterin Gilthalarwin, war noch immer verärgert über eine Auseinandersetzung mit Adrogans, und die Loqælfen würden jede Gelegenheit wahrnehmen, ihren Wert unter Beweis zu stellen.

Adrogans nickte nachdenklich. Er würde die Bergläufer und Schwarzfedern einsetzen, um die Truppen aufzuspüren und zu vernichten, die Nefrai-kesh ins Hochland schickte. Seinerseits zum Angriff überzugehen würde schwieriger werden, doch gewiss ließ es sich machen. Falls es ihnen gelang, die nördliche Furt des Swar einzunehmen und von dort die Drei-Brüder-Zitadellen, die den Weg durch die Südschlucht bewachten, konnte er vor Swarskija stehen, bevor die Frühlingsgewitter kamen.

Ph'fas kicherte. »Wenn kein früher Frühling, dann ein milder Winter?«

»Nicht auf den Grad der Schwierigkeiten bezogen, Onkel.« Langsam breitete sich ein Lächeln auf Adrogans' Zügen aus. »Nur einer voller Überraschungen für die, die uns hassen.«

Kapitel Sechzehn

Will lächelte, als Kräh das Päckchen öffnete und den Honigkuchen sah. »Und ich habe ihn auch nicht gestohlen.«

Kräh blickte hoch und hob die linke Augenbraue. »Aber bezahlt hast du ihn auch nicht, oder? Der Bäcker dachte, er würde ihn dem Norderstett zum Geschenk machen.«

Der Dieb blinzelte. »Woher weißt du das?« Niemand konnte Kräh davon erzählt haben, denn Will hatte seinen Besuch im Kerker nicht angekündigt. Er hatte sich darauf verlassen, dass sein Status als ›der Norderstett‹ es ihm bei einem überraschenden Auftauchen ermöglichte, sich den Weg an den Posten vorbei zu bluffen. Zu Recht. Keiner der Soldaten war bereit gewesen, sich ihm in den Weg zu stellen, erst recht nicht, nachdem er erklärt hatte, er habe keine Waffen dabei und sein Besuch sei wichtig für den Sieg über Kytrin.

Den Honigkuchen hatte er aus einer nahen Bäckerei, von der aus Will das Gefängnis und die Wachen beobachtet hatte. Der Besitzer, ein älterer Mann mit roten Wangen und einem Bauchumfang, der seinem Gang etwas Watschelndes verlieh, hatte ihn eingepackt und Will mit großer Geste überreicht. Da sich dabei niemand außer ihnen beiden im Laden aufgehalten hatte, wusste Will, dass die Geste ehrlich gemeint und nicht darauf ausgelegt gewesen war, andere zu beeindrucken.

Er hatte ihm gedankt und sich dann auf den Weg zum Kerker gemacht. Zwei Wachen hatten ihn angehalten, doch bewaffnet mit herrischem Auftreten und einer vom König persönlich verliehenen Maske war er keiner ernstlichen Behinderung ausgesetzt gewesen. Er war zu seiner gelinden Überraschung nicht nach unten, sondern hinaufgeführt worden und hatte Kräh in einer kleinen, aber sauberen und warmen Zelle vorgefunden, die sogar über ein, wenn auch vergittertes, Fenster verfügte, durch das Sonnenlicht fiel. Die spärliche Einrichtung bestand nur aus einer Koje mit Strohmatratze, einem Nachttopf, einem kleinen Tisch und zwei Stühlen, war aber durchgehend in gutem Zustand, und der Nachttopf hatte einen Deckel.

Kräh lächelte ihn an. »Nun, ich könnte es mit dem Knoten erklären, der ist nämlich ein Geschenkknoten, aber es könnte ja sein, dass du ihn selbst gebunden hast.«

Will hob die linke Augenbraue. »Was war es dann?«

»Du besitzt keine Geldkatze. Du trägst kein Geld bei dir.«

Der Mund des jungen Diebes formte sich zu einem lautlosen O, dann schloss er ihn. »Schätze, alte Gewohnheiten legt man nicht so schnell ab.«

»Es ist nicht wichtig, Will. Ich nehme das Geschenk gerne an.« Kräh legte es auf den Tisch. »Wie ich höre, hattest du ein Gespräch mit König Swindger.«

»Davon muss dir die Prinzessin erzählt haben.«

»Ja, bei ihrem letzten Besuch.« Er grinste breit. »Ich hatte den Eindruck, es sei nicht allzu freundlich verlaufen.«

Will rutschte etwas auf dem Stuhl umher, dann beugte er sich vor. »Er wollte von mir, dass ich lüge und Gemeinheiten über dich verbreite. Ich habe es abgelehnt.«

Das Lächeln des alten Mannes verwandelte sich in eine strenge Miene. »Nur einfach abgelehnt?«

Will zuckte die Achseln. »Er hat mich geschlagen. Er ist ein Idiot. Es war ein Reflex. Ich habe mich verteidigt und das Ganze ist aus dem Ruder gelaufen.«

Auf Krähs Stirn zeigten sich tiefe Falten. Er stand auf und schaute auf den Jungen herab. »So dumm wie du glaubst, ist er nicht, und wenn du das annimmst, wird es dir noch Leid tun. Bis jetzt hat er geglaubt, er könnte dich kontrollieren, also brauchte er sich keine weiteren Gedanken um dich zu machen. Aber das hat sich jetzt geändert. Er ist niemand, den man sich zum Feind machen darf, wie meine derzeitige Situation deutlich genug machen sollte.«

»Ich weiß, ich weiß.« Will hob die Hände. »Es ist schon eine Woche her ...«

»Aber du hast der Prinzessin erst vorgestern davon erzählt.«

Der Dieb verzog das Gesicht. »Na ja, ich hab mich bedeckt gehalten, keinen Ärger gemacht und so. Der König hat sich wieder beruhigt, sonst hätte man mich nicht hier hereingelassen.«

»Noch weißt du nicht, ob man dich wieder hinauslässt.«

Das jagte Will einen Angstschauder über den Rücken, aber bevor er protestieren und darauf bestehen konnte, dass er auch ohne Zutun irgendwelcher Wachen leicht aus diesem Kerker entkommen konnte, knirschte ein Schlüssel im Schloss. Der junge Dieb drehte sich um und keuchte auf.

Die Gittertür schwang auf, und ein großer Mann in einfacher Jägerkluft trat ein, zu der er allerdings eine silberne Halsberge mit einem heraldischen Seepferdchenmotiv und einen schmalen Goldreif um die hohe Stirn trug. Die sonnengebräunte Haut war um die Augen faltig, und in den zurückweichenden Haaren überwog das Weiß. Er bewegte sich jedoch mit einer Sparsamkeit, die zu einem deutlich jüngeren Mann gepasst hätte.

Kräh sank auf ein Knie und beugte den Kopf. »Hoheit.«

Will blinzelte, glitt vom Stuhl und fiel ebenfalls auf ein Knie. »Äh, ja, Hoheit.«

»Stehen sie auf, beide.« König Augustus von Alcida drehte sich zu dem Kerkermeister um, der ihm die Türe geöffnet hatte. »Das wäre alles. Er darf sich zurückziehen.« Die beiden Leibwächter, die den König begleitet hatten, winkten den Mann den Gang hinab, außer Hörweite.

Kräh trug seinen Stuhl für den König um den Tisch und deutete auf den Honigkuchen. »Ich habe nicht viel anzubieten, Hoheit, doch was vorhanden ist, gehört Euch.«

»Nein, mein Freund, das geht schon in Ordnung. Du hast der Welt so viel gegeben und keinen Dank erhalten. Ich werde dir auch nicht die kleinste Freude rauben, die du hier finden kannst.« Der König winkte Kräh zur Koje, dann stützte er sich schwer auf die Rückenlehne des Stuhls. »Ich habe mir schwere Vorwürfe zu machen. Seit einem Vierteljahrhundert schulde ich dir ein Wort der Verzeihung.«

Kräh blickte zu ihm auf, sagte aber nichts. Nur die Haut um seine Augen spannte sich, und Will bemerkte ein Zittern in der Unterlippe. Die Worte des Königs zeigten sichtlich Wirkung.

Augustus hob den Blick und schaute in unbestimmte Ferne. »Was ich dir jetzt sage, Valkener, wird selbstsüchtig erscheinen. Falls du mich verurteilst, kann ich das hinnehmen, denn ich verdiene es. Ich habe dir übel mitgespielt, und auch wenn ich anführen könnte, dass ich nicht zur Stelle war, dich zu verteidigen, hätte ich es sein müssen. Was dir in Yslin angetan wurde, war unverzeihlich, und ich hätte dort sein müssen.«

Kräh schaute auf seine leeren Hände und schüttelte den Kopf. »Ihr seid beim Heer in Okrannel gewesen und habt die Menschen dort gerettet. Das war wichtiger als das Schicksal eines Einzelnen. Ihr musstet Euch um andere Dinge kümmern.«

»Du verzeihst mir zu schnell, Valkener. Dank Arkantafaln wusste ich davon. Ich kannte nicht alle Einzelheiten, aber ich wusste sehr wohl, dass du die anderen nicht verraten hattest. Ich erinnere mich an jene letzte Nacht um das Lagerfeuer. Was ich damals sagte, *war* die Wahrheit. Ich hätte dich gerne bei mir in Okrannel gehabt. Ich war froh über deinen Bruder Sallitt. Aber ich wusste nicht von den gefälschten Beweisen gegen dich.« Der König seufzte. »Als ich aus Okrannel zurück war, habe ich geheiratet, es gab ein großes Fest. Und dann musste der okransche Exilhof eingerichtet werden, ich hatte eine Familie zu gründen, es gab reichlich zu tun für mich, und von dir war keine Spur zu finden. Ich hatte nicht vor, dich zu vergessen, aber niemand hat mich an dich erinnert.«

Kräh nickte und setzte mehrmals zu einer Antwort an, bevor die Worte kamen. Als es schließlich soweit war, wurden sie leise ausgesprochen, trotz der spürbaren Anspannung in seiner Stimme. »Nachdem sie mir die Maske abgenommen hatten ... ich ... also, ich erinnere mich nicht mehr so recht, was ich tat. Ich wanderte herum. Die Vorqælfen nahmen mich in den Dünen auf, der Prophezeiung wegen. Falls ich auch nur einen nüchternen Atemzug getan habe, war es ganz und gar unbeabsichtigt. Falls ich ein Wort ohne Tränen sprach ...«

Der König sank vor Kräh auf ein Knie und legte die Hände auf die sackenden Schultern seines Gegenübers. »Hätte ich das gewusst, mein Freund ...«

Kräh tätschelte schwach Augustus' rechte Hand. »Hoheit, Ihr musstet Euch um die Welt kümmern. Ich war Eure Aufmerksamkeit und erst recht Eure Sorge nicht wert. Ich war ein Niemand. Ein Nichts. Dann kam Entschlossen nach Yslin zurück und fand mich.«

Augustus nickte. »Ich weiß. Nachdem er dich gefunden hatte, kam er zu mir. Er erklärte mir vieles, und ich ging zu meinem Vater, der mir erzählte, was geschehen war. Ich protestierte, was man dir angetan hatte, könne mit allen Übeln Kytrins mithalten. Er antwortete mir: ›Das Blut eines Einzelnen ist eine Pfütze, doch Kytrin würde uns in einem Meer von Blut ersäufen.‹ Dich zu opfern schien ein kleiner Preis für den Erhalt der Ordnung in der Welt.«

Kräh hob den Kopf. »Dann wisst Ihr seit fünfundzwanzig Jahren, wer ich bin?«

»Ja.« Der König atmete tief ein. »Als Prinz gab es nicht viel, was ich tun konnte, doch was mir möglich war, das tat ich. Ich sorgte für Handelserleichterungen für die Firma deines Freundes Spilfair und ernannte Entschlossen zu meinem Repräsentanten für den Einzug der nötigen Gelder, um dieses Arrangement aufrecht zu erhalten. Du hast die Beziehung zu deinem Freund wieder aufgefrischt, und seine Gesellschaft unterstützte dich mit Geld und Transportmöglichkeiten. Spilfair ahnt nicht, dass ich weiß, wer du bist, daher konnte er dir nichts davon erzählen.«

Kräh nickte nachdenklich. »Allmählich erkenne ich ein Muster in manchen Geschehnissen. Rauns war mehr als großzügig, und es gab Augenblicke, in denen ich Angst hatte, es könnte ihn in den Ruin treiben. Er hätte mir alles gegeben, das weiß ich, aber es ist gut zu wissen, dass er für seine Hilfe reich belohnt wurde.«

»Er hat nicht gelitten, und du hast Recht. Er hätte alles für dich getan. Du weißt, dass er der Patron einer Reihe von Bänkelsängern ist, die von Krähs Taten singen?« Augustus erhob sich vom Boden und setzte sich auf den Stuhl. »Ich habe mir diese Lieder aufmerksam angehört und mir oft gewünscht, die wahre Geschichte zu hören, die ihnen zu Grunde liegt. Du und Entschlossen, ihr konntet einen Krieg fortsetzen, von dem ich wünschte, wir hätten ihn nie aufgegeben. Ich konnte wenig mehr tun, als Baron Draconis zu unterstützen.«

»Es ist ein Glück, dass Ihr das getan habt.« Kräh runzelte die Stirn. »Er wusste, wer ich bin. Ich weiß nicht, wie lange, aber schließlich hat er mich erkannt. Er gab mir ein Zeichen.«

Der König nickte. »Er wusste es, auch wenn wir nie offen über dich gesprochen haben. Wem er sonst noch davon erzählt haben könnte, weiß ich nicht. Geheimhaltung war die beste Möglichkeit, deine Sicherheit zu gewährleisten.«

Will, der die ganze Zeit still zugehört hatte, wurde unruhig. »Wie könnt Ihr das sagen?«

Augustus starrte ihn wütend an. »Es waren gefährliche Zeiten, Will.«

»Und das soll eine Entschuldigung sein?« Will sprang auf und stierte den König aufgebracht an. »Ihr kommt hier rein und erzählt Kräh, dass Ihr seit was weiß ich wie vielen Jahren gewusst habt, dass er unschuldig verurteilt wurde? Ihr habt gewusst, dass es sein Leben zerstört hat und habt nichts unternommen?«

»Will!« Krähs Nüstern blähten sich. »Das ist der König!«

»Ist mir gleich.« Will stemmte die Fäuste in die Hüften. »König Swindger wollte, dass ich für ihn lüge, und Ihr erzählt uns, Ihr hättet nichts gegen die Lüge getan, die Kräh all das zugefügt hat, obwohl Ihr davon wusstet? Ihr habt gewusst, dass sie sein Leben zerstört hat, und habt tatenlos zugesehen?«

Beide Männer starrten ihn mit großen Augen an.

»Alle Welt macht die Dinge so unheimlich umständlich. Alle Welt spielt nach irgendwelchen Etiketteregeln, nur um sich keine wahren Gefühle anmerken zu lassen. Ich sehe da draußen Leute, die mich totgeprügelt hätten, weil ich ein Dieb bin, aber da ich der Norderstett bin, schenken sie mir alles, was ich ihnen sonst gestohlen hätte. Und sie hassen mich immer noch, weil ich ein Dieb bin, aber sie lügen und streiten es ab, aus Angst, ich könnte *sie* nicht retten, wenn es soweit ist. Und wisst Ihr was? Ich habe von allen Seiten gehört, dass Valkener geopfert werden musste, weil die Leute in Panik geraten wären, wenn sie gehört hätten, dass Kytrin wiederkäme, dass Reiche zerbrochen wären und all das Zeug. Aber jetzt habt ihr keine Probleme damit, diese selben Leute in eure Armeen zu stecken und in den Tod zu schicken, ohne ihnen eine Erklärung dafür zu geben. Das müsst Ihr mir erklären: Wie kommt es, dass sie verängstigte Schafe sind, wenn irgendeine alte Hexe ankündigt, sie werde wiederkommen, aber wackere, mutige Soldaten, sobald sie einen Speer in die Hand gedrückt bekommen und auf einen Feind gehetzt werden, der sie niedermetzeln wird?«

Will zeigte mit dem Finger auf König Augustus. »Ich weiß, Ihr seid tapfer und alles andere. Ich weiß, Ihr seid ein guter König. Und Ihr seid mein König, ganz gleich, was Swindger redet. Niemand sticht Eurem Bild auf den Münzen das Auge aus, aber als es um Kräh ging, habt Ihr Euch benommen, als wärt Ihr blind. Durch ihn hat Kytrin alle vor ihrer Rückkehr gewarnt, doch ihr habt euch alle entschieden, den eigenen Hals zu retten. Ihr habt niemandem etwas davon erzählt, was sie gesagt hat, und dadurch hat niemand sich auf ihre Rückkehr vorbereitet. Und ist euch auch nur der Gedanke gekommen, dass sie vielleicht gar nicht zurückgekommen wäre, wenn ihr euch darauf vorbereitet *hättet*?«

»*Will!* Das reicht.« Kräh stand auf und breitete die Hände aus. »Hoheit, ich entschuldige mich.«

»Nein, nein, das geht in Ordnung.« Augustus hob die Hand und winkte Kräh zurück auf dessen Platz. Als er sich wieder gesetzt hatte, wandte Augustus sich um und schaute hoch zu Will. »Möchtest du eine Antwort auf deine Anklage, oder ziehst du es vor, mir deine Empörung weiter um die Ohren zu schlagen?«

Will schluckte eine gepfefferte Entgegnung hinunter und schüttelte sich. »Ich höre.«

»Gut. Dann werde ich dir antworten, aber nicht, weil du ein Adliger oder der Norderstett bist, oder auch nur, weil du ein Bürger meines Reiches bist. Ich werde dir antworten, weil du der Erste bist, der mir Fragen stellt, die mich seit Jahren selbst beschäftigen.«

Augustus' Stimme behielt ihren vollen, tiefen Klang, die Lautstärke aber sank beinahe auf ein Flüstern ab. »Du könntest Recht haben, Will, dass das gemeine Volk nicht aus Angst vor einer Invasion aus dem Norden erzittert wäre. Das mag für den größten Teil stimmen, aber selbst du hast gesehen, wie Angst oder Panik schon eines Einzelnen andere anstecken kann. Natürlich gibt es Mittel, dem zu begegnen, doch zu der Zeit, als man Valkener opferte, hatte Besorgnis die gekrönten Häupter befallen. Die Vernunft kam nicht zum Zuge, und auch wenn sie eine Lösung wählten, die ihre anfänglichen Ängste linderte, sie wussten doch sehr wohl alle, dass sie nur ein Symptom behandelt hatten, nicht die Krankheit selbst. Bis ich auf den Thron stieg – bis Königin Carus die Nachfolge ihres Vaters antrat und andere, die eines klaren Gedankens fähig waren, an die Spitze ihrer Heimatnationen traten –, war es nicht möglich, diese Frage neu zu erörtern. Schon der Versuch, das Thema Valkener nochmals anzuschneiden, hätte Könige gezwungen, einen Fehler zuzugeben, oder ihre Erben, die Legende ihrer Vorgänger in Zweifel zu ziehen. Valkener und sein Schicksal verkamen zu einem Nebenschauplatz des Hauptproblems: der Vorbereitung auf Kytrins Rückkehr.«

Will runzelte die Stirn. »Leicht gesagt.«

»Trotzdem ist es die Wahrheit – und Valkener wusste das auch.« Der König schaute zu Kräh. »Er machte sich daran, den Kampf gegen Kytrin fortzusetzen, wurde zu einem Beispiel für andere. Manch anderer hätte protestiert, hätte Petitionen geschrieben, um seinen Namen reinzuwaschen, doch er legte sein altes Dasein ab und konzentrierte sich auf das Hauptproblem: den Kampf gegen Kytrin. Was mich persönlich betrifft, ich gebe zu, ein Feigling zu sein. Ich wusste, was er tat, und ich wusste, seine Taten würden beweisen, dass er nicht so war, wie man ihm unterstellt hatte. Ich tröstete mich mit seinen Heldentaten, sagte mir, der Tag würde kommen, an dem sich dieses Unrecht beheben ließ, aber auch, dass dieser Tag erst käme, nachdem Kytrin besiegt war. Damit, Valkener, habe ich dich im Stich gelassen, furchtbar im Stich gelassen. Will hat Recht, ich war dir kein guter Freund.«

Kräh lächelte. »Doch, Hoheit, der wart Ihr. Ihr hattet ein Auge auf meine Mission, die weit wichtiger ist, als ich es bin. Hättet Ihr mich gefragt, ich hätte Euch genau das geantwortet. Besser eine Stunde gegen Kytrin gekämpft, als tausend Stunden zu meiner Verteidigung.«

Will schüttelte entschieden den Kopf. »Ihr fangt schon wieder an. Alle beide. Böse ist böse. Valkener zu schaden hat Kytrin geholfen. Kytrin ist böse, also war es böse, Valkener zu schaden. Daran ändert auch alle Höflichkeit der Welt nichts.«

Augustus' Stimme wurde scharf. »Ich war also böse in jenem Augenblick, und kann dafür verurteilt werden? Ja, Will, so hast du mich verurteilt, aber es ist kein härteres Urteil, als ich es selbst schon über mich gefällt habe. Mein einziger Trost liegt in dem Wissen, dass ich mich gegen Kytrin nicht mehr anstrengen könnte. In dieser Hinsicht bin ich keine Kompromisse eingegangen und werde es auch niemals tun. Valkener kann mir verzeihen oder nicht. Ich mag in der Lage sein, ihm zu helfen oder nicht. Doch ich werde keine Kompromisse im Kampf gegen Kytrin dulden. Es ist sicher keine vollkommene Lösung, aber es ist die beste Lösung, die unter diesen Umständen möglich ist.«

Der Dieb zögerte. Die Wut über die Behandlung seines Freundes durch den König wollte die Vernunft in dessen Antwort aus dem Weg schleudern. *Aber falls ich das tue, bin ich auch nicht besser als die Könige, die Valkener aus Angst zerstört haben.* Diese Erkenntnis ließ seine Eingeweide verkrampfen und trieben ihm einen bitteren Geschmack in den Mund.

Will seufzte. »Ihr habt Recht, was den Kampf gegen Kytrin betrifft. Aber das heißt nicht, dass in Ordnung war, was mit Kräh geschehen ist.«

»Nein, das war es nicht, und wir werden einen Weg finden, es in Ordnung zu bringen. Und falls ich Alcida in den Bankrott treiben muss, um Barden und Bänkelsänger dafür zu bezahlen – wie Valkeners Schande die Falle war, in die Kytrin getappt ist –, dann werde ich es tun.« Der König lächelte traurig. »Vorausgesetzt, wir besiegen sie. Falls nicht, werden die Überlebenden sich nicht dafür interessieren, und die einzigen Lieder, die sie singen, werden Trauergesänge sein.«

Kapitel Siebzehn

Kjarrigan Lies zitterte, und das lag nicht an der Kälte auf den verschneiten Straßen Meredos. Er empfand die Temperatur eher als erfrischend. Sie half ihm, einen klaren Kopf zu behalten, und genau den brauchte er jetzt.

Er war Magister Syrett Kar vor jetzt fast zwei Wochen begegnet, und an diesem Morgen hatte er eine Aufforderung erhalten, im vilwanischen Konsulat zu erscheinen. Das Dokument war höflich formuliert gewesen, und die Zauber, die es versiegelten, sorgfältig gewirkt. Noch wichtiger schien: Sie waren offensichtlich von einem Magister gesprochen worden, der Jahrzehnte auf Vilwan studiert hatte. Kjarrigan konnte in der Ausführung zwar nicht die Handschrift eines seiner früheren Lehrer erkennen, war sich aber ziemlich sicher, dass er die Person erkennen würde, die auf ihn wartete.

Er hatte versucht, mit Will über die Nachricht zu sprechen, als sein Freund nach dem Besuch bei Kräh zum *Springenden Panther* zurückgekehrt war – aber der Dieb war übler Laune gewesen. Er hatte gefragt, warum der Absender der Botschaft sie nicht einfach unterschrieben hatte und sich das ganze subtile Brimborium nicht geschenkt hatte, das ohnehin nur dazu diente, das Böse zu verschleiern.

Kjarrigan war sich nicht sicher, wovon Will gesprochen hatte, doch er hatte versucht, ihm zu erklären, dass im Reich der Magik die Namen eine Macht besaßen. Es war gefährlich für einen Zauberer, etwas zu unterschreiben. Nannte ein Magiker seinen wahren Namen, war das ein Zeichen tiefen Vertrauens, da ein Kundiger des Zauberns mit diesem Wissen in der Lage gewesen wäre, furchtbare Magik gegen ihn zu wirken.

Doch Will hatte keine Geduld für Erklärungen gehabt und war in sein Zimmer abgezogen. Kjarrigan hatte weder Entschlossen noch Dranæ gefunden, und Lombo oder Qwc wären zwar bereit gewesen, ihm zuzuhören, doch er war sich nicht sicher, ob sie ihm irgendwelche Einsichten hätten liefern können, die der Mühe wert gewesen wären. Lombo hatte sich, nachdem ihm die Gelegenheit entgangen war, eine Magikerin zu töten, in die Stadt auf die Jagd nach anderer Beute begeben und war derzeit nicht greifbar. Und der Sprijt schien einfach zu, nun, zu *flatterhaft*.

Kjarrigan sah sich zwischen zwei widersprüchlichen Gefühlen in der Klemme. Orla hatte ihm aufgetragen, sich von Vilwan fern zu halten, und er nahm diese Weisung sehr ernst. Sie hatte erklärt, es gäbe dort Leute, die seinen Untergang wollten, weil sie vor seiner Macht Angst hatten. Allmählich kam er selbst zu der Einsicht, dass er über eine Menge Macht verfügte. Während der Ausbildung auf Vilwan war er so isoliert gewesen, dass ihm jeder Maßstab gefehlt hatte, an dem er hätte vergleichen können, wozu er fähig war. Doch Magister Syretts Überraschung über seine Fähigkeiten, und das Eingeständnis des Mannes, nicht in der Lage zu sein, Kjarrigan zu irgendetwas zu zwingen, hatten ihm eine Andeutung dessen geboten, wie andere ihn möglicherweise wahrnahmen.

Auf Vilwan war er von vielem abgeschirmt gewesen. Seit dem Aufbruch von der Magikerinsel hatte die Litanei der Ereignisse, die er Syrett aufgezählt hatte, diese Aura der Sicherheit abgetragen. Er hatte Menschen sterben sehen und selbst getötet, wenn auch nicht Auge in Auge. Er hatte seine Lehrerin und Freunde verloren und Schmerzen erduldet, körperlich wie seelisch, die er vormals nie gekannt hatte.

Mindestens ebenso wichtig: Es hatte eine Veränderung darin gegeben, wie andere ihn behandelten. Will betrachtete ihn zwar gelegentlich noch immer als ein Kind, aber die anderen gingen größtenteils wie mit einem Erwachsenen mit ihm um. Der Baron Draconis hatte ihm einen Geheimauftrag erteilt, ein Fragment der Drachenkrone aus Festung Draconis zu schmuggeln. General Adrogans hatte ihm große Verantwortung übertragen. Gleichgültig, wie er sich selbst sah, sie betrachteten ihn als Erwachsenen und gaben ihm entsprechende Aufgaben.

Kjarrigan selbst fand sich noch nicht erwachsen, war sich aber darüber im Klaren, dass er sich schnell in diese Richtung entwickelte. Er war sich nicht sicher, ob diejenigen auf Vilwan, die Angst vor ihm hatten, dies möglicherweise taten, weil er ein Kind mit unglaublicher Machtfülle war, hielt es aber für eine Möglichkeit. Und falls dem so war, war es nicht die verantwortungsbewusste, erwachsene Antwort, zum Konsulat zu gehen und ihnen zu zeigen, dass er nicht so war, wie sie befürchteten?

Das wäre es tatsächlich gewesen. Doch er wusste auch, dass diese Antwort auf der Voraussetzung basierte, dass sie tatsächlich Angst vor seiner Unreife hatten. Was aber, wenn das Problem ein ganz anderes war? Konnten sie Angst davor haben, seine Ausbildung hätte ihn so verbogen, dass er Gefahr lief, ein zweiter Yrulph Kajrûn zu werden? In diesem Fall konnte kein Protest, keine Demonstration sie vom Gegenteil überzeugen. Falls sie ihn für wahnsinnig hielten oder glaubten, er könnte wahnsinnig werden, würde diese Angst sie zwingen, ihn einzukerkern oder auf andere Weise zu lähmen.

Und genau das ist der Grund, aus dem Orla mich gewarnt

hätte, Abstand zu halten. Er schüttelte den Kopf, während er die sich windende Nördliche Uferstraße entlangwanderte. Die Art und Weise, wie er mit Tetther verfahren war, war eine findige, erwachsene und gewaltlose Art gewesen, ein Problem magisch zu lösen. Er war stolz auf diese Lösung, war sich aber gleichzeitig darüber im Klaren, dass andere sie als Ausdruck von Verachtung für sie und ihre Anstrengungen deuten konnten. Statt sich ihr in einem offenen Duell zu stellen, hatte er einen Trick benutzt, um sie zu besiegen. Da er niemals die Erlaubnis erhalten hatte, sich mit jemand anderem zu duellieren, hatte er auch keine Ahnung, welche Regeln für einen solchen Zweikampf galten. Aber falls es Regeln gab, war er sich ziemlich sicher, dass sie nicht vorsahen, den Gegner unter einer Schneelawine zu begraben.

Unter Umständen hatte er mit seinem unschuldigen Bemühen, ein Leben zu retten, seinen Feinden bewiesen, dass er so gefährlich war, wie sie befürchteten.

Kjarrigan seufzte, und sein Atem stieg als weiße Dunstwolke vor ihm auf. Hätte Orla ihn nicht gewarnt, hätte er gar keine derartigen Überlegungen angestellt. Er wäre davon ausgegangen, dass die Einladung freundlicher Natur war. Was sie auch durchaus sein konnte. Es konnte sogar ein Glückwunsch des Großmagisters sein, dafür, wie weit er es gebracht hatte. Um ehrlich zu sein, ohne Orlas Warnung hätte er vermutlich das Fragment der Drachenkrone mitgenommen und den Magistern übergeben.

Die verschiedenen möglichen Motive der Einladung tanzten und wirbelten durch seine Gedanken wie die Schneeflocken, die ihn umwehten. Von rechts, aus dem Schatten eines Gebäudes, rief eine Kinderstimme um Hilfe, und er schaute sich gerade rechtzeitig um, um einen Schneeball auf sich zufliegen zu sehen. Es blieb keine Zeit, sich zu ducken. Die Überraschung war vollkommen, und begleitet von schadenfrohem Kinderlachen.

Der Schneeball traf, aber Kjarrigan fühlte keinen Schlag, keine Kälte, keinen Schmerz. Eine Knochenplatte stieg durch die Haut und panzerte sein Gesicht mit einer elfenbeinweißen Maske, um die ihn jeder Oriose beneidet hätte. Die dicken Rippen der Platte leiteten den Schnee so wirksam von den Augen ab, dass er nicht einmal blinzelte.

Was ihm ermöglichte, den Ausdruck des Entsetzens auf dem Gesicht des Kindes zu sehen, als der Schneeball an der Panzerung zerplatzte. Die Augen des Knaben wurden groß und das Lachen erstarb. Ein zweiter Schneeball fiel ihm aus der Hand, als er sich umdrehte und davonlief. Der Junge rutschte einmal aus und fiel vornüber in eine Schneewehe, kam aber, ohne sich umzudrehen wieder hoch und rannte weiter.

Als die Knochenplatte unter der Haut verschwand, strich Kjarrigan sich mit dem linken Fäustling die letzten Schneereste ab. Der Zauber, der ihn beschützt hatte, war auf Vilwaner Initiative über ihn gesprochen worden. Nur ein anderer menschlicher Zauberer hatte ihn je gemeistert. Yrulph Kajrûn. *Könnte es sein, dass sie den Schutz, den sie mir selbst gegeben haben, in ihrem Geist zu einem bedrohlichen Omen verbogen haben?*

Kjarrigan war entschlossen, eine reife Entscheidung bezüglich dieser Einladung zu treffen, doch die miteinander wetteifernden Erklärungen hielten ihn am Nordufer des Reydo fest. Um zum Konsulat zu gelangen, musste er den Fluss überqueren, und er hatte sich vorgenommen, nicht mehr umzukehren, wenn er erst am anderen Ufer war. Aber noch hatte er sich nicht entschlossen, über den Fluss zu wechseln.

Hatte Orla Recht gehabt, brachte ihn jeder Schritt, den er in Richtung Konsulat tat, in wachsende Gefahr. Hatte sie sich geirrt, verwehrte sein Fernbleiben ihm eine weitere Ausbildung und Unterstützung – und die Hilfe der Vilwaner konnte im Kampf gegen Kytrin sehr nützlich sein. Er war sich nicht sicher, ob es eine Kapitulation vor Kinderängsten war, Orlas Warnung zu beherzigen, oder Klugheit.

Sich von Vilwan fern zu halten, enthielt ihm mehr als nur Unterstützung vor. Sein ganzes Leben hatte er in der Ausbildung verbracht, doch er wusste nicht wofür. Er war sich ziemlich sicher, dass er ausgebildet worden war, im Kampf gegen Kytrin zu helfen, doch er hatte keinerlei Hinweise darauf erhalten, wie er das tun sollte. Dass er sich ihr entgegenstellen sollte, ließ sich aus der Erlaubnis Vilwans schließen, zusammen mit Orla General Adrogans' Expedition nach Okrannel zu begleiten. Er konnte aber die Möglichkeit auch nicht ausschließen, dass man auf der Insel die Meinung inzwischen geändert hatte.

Wieder einmal sah er sich ohne klare Möglichkeit, Antworten zu finden, viel zu vielen Fragen gegenüber. Er wollte nicht der Angst nachgeben, doch er sah keine klare Trennlinie zwischen kindlicher Angst und erwachsener Vorsicht. Zudem drehten sich all seine Fragen um Vilwan. Was hatte man dort mit ihm vorgehabt und was erwartete man dort von ihm? Nur mit einem Besuch im Konsulat hatte er eine Chance, Antwort auf diese Fragen zu erhalten.

Er musste hin.

Kjarrigan nickte einmal kurz und bog nach links, auf eine schmale Fußgängerbrücke über den langsam fließenden Strom. Die ungewöhnliche Kälte hatte das Wasser noch nicht zufrieren lassen, aber an den Ufern wuchs bereits das Eis und bedeckte einen Teil der Pfeiler, auf denen der flache Brückenbogen ruhte.

Als er zu ihnen hinabschaute, bemerkte er ein goldenes Glitzern im Wasser. Er schauderte und schaute genauer hin, dann ging er um das Ende des Brückengeländers und kletterte unbeholfen das steile Ufer hinab. Er ließ sich am Fuß der Brücke ausgesprochen ungelenk in die Hocke hinab, und im dunklen Spiegelbild des Bogens konnte er deutlich bis auf den Grund sehen.

Dort, halb von Schlamm bedeckt, lag das Rubinfragment der Drachenkrone!

Er hatte keine Ahnung, wie es dorthin gekommen war, doch er konnte es unmöglich dort liegen lassen. Er schob sich vorwärts. Der Schnee knirschte unter seinem linken Stiefel. Dann zog er das rechte Knie nach. Vorsichtig bewegte er sich etwas auf das dünne Eis hinaus, zog die Fäustlinge aus und bereitete den Schwebezauber vor, den er so gut kannte.

Er starrte angestrengt ins Wasser und versuchte, das wogende Bild zu fassen, um das Fragment packen zu können. In der Konzentration spürte er Magik, und plötzlich erkannte er, dass das Fragment überhaupt nicht existierte, sondern Teil eines Zaubers war. *Teil eines Zaubers, der meinen Geist und meine Erinnerungen dazu benutzt, das Bild zu erzeugen.*

Etwas bewegte sich im Schatten der Brücke, etwas, das unter dem Bogen lauerte. Kjarrigan wollte sich umdrehen und aufblicken, aber da traf ihn ein harter Schlag im Rücken. Der Panzer stieg auf und blockte den Hieb ab, aber der hatte erheblich mehr Wucht als ein Schneeball. Der Aufprall erschütterte ihn und warf ihn nach vorne, stieß ihn mit dem ganzen Gewicht auf die dünne Eisschicht, die mit einem donnernden Krachen barst.

Kjarrigan stürzte ins eisige Wasser. Der Schock ließ ihn aufkeuchen. Er schluckte Wasser, hustete kostbare Atemluft aus. Der junge Magiker geriet in Panik und versuchte, zurück an die Oberfläche zu schwimmen. Doch die schwere Winterkleidung zog ihn abwärts. Er mühte sich, den Mantel auszuziehen, aber noch während er an den Knöpfen zerrte, wurde es dunkler über ihm.

Er hörte noch etwas auf dem Wasser aufschlagen. Kjarrigan drehte das Gesicht nach oben, hoffte auf Rettung. Eine seltsam geformte dunkle Silhouette sank herab, zuckte hinter ihm vorbei, dann packte ihn etwas, schloss sich mit festem Griff um den Mantel und seine Taille. Er spürte die Kraft in den fremden Gliedern, und für einen Augenblick jubelten seine Gedanken.

Dann zerrte der Unbekannte ihn tiefer hinab.

Kapitel Achtzehn

Isaura erreichte das Konservatorium und begab sich wie gebeten zum Großen Thaumatorium. Weniger aus eigenem Antrieb als aus Pflichtgefühl. Ihre Mutter, die wieder aufgebrochen war, um für das Leben ihres Volkes zu kämpfen, hatte ihr deutlich gemacht, wie wichtig es war, dass Isaura ihre Aufgaben in der Heimat übernahm. Neskartu, der Direktor der Schule und begabteste Magiker unter den Sullanciri, hatte ihr eine Nachricht zukommen lassen, dass er ihre Hilfe bei einem Projekt benötigte. Da er sie in der Botschaft aufgefordert hatte, zu ihm ins Thaumatorium zu kommen, handelte es sich vermutlich um eine weitere magische Demonstration für seine Schüler, und ihr machte es Spaß, sie zu unterrichten.

Entsprechend überrascht war sie, als sie die Kammer tief im Innersten der Schule erreichte. Sie trat durch den hohen Torbogen am Ende einer langen, steilen Treppe, die hinab in die Arena führte. Steinerne Ränge mit langen Holztischen und Stühlen boten den Schülern Sitzgelegenheiten und Arbeitsplätze, die Hauptattraktion des Saals aber war die runde Empore, auf der zur Belehrung des Publikums große Magik gewirkt wurde. Die meisten Schüler freuten sich darauf, ihre Fähigkeiten eines Tages selbst dort vorführen zu dürfen, denn ein Erfolg konnte die Erlaubnis bedeuten, für die Imperatrix in den Krieg zu ziehen.

Doch diesmal grüßten sie keine eifrigen Gesichter, denn alle Ränge waren leer. Drei Personen, von denen sie nur eine kannte, warteten in der Arena. Es war ein nicht sehr großer Mann, mit geraden, aber unscharf wirkenden Gliedmaßen. Er besaß zwar Höhe, Breite und Tiefe, aber diese Dimensionen genauer zu fassen, fiel schwer, denn sein ganzer Körper wechselte ständig die Farbe – wie ein Ölfilm auf dunklem Wasser. Zum größten Teil war auch er dunkel, aber ständig bewegten sich Schlieren in schillerndem Grün, Rot oder Gold über ihn hinweg oder zuckten wie Blitze an einem Arm oder Bein entlang.

Nur Neskartus Augen veränderten sich nicht. Irrlichternd violett waren sie und loderten mit wilder Intensität, die in krassem Gegensatz zur Weisheit des Sullanciri stand. Er hatte einst den Namen Heslin getragen und war auf Vilwan ausgebildet worden. Seit er der Imperatrix die Treue geschworen hatte, hatte er gewaltige Magik erlernt und große Macht erhalten. Er hatte ganz allein das Konservatorium erschaffen und Kytrin geholfen, andere Sullanciri zu formen.

Sein Mund öffnete sich nicht, und seine Stimme klang nicht hörbar durch den Saal. *»Es freut mich, dass Ihr so schnell erschienen seid, Isaura.«*

»Wie es meine Mutter wünscht, Edler Neskartu.« Sie stieg die Stufen langsam hinab, ohne die Kälte des Steins unter den bloßen Füßen zu beachten. Sie hob die Röcke hoch genug, um nicht über den Saum zu stolpern, aber keinen Fingerbreit höher als nötig.

Einer der beiden anderen musterte sie, als wünschte er sich, sie hätte die Röcke ganz ausgezogen, und das nicht um ihrer Sicherheit willen. Er war groß und schlank, mit feinem, dunklem Haar und einem schelmenhaften Lächeln, dem Isaura entnahm, dass er wusste, wie attraktiv er auf andere wirkte. Der Mann trug ein blaues, mit einem Spinnennetzmuster verziertes Hemd. Er hob den Kopf und nickte ihr grüßend zu, doch sie ließ sich nicht anmerken, dass sie ihn überhaupt bemerkt hatte.

Die Frau neben ihm interessierte sie weit mehr. Einzelne braune Haarsträhnen lugten unter einer Schaffellmütze hervor, und der weite Mantel verbarg ihre Gestalt, aber Isaura vermutete stark, dass es vor allem der Mantel war, der sie dick erscheinen ließ. Ihre tiefblauen Augen zuckten misstrauisch. Der Mann neben ihr zitterte wegen der Kälte, aber sie zitterte, weil ihr der Ort nicht behagte, an dem sie sich befand.

Neskartu streckte eine Hand aus seiner Gestalt und deutete auf die beiden. *»Dies sind die Blaue Spinne und Vionna, die Piratenkönigin Wruonas.«*

Isaura ließ keine Gefühlsregung über ihre Züge gleiten, als sie neben Neskartu auf die Empore trat. Sie drehte sich nur nüchtern zu den Besuchern um und nickte würdevoll. »Willkommen in Aurolan.«

Der Mann setzte an etwas zu sagen, aber Vionna hielt ihn auf, indem sie eine behandschuhte Hand auf seine Brust legte. »Kytrin hat uns hierher bestellt, und wir haben eine lange, mühsame Reise hinter uns. Es hieß, unsere Anwesenheit hier sei dringend erforderlich, also sollten wir jetzt mit ihr sprechen, oder wie sehe ich das?«

»Es ist meiner Mutter zur Zeit nicht möglich, Sie selbst zu begrüßen, daher bin ich an ihrer Stelle hier.« Isauras Hinweis auf Kytrin überraschte Vionna, doch das Mädchen verkniff sich ein Lächeln darüber. »Wie sie wissen, erfordert der Krieg gegen die Südlande große Aufmerksamkeit. Veränderte Umstände haben Ihre Anwesenheit erfordert.«

Die Blaue Spinne knurrte. »Ach, ich soll also hier herumstehen und erfrieren?«

Isaura schenkte ihm ein dünnes Lächeln. »Er wird nur erfrieren, wenn Er uns zu verlassen versucht.«

»Ist das eine Drohung?«

Neskartus Gestalt schwoll an, die Farben wechselten schneller über seinen Leib. Als seine Worte in ihrem Geist Gestalt annahmen, waren sie stachelig wie Disteln. *»Dieses Kind hat Euch eine höfliche Warnung über die Gefahren ungeschützten Herumspazierens in Aurolan zukommen lassen. Strengt Euch an, sofort seine Vergebung zu erbitten.«*

Der Mann, der Neskartus Kommentar in voller Stärke zu spüren bekommen hatte, zuckte zusammen. Die Blaue Spinne beugte vor Isaura das Haupt. »Bitte verzeiht mir dieses Missverständnis.«

Die schneehaarige Schönheit nickte langsam, da ihre Erziehung das verlangte, nicht, weil sie ihm wirklich vergeben hätte. Der Ausdruck in seinen Augen sprach Bände. Als Südländer war er im Innersten davon überzeugt, dass ihre Mutter böse war. Seine Habgier hatte die Angst vor ihr überwunden, zugleich aber hinderte sie ihn daran, jemals die wahre Kytrin zu sehen, die Kytrin, die darum kämpfte, die Welt vor der Fäulnis des Südens zu retten. Ihre Mutter hatte angedeutet, man könne sie verraten, und in der Blauen Spinne sah Isaura einen erstklassigen Kandidaten für dieses Verbrechen.

Neskartus Blick glitt weiter zu Vionna. *»Meine Herrin trug mir auf, Euch eine Botschaft zu übermitteln. Sie hat Euer Versagen bei der Vernichtung Vilwans verziehen, weil Ihr ihr zum Ausgleich eine Fracht neuer Schüler gebracht habt. Sie vertraute Euch auch weiterhin, doch Ihr habt erneut versagt, als ihr den Diebstahl des Wahren Saphirsteins zugelassen habt. Hättet Ihr ihn einfach Ihrem Agenten übergeben, er hätte nicht verloren gehen können. Ihr habt ihr etwas genommen, das Ihr sehr teuer war.«*

Vionna hob den Kopf, ihre Augen wurden schmal. »Und sie wünscht eine Sühne für mein Versagen?«

»Das ist möglich, ja.« Die Gestalt des Sullanciri kehrte zur üblichen Größe zurück. *»Aber Ihr müsst einen Preis für die Chance zur Sühne zahlen. Da Ihr ihr etwas von hohem Wert genommen habt, verlangt sie etwas, das hohen Wert für Euch besitzt.«*

»Und das wäre?«

»Euren Liebhaber.«

Noch bevor die Erkenntnis, dass Neskartu von ihm sprach, sich auf dem Gesicht der Blauen Spinne breit machte, hatte Vionna zustimmend genickt. Ein blauer Energiestrahl stieg aus der Gestalt des Sullanciri und peitschte über die Empore. Er schlug in die Brust der Blauen Spinne und verschmolz mit dessen Hemd, ließ es steif werden, sodass sich die Arme des Piraten auf Schulterhöhe gerade ausstreckten.

»Das kannst du nicht mit mir machen! Vionna, Liebling, das kannst du nicht zulassen!« Seine braunen Augen wurden groß, als ein blaues Netz sich über Hose und Stiefel ausstreckte und ihn weiter lähmte. »Vionna, denk doch daran, was wir füreinander bedeuten!«

Die Piratenkönigin musterte ihn kalt. »Du oder der Tod? Entscheidungen, Entscheidungen. Es war nett mit dir, aber eine Wolldecke hält mich nachts auch warm und schmollt nicht, sobald sie nicht im Mittelpunkt steht.«

»Vionna!«

Die Frau versetzte ihrem Liebhaber mit dem Handrücken einen harten Schlag ins Gesicht, und die Gewalt ließ Isaura zurückschrecken. Der Mann schluchzte. Blutiger Speichel vermischte sich mit Tränen und lief ihm übers Kinn.

»Lasst das, Vionna. Ihr habt ihn meiner Herrin übereignet. Beschädigt ihr Eigentum nicht noch einmal.« Der Energiefaden wurde dicker und hob die Blaue Spinne von der Empore, bis er wie an ein unsichtbares Kreuz gefesselt über dem Boden hing. *»Nun zu dir, der Spyr'skara heißen wird. Du hast dich zur Legende aufgespielt. Von jetzt an wirst du an der Seite der größten aller Legenden stehen. Meine Herrin hat entschieden, dass du trotz deines Versagens einer ihrer Sullanciri werden und ihr dienen darfst. Du wirst mehr sein, als du jemals hoffen durftest. Hast du den Wunsch, ihr zu dienen?«*

Isaura beobachtete den Mann und wartete auf seine Zustimmung. Sie hatte die Zauber studiert, die nötig waren, ein Lebewesen in einen der Elite-Lanzenreiter ihrer Mutter zu verwandeln. Es war möglich, sie bei denen einzusetzen, die sich sträubten, doch dieser Widerstand verhinderte ihre volle Entfaltung. Ein von Neskartu erschaffener Sullanciri, wie an Ganagrei und den anderen geringeren Lanzenreitern deutlich zu erkennen, war weniger mächtig als die von ihrer Mutter verwandelten. Myral'mara, Nefrai-kesh, Nefrai-laysh, Neskartu und Ferxigo waren unter ihren Generälen gesegnet und von ihrer Hand allein geformt. Die Geringeren waren gemeinsam mit Neskartu erzeugt worden, aber Spyr'skara würde der Erste sein, an dessen Erschaffung sie keinen Anteil hatte.

Und deshalb braucht er mich. Neskartu war zwar äußerst mächtig, doch die Menschlichkeit im Kern seines Wesens behinderte ihn. Obwohl er seit seiner Verwandlung viel gelernt hatte, blieben ihm bestimmte Aspekte im Einsatz aurolanischer Magik bis heute verschlossen. Isaura, die über Jahrzehnte von Kytrin persönlich unterrichtet worden war, war mit einem tiefen Verständnis des Systems aufgewachsen. Sie konnte die größeren Zauber wirken, mit denen die Transformation geschlossen und verstärkt wurde.

Sie hatte gelernt, dass die Magik in einem gewaltig reißenden Strom durch die Wirklichkeit floss, mit Wirbeln und Strömungen, Stromschnellen wechselnder Stärke und tödlichen Strudeln, die selbst den vorsichtigsten Magiker ins Verderben reißen konnten. Menschliche Magik erkannte den Strom nicht, sondern hielt magische Energie nur für einen Teich, aus dem sich die Substanz für ihre Zauber schöpfen ließ. Menschliche Magiker erkannten die Gefahren, die damit verbunden waren, Magik aus diesem Teich zu ziehen. Daher waren ihre Zauber um eine Serie von Haltegriffen und Sicherheitslinien aufgebaut, die verhinderten, dass sie in den Teich fielen und ertranken.

Diese Vorsicht rettete ohne Zweifel manch närrischem Magiker das Leben, aber es hinderte sie auch daran, Zugriff auf die tiefere, reinere Macht zu erhalten. Ein Durstiger mochte sich mit jeder Art von Wasser zufrieden geben, aber falls er die Wahl erhielt, würde er das Kühlere wählen. Menschliche Magik gestattete denen, die sie ausübten, nicht, dieses kühlere Wasser zu finden, und so behindert blieb es ihnen unmöglich, den Fluss zu erkennen.

Die Ælfen und urSreiði waren weit genug fortgeschritten, um zu erkennen, dass der Teich von Strömungen durchzogen war und manche Energie besser war als andere. Aber auch ihnen blieb das Konzept des Flusses verborgen. Neskartu hatte genug gelernt, um Bewegung und verschiedene Strömungen unterschiedlicher Güte zu erkennen, doch die Gewaltigkeit des Stromes entging selbst ihm. Isaura hegte den Verdacht, dass er Angst davor hatte, wie viel Macht sich dem Zugriff bot, Angst, er könnte einfach hineinspringen und nie wieder auftauchen.

Diese Angst kannte sie selbst, seit sich ihr die wahre Natur der Magik zum ersten Mal eröffnet hatte. Ihre Mutter hatte ihr die Angst genommen, indem sie ihr beibrachte, den Fluss zu lesen. Inzwischen konnte Isaura die Strömungen verfolgen. Sie konnte flussaufwärts und flussabwärts blicken, Wirbel und Untiefen erkennen. Mit einem gezielten Gedanken hier und einem dort konnte sie über den Strom navigieren, um die Strömungen zu erreichen, die sie für ihre Magik brauchte.

Die Blaue Spinne hob den Kopf. »Ich nehme an.« Er schleuderte der Piratenkönigin einen schrägen Blick zu. »Ich brauche dich nicht mehr.«

Die blaue Energie loderte auf. Augenblicklich ging seine Kleidung in blauen Flammen auf. Der Mann wand sich, doch das Feuer, das er einatmete, versengte seine Kehle und er konnte keinen Laut von sich geben. Einen Augenblick lang widersetzte er sich, dann schlossen sich die Flammen wie ein enges, blaues Leichentuch um ihn. Seine Füße hoben sich, die Arme beugten sich. Einen Augenblick dehnten seine Ellbogen, Kopf, Fersen und Knie das Tuch, dann verhärtete sich die Form zu etwas von der Art eines Eis. Zu einem Ei von blauer Farbe, auf dessen Oberfläche sich ein schwarzes Spinnennetzmuster abzeichnete.

Das Ei schwebte über der Empore in der Luft, und Vionna wich zurück. »Was macht Ihr mit ihm?«

»Was meiner Herrin behagt. Was ihm gestatten wird, ihre Wünsche zu erfüllen.« Neskartus Blick wanderte zu Isaura, indem seine Augen auf die linke Seite des Kopfes glitten. *»Ihr kennt Euren Part, Prinzessin.«*

Isaura atmete tief ein und ließ die Luft langsam entweichen. Sie schloss die Augen. Ein einfacher Zauber gestattete ihr, im Reich der Magik zu sehen. Auf dieser Ebene war Vionna nicht vorhanden. Neskartu erschien weitgehend so wie immer, und das Thaumatorium glühte grün von den Nachwirkungen zahlloser Zaubersprüche.

Der Mann im Innern des Eis war grau wie Asche. Isaura trat vor und sprach einen weiteren Zauber. Sie hob die Hände, und sie drangen durch die Schale des Eis, als wäre sie nicht vorhanden. Hätte sie den Wunsch verspürt, hätte sie in die Brust der Blauen Spinne greifen und mit einer winzigen Berührung das hämmernde Herz zum Stillstand bringen können. Sie wusste, dass dies möglich war, weil sie es bei Tieren gesehen hatte. Doch das hatte ihre Mutter nur getan, damit Isaura lernen konnte, es wieder in Gang zu setzen, bevor die Seele den Leib verlassen hatte.

Sie legte die Hände an Kopf und Herz des zukünftigen Sullanciri, konzentrierte sich und ließ den Strom um sich fließen. Es gab wenig für sie zu sehen und noch weniger zu hören, aber die Strömungen jagten vorbei, lockten und stießen, manchmal spielerisch, manchmal ärgerlich. Die brutalsten ließ sie vorbeigleiten, dann fand sie eine, die ihren Anforderungen entsprach. Isaura zog sie heran und leitete sie in den Mann um.

Reine magische Energie durchströmte ihn, löste seine Körperheit auf – so schnell wie kochendes Wasser Tintenpulver. Die Energie flutete in die Schale, wogte und toste, stemmte sich gegen die beengenden Grenzen. Flutwellen schossen bis zum Apex, dann tröpfelten sie herab, unfähig zu entkommen, auf der Suche nach einer Möglichkeit, sich zu bewegen.

Ein Energiestoß des Edlen Neskartu drängte sich in die Mixtur. Er schenkte in einer komplexen Abfolge von Zaubern der Magik eine Richtung. Isaura bemerkte Spuren von urSreiði-Magik, aber da es um eine Transformation ging, war das nicht überraschend. Andere Fragmente, menschlich und ælfisch, zogen vorbei, dann gesellten sich ein paar Seltsamkeiten hinzu. Neskartu hatte offensichtlich eine eigene Magik entwickelt. Sie beruhte auf menschlichen Fundamenten, war aber anders gewoben und nicht wiederzuerkennen.

Ist das der Verrat, den meine Mutter fürchtet?

Sie erhielt keine Antwort auf ihre Frage, doch die Magik des Sullanciri tat ihr Werk. Die Blaue Spinne schüttelte sich und zuckte. Sein Geist zerrte an der neuen Gestalt, in der er gefangen war. Sie konnte die Empörung und den Schock verstehen, den er fühlte, hatte aber kein Mitleid mit ihm. Sie verstand, was Angst war, kannte aber auch die Belohnungen, die ihre Mutter denen zukommen ließ, die ihr dienten. In der von Südlandknechtschaft befreiten Welt würde er zu den größten aller Helden zählen, auf ewig verehrt.

»Es ist vollbracht, Prinzessin.«

Isaura nickte und zog die Hände weg. Dann kehrte

sie an ihren Platz zurück. Sie zwinkerte, löschte die Zauber, die sie gesprochen hatte, und lächelte Vionna langsam zu. »Es ist gut verlaufen.«

Die Piratenkönigin war blass geworden und starrte mit weiten Augen auf das schwebende Ei. »Was habt Ihr getan?«

Ein letzter Energiestoß floss aus Neskartu über das Ei. Es loderte blau auf, dann schrumpfte es. Von der Größe eines Männertorsos zog es sich langsam und lautlos zusammen, bis es kaum noch größer war als ein Hühnerei. Schließlich trieb es hinüber zu Vionna und sie fasste es mit beiden Händen. Die magische Energieschnur, die es mit dem Sullanciri verband, riss, und fast hätte die Piratin es fallen lassen.

»Er braucht Ruhe. Ihr werdet ihn bei Euch behalten, an Eurem Körper, um Wärme zu spenden. Ihr ihm, nicht er euch.«

Sie schüttelte den Kopf. »Ich bin keine Henne, die ein Ei ausbrütet.«

Neskartus Gedanken geißelten sie. *»Ihr seid, was meine Herrin wünscht. Und das ist keine Henne, sondern eine Kurierin. Spyr'skara wird morgen in Meredo benötigt.«*

Vionna runzelte die Stirn. »Unmöglich. Die Reise würde Monate dauern.«

»Meine Herrin weiß, dass Ihr bei möglichen Aufgaben versagt, also wird sie Euch keine unmöglichen stellen. Man wird Euch dorthin bringen. Wenn Ihr angekommen seid, öffnet das Ei und setzt ihn frei.«

»Ist das auch sicher?« Die Piratenkönigin betrachtete das Ei. »Er war mir schon vorher nicht sonderlich wohlgesonnen, und ich habe den ziemlich sicheren Verdacht, dass er es jetzt noch weniger ist.«

»Er wird tun, was ihm befohlen wird, und noch hat er keinen Befehl, Euch zu schaden. Ihr habt eine wichtigere Aufgabe, denn Ihr werdet die Prinzessin mitnehmen.«

Isauras silberne Augen wurden groß. »In die Südlande? Ich reise in den Süden?«

»So wünscht Eure Mutter es, Prinzessin. Ihr werdet in den Süden reisen und beobachten. Sie wünscht es so. Sie wünscht auch, dass Ihr die Rubinattrappe mitnehmt, damit Ihr bei der Suche nach dem Wahren Stein helfen könnt.« Ein gewisses Maß an Freude zog sich durch die Gedanken des Sullanciri. *»In Meredo werdet Ihr lernen, Prinzessin. Ihr werdet vieles lernen, was die Zukunft entscheiden wird.«*

Isaura wollte lächeln, dann schauderte ihr. Sie hatte Aurolan noch nie verlassen. Ihr dürstete danach, die Welt zu sehen, die ihre Mutter beschrieben hatte, ganz gleich wie verdorben sie war. Doch zugleich machte die Vorstellung ihr Angst. Sie fürchtete sich vor ihrer Reaktion auf das, was ihr bevorstand, aber noch weit schlimmer war die Furcht, ihre Mutter zu enttäuschen.

Sie nickte. »Ich werde tun, was mir aufgetragen wird, Edler Neskartu.«

»Natürlich werdet Ihr das, Prinzessin.« Der Farbenwirbel in seiner Gestalt beschleunigte sich. *»Und Ihr, Vionna?«*

Die Piratenkönigin betrachtete das Ei, dann seufzte sie. »Hier scheint es Sitte zu sein, zu tun, was einem aufgetragen wird. Ich werde Euch nicht enttäuschen.«

»Sehr gut. Die Alternative wäre nicht angenehm gewesen.« Der Sullanciri ließ einen Arm nach links fallen. *»Kommt und genießt die Belohnungen, die unsere Herrscherin ihren Verbündeten zukommen lässt. Heute sollt Ihr festlich schmausen, und morgen werdet Ihr Euch noch größere Ehren erwerben.«*

Kapitel Neunzehn

Prinzessin Alexia lächelte vorsichtig, als sie in dem Audienzzimmer Platz nahm, in dem Krähs Prozess stattfand. Der Raum war nicht gerade klein, jedoch erheblich kleiner als der Thronsaal des Palastes. Im Gegensatz zu diesem war er auch nicht großartig umgebaut worden. Auch hier ruhte die Kuppeldecke auf wuchtigen Säulen, die Wände aber waren nicht getäfelt. Stattdessen hingen Wandteppiche mit Szenen aus der antiken Geschichte an den Mauern, und ein Teil davon wirkte ernsthaft zerschlissen.

Am Schmalende des rechteckigen Saales waren drei Throne platziert, der mittlere davon etwas zurückgesetzt. Auf ihm saß Prinz Lüdwin. Alexia wusste, dass er Mitte dreißig war, aber die weichen, unauffälligen Züge des Prinzen täuschten über sein Alter hinweg. Er war von mittlerer Größe und beim besten Willen nicht hager zu nennen. Selbst die kunstvoll bedrohlich geformte Maske konnte ihm weder Kraft noch Ausstrahlung verleihen. Er lauschte der Beweisaufnahme nur mit halbem Ohr und die Prinzessin war sich ziemlich sicher, dass er schon mindestens einmal eingeschlafen war.

Augustus, der eine dünne schwarze Höflichkeitsmaske trug, saß auf dem Thron zu Lüdwins Rechten, und damit Alyx am nächsten. Auf der anderen Seite des Raumes hatte Königin Carus von Jerana Platz genommen, eine kleine Frau mit schwarzem Haar und rastlosen dunklen Augen. Sie trug ein mit Stickereien verziertes, hellblaues Kleid und eine spitzenbesetzte

Höflichkeitsmaske in derselben Farbe. In deutlichem Gegensatz zu Lüdwin hörte sie der Beweisaufnahme genau zu und schenkte den Zeugen nichts. Sie zerfetzte Kabot Marstamms Aussage über Dinge, die er ein Vierteljahrhundert zuvor vor dem Rat der Könige erklärt hatte, und daran, wie sie ständig Erklärungen verlangte, wurde deutlich, dass sie die jeranischen Unterlagen darüber genau studiert hatte.

Kräh saß im Angeklagtenstand, durch Fußschellen gefesselt. Man hatte ihn gewaschen und ihm das weiße Haar mit einem schwarzen Lederband zu einem Pferdeschwanz gebunden. Er trug nur einfache Kleidung, schien sich darin aber nicht unbehaglich zu fühlen, außer wenn ihn ein kalter Luftzug traf.

Bisher lief das Verfahren günstig. Marstamm war sichtlich der Eckpfeiler der Anklage, aber Königin Carus wies auf Widersprüche zwischen dem hin, was er damals gesagt hatte, und dem, was er heute ausdrückte. Darüber hinaus stellte sie zu Recht fest, dass sein ganzes Wissen über die Geschehnisse einzig und allein auf Gesprächen mit Valkener beruhte. Das reduzierte seine Aussage zur Gänze auf Hörensagen, und sie war nicht geneigt, das als Beweis anzuerkennen.

Frühe Aussagen von zwei Hofmagikern, einer davon auf Vilwan ausgebildet, hatten eine enge Beziehung zwischen Kräh und Valkener gezeigt und es als sehr wahrscheinlich dargestellt, dass es sich um dieselbe Person handelte. Darüber hinaus aber hing die Anklage in den Seilen. Es war kaum zu erwarten, dass der Hauptbelastungszeuge gegen Valkener vor Gericht erschien. Hätte er eine Aussage gemacht, hätte sich Swindger demselben Kreuzverhör aussetzen müssen, das Königin Carus Marstamm hatte angedeihen lassen. Und da Augustus bei der Belagerung der Festung Draconis anwesend gewesen war, bei der es zu einem dem Valkener zur Last gelegten Hochverrat gekommen sein sollte, hätte er Übertreibungen korrigieren oder kontern können. Ohne diese Aussage allerdings, und da niemand außer Kräh selbst bezeugen konnte, was in den Höhlen Boraguls geschehen war, brach die Anklage Oriosas zusammen.

Alyx beobachtete Kräh, während die Königin Marstamms Aussage in Stücke riss, und war etwas überrascht. Marstamm hasste Kräh ganz offenkundig. Das Gift in seiner Stimme, die Wut im Blick. Sein Hass auf Kräh war unübersehbar. Alyx hatte den kleinen Mann vom ersten Augenblick an, in dem sie ihn kennen lernte, nicht gemocht, und genoss es, ihn sich hier winden zu sehen. Auch Will, der weiter hinten unter den Zuschauern saß, schien Marstamms Unbehagen großes Vergnügen zu bereiten.

Aber nicht Kräh. Er hörte mit unbewegtem Gesicht zu. Es war ihm nicht anzusehen, ob er den Mann hasste oder ob er ihm Leid tat. Immer wieder zog das kräftige Profil und das Gefühl von Frieden, das Kräh ausstrahlte, Alyx' Blick an. In mancher Hinsicht beruhigte er sie, in anderer war es erregend.

Krähs Gesicht bewegte sich nicht, außer bei ein paar Gelegenheiten, wenn er sich ein wenig drehte, um zu ihr hinüberzuschauen. Dann senkte er den Kopf ein wenig nach vorn, bis der Bart die Brust berührte, und schenkte ihr die Andeutung eines Lächelns. Das linke Auge schloss sich gerade nicht genug für ein Zwinkern, dann hob er den Kopf wieder und konzentrierte sich auf die Gerichtsverhandlung.

Jedes Mal neu hatte Alyx Mühe, ein erwiderndes Lächeln zu unterdrücken. Nicht, dass sie es nicht gewohnt gewesen wäre, Kräh zuzulächeln. In den Wochen vor dem Prozess hatte sie bei der Erwähnung seines Namens häufig gelächelt, und sich sogar angewöhnt, mit dem goldenen Ring an ihrem Finger zu spielen. Sie hatte ihn besucht so oft sie konnte, und bei den Gesprächen mit ihm waren die Stunden im Flug vergangen. Es hatte Augenblicke gegeben, in denen sie völlig vergessen hatte, wo sie waren, und die Wirklichkeit seiner Haft hatte sie überrascht. Sie hatte sich immer bemüht, das Bild einer Ehefrau zu bieten, die ihren Gatten von ganzem Herzen liebte, und niemandem gegenüber zugegeben, dass alles gespielt war, auch wenn viele es vermuteten und noch mehr sich dessen sicher waren.

Sie hatte die Rolle bis zur Neige gespielt, und obwohl es eine aus Verzweiflung geborene Lösung des Problems war, hatte es einige angenehme Momente dabei gegeben. Sie vermisste die Nächte unterwegs, in denen Kräh und sie ein Zelt geteilt hatten, sehr. Sie hatten miteinander geflüstert, sich zunächst nur einfache Geschichten erzählt, Anekdoten ausgetauscht – und Erinnerungen. Nichts anderes, als das, was man an jedem Lagerfeuer erzählte, und durchweg harmlos. Tatsächlich waren ihre Unterhaltungen zunächst nicht intimer gewesen als die auf dem Okrannelfeldzug oder auf der Flucht aus Festung Draconis.

Langsam aber hatte sich das geändert. Sie erinnerte sich an die Frage, die sie ihm gestellt und auf der Stelle zurückgezogen hatte. Kräh aber hatte sie trotzdem beantwortet. »Nein, Prinzessin, so habe ich mir mein Leben nicht ausgemalt, als ich noch ein junger Bursche war.« Dann hatte er ihr von seinen Träumen erzählt, seinen Hoffnungen, und ihr etwas von dem Schmerz offenbart, den er gefühlt hatte, nachdem ihm sein Vater die Maske vom Gesicht gerissen hatte. Dabei hatte seine Stimme gepresst geklungen, wie nach dem Beinbruch in Okrannel, aber die Pein war sicherlich weit schlimmer gewesen.

Seine Bereitschaft, sich ihr so zu offenbaren, hatte Alyx überrascht. Sie und Perrine teilten viel miteinander, doch sie waren Geschwister. Sie waren zusammen aufgewachsen, und unter den Gyrkyme galt Vertrauen als heiliges Band. Sie waren eher bereit zu sterben, als dieses Vertrauen zu enttäuschen. Geheimnisverrat galt unter ihnen als ein sehr menschliches Laster, und sie war mit einem tiefen Misstrauen dagegen groß geworden, einem Menschen etwas anzuvertrauen.

Das intrigante Wesen ihrer Urgroßtante Tatjana hatte ihren Widerwillen, Menschen zu vertrauen, noch verstärkt, auch wenn ihr Onkel und ihr Vetter Mischa diese Mauer allmählich wieder abtrugen. Aber Alyx' Distanz ließ in den wenigsten den Drang aufkommen, sich ihr anzuvertrauen, und sie verspürte ebenso wenig das Bedürfnis, sich ihnen mitzuteilen.

Krähs Mitteilungsbereitschaft schloss unmittelbar an ihr Gefühl der Vertrautheit mit den Gyrkyme an. Er vertraute ihr. Trotz der Proteste gegen das, was sie getan hatte, um ihn vor einer standrechtlichen Hinrichtung zu bewahren, hatte sich seine Dankbarkeit vor allem darin gezeigt, wie er ihr sein Gefühlsleben offenbart hatte.

Sie waren auch vor der Hochzeitsscharade schon Freunde gewesen und hatten einander im Verlauf ihrer kurzen Abenteuer mehrmals das Leben gerettet. Die gemeinsame Reisezeit hatte diese Freundschaft vertieft. In den Nächten, die sie mit ihm teilte, sich an ihm wärmte oder nur seinem Atem lauschte, hatte sie den gewöhnlichen Mann in dem außergewöhnlichen Helden gefunden. Mehr als einmal war sie aufgewacht und hatte festgestellt, dass sie ihn fest umschlungen hielt. Sie hatte sich sofort zurückgezogen, aber mit jedem Mal langsamer, und mit wachsendem Widerwillen. Bei den Besuchen im Kerker Meredos hatte sie das Fehlen dieser Innigkeit bedauert, und mehr als einmal war sie seitdem mit einem Kissen in den Armen erwacht.

Wieder schaute Kräh herüber und lächelte, als das

Tribunal Marstamm entließ. Ihr Herz hüpfte in der Brust, und die Mundwinkel hoben sich zu einem Lächeln. Es lag etwas in seinem Blick, etwas von seiner Freude, das ansteckend wirkte. Es war keine ihr völlig unbekannte Situation, sie kannte sie von der Beziehung zu Peri, dieser Stolz und die Freude darüber, dass es einem Freund gut ging. Und wie bei Peri wollte sie die Hand ausstrecken und ihn berühren.

Und sie wollte noch mehr. Wollte das Lächeln breiter werden sehen, die Freude auf seinen Zügen zunehmen …

Bevor sie den Gedanken weiter verfolgen konnte, erhob sich Wroxter Dainn, der Oberste Hofrichter Oriosas, um den nächsten Zeugen aufzurufen. Hinter ihm jedoch, an der gegenüberliegenden Wand, stieg Rauch von einem vergilbten Wandteppich auf. Ein schwarzer Brandfleck erschien in der Mitte des Stoffes, etwas nach unten versetzt, und breitete sich aus, bis er Menschengröße erreichte. Der Rauch wurde dichter, dann schlugen Flammen aus ihm, die in einem fauchenden Schwall aufwärts schossen, den ganzen Teppich verschlangen und mit rot-gelben Zungen zur Kuppeldecke schlugen.

Funken und glühende Rußflocken regneten lautlos wie Schnee auf die Menge herab. Hinter dem verbrannten Teppich öffnete sich eine bis dahin verborgene Tür in der Wand und eine Gestalt trat hindurch, deren Erscheinen von lautem Aufkeuchen begleitet wurde. Sie trug einen Kapuzenumhang ähnlich dem Kleid eines Großtemeryxen, doch die bunte Fiederung des Mantels bestand aus einem Regenbogen von Flammen.

Seine Augen wirkten lebendig. Sie waren überwiegend blau, doch dünne weiße Flecken durchzogen sie wie Wolken den Himmel an einem windigen Tag. In der linken Hand hob er ein weißes Taschentuch, während er zugleich den Mantel weit genug zurückwarf, um die leere Schwertscheide an der linken Hüfte sichtbar zu machen. Im Schatten der Maske auf seinem Gesicht öffnete sich der Mund und legte weiße Zähne frei, die einen scharfen Kontrast zum tiefen Schwarz seiner Haut bildeten.

»Ich bin Nefrai-kesh. Ich komme unter der Parlamentärsflagge und beanspruche das Recht des Oriosen, in dem Verfahren gegen einen meiner Vasallen auszusagen.«

Augustus war vom Thron aufgesprungen. Lüdwin kauerte sich in den seinen, und die meisten Zuschauer taten es ihm nach. Dainn war zurückgezuckt, und Königin Carus hatte die Hand am Mund. Kräh war sitzen geblieben, hatte aber die Linke zu Alyx' ausgestreckt, um sie zurück und in Sicherheit zu halten. Sie war ebenfalls aufgesprungen, und ihre Hand war an die Hüfte geflogen, wo sich der Knauf ihres Schwerts hätte befinden sollen.

Aber der Erste, der reagierte, war Will Norderstett. Er schoss auf und deutete mit bebendem Finger auf den Sullanciri. »E-er ist nicht dein Vassal, sondern meiner.«

Nefrai-keshs Kopf zuckte herum. Der Aurolanengeneral lächelte, dann nickte er einmal, mit ernster Miene. »Du sprichst wie der Sohn, den ich mir gewünscht hätte.«

»Vielleicht hättest du ihn bekommen, wärst du ein besserer Vater gewesen.« Wills graue Augen verengten sich unter der Maske, und er zog den Dolch, den man ihm zugestanden hatte. »Wo er versagt hat, werde ich es nicht tun.«

Der Sullanciri breitete die Arme aus. »Du wirst noch in meine Arme kommen. Heute, später. Der Zeitpunkt spielt keine Rolle. Du bist mein wahrer Erbe und ich kann dir viel geben.«

Kräh stand auf. »Will, bleib zurück.«

»Ich habe keine Angst vor ihm.«

»Das solltest du aber.« Er schaute zu dem Sullanciri hinüber. »Und Ihr. Seid Ihr zum Kinderverführer verkommen?«

»Er trägt eine Maske, also ist er ein Mann, und kann Pflicht und Verantwortung tragen. Du weißt doch noch, was das ist, Tarrant?« Nefrai-kesh trat an den Thron der Wahrheit. »König Augustus, Ihr werdet den Waffenstillstand und mein Recht anerkennen, hier auszusagen. Mein angehender Erbe erhebt einen unrechtmäßigen Anspruch, da weder ich noch mein Sohn tot sind und wir nicht förmlich unserer Rechte enthoben wurden.«

Will wies mit dem Dolch in seine Richtung. »Hört nicht auf ihn.«

Augustus runzelte die Stirn. »Dies ist eine Gerichtsverhandlung, Baron Norderstett. Es gibt gewisse Regeln, die einzuhalten sind. Ihr dürft Platz nehmen, Nefrai-kesh, falls Ihr bereit seid, den Zeugeneid abzulegen.«

Der junge Dieb knurrte wütend. »Er arbeitet für Kytrin. Sie hat ihn in ein Ungeheuer verwandelt! Eher kriecht eine Schlange in schnurgerader Linie, als dass er die Wahrheit sagen wird.«

Zaghaft hob Lüdwin den Kopf. »Wir müssen ihn anhören. So verlangt es das Gesetz.«

»Dann ist es ein idiotisches Gesetz!« Will riss sich die Maske ab und schleuderte sie in den Gerichtssaal, bevor er umdrehte und wütend zur Tür stampfte. »Wenn Kytrin kommt, euch abzuschlachten, werdet ihr sicher auch ihr eine Höflichkeitsmaske geben und ›Bitte schön‹ und ›Danke schön‹ sagen. Fahrt doch alle ins Grab!«

Nur das leise Knistern der Flammen auf dem Mantel des Dunklen Lanzenreiters füllte die Stille, die auf Wills Abgang folgte. Die versammelten Oriosen starrten auf die am Boden liegende Maske. Selbst Kräh wirkte schockiert, als er langsam auf seinen Platz sank.

Nefrai-kesh hob die rechte Hand. »Ich schwöre, die ganze Wahrheit zu sagen, und Kedyns Vergeltung treffe mich, sollte ich lügen.«

Wroxter Dainn, dessen rotes Gesicht schweißnass glänzte, hatte sichtlich Mühe, Haltung zu bewahren. »Ihr seid gekommen, um über das Verhalten Tarrant Valkeners auszusagen?«

»Von weit her bin ich gekommen, ja.« Nefrai-keshs volle Stimme füllte den Saal, aber Alyx schien es, als höre sie ihn mit mehr als nur den Ohren. *Hier ist Magik am Werk.* Obwohl sie wusste, dass sie getäuscht wurde, konnte sie das Gefühl nicht abschütteln, er sage die ehrliche Wahrheit.

»Ich führte die Expedition nach Boragul an. Dort angekommen, trafen wir die Imperatrix Kytrin, aber zu diesem Zeitpunkt wusste das keiner von uns. Wir nahmen die Gastfreundschaft der urSreiði an und entdeckten erst zu spät, dass es eine Falle war. Die Frau, die wir verfolgt hatten, hatte uns in der Gewalt.«

Der Sullanciri streckte die offene linke Hand zu Kräh aus und ließ das Taschentuch zu Boden flattern. »Zuerst will ich Valkener loben. Von allen Anklagen gegen ihn ist die der Feigheit die erbärmlichste. Am Tag unseres Untergangs war er der Tapferste. Er allein kämpfte sich den Weg zurück zu unseren Räumen frei. Dort fand er mich, er half mir und tat alles, was in seiner Macht stand, mich zu beschützen, wie es ein Vasall sollte. Ich war schwer verletzt, wäre ohne magische Rettung dem Tod geweiht gewesen. Niemand, der meine Worte vernimmt, soll glauben, er sei damals weniger als ein Held gewesen. Aber dieser Held war zugleich ein Schurke. Er hat mich an jenem Tag verraten. Er hat sich mir widersetzt. Drei Mal forderte ich ihn auf, mir einen Dienst zu erweisen. Ich verlangte es von ihm, wie es mein Recht war.«

Dainn wischte sich mit einem Tuch die Stirn. »Welcher Art war dieser Dienst?«

Bevor der Sullanciri antworten konnte, stieg ein leidendes Stöhnen aus Krähs Kehle. »Ich konnte Euch nicht *umbringen*!«

»Aber hättest du es doch getan, Tarrant!« Nefraikesh legte sich die Hand auf die Brust. »Hättest du es getan, wäre ich nicht hier. Königin Lanivette wäre hier in diesem Gebäude nicht von meiner Hand gestorben. Festung Draconis wäre nicht gefallen, und die Südlande wären nicht bedroht. Du hattest die Möglichkeit, deine Heimat und deine Freunde zu beschützen, doch du hast dich mir widersetzt. Du hast Verrat begangen, hast mich verraten, dein Volk, die Welt.«

»Ihr wisst, warum ich das nicht konnte.«

Der Sullanciri schüttelte bedauernd den Kopf. »Die Überlegungen eines Vasallen sind ohne Bedeutung, wenn sie dem ausdrücklichen Befehl seines Lehnsherren widersprechen. Ihr seht, was dies bedeutet, Augustus? Er hätte Euch all das ersparen können, aber er tat es nicht.«

König Augustus schüttelte den Kopf. »Auch Tote können Sullanciri werden.«

»Das stimmt, doch jeder auf dieser Expedition kannte den Unterschied zwischen lebenden und toten Sullanciri. Er kannte ihn.«

Kräh senkte den Blick. »Ich habe nicht geglaubt, Ihr könntet so schwach sein.«

»Aber ich habe es dir gesagt, Valkener. Ich habe dir vertraut und du hast mich enttäuscht.« Der Sullanciri stand auf. »Trotz der Anschuldigung meines Enkels habe ich die Wahrheit gesagt, und Valkener hat es bestätigt. Ich kenne die Gesetze und Sitten Oriosas. Viele mögen für ihn oder gegen ihn aussagen, aber Eure Pflicht ist klar.«

Lüdwin setzte sich vor. »Versuche nicht, uns Vorschriften zu machen, Wechselbalg!«

Nefrai-keshs Lächeln glich dem Zähnefletschen eines Raubtiers. »O, da bildet sich jemand ein, Rückgrat zu haben. Das lässt sich herausreißen, Kleiner, ein Wirbel nach dem anderen, dass sich die Taubheit des Todes langsam durch den Körper ausbreitet. Es würde mir Vergnügen bereiten, mein Prinz. Wollt Ihr es mir gestatten?«

Der Orioser Prinz quiekte und rollte sich auf dem Thron ein.

Augustus trat vor. »Es reicht, Nefrai-kesh. Lasst mir die Illusion, dass noch ein Funke des Mannes in Euch existiert, den ich einst respektierte.«

»Wenn Ihr an Illusionen glauben wollt, Augustus, dann lasst Euch nicht abhalten, Euch etwas vorzumachen, so lange Ihr nur wollt.« Dann fuhr der Dunkle Lanzenreiter mit den zu Krallen gekrümmten Fingern der linken Hand durch die Luft. Schwarze Risse erschienen in der Wirklichkeit, als habe er eine Leinwand zerfetzt. »Den Mann, den Ihr respektiert habt, gibt es nicht mehr, doch der Mann, den Ihr fürchtet, lebt noch. Und er wird noch eine lange, eine sehr lange Zeit leben.«

Während er sprach, glitt sein Blick von Augustus zu Kräh und dann zu ihr. Einmal trafen sich ihre Blicke, und ein Schlag zuckte durch Alyx. Es war nicht so, als hätte er ihre Gedanken gelesen, doch sie war sich sicher, dass er es wusste. Die Erkenntnis ließ sie im Innersten erbeben, doch bevor sie etwas sagen oder tun konnte, trat er durch die Risse, und sie schlossen sich hinter ihm.

Kräh drehte sich zu ihr um. »Bist du verletzt?«

Sie schüttelte sich. Dann schüttelte sie den Kopf. »Nein. Nein, ich bin in Ordnung. Und du?«

Er bewegte steif die Schultern. »Nicht körperlich.« Er verstummte für einen Augenblick, dann schüttelte er den Kopf. »Ich konnte ihn nicht töten.«

Diesmal beugte Alyx sich vor und legte ihm die Hand auf die Schulter. »Das wusste er, als er dich dazu aufgefordert hat. So wie ich es gewusst habe, als ich dir das Versprechen abverlangte, mich zu töten, sollte ich je zu Kytrin überlaufen. Du hattest Recht mit der Antwort, die du mir gabst, und du hattest damals Recht, als du es ihm verweigert hast.«

»Aber er hatte Recht. Ich hätte alles retten können.«

Alexia lächelte tapfer und drückte seine Schulter. »Und du kannst es immer noch, Kräh. Du kannst es, und du wirst es.«

Kapitel Zwanzig

Das schneidende, wunde, rohe Gefühl in der Kehle blieb Kjarrigan Lies auch, nachdem das Echo des Hustenanfalls verklungen war, der ihn aufgeweckt hatte. So eng zusammengerollt, wie sein Leibesumfang das gestattete, lag er nackt und in völliger Dunkelheit auf der linken Seite. Der kalte, harte Stein unter ihm hatte ihm viel Körperwärme geraubt. Der ätzende Geschmack von getrocknetem Erbrochenen füllte seinen Mund, und sein Kopf schmerzte.

Als er versuchte, sich auszustrecken, vergrößerten zwei Faktoren das Unangenehme seiner Lage noch. Da waren zum Ersten die Schmerzen im Rücken. Was immer ihn getroffen hatte, es war ein brutaler Schlag gewesen. Die geschundenen Muskeln protestierten, und die Fettschicht, die sie umgab, lieferte einen Hintergrundchor. Selbst seine Nieren schmerzten, und Kjarrigan schauderte bei dem Gedanken, welchen Schaden er mit einem Diagnosezauber entdecken würde.

Er hätte versucht ihn einzusetzen, wäre da nicht der zweite Punkt gewesen: Er war gefesselt. Wuchtige Metallschellen lagen um seine Hand- und Fußgelenke. Er griff nach unten und fand die schweren Ketten, an denen die Schellen hingen, doch als er daran zerrte, zogen die Handschellen nicht an den Fußfesseln. Die Kette spannte sich jedoch, und er spürte den Zug in beiden Handgelenken. Daraus schloss er, dass er an einen Ring im Boden des Kerkers gefesselt war, in dem er sich befand.

Der Magiker blieb regungslos liegen und dachte kurz

nach. Dass er ein Gefangener war, schien offensichtlich. Es war durchaus denkbar, dass ihn die Vilwaner eingekerkert hatten, und das unterstrich nur, wie wichtig es ihnen war, ihn zurück in ihren Gewahrsam zu bringen. Andererseits hätten sie jemanden oder etwas nach Meredo bringen müssen, um ihn unschädlich zu machen. Das hielt er zwar durchaus für möglich, aber der Überfall hätte doch sicher unter kontrollierteren Bedingungen stattgefunden? Als er gefangen genommen wurde, war er auf dem Weg in ihr Konsulat gewesen, wo sie ihn in aller Ruhe hätte überwältigen können.

Und er bezweifelte auch, dass sie Wert darauf gelegt hätten, ihn halb ertrunken in ihre Gewalt zu bekommen.

Die andere Möglichkeit, die sich ihm stellte, war Kytrin. Er marterte sich das Hirn auf der Suche danach, wie er ihre Aufmerksamkeit erregt haben könnte. Er hatte das Duplikat eines Drachenkronenfragments erschaffen und ein anderes manipuliert, aber er hatte erhebliche Zweifel daran, dass sie diese Magik zu ihm zurückverfolgen konnte. Und abgesehen von dieser heimlichen Arbeit hatte er nichts getan, was ihn in ihren Augen zu einer Bedrohung hätte machen können. Prinzessin Alexia oder Will wären beide ein sehr viel wahrscheinlicheres Ziel für einen Angriff gewesen.

Es war natürlich gut möglich, dass Kytrin mittels des von ihm hergestellten Duplikats das echte Fragment aufspüren konnte. Aber falls sie ein Mittel besaß, das echte Fragment zu suchen, ließ das einen Angriff auf ihn noch unwahrscheinlicher erscheinen. Sobald sie das Fragment besaß, hatte er keine Bedeutung mehr, also war der Angriff sinnlos. Und, was noch viel schwerer wog: Falls sie ihn als Bedrohung empfand, warum lebte er noch?

Aber falls es weder Vilwan noch Kytrin gewesen war, wer dann?

Abgesehen vom Geräusch seines eigenen Atems und dem regelmäßigen Platschen des auf Fels tropfenden Wassers war die Kammer völlig still. Durch die Dunkelheit konnte Kjarrigan nichts sehen und nicht einmal ahnen, wie klein oder groß sein Kerker war. Ein Zauberblick konnte dieses Problem lösen, und er sammelte sich zur Vorbereitung.

Bevor er den Zauber sprechen konnte, klickte etwas in der Dunkelheit. Das Geräusch erklang hinter ihm, leise und entfernt. Es war kein sonderlich spektakuläres Geräusch. Nur ein einfaches Klicken.

Kjarrigan hielt den Atem an. Er wartete, lauschte angestrengt. Er hörte weiter Wasser tropfen, gelegentlich fielen zwei Tropfen unmittelbar hintereinander, aber es klickte nicht mehr. Langsam atmete er aus. Dann sog er die Luft durch die Nase ein und zwang sich, still zu bleiben, obwohl seine Lunge nach kühler Luft schrie, um das Feuer zu löschen, das ihm in der Brust brannte.

Klick.

Lauter diesmal, und vor ihm, aus der Richtung, in der er den in den Boden eingelassenen Ring vermutete. *Könnte es ein Kettenglied gewesen sein, das gegen den Ring geschlagen ist?* Er ließ das Geräusch durch seinen Geist hallen, fand aber keine Andeutung von Metall darin. Nein, das hatte mehr nach Stein auf Stein geklungen.

Oder eine Kralle auf Stein.

Einen Pulsschlag, dann zwei, schüttelte Kjarrigan die entsetzliche Vorstellung, dort draußen in der Finsternis könnte ein Temeryx lauern. Sein Beben ließ die Ketten klirren. Temeryxe dienten Kytrin wie Hunde einem Jäger. Die gefiederten Bestien hatten einen schmalen Kopf mit jeder Menge rasiermesserscharfer Zähne, riesige Sichelkrallen an den Füßen und kleine, krallenbewehrte Greifarme, die sie an den Brustkorb drückten. Er hatte die Bisswunden gesehen, die sie anrichteten und verspürte kein Verlangen danach festzustellen, ob seine Magik fähig war, ihn schneller zu heilen, als sie ihn zerreißen konnten.

Zweierlei half ihm, die Panik niederzukämpfen. Erstens konnte er keinen Zauber wirken, wenn er nicht klar zu denken vermochte, und um sich aus seiner jetzigen Lage zu befreien, musste er nachdenken. Und zweitens besaß er die magische Panzerung, die dem Temeryx ein Maul voll Knochenplatten bescheren würde.

Seine Unverwundbarkeit beruhigte ihn. Er riss sich zusammen und zwang sich, regelmäßiger zu atmen. Er blieb still und lauschte, konzentrierte sich aber stärker darauf, welchen Spruch er einsetzen wollte. Im Grunde hatte er die Wahl zwischen zweien, entweder einem Zauber, der ihm gestattete, im Dunkeln zu sehen, oder einem Spruch, der die Dunkelheit vertrieb und den Raum erhellte. Der Lichtzauber, den er in einer ähnlich düsteren Umgebung eingesetzt hatte, hatte seine Angreifer geblendet und ihm die Flucht ermöglicht, aber diesmal war er angekettet und hatte wenig Hoffnung, sich schnell absetzen zu können. Er entschied sich, diesen Spruch in der Hinterhand zu behalten und bereitete sich stattdessen auf den Einsatz des Nachtsichtzaubers vor.

Kjarrigan spannte sich und lockerte die Finger. Für einen Augenblick löste sein Bewusstsein sich aus der Wirklichkeit. Er vergaß, wie kalt ihm war. Er sank ins Reich der Magik, wob die verschiedenen Elemente zusammen, die ihm einen ätherischen Schleier liefern sollten, der die Sicht verbesserte. Die Arbeit lief schnell und leicht. Obwohl er den Zauber nicht häufig benutzte, hatte er schon immer eine Vorliebe für ihn gehabt, weil er so leicht war.

Fffpogg!

Etwas traf ihn, traf ihn hart an der rechten Schulter, prallte ab und kullerte durch das Dunkel davon. *Das war eindeutig das Geräusch von Stein auf Stein. Jemand hat einen Stein nach mir geworfen.* Die Knochenplatte, die durch seine Haut gewandert war, um ihn zu beschützen, sank zurück und nahm bis auf die leise Andeutung des Aufpralls allen Schmerz des Treffers mit.

Kjarrigan stöhnte. Die Aktivierung des Schutzzaubers hatte ihm den Nachtsichtzauber zerfetzt. Der Panzer hatte Vorrang und wurde unbewusst gesprochen. Seine Dringlichkeit zog alle anderen magischen Kräfte ab, und das zarte Zaubergewebe, an dem er gearbeitet hatte, löste sich in Nichts auf.

Er machte sich erneut an die Arbeit, doch bevor er fertig war, streifte ihn ein weiterer Stein.

»He!«

Das Geräusch, das seinem Ausbruch antwortete, überzeugte ihn beinahe, dass sich tatsächlich ein Temeryx in der Nähe befinde. Es setzte als Zischen an, und verwandelte sich dann in ein leises, irres Lachen, das zwischen schlangenhaftem Zischen und Kichern schwankte. Kjarrigan hörte keine Spur von Freundlichkeit darin. Ein Schaudern lief ihm den Rücken hinab, dann hob er sich auf den linken Ellbogen und drehte sich in die Richtung, aus der das Geräusch gekommen war.

Die Kette an den Füßen hielt ihn auf, bevor er sich ganz umdrehen konnte.

Das wogende Kichern verstummte kurz, dann schlug ein weiterer Stein gegen Kjarrigans Brust. Er prallte in seinen Schoß ab. Nach kurzem Wanken packte der Magiker ihn, dann zog er die rechte Hand zurück, um ihn zu werfen. Die Kette rasselte, doch bevor er den Arm zum Wurf nach vorne schnellen lassen konnte, riss etwas an den Fesseln.

Der Stein flog in die Dunkelheit davon, als Kjarrigan nach rechts geschleudert wurde. Ein weiteres Zerren an der Fußkette ließ ihn mit bloßem Leib weiter über den Steinboden rollen, und keine Knochenplatten erschienen, um ihn vor Schürfwunden zu beschützen. Außer Balance verhedderte er die Beine in der Kette, und plötzlich lag er mit der Nase tief in einem Bett aus trockenem Stroh.

Er hob den Kopf, dann musste er heftig niesen und hieb die Stirn auf den Boden. Das Stroh dämpfte den Schlag etwas, aber keine Magik hinderte ihn daran, sich selbst zu verletzen. »Au!« Er wälzte sich auf den Rücken und hob die Hände zur Stirn, schlug sich dabei die linke Handschelle gegen das Kinn.

Er spürte, wie ihm eine Beule auf der Stirn wuchs und sich die Kette um seine Beine spannte. Das zischende Kichern erklang weiter, jetzt höher als zuvor, und ein weiterer Stein prallte ihm vom Oberschenkel ab. Instinktiv drehte er sich nach rechts, um sich zu schützen, doch der nächste Stein traf ihn hart auf den Bauch. Er wälzte sich aus der Wurfrichtung, wurde erneut getroffen, rollte sich wieder davon und landete auf einem Stein, der sich ihm hart in den Rücken grub.

»AU!« Er machte ein Hohlkreuz und griff nach dem Stein. Er bekam ihn mit beiden Händen zu fassen, wuchtete sich auf die rechte Hüfte und hob die Arme, um ihn zu werfen. Dadurch aber, dass seine Beine gefesselt waren, kippte er unbeholfen um. Als wäre das noch nicht schlimm genug gewesen, traf ihn ein Stein am Kopf und sandte ihm einen grausam schneidenden Klang durch den Schädel.

Er zog den Kopf ein und die Beine hoch. Er musste sich befreien, aber das schien nur mit einem Zauber möglich. Die Steinwürfe lösten ständig den magischen Panzer aus, der jeden Zauber zerblies, den er zu schleudern versuchte. *Ich muss den Zauber so schnell wie möglich sprechen.* Er runzelte die Stirn. *Schneller als ich es je zuvor getan habe.*

Er ging den Katalog der Sprüche durch, mit denen er sich der Fesseln entledigen konnte. Die meisten erhitzten das Metall, bis es schmolz, allerdings hätte ihn das auch die Hände gekostet. Es gab eine Reihe simpler Einbruchszauber, mit denen man Schlösser öffnen konnte, aber die hatte er nie gelernt. Das hatte ihn nicht daran gehindert, ausgehend von den Heilzaubern, die er gelernt hatte, eigene Sprüche für diesen Zweck zu entwickeln. Ein Diagnosezauber würde ihm zeigen, wie das Schloss aufgebaut war, und anschließend konnte er dessen bewegliche Teile mit einem modifizierten Schwebezauber manipulieren, bis es aufsprang.

So verschieden von einem Türschloss kann der Aufbau dieser Fesseln auch nicht sein.

Er sammelte sich, um den Diagnosezauber schnell zu werfen, doch die Steine prasselten in stetem Strom auf ihn ein. Er versuchte sie nicht zu beachten, aber das half nichts. Die Magik, dazu gedacht, ihm das Leben zu retten, hinderte ihn an der Flucht. *Ich kann nichts machen!*

Mit einem frustrierten Aufheulen hob er den Stein mit der Rechten und hämmerte ihn auf die Schelle um das linke Handgelenk. Der Hieb löste ein lautes Klirren und einen hellen Funken aus, der auf dem feuchten Steinboden des Kerkers schnell erlosch. Viel Licht hatte er nicht erzeugt und nur grauen Stein und gelbes Stroh gezeigt, aber er hatte ihn gesehen.

Die Steine blieben aus.

Kjarrigan brauchte ein, zwei Augenblicke, bis er es wirklich glaubte. Dann lächelte er und machte sich daran, den Diagnosezauber zu sprechen.

Fffpogg!

»Schluss!«

»Shluss, shluss, shlusss …« Die zischende Stimme wiederholte das Wort in einem spöttisch-mitleidigen Ton. Der Punkt, von dem aus sie erklang, drehte sich um Kjarrigan, gelegentlich von einem leisen Klicken begleitet, während sein Peiniger ihn umkreiste. »Shluss, shluss, shluss.«

Wieder versuchte Kjarrigan, einen Zauber zu wirken, doch ein Stein hielt ihn auf. Wieder und immer wieder versuchte er es, in der Hoffnung, ein Stein könnte ihn verfehlen und ihm so die Gelegenheit geben, den Zauber zu vollenden, aber auf diese kurze Distanz traf sein Gegner jedes Mal. Um genau zu sein, am Winkel, aus dem die Steine auftrafen, erkannte Kjarrigan, dass der Unbekannte näher gekommen war und sie auf ihn *herab*schleuderte.

Da er kein Dummkopf war, erkannte Kjarrigan, dass er keine Chance hatte, einen Zauber einzusetzen, solange die Steine flogen. *Er hat nur damit aufgehört, als …* Hastig schlug der Magiker mit einem Stein auf eine der Metallschellen. Das Metall hallte mit einem lauten Glockenton, die Steine aber flogen weiter. Wieder schlug Kjarrigan zu, der Stein rutschte ab und schlug einen Funken.

Die Steine blieben aus. Stille senkte sich über den Raum.

Wieder schlug Kjarrigan auf die Schelle, und ein weiterer Funke zuckte auf. Kein Stein flog durch die Finsternis. Der Knabe gestattete sich ein Lächeln, das schnell breiter wurde. Mit der Linken schob er Strohstaub zu einem kleinen Haufen zusammen und schlug einen Funken hinein.

Der Funke brannte gerade lange genug, um einen dünnen Rauchfaden aufsteigen zu lassen.

Wieder und immer wieder hämmerte Kjarrigan mit dem Stein auf das Metall. Es kümmerte ihn nicht, dass die abrutschenden Hiebe ihm die Haut aufrissen. Schnell war das Handgelenk feucht von Blut, aber er schlug weiter, schleuderte einen Funken um den anderen in den Zunderhaufen. Er blies vorsichtig in das Stroh und brachte die Halme dazu, hell aufzuglühen, bevor das Licht erstarb. Er lernte zu vermeiden, dabei den Zunder zu verstreuen, und zwischen den Funken griff er nach neuem Stroh und zerkrümelte es, um sich frisches Material zu verschaffen.

Der Steinhagel hatte aufgehört, aber Kjarrigan verzichtete auf den Versuch, einen Zauber zu wirken. Irgendwie wusste diese Kreatur, ob er zu zaubern versuchte. Wie, war ihm gleichgültig. Er wollte nur, dass diese Folter endete, und das hatte er geschafft. Er wusste nicht, ob sein Kerkermeister Angst vor Feuer hatte oder davon gefesselt war, aber wenn er sich dieses Ding damit vom Leibe halten konnte, war er entschlossen, genau das zu tun.

Während er so arbeitete, dachte er an den Okrannelfeldzug und die Reise südwärts aus der Festung Draconis zurück. Kjarrigan kannte den Zauber zum Feuermachen sehr genau, hatte ihn aber auf der Reise nicht einsetzen dürfen. Orla hatte nicht gewollt, dass er in den Augen der Soldaten zu einer Art Feld-, Wald- und Wiesenzauberer wurde. Auf dem Rückzug von Festung Draconis hatte die Prinzessin ihm erklärt, dass er Wichtigeres zu tun hatte, als sich ums Feuermachen zu kümmern, solange es ausreichend andere gab, die das erledigen konnten.

Und die gab es. Er hatte sogar Kinder gesehen, die Feuer machen konnten. *Und ich bin nicht dazu in der Lage.* Jetzt wünschte er sich, er hätte genauer hingesehen. Das hätte ihm die Arbeit hier erleichtert. Doch er war klug genug, das Verfahren allmählich zu rekonstruieren.

Endlich fing der Zunder Feuer. Durch sanftes Pusten gelang es ihm, die Glut am Leben zu erhalten. Ein weiterer Hauch, und eine winzige Flamme loderte auf. Kjarrigan speiste sie mit einem Strohhalm, dann mit einem zweiten. Vorsichtig, langsam gab er dem Feuer Nahrung, ließ es wachsen. Das Stroh verbrannte schnell, und er drehte Halme zusammen und verknotete sie, damit sie langsamer brannten.

Er lächelte, als er Wärme spürte. Es war nicht viel, doch sie reichte, ihn daran zu erinnern, wie kalt ihm war. Aber es war Wärme, und es war Licht, *echtes* Licht. Die Helligkeit der Flammen unmittelbar vor ihm behinderte ihn, aber er machte Andeutungen der Mauern aus und sah den Eisenring, durch den die Ketten gezogen waren, sehr deutlich.

Kjarrigan setzte sich mit breitem Grinsen auf. Sein kleines Feuer knisterte fröhlich.

Eine Welle von Magik schlug durch den Raum. Kjarrigan spürte sie und versuchte, den Zauber zu untersuchen, doch er verweigerte sich jeder beiläufigen Klassifizierung. Die Magik sank in die Ketten, die ihn hielten, und verriegelte ihre Glieder. Die Ketten spannten sich ihm um die Beine und drückten die Arme auf die Oberschenkel.

Eine sehr kühle, tiefe Stimme erklang von hoch oben hinter ihm. »Sehr gut, Adept Lies. Du hast deine erste Lektion gelernt. Magik ist kein Leben.«

»Wer seid Ihr? Wo bin ich? Was wollt Ihr von mir?«

»Drei sehr gute Fragen.« Die Stimme blieb ruhig und gelassen. »Du wirst Gelegenheit erhalten, dir die Antworten darauf zu verdienen.«

»Beantwortet mir jetzt eine davon. Ich habe Feuer gemacht. Das wolltet Ihr doch von mir, oder?«

»Nein.« Ein neuer Zauber, den Kjarrigan augenblicklich erkannte, flog durch die Kammer. Es war der erste Zauber, den ein Akoluth lernte, noch bevor man ihm beibrachte, wie er Feuer machen konnte.

Sein Feuer erlosch.

»Nein! Nein! Das ist nicht gerecht! Ich habe getan, was Ihr wolltet.«

»Hör zu, Kjarrigan Lies. Das Leben ist nicht gerecht. Du wurdest mit gewaltigen magischen Möglichkeiten geboren. Die Welt braucht dich, doch man hat dich vor ihr abgeschirmt. Und durch diese Entfremdung könntest du sehr leicht mehr Schaden anrichten als Nutzen bringen. Das muss festgestellt werden.«

Etwas traf Kjarrigan am Rücken. Es war weich und rutschte ihm am Hintern herab. Er konnte es nicht sehen, doch es fühlte sich wie eine Decke an.

»Du hast jetzt eine Vorstellung davon, wie verzweifelt ein Mensch darum bemüht sein kann, Feuer zu machen, wenn ihm kalt ist. Stell dir vor, das hier wäre kein Steinboden, sondern eine Regenpfütze oder Schnee. Stell dir vor, in der Kälte würden deine Finger taub werden. Stell dir vor, in der Dunkelheit würde sich deine Familie aneinander drängen. Deine Frau, kalt und hungrig, deine Kinder, starr vor Angst. Das Kleine vermutlich schon tot. Mit dem Funken erwacht die Hoffnung. Mit seinem Erlöschen stirbt sie, und dir wäre klar, dass deiner Familie vermutlich dasselbe Schicksal bevorsteht. Du, Kjarrigan Lies, bist möglicherweise dieser Funke. Wenn du nicht verstehst, wie wichtig du bist, bist du viel zu gefährlich, um weiterleben zu dürfen.« Die Stimme veränderte ihren Tonfall nicht, als sie das sagte, und das machte es weniger zu einer Drohung als zu einer Feststellung. »Denk darüber nach, was ich gesagt habe. Benutze keine Magik, oder du wirst bestraft.«

»Aber ich blute.«

»Und wie würde jemand damit umgehen, dem keine Magik zur Verfügung steht, Adept?« Die Stimme entfernte sich. »Erinnere dich daran, dass du zuerst ein Mensch bist, dann kannst du die Menschheit vielleicht retten.«

Kapitel Einundzwanzig

Will knurrte und fluchte, während er sich durch den braunen Schneematsch kämpfte. Es kümmerte ihn nicht, ob er seine Kleidung vollspritzte. Die Wut schützte ihn vor der Kälte. Und wie seine Kleider aussahen, kümmerte ihn auch nicht, Kleider, Titel, dieses ganze Zeug war nur Müll, und er hasste es.

Er wirbelte herum und blickte zurück zum Palast. Die Spitzen der Türme versteckten sich schon unter einer weißen Schneedecke. Der Anblick war sehr friedlich, was angesichts der Tatsache, wer sich gerade im Innern aufhielt, geradezu lächerlich schien. Und die Wachen. Sie hätten in den Palast stürmen müssen, um den Sullanciri zu töten. So viel schien Will ganz offensichtlich, doch alle anderen glaubten wohl tatsächlich, eine Parlamentärsfahne würde etwas bedeuten.

Sie bedeutet: Ihr verpasst eine Gelegenheit, Nefrai-kesh zu töten. Das bedeutet sie.

In den Düsterdünen groß zu werden, war kein Zuckerschlecken gewesen, aber zumindest hatte er ein paar nachhaltige Lektionen gelernt. Die Elendsviertel Yslins waren ein Ort, an dem ein Waffenstillstand exakt so lange hielt, wie man brauchte, um sich Verstärkung zu besorgen. Wäre Nefrai-kesh dort aufgetaucht, wie er es hier in Meredo getan hatte, er wäre in der Luft zerfetzt worden. Und selbst wenn ihn das nicht umgebracht hätte, angesichts der Tatsache, dass er ein Sullanciri war, hätte ihm ganz sicher niemand ein Wort geglaubt.

Will kehrte dem Palast wieder den Rücken zu und stampfte weiter durch den Schnee. Das Verhalten des Adels überraschte ihn jeden Tag aufs Neue. Einerseits gab es Leute wie König Augustus, die den größten Teil der Zeit edel und gut waren, aber zugaben, dass sie einen Freund erbärmlich behandelten. Und andererseits gab es Gestalten wie Swindger, den Will nicht gegen einen Eimer warme Pisse tauschen würde. Und zwischen diesen beiden Extremen tummelte sich der Rest, habgierige Betrüger, Schleimer, die dir erzählten, was immer du hören wolltest, und Einfaltspinsel, die keinen Schimmer davon hatten, wie das Leben in den Gassen aussah. Die ganze Bande war eine Horde von Volltrotteln.

Er runzelte die Stirn. Er wollte Prinzessin Alexia nicht in diese Kategorie Adlige einordnen. Doch selbst sie hatte nichts gegen Nefrai-kesh unternommen. Er gestand ihr zu, dass sie kein magisches Schwert trug, mit dem sie ihn hätte töten können. Entschlossen hatte eines, aber er war nicht da. Und Krähs Schwert, Tsamoc, lag im Zimmer der Prinzessin, wo es niemandem etwas nutzte. Trotzdem war er sich ziemlich sicher, dass sie erkannt hatte, wie dumm es war, Nefrai-kesh am Leben zu lassen.

Ein Schauder lief ihm den Rücken hinab. Er war ernsthaft bereit gewesen, seinen kleinen Dolch in das Ding zu stoßen, das einmal sein Großvater gewesen war, doch das hatte den Dunklen Lanzenreiter nicht geschreckt. Er hatte nur die Arme ausgebreitet und Will eingeladen, zu ihm zu kommen. Nefrai-kesh hatte ihn seinen Erben genannt.

»Ich will dein Erbe nicht«, knurrte er laut und stampfte mit den Füßen. »Deinetwegen stecke ich überhaupt in diesem Schlamassel!«

Er musste lauthals darüber lachen, wie verrückt diese Beschwerde war. Er schaute hoch, um zu sehen, ob noch jemand die Lächerlichkeit der Lage erkannte, aber was er sah, überraschte ihn, denn die meisten Passanten ignorierten ihn völlig. Sie beachteten ihn gar nicht, was ihn erstaunte, denn auf dem Weg zur Verhandlung war er ständig von Leuten, die er gar nicht kannte, mit überschwänglichen Glück- und Segenswünschen überschüttet worden.

Aber jetzt behandeln sie mich, als gäbe es mich gar nicht! Er wunderte sich einen Augenblick lang über diese Veränderung, dann fiel ihm der Mund auf. *Natürlich, die Maske!* Was die Menschen erkannt hatten, war die Maske gewesen, die er auf dem Boden des Gerichtssaales hatte liegen lassen. Oriosen konnten Masken so selbstverständlich lesen, wie Will den Wert einer Geldkatze daran abschätzen konnte, wie sie sich ausbeulte. Er mochte Will Norderstett sein, aber Baron Norderstett trug eine ganz bestimmte Maske, und ohne sie war er ein Niemand.

Er sann über die Ironie nach, dass er hier unsichtbar war, wenn er *keine* Verkleidung trug, aber das war nur eine Umkehrung der Täuschungsmanöver, die er und seine Kumpane in Yslin benutzt hatten, um Beutel zu schneiden. Dabei suchte er sich in der Menge ein Opfer, und auf ein Zeichen fingen zwei andere Bandenmitglieder einen Streit an, bei dem sie eine Menge Umstehender anrempelten, unter anderem das Opfer. Während der nichts ahnende Passant von den Streithähnen abgelenkt wurde, schnitt Will ihm den Geldbeutel ab und verschwand unauffällig in der Menge. Die streitenden Kinder zogen die ganze Aufmerksamkeit auf sich, und da niemand ihn beachtete, konnte er unbemerkt entkommen.

Hier bedeutete keine Maske zu tragen, dass man keiner Aufmerksamkeit wert war oder zumindest für die, die das Recht hatten, eine Maske zu tragen, uninteressant war. Will kannte sich in der Geschichte gut genug aus, um zu wissen, dass Muroso, Alosa und Oriosa einmal rebellische Provinzen eines großen Kaiserreiches gewesen waren. Die Rebellen hatten bei ihrem Kampf gegen das Reich Masken getragen, um nicht erkannt zu werden, und nachdem sie sich die Unabhängigkeit erkämpft hatten, waren diese Kämpfer zur neuen Adelsschicht geworden. Sie und ihre Nachkommen hatten das Recht erhalten, Masken zu tragen, und die Verzierungen auf den Masken unterstrichen ihre Bedeutung.

Durch die Masken hielten Oriosen ständig nach Symbolen und versteckten Bedeutungen Ausschau. Ganz sicher würden sie alle möglichen Omen und Zeichen darin erkennen, dass er seine Maske vom Gesicht gerissen und auf den Boden geworfen hatte, obwohl er es nur getan hatte, weil er irgendetwas hatte werfen wollen und nicht den Dolch nehmen mochte, weil der ihm dafür zu gut gefiel.

Er schüttelte den Kopf und malte sich aus, wie man das als Verweigerung seiner Bürgerrechte deuten würde. Da die Familie die Maske eines Toten häufig aufbewahrte, ließ sich der Wurf der Maske in Nefrai-keshs Richtung auslegen, als habe er dem Sullanciri damit sagen wollen, der solle ihn als tot betrachten. Oder als Geste, mit der er die Regeln des Hofes ablehnte und seinen eigenen Krieg gegen Kytrin schwor.

Ihm fielen noch reichlich andere Deutungen ein, und sicher würde die Gerüchteküche Überstunden machen, um sie alle durchzuspielen. Die Vorstellung, mancher könnte glauben, er habe dem Kampf gegen Kytrin den Rücken gekehrt, behagte ihm gar nicht. Das war vermutlich das düsterste Omen, das sich aus seinem Handeln lesen ließ. Es musste einen Weg geben, das richtig zu stellen, doch er war sich nicht sicher, wie der aussah.

Es sind neue Symbole nötig, und die Oriosen werden wieder an mich glauben. Sie haben immer einen Grund für das, was sie tun, und solange ich einen anführen kann, der gut genug ist, werden sie mir glauben. Will seufzte. Er würde sich etwas ausdenken müssen. Er hätte sich gerne mit Kjarrigan darüber unterhalten, denn dessen Sicht der Dinge schien noch verrückter als die des durchschnittlichen Oriosen. Doch der Magiker war verschwunden, und Lombo befand sich auf der Suche nach ihm. Das Vilwaner Konsulat hatte Prinzessin Alexia wissen lassen, dass man nicht wusste, wo Kjarrigan sich aufhielt, und ihr Kurier hatte nervös genug geklungen, um Will das glauben zu lassen.

Der Gedanke, dass Oriosen für alles, was sie taten, einen guten Grund hatten, ließ Will nicht los. Er fragte sich, welchen Grund Nefrai-kesh hatte, in der Verhandlung aufzutauchen. Sicher, sein Erscheinen im Palast würde eine Menge Leute einschüchtern, Swindger zu allererst. Aber es wäre eine noch wirksamere Einschüchterung gewesen, hätte der Sullanciri Swindger getötet. Lüdwin auf dem Thron hätte das gesamte Oriosa in Angst versetzt, von dessen Nachbarn ganz zu schweigen.

Der Sullanciri konnte unmöglich gekommen sein, um als Zeuge auszusagen. Das ergab nicht den geringsten Sinn. Krähs Schicksal spielte keine wirkliche Rolle, und hätte Kytrin seinen Tod gewollt, hätte sie den Sullanciri ohne weiteres in seine Kerkerzelle schicken können. Die Leute dazu zu bringen, ihre Gesetze zu benutzen, um damit einen Unschuldigen zu töten, mochte manchem Adligen als entsetzlich erscheinen, aber Will kam frisch aus dem Krieg und wusste, was immer Swindger für Kräh geplant haben mochte, es war mit ziemlicher Sicherheit angenehmer als ein Tod in der Schlacht.

Götter! Ich hätte es sofort sehen müssen! Will rannte durch die Straßen, wich Pferdekarren aus, rutschte im Schneematsch aus, fiel in den Straßendreck, sprang hoch und rannte weiter, so schnell die Füße ihn trugen. Er sprang über Schneewehen, duckte und wand sich durch eine Schneeballschlacht, stieß langsamere Fußgänger beiseite. Ohne sich um die empörten Erwiderungen derer zu kümmern, die dabei stürzten, rannte er weiter, immer schneller, zurück zum *Springenden Panther.*

Es konnte nur einen Grund geben, warum Nefrai-kesh das Risiko eingegangen war, in der Verhandlung zu erscheinen, und das war als *Ablenkungsmanöver*. Gab es einen Alarm, würde die gesamte Stadtwache zum Palast stürzen. *Dieses falsche Getue von wegen Parlamentärsfahne mag manche Leute glauben machen, dass er nichts Böses im Schilde führt, aber daran glaube ich keinen Augenblick.* Nefrai-kesh in den Palast zu senden, war ein Risiko, und Kytrin würde ein derartiges Risiko nur eingehen, um sich einen wichtigeren Erfolg zu sichern. Und in ganz Meredo gab es nur einen Gegenstand, der ihr so wichtig war.

Das Rubinfragment der Drachenkrone!

Will brach durch die Tür der Herberge und rannte ohne langsamer zu werden zur Treppe. Er hielt die linke Hand in einer winkenden Geste vors Gesicht, um zu verbergen, dass er keine Maske trug. Auf dem Absatz bog er zum ersten Stock ein, dann jagte er den Flur entlang zum letzten Zimmer auf der rechten Seite.

Trotz der Hast schien die Zeit für Will stillzustehen. Er studierte den Boden am Ende des Korridors. Kjarrigans Zimmer lag seinem genau gegenüber. Bevor er an diesem Morgen aufgebrochen war, hatte er ins Zimmer des Magikers gesehen und einen Faden zwischen Tür und Rahmen geklemmt, der herabgefallen wäre, hätte sie inzwischen jemand geöffnet. Wichtiger noch war, dass er ein paar Astknoten auf den Flurdielen mit Ruß geschwärzt hatte. Hätte ein Stiefel sie berührt, wäre das deutlich sichtbar gewesen. Will selbst war ihnen ausgewichen, und Entschlossen hatte er gewarnt, also hätte nur ein Dieb den Ruß verwischen können.

Oder Kjarrigan, was die beste Nachricht wäre.

Als er sich der Tür näherte, sah er den schwarzen Faden vor dem hellen Holz. Das erleichterte ihn. Er wurde langsamer und ging auf ein Knie hinab, um die Astknoten zu begutachten. Zwei waren noch immer schwarz wie Tintenpfützen, doch der Dritte hatte sich verändert. Es waren keine Linien im Ruß zu sehen, als habe jemand daraufgetreten, aber da war ein großer grauer Fleck.

Staub.

Will schaute zu dem kurzen Balken hoch, der quer über den Gang lief. Der Staub dort oben musste dicker liegen als der Schnee auf der Straße, und es war möglich, dass nur eine Katze über ihn geschnürt war. Will dachte aber nicht daran, sich mit einer Katze als Erklärung zufrieden zu geben, wenn ein Dieb in der Nähe sein konnte. An der Wand über der Tür bemerkte er ein paar schwache Kratzer, deren Herkunft ihm ein Rätsel war. Er wusste: Bei seinem Aufbruch waren sie noch nicht dort gewesen. Was bedeutete, jemand stahl sein Drachenkronenfragment.

Will zog den Dolch, trat zur Tür und öffnete sie. Die Öllampe hinter ihm warf einen gelben Lichtkegel in das winzige Zimmer, in dem Kjarrigan gewohnt hatte. Der Blick des jungen Diebes glitt aufwärts zu dem in den Raum verlaufenden Deckenbalken und zu der Gestalt, die zusammengekauert in dem schwülen roten Glühen hockte. Was er sah, rief zwei widerstreitende Gefühle in ihm wach, und das Erste davon wurde schnell vom Zweiten erstickt.

Das erste Gefühl war reine Freude darüber, dass die Falle, die er und Kjarrigan aufgestellt hatten, noch erfolgreicher gewesen war als erhofft. Um das Bruchstück der Drachenkrone zu verstecken, hatten sie das Zimmer durchsucht und in dem Balken ein Loch entdeckt, das von zwei Holzkeilen verstärkt war. Kjarrigan hatte Magik eingesetzt, um den Balken zu stärken und die beiden Keile mit dem Hauptholz verschmolzen. Gleichzeitig hatte er das Loch so umgeformt, dass das Drachenkronenfragment genau hineinpasste. Auf Wills Rat hin hatte er das Loch dabei so verkleinert, dass ein Dieb hineingreifen konnte, die Hand aber unmöglich wieder herausbekam, solange sie den Edelstein hielt.

Kjarrigan hatte das Ganze dann noch verfeinert, indem er einen Zauber auf den Stein gelegt hatte, der ihn klebrig wie ein Spinnennetz machte. Dadurch musste ein Dieb, wollte er entkommen, seine Hand zurücklassen.

Hätte nicht besser gelingen können.

Aber das zweite Gefühl erschlug seine Begeisterung über diesen Erfolg restlos. Pure Angst befiel Will, als er sah, was sie gefangen hatte. Die Kreatur hatte die Größe eines großen Hundes oder kleinen Bären, und ihr Körper starrte vor fingerlangen Borsten auf dem kahlen Leib, dem Kopf und den Beinen. Ein dichter Flaum bedeckte den krummen Rücken. Die Schultern waren verkrampft, als sie mit aller Kraft versuchte, die rechte Hand zu befreien. Ihre Beine zitterten vor Anstrengung, mit der sie gegen den Balken drückten.

Alle acht Beine!

Es kostete Will einen Augenblick des Nachdenkens, um sich darüber klar zu werden, dass er das Albtraumwesen dort oben auf dem Balken gleich als Spinne hätte erkennen müssen. Immerhin war der Leib eingeschnürt, und die vier mittleren Beine waren offensichtlich Spinnenbeine. Die Tatsache, dass keine Spinne jemals eine solche Größe hätte erreichen können, hätte ihn zwar zögern lassen können, das war jedoch nicht der entscheidende Faktor.

Abgesehen von der blauen Farbe und den langen schwarzen Borsten war es der menschliche Torso, der in der Mitte der Kreatur aufragte, der jeden Zweifel daran vertrieb, es mit keinem natürlichen Wesen zu tun zu haben. Der Brustkorb schien zwar im Vergleich zu Kopf und Armen verhältnismäßig klein, und blauer Flaum bedeckte diesen Teil des Leibes, aber die Gestalt war unverwechselbar menschlich.

Dann drehte sich die Kreatur um und starrte ihn mit zahlreichen, dicht zusammenstehenden schwarzen Augen über bösartig scharfen Kieferzangen an. Das Maul des Ungeheuers bewegte sich, und Will hörte ein Klicken und Knurren, das beinahe an menschliche Sprache erinnerte. Ein wütendes Zischen schloss die Bemerkung ab, und die Kreatur zerrte erneut wütend an dem Fragment.

»Jetzt sitzt du in der Falle, Dieb!«

Will hob den Dolch ans Ohr, und seine Hand peitschte vor. Obwohl sie nicht für einen Wurfeinsatz ausbalanciert war, flog die Waffe treffsicher. Das Heft schlug in den Rücken der Kreatur, die den Hieb mit einem klickenden Aufheulen quittierte, und prallte auf Kjarrigans Bett ab.

Will stürzte ins Zimmer, hechtete aufs Bett und griff nach dem Dolch. Als seine Rechte sich um den Griff schloss, packte etwas seine Jacke genau zwischen den Schulterblättern. Er drehte sich, um nach dem Angreifer zu stechen, und sah, dass die Kreatur auf die Unterseite des Balkens gewechselt war und mit der Linken nach ihm gegriffen hatte. Er hieb nach dem Arm, und der Schlag zog Blut, er kam jedoch nicht frei.

Das Spinnenwesen zog Will nach oben und rammte ihn mit dem Kopf gegen den Balken. Vor seinen Augen explodierten Sterne, und er musste für einen Moment das Bewusstsein verloren haben, denn als die Welt wieder Gestalt annahm, waren seine Beine in ein Spinnennetz gewickelt und der linke Arm seines Gegners hielt ihn an der Vorderseite der Jacke. Schwarzes

Blut quoll zäh aus der Wunde und in seine Kleidung. Es hatte einen beißenden Geruch – wie verschmorte Nüsse.

Die Kreatur stieß ihr Gesicht zu ihm herab und knurrte. Aus dieser Nähe bemerkte Will vertraute Züge, an denen er erkannte, wer ihm gegenüber hing. *Die Blaue Spinne!*

Dem jungen Dieb fiel vor Schreck die Kinnlade herab. »Du bist die Blaue Spinne. Du bist jetzt eines ihrer Monster.«

Der Sullanciri zischte und stieß den Kopf in die Richtung seiner festsitzenden Hand.

Will schüttelte den Kopf. »Nicht einmal, wenn ich wüsste, wie.« Er atmete tief durch die Nase ein, dann spie er einen riesigen Klumpen Spucke aus, der die linke Augentraube der Kreatur traf.

Die Beißzangen öffneten sich, der Kopf des Sullanciri senkte sich, und loderndes Feuer bohrte sich von rechts und links in Wills Hals. Sein Leib schüttelte sich, als glutflüssige Qual ihn füllte. Er wollte schreien, doch die Stimmbänder verweigerten ihm den Gehorsam. Dann verschwand der Druck, und er fiel. Das Fallen wollte kein Ende nehmen. Er sah die linke Hand des Sullanciri kleiner werden, beobachtete einen Tropfen schwarzes Blut, der ihm abwärts folgte, und hoffte, dass Kjarrigans Bett noch unter ihm stand.

Dann bohrte sich eine silbergraue Nadel aufwärts durch den Sullanciri. Sie stieß zwischen den Beinen empor, brach aus dem Spinnenleib und durchbohrte den Menschentorso. Die Kreatur schüttelte sich einmal krampfhaft, dann knickten die Beine ein. Der Körper des Monstrums fiel, bis er an einer Hand vom Balken hing, reglos bis auf das rhythmisch pumpende Zucken des Unterleibs.

»Will! *Will!*« Entschlossens Gesicht schob sich vor seine Augen. Der Dieb konnte es nicht scharf genug erkennen, um den Ausdruck zu deuten, aber die Stimme drückte Besorgnis aus. »Will, hörst du mich, Junge?«

Will nickte. Jedenfalls glaubte er das. Feuer loderte durch seine Adern, und sein Körper krümmte sich, als die Muskeln sich verkrampften. Er versuchte, den Mund zu öffnen und zu antworten, doch bevor es ihm gelang, traf ihn die nächste Krampfwelle. Um ihn wurde es Nacht.

Kapitel Zweiundzwanzig

Neunzehn Tage waren seit dem Eintreffen der neuen aurolanischen Einheiten in Festung Draconis vergangen, Ermenbrecht aber schien es, als dauere der Winter schon ein Jahr. So vieles hatte sich verändert. Seit dem Fall hatte Festung Draconis sich verändert, und die Veränderungen waren drastisch.

Die feindlichen Umtriebe hatten sich verstärkt und die Disziplin verbessert. Das war das Werk der neuen Kreaturen, die Ryslin Kryalniri getauft hatte, nach einer obskuren ælfischen Legende aus den Zeiten, als die Welt noch jung und die Winter lang gewesen waren, und wilde Bestien im Schnee nach eingebrochenem Wild und verirrten Reisenden gesucht hatten. Jilandessa hatte vorgeschlagen, Kytrin könnte ihre neueste Schöpfung an diese Legenden angelehnt haben, sodass der Name passend schien. Aber die Menschen nannten sie nur kurz Krylls, und die Ælfen nahmen diese Verkürzung ohne Widerspruch hin.

Die Krylls hatten die Vylænz als Anführer der Schnatterfratzen abgelöst und sich bei der Disziplinierung laxer Streifen und unaufmerksamer Posten als höchst tatkräftig erwiesen. Größe und Frequenz der Patrouillen wurden verdoppelt, was das Legen von Hinterhalten erheblich erschwerte. Ermenbrechts Leute beschränkten sich darauf, Schlingen und andere Fallen auszulegen, um die Schnatterer abzuschrecken. Ihre Erfolgsrate sank, doch die Anstrengungen konnten die Fortschritte des Feindes zumindest bremsen.

Die Aurolanentruppen schienen eindeutig einige ganz besondere Operationsziele zu besitzen. Die Vylænz waren in kleinen Magikerkadern organisiert worden, die jeweils von einem Kryll angeführt wurden. Die Ruinen der Festung waren, soweit der Prinz das feststellen konnte, in ein Raster aufgeteilt worden, und wurden systematisch magisch erfasst.

Er musste davon ausgehen, dass sie nach einem Fragment der Drachenkrone suchten. Sobald die Nachforschungen zeigten, dass sich in einem Gebiet etwas befand, wurden Arbeitskolonnen aus menschlichen Gefangenen und Schnatterfratzen herangeholt, um es auszugraben. Die Grabungen konnten ein paar Stunden, aber auch bis zu zwei Tagen dauern. Er hatte einige der aufgegebenen Grabungen untersucht, und die Anstrengungen schienen zu Beginn ziemlich konzentriert zu sein und sich dann zu einer breiter angelegten, systematischeren Vorgehensweise zu entwickeln, die jedes Loch schichtweise erschloss.

Die Schwierigkeiten der Magiker bei der Suche nach dem Fragment erstaunten den Prinz sehr. Ermenbrecht selbst war zwar nicht in der Lage, auch nur die geringste Magik zu wirken, doch er besaß ein gewisses Verständnis ihrer Prinzipien. Die Suchtrupps besaßen offenbar irgendetwas, das ihnen gestattete, sich auf den Gegenstand der Suche einzupegeln. Sie setzten Zauber ein, die auf der Verbindung zwischen diesem Etwas und dem Ziel der Suche beruhten, und die Magik deutete auf eine geeignete Stelle.

Die Verbindung zwischen magischen Objekten war ihm am Tag der ersten Begegnung mit einem Kryll recht drastisch vorgeführt worden. In seiner Hast, Burgener zu erreichen und die Leiche des Krylls zur Untersuchung wegzuschaffen, hatte er Malarkex' Säbel in den Ruinen vergessen. Dann hatten sie ihr Hauptquartier verlegt und waren tiefer in das Höhlenlabyrinth gezogen, doch irgendwie hatte, als er am nächsten Morgen erwachte, die Waffe den Weg zurück in die Scheide gefunden. Jilandessa hatte mit ein paar Zaubern eine Verbindung zwischen Schwert und Scheide festgestellt, und auch wenn Ermenbrecht die Waffe nicht mochte, wusste er den Wert einer Klinge, die von selbst zu ihm zurückkehrte, durchaus zu schätzen.

Er hatte der Ælfe zugelächelt und die Hand ausgestreckt. »Es wäre noch viel angenehmer, wenn er auf Befehl in meine Hand käme.«

Sie hatte genickt. »Das wäre machbar, aber wollt Ihr wirklich so mit dieser Waffe verbunden sein?«

Der Prinz hatte ihr zugestanden, darauf doch lieber zu verzichten.

Das Auftauchen der Krylls war nicht die einzige Veränderung bei den Nordlandtruppen auf Festung Draconis. Nach Kytrins Abreise hatte eine Sullanciri den Befehl übernommen. Ferxigo hatte bei der urSreiði-Garnison der Festung Zeit verbracht, bevor sie in die Dienste der Aurolanentyrannin getreten war. Ihre Kenntnisse über die Festung waren zwar veraltet, doch den Befehl über eine Operation, die Ausgrabungen umfasste, einer urSreð zu übertragen, war durchaus nachvollziehbar.

Zwischen ihr und den Krylls tauchte eine weitere Führungsschicht auf, zwei große, humanoide Gestalten, die dicke rote Wollmäntel mit Kapuzen trugen und damit ihre Gesichter verbargen. Ermenbrecht hatte eine gesehen, Ryslin die andere. Niemand, der sie zu Gesicht bekommen hatte, konnte sicher sagen, was genau sie waren, aber die von den Umhängen nur mühsam verdeckten Ausbeulungen und Stacheln legten den Schluss nahe, dass es sich entweder um sehr groß gewachsene Menschen in ungewöhnlicher Rüstung oder eine weitere neue Art von Kreatur handelte. Die beiden waren an verschiedenen Ausgrabungen gesehen worden, wie sie den Krylls Befehle erteilten, doch es gab keine Hinweise darauf, wer sie waren

Das Geheimnis dieser rotbemäntelten Anführer hätte Ermenbrecht ohne Zweifel weiter beschäftigt, hätte sich nicht Festung Draconis selbst als eine rätselhafte Herausforderung erwiesen. In den fünf Jahren, die er in der Garnison zugebracht hatte, hatte Ermenbrecht alles über die Festung in Erfahrung gebracht, was er nur konnte. Der Baron Draconis, Dathan Cavarr, hatte ihn dabei großzügig mit Wissen versorgt. Ermenbrecht war sogar so weit gegangen, zu glauben, Cavarr könnte ihn für seine Nachfolge vorbereiten – obwohl er sich gleichzeitig darüber im Klaren war, dass nur der Tod den Baron und die Festung Draconis trennen konnte.

Diese Vorhersage hatte sich als treffend erwiesen, und Cavarrs Leiche hatte am Drachenschädel des Kronturms gehangen, bis die Aasvögel das Skelett abgefressen hatten. Ganz abgesehen von der Trauer über den Tod des Freundes bedauerte Ermenbrecht den Verlust des reichen Wissens, das der Baron Draconis über die Festung besessen hatte. Der Baron hatte ihm viele ihrer Geheimnisse enthüllt, doch wie sich jetzt herausstellte, längst nicht alle.

Als sie ihr Versteck aufgaben, hatten Ermenbrecht und seine Leute sich weiter in die Tiefe der Kellergewölbe zurückgezogen und eine Reihe von Räumen gefunden, natürliche Höhlen ebenso wie künstlich geschaffene, in denen sie Unterschlupf finden konnten. Sie hatten in der ersten Nacht eine günstige Kammer gewählt, und die aufgestellten Posten hatten nichts Ungewöhnliches gemeldet. Als sie jedoch weiterziehen wollten, hatten sie entdeckt, dass der Gang, auf dem sie ihre Zuflucht erreicht hatten, von gewaltigen Felsblöcken versperrt gewesen war.

Die einzige Erklärung für die Bewegung der Felsen war Magik, aber Jilandessa hatte große Mühe gehabt, die dazu eingesetzten Zauber zu ermitteln. »So riesige Quader so lautlos zu bewegen, erfordert eine unfassbare Energie. Ich kenne keinen Zauberer, der dazu imstande wäre.«

Ryslin hatte gelächelt. »Falls es einen gibt, und er ist hier, wollen wir hoffen, dass er auf unserer Seite steht.«

Sie hatten ihren Unterschlupf verlassen und die anderen Gänge erforscht, die sich ihnen geöffnet hatten. In den Tiefen hatten sie ein großes Amphitheater mit einem Halbrund aus Steinterrassen entdeckt, in dessen Zentrum sich eine kreisrunde Bühne erhob. Es war offensichtlich ein Versammlungsort gewesen, und Ermenbrecht vermutete, dass er zu einer der geheimen Zünfte gehört hatte. Dass eine oder mehrere von ihnen über Einrichtungen in Festung Draconis verfügten, war logisch, denn die Garnisonen stammten aus der gesamten zivilisierten Welt.

Hier jedoch hatte eine Verwandlung stattgefunden. Gewöhnlich hätten die Ränge den Mitgliedern der Geheimgesellschaft zur Versammlung gedient, und mit einer Breite von zwei Schritt hätten sie eine ziemlich große Menschenmenge aufnehmen können. Als Ermenbrecht die Anlage betrachtete, konnte er beinahe die schallende Zustimmung zu einem Antrag oder das tiefe Murmeln einer rituellen Anrufung durch den Saal hallen hören.

Jetzt beherbergten die Terrassen tatsächlich eine Menge, wenn auch eine ganz andere als ursprünglich vorgesehen. Auf allen Rängen lagen, die Füße zur Bühne gedreht, steinerne Statuen der Verteidiger von Festung Draconis. Die Statuen waren von exquisiter Kunstfertigkeit und zeigten die dargestellten Personen in würdevoller Ruhe. Als er die Stufen hinabstieg, sah Ermenbrecht eine Reihe Verteidiger so gewürdigt, die er Kytrins Donnerkugeln selbst hatte zerfetzen sehen.

Auf den Seiten der Steinplatten, auf denen sie lagen, stand in der jeweiligen Heimatschrift ihr Name.

Die Toten lagen alle beieinander, weder nach Art noch nach Nation getrennt. Ryslin kniete neben einer Kameradin, eine Hand auf die steinerne Stirn gelegt, die andere vor seinen Augen. Andere verteilten sich, schluchzten beim Anblick von Kameraden oder nahmen ihre Anwesenheit als letzte Bestätigung ihres Schicksals zur Kenntnis.

In einer der oberen Reihen fand Ermenbrecht Pak Burgener. Seine Statue stellte ihn mit einem Vierschüsser in den Händen dar, was ein Lächeln auf die Züge des Prinzen zauberte. Er fuhr mit dem Finger über die Maske des Mannes und das Abbild eines Bändchens, das er selbst daran befestigt hatte: ›Ruhe sanft, mein Freund. Du hast es dir verdient.‹

Jullach-Tse Seegg, eine rostrote urSreð, formte zwei lange, schlanke Beine, mit denen sie leicht die Stufen zu ihm heraufsteigen konnte. »Ich sehe eine Menge Tote hier, nur den Baron Draconis nicht.«

Ermenbrecht schüttelte den Kopf. »Vielleicht braucht, wer immer das hier getan hat, dazu ihre Knochen.« Er ließ den Blick über das Halbrund gleiten und schätzte die Zahl der Statuen. Dann runzelte er die Stirn. »Dieser Ort könnte vielleicht viertausend aufnehmen, und er ist nur zu drei Vierteln voll. Das bedeutet, es haben eine Menge mehr überlebt.«

Ryslin trat zu ihnen. »Entweder das, Hoheit, oder die für dies hier Verantwortlichen kommen mit der Arbeit nicht nach. Falls Ihr Recht habt, würde das bedeuten, dass noch tausend von uns in kleinen versprengten Gruppen hier in der Festung lauern. Das sind weniger als Kytrins Horden, aber weit mehr, als ich je erwartet hätte.«

»Hoheit, hier drüben!« Jancis Eisenbart winkte ihn mit ihrem mechanischen linken Arm zu sich. Sie stand auf den Stufen zur Bühne. »Das müsst Ihr Euch ansehen.«

Die ganze Kompanie lief in die Mitte des Saales und stieg die Treppe hinauf. Als sich Ermenbrechts Augen auf einer Höhe mit der Plattform befanden, weiteten sie sich überrascht, denn wo er eine ebene Fläche erwartet hatte, fand er etwas ganz anderes vor. Als er sich der Bühne näherte, geriet deren Plattform in Bewegung, und die ebene Fläche entwickelte Beulen, die sich allmählich zu Mauern und Ruinen von Gebäuden formten. Im Zentrum erhob sich der Kronturm. An verschiedenen Punkten wich der Stein zurück und formte Gruben, und innerhalb von Minuten schaute er auf ein Miniaturmodell der Festung hinab.

Was noch erstaunlicher war: Der Stein wurde durchsichtig und gestattete dem Prinzen den Blick tief ins Fundament des Modells. Dort, in weiter Tiefe, sah er ein Modell der Kammer, in der er stand. *Und da unten kann ich winzige Gestalten sehen, die auf ein Modell dieses Modells starren, und darin würden sie noch winzigere Gestalten …*

Er schüttelte den Kopf und blickte zu Jancis. »Versteht Ihr das?«

Sie schüttelte den Kopf. »Ebenso wenig, wie ich die Felsen verstanden habe, die sich bewegten. Ich habe nie etwas Derartiges gesehen.«

Jilandessas rabenschwarzer Zopf schlängelte sich über ihre linke Schulter. »Doch, das habt Ihr. Es sind hier Spuren von Arkantafal-Magik am Werk. Dasselbe gilt für die Zauber, die Paks Leiche geholt und hier unter seiner Statue zur Ruhe gebettet haben. Es dürfte sich um urSreiði-Magik handeln, aber nicht nur. Mein Wissen auf diesem Gebiet ist begrenzt.«

»Ist klar, Jilandessa, und nicht weiter schlimm.« Ermenbrecht runzelte die Stirn. »Als Jancis die Stufen heraufgestiegen ist, hat das den Zauber ausgelöst?«

»So scheint es, aber ich kann es nicht sicher sagen.«

»Hoheit, da, in der Festung.« Nygal deutete auf ein blaugrünes Leuchten in der Nähe des Kronturms. »Das ist ganz in der Nähe der Stelle, an der die Krylls gerade graben.«

Als der Prinz näher trat, erschienen weitere Einzelheiten auf dem Modell. Dünne rote Linien zeichneten Pfade in und um einzelne Gebäude nach. Sie verbanden große rote Kreise mit einem weißen Punkt in der Mitte. Auch die Ausgrabung war rot gefärbt, deckte aber ein größeres Gebiet als die Kreise ab.

Plötzlich bebte die Erde. Die Erschütterung war nicht annähernd heftig genug, sie das Gleichgewicht verlieren zu lassen, doch Ermenbrecht spürte den plötzlichen Schlag deutlich. Auf dem Modell stürzte eine Gebäuderuine in der Nähe der Ausgrabung zusammen.

Einen Pulsschlag später waberte das Modell, dann verblasste es.

Ermenbrecht ging in die Hocke und legte die rechte Hand auf die glatte Steinoberfläche. Sie war so kühl wie die Grabplatten, und hätten Nygal und Jilandessa nicht so entgeistert auf die Bühne gestarrt, er hätte glauben können, sich das alles nur eingebildet zu haben.

Er stand auf und verschränkte die Arme. »Wir sind uns einig, dass wir eine Karte der Festung gesehen haben, ja?«

Ryslin nickte. »Die roten Linien und rotweißen Punkte sahen wie Streifenrouten und Garnisonsposten aus.«

»Stimmt.« Der Prinz rieb sich das Kinn. »Das Leuchten bei der Ausgrabung wäre dann ein Fragment der Drachenkrone?«

»Das klingt wahrscheinlich.« Jancis verzog das Gesicht. »Haben wir nur ein Leuchten gesehen, weil wir eine Mission erhalten haben, oder ist es das Einzige, das sich noch in der Festung befindet?«

Nygal riss die Augen noch weiter auf. »Wenn nur eines hier ist, hat Kytrin zwei.«

Ermenbrecht dachte kurz nach, dann lächelte er. »Ich schätze, die Zeit, als Kytrin Mitteilungen dieser Art über ein Fragment nutzen konnte, ist lange vorbei. Vor ihrem Angriff wurde ein anderes Fragment evakuiert. Falls das ein Kronenstein ist, hat sie nur einen von hier erbeutet. Jilandessa, habt Ihr eine Ahnung, warum das Modell verschwand?«

Die dunklen Brauen der Harqælfe senkten sich über die schlanke Nasenwurzel. »Ein Zauber dieser Größenordnung würde einen sehr mächtigen Zauberer erfordern und eine Menge Kraft, um ihn aufrecht zu erhalten. Es ist möglich, dass er schlichtweg erschöpft war. Es kann aber auch sein, dass er beim Einsturz des Gebäudes verletzt oder getötet wurde.«

Der Prinz nickte. »Wenn ich eine Vermutung äußern müsste, würde ich sagen, die Aurolanen haben Feuerdreck eingesetzt, um es einzureißen. Sie scheinen immer verzweifelter nach diesem Fragment zu suchen.«

Jancis trat an die Stelle, an der sie das Leuchten gesehen hatten. »Hier ist das Problem, Hoheit: Augenblicklich graben sie hier.« Sie trat zwei Schritte nach links. »Vor zwei Tagen haben sie die Ausgrabung hier gestoppt. Und vorige Woche haben sie dort drüben gegraben.«

»Ihr glaubt, jemand bewegt das Fragment?«

»Es ist eine logische Folgerung. Entweder jemand bewegt das Fragment, oder irgendetwas lässt sie an den falschen Stellen graben.« Die Meckansh zuckte die Achseln. »Ich würde sagen, unsere Sorge sollte sein, ob wir es vor ihnen erreichen und es dann irgendwie aus Festung Draconis wegschaffen können. Die Schwierigkeit dabei ist, wo immer es sich befindet, es wird geschützt sein. Wir werden es genau so schwer haben, es uns zu holen, wie die Aurolanen, und danach müssen wir es noch wegschaffen.«

Ryslin hakte die Daumen in den Gürtel und verschränkte die Finger. »Vielleicht können wir warten, bis sie es sich beschafft haben, und es ihnen dann abnehmen.«

Ermenbrecht schüttelte den Kopf. »Der Plan ist nicht schlecht, nur könnten sie es einer Araftsi geben, die damit wegfliegt, bevor wir an der Oberfläche sind.«

Nygal grinste. »Dann müssen wir halt alle Araftii umbringen. Ich habe reichlich Kugeln und Feuerdreck.«

Der Prinz nickte. »Gute Idee, aber was, wenn ein Drache es abholt?«

Das Grinsen auf dem Gesicht des saveressischen Soldaten wurde breiter. »Die sind ein noch größeres Ziel.«

Alles lachte, dann wurde Ermenbrecht wieder ernst. »Oberst Eisenbart hat Recht. Wir müssen das Fragment zuerst finden. Falls uns das nicht gelingt, müssen wir auf Ryslins Plan zurückgreifen und verhindern, dass die Aurolanen es abtransportieren.«

Verum, der greise Meckansh und Rüstmeister der Kompanie, hockte am Rand der Plattform. »Verzeihung, Hoheit, aber woher wissen wir, dass dieses Modell keine Falle Kytrins war? Falls wir darauf basierend einen Plan ausarbeiten, könnten wir geradewegs in eine Falle laufen.«

»Das ist ein gutes Argument. Wir werden uns also vorsehen müssen. Aber ich neige dazu, dem Modell zu glauben. Ich kann mir nicht vorstellen, dass die Aurolanen unsere Toten so ehren wie hier. Alles, was wir hier erfahren haben, war von einer Art, die uns helfen kann, und dabei besitzen wir nichts, was der Nordlandhexe helfen könnte.« Der Prinz nickte ihm zu. »Aber Eure Vorsicht ist lobenswert, und wir werden uns vorsehen. Die Patrouillenwege können wir mit ein paar Kundschaftern überprüfen, und falls wir Glück haben, finden wir vielleicht wieder hier herunter und können noch mehr erfahren.«

Ryslin deutete mit einer Kopfbewegung zu den Rängen der Grabstatuen. »Hoheit, ich vermute, so oder so werden wir alle wieder hier herunter finden.«

»Du hast sicher Recht, aber ich hoffe, dass du zumindest in einer Weise Unrecht hast.« Ermenbrecht schaute sich um und seufzte. »So ehrenvoll diese Gesellschaft auch ist, ich kann es abwarten, ihr beizutreten. Und falls es uns gelingt, das Fragment zu finden und Kytrin vorzuenthalten, glaube ich, unsere Kameraden werden mit Freuden darauf verzichten, uns in ihren Reihen aufzunehmen.«

Kapitel Dreiundzwanzig

Wills Anblick ließ Alyx erschauern. Das flackernde Licht einer halb heruntergebrannten Kerze warf zuckende Schatten über Gesicht und Brust des Knaben. Er lag reglos auf dem Bett, die Hände über dem Bauch gekreuzt, die Decken bis zur Hüfte herabgezogen und sauber gefaltet. Peri hatte sich darum gekümmert. Jetzt wartete sie in den Schatten zwischen Dranæ in der Ecke und dem brütenden Entschlossen im Lehnstuhl neben der Tür.

Der schwache Kerzenschein konnte den Ernst des Zustands nicht verschleiern, in dem sich Will befand. Seine Haut war weiß wie Alabaster und bildete einen krassen Kontrast zu den wütend roten Adern, die sich strahlenartig von der Wunde ausbreiteten. Sein Hals war von Verbänden bedeckt, auch wenn die Einstiche kaum noch bluteten. Schweiß lief ihm von der Stirn, die vor Nässe glänzte und sammelte sich in der Kuhle am Halsansatz.

Qwc saß auf Wills Kissen und flocht bedächtig eine Schläfenlocke. Der kleine Sprijt schlug mit den Flügeln, um den Knaben zu kühlen, und murmelte ihm ständig ins Ohr.

Alyx verstand nichts von dem, was er sagte, hoffte aber, dass es Will Frieden verschaffte. Sie glaubte sogar zu sehen, wie sein Mund in dem Versuch eines Lächelns zuckte und weigerte sich einzugestehen, dass sie sich etwas vormachte.

Ein leises Klopfen erklang an der Tür, und sie öffnete. »Hoheit. Ihr seid gekommen.«

König Augustus nickte. »Danke für die Nachricht. Gibt es irgendwelche Fortschritte?«

»Nichts. Er lebt, wir wissen jedoch nicht, wie lange noch.« Alyx schloss die Tür hinter dem König Alcidas und deutete auf den Stuhl neben dem Bett. »Wir haben nach Heilern geschickt, doch ohne Ælfenmagik besteht kaum Hoffnung.«

Entschlossen knurrte ärgerlich. »Das ist meine Schuld.«

»Wie das, Entschlossen?« Augustus betrachtete ihn mit ernstem Gesicht. »Das hättest du nicht voraussehen können.«

Die silbernen Augen des Vorqælfen wurden zu kalten Halbmonden. »Doch, hätte ich. Ich habe ihn durch den Flur rennen hören. Ich war hier und habe mich ausgeruht, genau da auf dem Bett. Ich habe ihn am Schritt erkannt. Ich hörte ihn zögern und dachte, er treibe irgendein Spiel. Als er in das Zimmer stürzte und den Arachnomorph anschrie, hätte ich schon auf den Beinen sein müssen, Syverce in der Hand. Ich war zu spät, Sekunden zu spät. Das Vieh hatte ihn gebissen, bevor ich es verhindern konnte.«

Dranæ meldete sich aus seiner Ecke. »Du hast getan, was du konntest, Entschlossen. Ich war unten im Schankraum, habe mich am Feuer gewärmt und Bier getrunken. Ich habe ihn hereinstürmen sehen und auch geglaubt, er sei mit Kinderkram beschäftigt. Wir haben ihn nicht nur beide falsch eingeschätzt, wir hatten auch keine Ahnung von dem Diebstahl.«

Augustus hob die rechte Braue. »Diebstahl? Ich hatte angenommen, der Angriff sei ein Attentat gewesen.«

Alyx schüttelte den Kopf. »Der Baron Draconis hat Kjarrigan ein Stück der Drachenkrone anvertraut. Kjarrigan hat es niemandem außer Kräh und mir erzählt – doch irgendwann danach muss er dieses Wissen auch Will anvertraut haben. Sie haben es in Kjarrigans Zimmer versteckt und möglichen Dieben eine Falle gestellt.

Es ist gelungen, aber Will wurde verletzt, als er den Dieb auf frischer Tat stellte. Kytrin hat eine ihrer Kreaturen geschickt. Entschlossen glaubt, und ich teile diese Ansicht, dass es sich um einen neuen Sullanciri gehandelt hat, den sie aus der Blauen Spinne erschuf.«

Der König runzelte die Stirn. »Was ist mit Kjarrigan?«

Alyx zuckte die Achseln. »Er wird vermisst. Lombo ist auf der Suche nach ihm.«

»Und der Sprijt?«

Qwc hob den Kopf. »Hier, hier. Qwc gehört hier. Kein anderer Ort als hier.«

Die Entschiedenheit in der Stimme des kleinen Geschöpfes unterstrich die Verzweiflung, die sie alle fühlten. Die Sprijsa waren für ihre magische Fähigkeit bekannt, immer im richtigen Augenblick an genau dem Ort aufzutauchen, an dem sie benötigt wurden. Diese Fähigkeit diktierte zwar nicht ihr ganzes Leben, aber falls Qwc wusste, dass er hier bei Will sein sollte, war es von vornherein zwecklos, irgendetwas anderes vorzuschlagen.

Wieder öffnete sich die Tür, diesmal ohne vorheriges Klopfen. König Swindger schob sich in den Raum, und zwei Soldaten im Kettenhemd drängten sich hinter ihm im Flur. Sie wollten ebenfalls hereinkommen, doch Entschlossen streckte den Arm aus und schlug ihnen die Tür vor der Nase zu. Swindger setzte zu einem Protest an, überlegte es sich jedoch anders, als der Vorqælf sich mit wütender Miene vor ihm aufbaute.

Auch Augustus stand auf und schaute Swindger an. »Habt Ihr Kräh mitgebracht?«

Der oriosische Monarch schüttelte den Kopf. »Ich habe Eure Bitte bedacht und mich entschieden, mir zunächst selbst ein Bild der Lage zu machen. Ich habe Soldaten zu seinem Schutz gebracht.«

»Die brauchen wir nicht.«

Swindger quittierte Entschlossens Bemerkung mit einem Schnaufen. »Sein augenblicklicher Zustand deutet auf etwas anderes hin. Wären sie ausreichend gewesen, den Norderstett zu beschützen, wäre er jetzt nicht in dieser Lage, oder?«

Entschlossen lüpfte die rechte Braue. »Und Eure Soldaten wären besser dazu in der Lage, einen Sullanciri von hier fern zu halten als von Eurem Palast?«

Swindgers Augen funkelten vor Wut. »Wie kann Er es wagen?«

Der Vorqælf sprach unbeeindruckt weiter. »Habt Ihr Euch entschlossen, das Tribunal von Eurem Sohn leiten zu lassen, bevor oder nachdem Kytrin Euch mitgeteilt hat, dass sie Nefrai-kesh schickt, damit er in Krähs Prozess aussagt?«

Der maskierte König stieß einen zitternden Finger in Richtung des Ælfen. »Er sehe sich vor, Vorqælf. Dies ist *mein* Reich, und ich lasse mich nicht beleidigen.«

Augustus legte ihm eine Hand auf die Schulter. »Ganz ruhig.«

»Nein!« Swindgers Nasenflügel bebten. »Ich bin es satt. Ich bin all das endgültig satt. Die Lügen, die Anspielungen. Ich bin der König. Oriosa steht unter meinem Schutz, und ich habe es nicht nötig, mir von einem heimatlosen Ælfenknaben, der keine Ahnung hat, wovon er redet, Beleidigungen anzuhören. O ja, er kämpft für seine Heimstatt, aber seit wann? Wäre er vor einem Vierteljahrhundert bei uns gewesen, wären wir jetzt nicht in einer solchen Lage. Wir hätten mit Kytrin abgerechnet.«

Augustus schüttelte den Kopf. »Es ist ungerecht und zu einfach, Entschlossen dafür die Schuld zu geben. Er konnte nicht in die Zukunft sehen. Das konnte keiner von uns. Ebenso gut könntet Ihr mir vorwerfen, Norderstett im Stich gelassen zu haben, als ich nach Okrannel zog.«

Swindgers Mund verzog sich zu einem verächtlichen Grinsen. »Diese Anschuldigung habe ich nie erhoben, mein Freund.«

»Nein, *mein Freund*, das habt Ihr nicht, und deshalb betrachte ich Euch noch immer als einen Freund, auch wenn Ihr meine Geduld arg strapaziert.«

»Was wollt Ihr damit sagen?«

»Das wisst Ihr sehr genau.«

»Genug!« Qwc flog auf und schob sich auf Augenhöhe zwischen die beiden Könige. »Geht, geht, geht, jetzt. Geht, jetzt, jetzt, jetzt. Raus, raus, raus.«

Swindger schlug mit einer Hand nach dem Sprijt, verfehlte ihn aber, als Qwc flink auswich. Das kleine Geschöpf deutete mit allen vier Händen auf den Orioser König und sprach. Während seine Stimme bis dahin immer einen hohen, schrillen Klang gehabt hatte, sank sie nun um mehrere Oktaven und erklang in wummernden Basstönen.

»Droða kar est jynda pros!«

»Aaarhhh!« Swindger schrie heiser auf und fiel auf ein Knie. Er krallte die rechte Hand in die Brust, die linke um das Handgelenk. Der Siegelring an seiner Rechten pulsierte in rotem Licht wie glutflüssiges Metall. Alyx erinnerte sich, dass ein Zauber auf dem Ring lag, der ihn vor feindlichen Absichten warnte. Die Magik wirkte ganz offensichtlich.

Entschlossen legte Swindger eine Hand auf die Schulter und seine Stimme sank zu einem Flüstern hinab. »Erzürnt die Kleinen nicht, Hoheit. Wenn ein Sprijt lacht, ist alles in Übereinstimmung mit der Welt, doch wenn er die Zähne fletscht, stürzen selbst die Mächtigsten.«

»Raus, raus, alle raus!« Qwcs Stimme nahm wieder ihre übliche Höhe an und er flitzte durch das Zimmer, trieb die anderen vor sich her zur Tür. Peri drängte sich hinter König Augustus, und Alyx schob sich neben Entschlossen, als der Vorqælf die Türe öffnete und den König in den Gang stieß. Sie verließen das Zimmer, und Qwc schaffte es, die Tür zu schließen. Peri öffnete die Tür zu Kjarrigans Zimmer, und sie traten hinein, angeführt von Swindgers zwei Soldaten.

Die beiden Männer keuchten auf und schreckten zurück, als sie das Spinnenungeheuer an einer Hand von der Decke baumeln sahen. Der Glanz des Drachenkronenfragments schlug noch immer hoch zum Dach und tauchte es in rotes Licht, mit Ausnahme der schwarzen Flecken vom verspritzten Blut des Sullanciri.

Swindger rieb sich die Hand. »Ist das das Ding?«

»Ja.« Alyx trat näher an die Überreste des Sullanciri. Nicht, weil sie sonderlich Lust dazu verspürt hätte, sondern da sie wusste, dass Swindger Abstand halten würde. »Wir vermuten, dass Kytrin es aus der Blauen Spinne erschaffen hat.«

»Dem Dieb.« Swindger schaute nach oben. »Woran hängt es?«

Die Prinzessin zögerte, dann schaute sie zu König Augustus. Der Alcider Monarch nickte. »Es ist ein Fragment der Drachenkrone, Hoheit. Kjarrigan Lies hat es aus der Festung Draconis mitgebracht.«

»Ein Teil der Krone ist *hier*, und niemand hat mir etwas davon gesagt?« Er beugte und streckte die Finger der rechten Hand. »Ich bin der König, und das ist eine Entwicklung von äußerster Wichtigkeit. Warum hat man mich nicht in Kenntnis gesetzt?«

Alyx schob das Kinn vor. »Ich habe die Nachricht unter dem Siegel striktester Verschwiegenheit erhalten. Ich war der Ansicht, je weniger Leute davon erfahren, desto besser.«

»Ich gehöre nicht zu den *Leuten*, Prinzessin Alexia. Ich bin der *König*.« Swindger schüttelte den Kopf und schnippte mit dem Finger in Richtung des Verstecks. »Holt es mir.«

Die beiden Soldaten schauten einander an und schüttelten den Kopf. Sie zögerten, dann setzten sie sich langsam in Bewegung, so vorsichtig, als wollten sie über dünnes Eis auf dem Reydo gehen.

»Einen Augenblick.« Alyx hob die Hand und hielt sie auf. »Hoheit, es liegen Zauber auf dem Fragment, um einen Diebstahl zu verhindern. Die Magik hat einen Sullanciri aufgehalten. Sie wird auch diese Soldaten stoppen.«

Die beiden Männer taten zwei große Schritte rückwärts.

Swindger klopfte sich mit dem Finger auf den Mund. »Nein, nein, das ist nicht annehmbar. Ihr habt mich übel beleidigt, ihr alle, und ich werde mir das nicht bieten lassen. Ich muss dieses Fragment der Krone beschlagnahmen und sicherstellen, dass es gut beschützt wird.«

Augustus schüttelte den Kopf. »Mein Freund, betrachtet diese Geheimhaltung nicht als eine Beleidigung Eurer Person, sondern erkennt in ihr das, was sie in Wahrheit ist. Prinzessin Alexia hat sehr zu Recht bemerkt, dass die Gefahr eines Diebstahls um so geringer ist, je weniger Personen von der Existenz des Fragments wissen. Wir wissen bereits, dass Euer Palast keinen Schutz gegen die Zugriffe der Sullanciri bietet, also war ihre Vorsicht nicht unbegründet.«

Der Oriose hob den Kopf und schaute Augustus an. »O, mein Freund, ich befürchte, Ihr irrt Euch. Dieses Fragment war zweifellos der Grund für den Angriff auf mein Reich. Hätte ich davon gewusst, ich hätte mich seiner Sicherheit angenommen, läge der Norderstett jetzt nicht auf der anderen Seite des Flurs im Sterben. Indem sie entschied, die Lage besser beurteilen zu können als ich, hat sie mein Reich in Gefahr gebracht. Sie ist eine ebenso große Bedrohung für Oriosa wie ihr angeblicher Gatte.«

Alyx sah einen Ausdruck eiserner Entschlossenheit auf Augustus' Züge treten. Der Alcider König schaute an Swindger vorbei zu dessen Leibwächtern. »Sie sind entlassen. Bringen Sie Kräh hierher.«

»Bewegen Sie sich, und ich lasse Sie hängen!«

Augustus' Kiefermuskeln spielten. »Er wird nichts dergleichen tun. Ich garantiere es. Gehen Sie. Holen Sie Kräh und bringen ihn hierher.«

Entschlossen trat einen Schritt vor, und Peri ließ die Krallen blitzen. Das genügte, die beiden Soldaten davon zu überzeugen, ihren Lehnsherren zu verlassen.

»Sofort hierher zurück! Feiglinge! Die Krähen werden sich an ihren Lebern sattfressen, bevor die Woche aus ist!«

Peri schloss hinter den beiden Männern die Tür.

Augustus' Stimme war trocken und ließ kaum etwas von seinem Zorn durchklingen. »Lasst mich etwas klar stellen, mein Freund. Ich weiß die verzweifelte Lage zu würdigen, in der sich Oriosa befindet, und ich habe Eure Mitteilungen über die Umtriebe der Truppen Kytrins gerne entgegengenommen. Aber ihre Heere marschieren südwärts und sind bereits in Sebtia eingefallen. Falls Muroso fällt, werden sie durch Oriosa stürmen und Alcida angreifen. Ich werde *nicht* auf meinem Boden gegen sie kämpfen. Ich werde sie in Sebtia oder Muroso stellen, oder, falls es nötig ist, in Oriosa. Ein Wort auf einer Arkantafal, und das südliche Drittel Oriosas ist mein. Ich kann Meredo gegen Bokagul abschneiden und Kytrin in Eurem Nordostkorridor bekämpfen. Croquellyn wird meine Flanke decken.«

Swindger bebte und spielte mit seinem Ring. »Ihr bedroht mein Reich.«

»Nein, Swindger, ich bedrohe *dich*, weil du *mein* Reich bedrohst. Bist du bereit, Vernunft anzunehmen, oder muss ich deinem Sohn unter Tränen mitteilen, dass der Sullanciri bedauerlicherweise noch nicht ganz tot war und dich mit ins Grab gerissen hat? Ich werde dir einen denkwürdigen Nachruf widmen.«

»Das könnt Ihr nicht tun! Ich bin König!«

»O, ja, mein Freund, ich weiß, und ich *bin* Euer Freund. Ich werde Euch die Gelegenheit bieten, zu beweisen, dass Ihr der meine seid.« Augustus deutete auf den Arachnomorph. »Ich werde das Kronenfragment in Eure Obhut geben.«

»Ja!«

Swindgers gieriger Tonfall verknotete Alyx die Gedärme. »Mein Fürst, haltet Ihr das für klug?«

Augustus nickte. »Im Gegenzug werdet Ihr …«

Swindgers Augen wurden schmal. »Im Gegenzug? Es ist mein Recht!«

»Ein Recht, das ich deinem Erben nicht gewähren werde, Swindger.« Der Alcider König seufzte ungeduldig. »Ihr werdet Kräh seiner Frau übergeben, und Ihr werdet ihm nicht länger nachstellen. Ihr werdet die Anstrengungen gegen Kytrin unterstützen. Ihr könnt die beiden Seiten in diesem Kampf nicht länger gegeneinander ausspielen. Die Zeit dafür ist längst vorbei. Ihr müsst zu uns stehen und gegen die Aurolanen. Ihr habt keine andere Wahl.«

Swindger schaute zu dem Fragment hoch. »Ich bin kein Dummkopf, Augustus.«

»Nein, aber Ihr seid auch nicht annähernd so klug, wie Ihr Euch einbildet. Das ist mein Angebot. Nehmt es an, und ich bin nicht gezwungen, Euer Reich anzugreifen. Wie lautet Eure Antwort, mein Freund?«

Swindgers Nasenflügel blähten sich unter einem lauten Schnauben. »Ich schlage ein, *mein Freund,* und werde es nicht vergessen. Ihr bekommt Kräh, aber natürlich müssen die Formalitäten eingehalten werden. Das versteht Ihr doch sicher, mein Freund?«

Augustus nickte. »Natürlich.«

Alyx verzog das Gesicht. »Mein Fürst, ist das wirklich der Zeitpunkt für politische Spielchen?«

»Es ist nur ein Punkt in einem weit größeren Spiel, und das gewinnen wir.« Der Alcider Herrscher seufzte. »Gesteht es ihm zu.«

Alyx nickte widerwillig. Sie wusste wohl, dass in der hohen Politik feinste Manieren dazu dienten, brutalen Machtmissbrauch zu kaschieren. Augustus hatte Swindger unverhüllt damit gedroht, ihn zu ermorden und Oriosa seinem Reich einzuverleiben. Die einzige Möglichkeit, die er ihm geboten hatte, das zu verhindern, bestand darin, Kräh gegen einen Teil der Drachenkrone freizugeben. Swindger blieb keine Wahl. Er musste annehmen, doch die Illusion des Machtgleichgewichts sollte erhalten bleiben.

Augustus hatte sichtlich kein Verlangen danach, Oriosa zu überfallen. Ungeachtet ihres jetzigen Königs waren die Oriosen für ihren Kampfgeist berühmt. Hätte Alcida angegriffen, hätten die Oriosen sich widersetzt und beide Reiche hätten Truppen verloren, die sie gegen Kytrin dringend brauchten.

Das Angebot, Swindger die Obhut über das Fragment der Drachenkrone anzuvertrauen, war für Augustus keine wirkliche Niederlage. Nachdem Swindger von dessen Existenz wusste, gab es ohnehin keine Möglichkeit, ihn daran zu hindern, es in seinen Besitz zu bringen. Er brauchte die Herberge nur abzusperren und von seinen Truppen besetzen zu lassen, und es gehörte ihm. Und auch wenn es möglicherweise ein Fehler gewesen war, ihm von seiner Existenz zu erzählen, wusste Kytrin offensichtlich bereits, dass es sich hier befand, und Augustus musste davon ausgehen, dass sie Swindger so oder so bedrängt hätte, es ihr zu beschaffen.

Der Handel glückte. Alcida verlor keine Truppen und konnte in der Zukunft auf Einladung Oriosas einmarschieren, um Swindgers Reich zu verteidigen. Sie hatten Kräh zurück, und dieser Gedanke verbesserte ihre Laune spürbar. Was ihr an diesem Handel nicht behagte, war die Gewissheit, dass Swindger Kräh irgendwie eine Falle stellen wollte, um ihm doch noch zu schaden. Der bloße Gedanke, jemand könnte ihm Böses wollen und sie voneinander trennen, machte sie wütend.

Swindgers rechte Hand ballte sich zur Faust, und er starrte sie wütend an. »Gefällt Euch etwas daran nicht, Prinzessin? Ihr bekommt alles, was Ihr wollt. Wir arbeiten jetzt alle zusammen.«

»Jetzt, ja. Aber ich ahne Schlimmes für die Zukunft.«

»Wie wir alle.« Swindger schenkte ihr ein öliges Lächeln. »Ein schmutziger Handel heute – für ein glorreiches Morgen. Wir könnten uns etwas Besseres wünschen, aber in düsteren Zeiten wie diesen lässt sich nichts Besseres erreichen.«

Kapitel Vierundzwanzig

Ihre Mutter hatte Recht gehabt. Selbst unter einer dicken Schneedecke war der Gestank Meredos beißend genug, Isauras Augen tränen zu lassen. Karrenräder zermahlten Pferdemist, Schlamm und Schnee zu einem schmutzigbraunen Morast, der makellosen Schnee und Passanten gleichermaßen verunreinigte und mit anbrechender Dunkelheit langsam gefror.

Die Menschen beunruhigten Isaura. Sie war zusammen mit Nefrai-kesh und Vionna über arkane Routen gereist, an deren Ende sie und die Piratenkönigin am Rande der Erschöpfung gestanden hatten. Als Sullanciri hatte Nefrai-kesh die Reise ohne Probleme bewältigt und sich an die Erfüllung seiner Aufgaben gemacht. Auch Spyr'skara hatte die Reise im Innern des Eis gut überstanden. Vionna hatte ihn freigesetzt, und er war schnell von der Größe einer großen Spinne zu einem mannsgroßen Arachnomorph gewachsen. Danach hatte Isaura ihn mit der Fragmentattrappe verbunden und der Magik ermöglicht, den Sullanciri an sein Ziel zu führen. Mit einem letzten Schnappen der Kieferzangen nach seiner früheren Geliebten hatte Spyr'skara sich über die Dächer auf den Weg gemacht.

Sie hatten dem neuen Sullanciri eine Weile nachgeschaut, dann hatte Vionna Isaura in die sicheren Räume der Herberge *Des Königs Maske* gebracht. Soweit Isaura das feststellen konnte, schien das Haus vor allem von okranschen Flüchtlingen bewohnt zu sein, die in den Diensten des einen oder anderen Adligen standen. Dort sollten sie auf die Rückkehr Spyr'skaras und auf das Rubinfragment der Drachenkrone warten.

Der Herbergswirt hatte zwei freie Zimmer, zögerte aber, sie beide an Vionna zu vermieten. Das erstaunte die Piratin, da Isaura, in einen Kapuzenmantel aus weißem Hermelin gehüllt, während der Verhandlungen unmittelbar hinter ihr stand. Doch der Wirt weigerte sich, ihre Anwesenheit zur Kenntnis zu nehmen. Er gab erst Ruhe, als Vionna den doppelten Zimmerpreis in Gold und im Voraus zahlte.

Isaura sah keinen Grund, der Piratin mitzuteilen, dass sie ihre Gegenwart auf magische Weise verbarg. Es war kein Zauber, der verhinderte, dass man sie sah. Das wäre bestenfalls unpraktisch gewesen und war zudem, soweit sie das sagen konnte, unmöglich. Stattdessen sorgte der Spruch dafür, dass man ihre Gegenwart schlichtweg vergaß. Ihre Mutter hatte ihr den sehr komplexen Zauber beigebracht und mit ihr geübt, bis sie Einsatz und Aufrechterhalten vervollkommnet hatte.

Kytrin hatte ihn recht einfach erklärt, auch wenn der Spruch selbst einem wirren Knäuel magischer Energieströme glich. Die meisten Geschöpfe, Menschen vor allem, sortieren alle Neuigkeiten, die sie im Laufe des Tages sammeln, nach Gemeinsamkeiten. Der Spruch sorgte dafür, dass die Kategorien für diese Einordnung verblassten. Jemand, der sie sah, nahm eine Frau in einem weißen Kapuzenmantel wahr – bei der Suche nach einem ähnlichen Bild für die Zuordnung ging jedoch etwas davon verloren. Weiß vielleicht, oder Mantel, oder Frau. Bei dem Versuch, eine andere Zuordnung zu finden, verblasste das Bild weiter. Kytrin hatte es mit dem Versuch verglichen, einen Wein am Geschmack zu erkennen. Nach vier Schlucken glaubte man, ihn möglicherweise zu haben, doch dann war der Wein geleert. Im Bewusstsein des Beobachters blieb nichts zurück, woran er sich hätte erinnern können.

Vionna konnte sie sehen, weil Isaura es ihr erlaubte. Zum einen wollte sie einer Reisebegleiterin gegenüber nicht unhöflich sein, zum anderen brauchte sie jemanden, der sich in den Südlanden auskannte. Wann immer sie wollte, dass Vionna ihre Gegenwart vergaß … Das Mädchen lächelte. Die Piratenkönigin besaß keinen ausreichend scharfen Geist, um den Zauber aus eigener Kraft zu besiegen.

Der Schankraum der Herberge bot für Isaura Schrecken und Freude gleichermaßen. Der ätzende Gestank ungewaschener Leiber, sauren Biers, Urins und Rauchs vom brennenden Holz in der riesigen Feuerstelle sprang sie geradezu an. Selbst die Hitze war drückend. Das lodernde Feuer im Kamin trieb die Temperatur in eine üppige Höhe, die in Aurolan in nur einer Nacht das Kochholz für eine ganze Woche gekostet hätte. Die Asche des Feuers würde, nach dem wenigen, was sie bis jetzt von der Stadt gesehen hatte, nicht zum Düngen eines Feldes dienen, sondern man würde sie auf die Straßen kippen, wo sie nur den Schnee verdreckte und schneller schmelzen ließ.

Auch die Leute überraschten sie. Sie boten ein Kaleidoskop der Menschheit, mit Haar in allen Farben und Längen. Große und hagere Menschen unterhielten sich mit kleinen und fetten. Verkrümmte, bucklige alte Frauen hockten in einer Ecke, schaukelten vor und zurück, unterhielten sich, starrten mit schmalen Augen aus verkniffenen Gesichtern. Junge Männer riefen einer Serviererin etwas zu, woraufhin sie stehen blieb, und ihre Antwort ließ einen von ihnen leuchtend rot anlaufen. Kleidung, zum größten Teil dreckig, lag in Schichten über den Leibern und schien weniger dazu gedacht, sie zu wärmen, als irgendeinen Eindruck zu erwecken.

Sie fand das alles abstoßend und wäre hinter Vionna die Treppen hinaufgestürzt, um das Weite zu suchen, wäre da nicht ein Punkt gewesen: Die alten Weiber, die

Begleiter des rot angelaufenen Burschen und die meisten anderen im Raum lachten. Manches Lachen klang herzhaft, anderes leise, wieder anderes wie ein triumphierendes oder angewidertes Kichern – aber es war Gelächter. Isaura hatte keine Mühe, es als Lachen zu betrachten, aber noch nie hatte sie so viel Gelächter auf einmal gehört. Und es machte sie lächeln.

Vionna zog an ihrem Arm. »Ich sagte, kommt mit.«

Isaura blinzelte mit silbernen Augen. »Ja, Verzeihung.«

Die Aurolanenprinzessin folgte schweigend und hoffte weniger auf nützliche Neuigkeiten von Vionna, mehr, von unten neues Lachen aufzuschnappen. Die Piratin führte sie die Treppe hinauf und einen engen Korridor hinab. Sie stieß eine Tür auf, dann hob sie eine Kerze aus einem Wandhalter und zündete damit die Lampe auf dem kleinen Tisch neben dem Bett an.

Isaura schüttelte sich. Die Größe des Zimmers gefiel ihr – es war klein genug für ein echtes Aurolanenzimmer, so gebaut, dass es sich leicht heizen ließ. Doch auf der niedrigen Pritsche, die ihr als Bett dienen sollte, lagen eine dünne Decke und eine noch dünnere Matratze. Der Geruch von schimmligem Stroh füllte den Raum, auch wenn er mit dem Gestank des Lampenöls um die Vorherrschaft kämpfte. Die hohe Decke störte sie, denn die ganze warme Luft stieg zu ihr auf, und durch die Ritzen zwischen den Fußbodenbrettern drang ständig neue Wärme aus dem Schankraum.

Sie deutete auf die Matratze. »Das ist dreckig.«

Vionna beugte sich über das Bett und schnupperte. »Gerade ein paar Wochen alt. Da ist nichts, wovor Ihr Angst haben müsstet.«

»Aber ich wünsche nicht, darauf zu schlafen.«

Vionna richtete sich auf und überspielte hastig die Verachtung, die über ihr Gesicht huschte. »Dann werde ich dieses Zimmer nehmen, und Ihr könnt das andere haben.«

Sie gingen über den Flur und fanden ein anderes, ähnlich heimeliges Zimmer, dessen Matratze tatsächlich aus mehr und frischerem Stroh bestand. Vionna schnupperte mit übertriebener Betonung an dem Stroh, dann deutete sie mit flacher Hand auf das Bett. »Dies entspricht möglicherweise eher Euren Wünschen, Prinzessin.«

»Möglicherweise.« Isaura setzte sich auf die Bettkante. »Ich bin ermüdet. Sie kann später wiederkommen.«

Die Piratin nickte. »Wie Ihr wünscht.« Die Verachtung, die ihre Züge verbargen, schlich sich in ihre Stimme. »Später können wir uns umsehen, falls Ihr das wünscht.«

Isaura nickte, dann wedelte sie Vionna mit einer leichten Geste der rechten Hand aus dem Zimmer. »Das wäre mir genehm.«

Die Piratin hob die Hand vor den Mund, um ein Gähnen zu verbergen, dann verließ sie das Zimmer und zog die Türe hinter sich ins Schloss. Isaura hörte die Tür auf der anderen Seite des Flurs zuschlagen und lächelte. Die Abschiedsgeste hatte einen Zauber geworfen, der einen magischen Fluss zwischen den beiden Frauen aufbaute. Er zehrte an Vionnas Energie und vermittelte Isaura einen flüchtigen Eindruck von der Absicht der Piratin, die jungen Burschen im Schankraum aus anderen Gründen erröten zu lassen. Doch durch den Zauber übertrug sich Isauras Müdigkeit auf Vionna, und die aurolanische Prinzessin fühlte sich so frisch wie nach einem mehrstündigen Schlaf.

Sie gestand sich ein, dass es nicht die Art von Behandlung war, die man einer Freundin angedeihen ließ, den Zauber ohne Vionnas Wissen zu schleudern – aber Vionna war keine Freundin. Isaura hatte ihren Widerwillen dem Stroh gegenüber übertrieben, um der Piratin einen Anlass zu bieten, sie abzulehnen. Vionna hatte erkennbar kein Verlangen, sie zu begleiten, und betrachtete sie als zerbrechliche Eisblume, die im Süden nichts zu suchen hatte.

Isaura gab sich keinen Illusionen hin, was ihren Mangel an Erfahrung betraf, doch das machte sie keineswegs zu einem Dummkopf. Sie hatte schon viel gelernt und würde sich noch sehr viel mehr aneignen, aber Vionnas Verachtung ließ sie nicht gerade als eine gute Lehrerin erscheinen. Außerdem hatte Isauras Mutter sie in die Südlande geschickt, um sich ein Bild von ihnen zu machen, und mit einer läufigen Banditin unterwegs zu sein, versprach kaum die Art von Wissen, um die es ihr ging.

Mit einer kurzen Fingerbewegung löschte Isaura die Lampe und trat auf den Flur. Sie glitt an Vionnas Tür vorbei und unterdrückte ein Lächeln, als ein Schnarchen aus dem Zimmer an ihr Ohr drang. Dann ging sie die Treppe hinab. Ein aufwärts kommender Mann drehte sich mit dem Rücken zur Wand, um sie vorbeizulassen, doch als er oben im Flur war, hatte er sie schon vergessen. Sie trat aus der Herberge auf die dunkle Straße, und ein schauderndes Pärchen im Schankraum fragte sich, woher der kalte Windhauch gekommen war.

Da die Spuren ihrer Stiefel im Schnee ihre Gegenwart verraten hätten, hielt Isaura sich an Straßen und Pfade, auf denen der Passantenstrom ihn zertrampelt hatte. Ihre Nachtsicht war gut genug, um auf sichtverstärkende Zauber verzichten zu können. Sie bedauerte, dass der Schnee die ganze Stadt bedeckte, denn sie hätte gerne gesehen, was die Müllhaufen in den Gassen enthielten. Aus dem wenigen, was sie erkennen konnte, als sie beobachtete, wie zwei Bettler einen dieser Müllhaufen durchstöberten, wäre jeder Einzelne von ihnen in Aurolan ein Schatz gewesen, voller nützlicher Holzstücke, Nahrungsreste und Metallteile.

Sie wanderte in der anbrechenden Dunkelheit durch die abendliche Stadt und sah, wie sich das Leben verlangsamte, als bereite es sich auf einen Winterschlaf vor. Menschen bewegten sich hastig durch die Straßen und drängten sich in Tavernen, aus denen lautes Gelächter drang. Gelbes Licht und flackernde Schatten fielen über den Schnee, und obwohl die Nacht nicht annähernd kalt genug war, um unangenehm für sie zu werden, fühlte Isaura doch einen kühlen Schauder.

Sie erkannte ihn sofort, denn er war ihr wohlvertraut. In Aurolan spürte sie ihn häufig. Zwischen ihr und den anderen klaffte ein Abstand. Die Sullanciri betrachteten sie mit einer Ergebenheit, die keine Nähe zuließ. Nefrai-laysh scherzte mit ihr oder widmete ihr einfache Reime, doch sie wusste, dass das einem inneren Drang entsprang und kein Zeichen von Zuneigung war. Neskartu lobte ihr magisches Können, war ihr gegenüber aber noch kühler als zu seinen Schülern.

Diese erhielten nie eine Gelegenheit, irgendeine Bindung zu ihr aufzubauen, ebensowenig wie sie zu ihnen. Sie unterschieden sich auf so vielfältige Weise von ihr, dass kaum eine Chance bestand, sie hätten Sympathien für Isaura entwickeln können, selbst wenn es ihr gestattet gewesen wäre, mehr Zeit mit ihnen zu verbringen. Sie wusste das, und benutzte dieses Wissen dazu, sich vor einer Enttäuschung zu schützen.

Zugleich wusste sie auch, dass es dort draußen Leute gab, die sie mögen und willkommen heißen würden, wie Wandersleute in einer warmen Taverne willkommen geheißen wurden. Das hatte man ihr gesagt, und sie glaubte es. Dass sie ein Verlangen nach dieser Anerkennung empfand, überraschte sie allerdings. In Aurolan wurde sie ihrer Mutter wegen von allen erkannt und verehrt, doch hier würde man sie um ihrer selbst willen annehmen. Das war eine ebenso neue Erfahrung für sie wie diese Reise in die Südlande.

Isaura schlenderte weiter, ohne eine bewusste Entscheidung, wohin sie ging oder was sie plante. Stattdessen öffnete sie sich dem gewaltigen Strom der Magik und ließ sich treiben. Sie sprach keine Zauber, aber die Wirbel und Strömungen zogen sie hierhin und dorthin. Kräfte jenseits ihrer Kontrolle, ob von anderen gewirkte Sprüche, die Launen der Götter oder Eide und Schwüre, die, einmal geleistet, zu lebendigen Wesenheiten wurden, steuerten die Segel ihres Geistes wie Windböen.

Ein leichtes Aufwallen sandte ihr ein Kitzeln durch den Leib. Sie bog nach links ab und näherte sich durch das Schneetreiben einer anderen Herberge. Sie trat ein, stieg die Treppe hinauf und erreichte einen leeren Flur. Ihr Schritt führte sie schnell den Gang hinab, und sie hielt den Mantel fest, um das Rascheln des Kleides zu unterdrücken. Hinter einer Tür auf der rechten Seite erklangen laute Stimmen – doch dies war nicht ihr Ziel.

Sie öffnete die linke Tür, trat ein und schloss sie hinter sich. Auf dem Bett des Zimmers lag ein Knabe, den ein fauliges Miasma umgab. Obwohl das Zimmer dunkel war, konnte sie die durchscheinend weiße Farbe seiner schweißnassen Haut und das wütende Rot des Adernnetzes darunter deutlich erkennen. Sein Atem rasselte im Takt des pumpenden Brustkorbs. Kurz und hart waren die Atemzüge, mühsam und schwach. Sie konnte hören, wie sie schwächer wurden.

Ein Sprijt stand auf dem Kissen neben dem linken Ohr des jungen Burschen. Die kleine Kreatur schaute zu ihr hoch und erstarrte. »Geht, raus, geht raus.«

Isaura hob den linken Zeigefinger, drehte ihn kurz zur Decke gewandt, dann stieß sie ihn senkrecht herab. Der Sprijt ließ die Haare fallen, die er geflochten hatte, drehte sich auf dem Kissen und brach zusammen. Er blieb auf dem Bauch liegen, Arme und Beine weit von sich gestreckt.

Sie trat ans Bett und zog die Kapuze zurück, bevor sie den Mantel über die Schultern nach hinten streifte.

Als sie sich dem Jüngling näherte, spürte sie die Hitze von ihm aufsteigen. Sie schloss die Augen und sprach einen einfachen Zauber, dann zuckte sie vor der Gewalt der Wirkung zurück. Sie keuchte laut auf und riss die Hand an den Mund.

In den Adern des Burschen tobte ein furchtbares Gift. Es fraß an ihm wie Säure. Es löste ihn von Innen heraus auf, langsam und unaufhaltsam, hatte bereits schweren Schaden angerichtet. Er hatte vielleicht noch Stunden zu leben, bestenfalls einen Tag.

Das allein schon war erschreckend genug, aber Isaura erkannte das Gift. Sie wollte es nicht glauben, konnte sich dem Wissen aber nicht verschließen. Es stammte von Spyr'skara. Sie hatte Neskartu geholfen, den Sullanciri zu erschaffen, daher konnte sie seinen Einfluss und seine Aura in dem Gift deutlich spüren. Sie wusste sogar, dass der Sullanciri diese Waffe erhalten hatte, allerdings zur Selbstverteidigung.

Es war dazu gedacht, sich gegen Angreifer zu verteidigen, aber wie hätte dieser Knabe einem Sullanciri gefährlich werden können? Das war ganz offenbar unmöglich, und ebenso offenbar war, dass Spyr'skara ihn aus Wut oder dem Drang gebissen hatte, Schmerz zuzufügen, vielleicht sogar nur aus dem Wunsch, seine neue Macht zu erproben. Sein Handeln war ein Verrat an allem, wofür ihre Mutter stand.

Isaura schüttelte langsam den Kopf und weigerte sich zuzulassen, dass die Taten ihrer Mutter durch das Handeln einer fehlerhaften Schöpfung besudelt wurden, an deren Erschaffung sie beteiligt gewesen war. Sie tauchte ihren Geist in den Großen Fluss, während sie die Hände auf die fiebrige Stirn und Brust des Knaben legte. Sie zog tiefe Magik ein und ließ sie kühl und klar in seinen Körper fließen.

Sein Leib bäumte sich auf und verkrampfte sich. Der Rücken bog sich heftig durch, dann entspannte er sich und fiel hart genug zurück aufs Bett, um den Sprijt vom Kissen fliegen zu lassen. Ein neuer Krampf schüttelte den Jungen, dann flogen seine Augen auf, seine Hände krallten sich in die Decken. Er legte den Kopf in den Nacken und sein Mund öffnete sich, aber kein Laut drang heraus.

Er starrte sie nur an, mit weiten Augen, vor Schmerz und Angst halb wahnsinnig.

Die Magik, die sie in ihn umleitete, war kein eigentlicher Zauberspruch, sondern flutete in purer Zauberkraft durch seine Adern und Organe und verdünnte das Gift. Wo das Gift wie schmelzflüssiges Metall gebrannt hatte, kühlte die Magik. Wo das Gift verätzt hatte, linderte sie. Die Magik spülte das Gift aus seinem Leib und riss es mit sich hinaus in den Fluss, wo es sich in Nichts auflöste.

Die halbe Arbeit ist getan. Isaura bereitete sich darauf vor, einen Zauber zu sprechen, der den Schaden behob. Sie würde am Hals beginnen, denn die Krampfanfälle hatten die Verbände verrutschen lassen und zwei nässende, brandige Löcher unterhalb der Ohren aufgedeckt.

»Dein Teil ist getan, kleine Schwester.« Die Stimme polterte aus der Dunkelheit rechts von ihr, aber sie konnte den Kopf nicht drehen, um nachzuschauen, wer gesprochen hatte. Sie spürte, wie alte Magik sie festhielt, erkannte ihr Wesen und nickte, denn sie wusste, dass diese Bewegung ihr gestattet war.

»Du bist hier in Gefahr. Geh, bevor du entdeckt wirst. Man wird sich um den Rest kümmern. Er wird überleben, und du wirst ihn erkennen, wenn ihr euch wiederseht.«

Isaura schaute dem Knaben ins Gesicht, in die grauen Augen. »Ich werde dich erkennen, wenn wir uns wiedersehen.«

Seine Lider wurden schwer. Langsam schlossen sich die Augen. Der Atem ging regelmäßiger, das Rasseln in der Brust war fast verschwunden. Sie lächelte, dann verließ sie das Zimmer und folgte zwei Soldaten, die sie bereits vergessen hatten, bevor die Herbergstür, die einer von ihnen für sie aufhielt, sich geschlossen hatte.

Swindgers Einschätzung des Geschäfts, das sie abgeschlossen hatten, bereitete Alexia Magengrimmen, doch alles, was sie hätte sagen können, drohte die Vereinbarung zu brechen. Im Schatten des toten Sullanciri widmete sie sich stattdessen dem einen verbleibenden Problem. »Wir müssen immer noch einen Weg finden, Will zu retten.«

Der König Oriosas nickte. »Ich habe bereits Magiker aus dem ganzen Königreich bestellt. Ich werde den Norderstett nicht aufgeben!«

Die Tür zu Kjarrigans Zimmer schwang auf und Will sackte gegen den Rahmen. »Mich aufgeben?« Seine Stimme klang krächzend und rau. »Wer will mich aufgeben?« Die Augen des nackten Knaben rollten nach oben, und er fiel nach hinten, in die Arme des entgeisterten Dranæ.

Kapitel Fünfundzwanzig

Kjarrigan wurde vom Knurren seines leeren Magens geweckt. Immer noch in tiefer Dunkelheit, in der das Rumoren seiner Eingeweide mit dem Tropfen des Wassers wetteiferte, wusste er einen Augenblick nicht mehr, wo er war. Als die Erinnerung langsam zurückkehrte, auch wenn er noch immer keine Ahnung davon hatte, *wo* er war, geschweige denn warum, fragte er sich, wie lange er geschlafen hatte. Das leere Gefühl in seinem Bauch deutete darauf hin, dass er eine Mahlzeit verpasst hatte.

Er verzog das Gesicht. Er aß oft und gerne, sodass diese Feststellung eine recht geringe Aussagekraft besaß. Es konnte bedeuten, dass es zwei Stunden später war oder vier, oder auch zwei Tage. Er machte sich in Gedanken eine Notiz, dass er keinen Zauber kannte, mit dem er Zeit oder Datum feststellen konnte, und überlegte sich, wie sich diese Lücke schließen ließ.

Während er darüber nachsann, hievte er sich vom strohbedeckten Boden in eine sitzende Stellung auf und zog die Decke fester um den Körper. Er hustete etwas, aber das lag daran, dass seine Kehle trocken war. Es war kein feuchtes Husten wie zuvor. Obwohl er jung und gesund war, wusste er, dass ein derartiger Husten ihn gewöhnlich erst nach mehreren Tagen verließ, und er weigerte sich zu glauben, er hätte derart lange schlafen können. Er strich sich mit der Hand übers Kinn und fühlte kleine Stoppelflecken. Das ließ darauf schließen, dass seit seiner letzten Rasur nicht einmal anderthalb Tage vergangen waren.

Das bedeutet, sie haben meine Lunge mit Magik gesäubert.

Die Erkenntnis verbesserte seine Laune auf zweierlei Weise. Erstens ließ es darauf schließen, dass man nicht vorhatte, ihn sofort zu töten. Heilzauber waren nicht leicht, und von sich selbst abgesehen kannte er keinen Menschen, der sie beherrschte. Also gehörte die Person, mit der er gesprochen hatte, einer der Älteren Rassen an. Da weder Ælfen noch urSreiði für ihre Mordlust berüchtigt waren, fühlte Kjarrigan sich bei diesem Gedanken gleich wohler.

Der zweite Aspekt seiner Erkenntnis – dass er von einem Mitglied der Älteren Rassen festgehalten wurde – machte ihm zugleich Mut, dass seine Gefangenschaft einen guten Sinn hatte. Nur die wenigsten urSreiði oder Ælfen standen in den Diensten Kytrins, was die Gefahr verringerte, dass er an sie ausgeliefert werden sollte. Was genau man von ihm erwartete, wusste er allerdings immer noch nicht.

Rechts von ihm klickte etwas. Er drehte sich um, um nachzuschauen, und sah den von hellem Lichtschein nachgezeichneten rechteckigen Rahmen einer Tür. Der Lichtkegel wurde breiter, als die Tür langsam aufschwang. Er kam mühsam auf die Beine und stolperte darauf zu, blieb aber in deutlichem Abstand zur Tür stehen. Er rechnete mit einer erneuten Prüfung und lauschte nach Geräuschen, die auf eine Falle hindeuteten.

»Bitte tritt ein, Adept Lies.«

Kjarrigan schlich näher und fühlte kühlere Luft aus dem hellen Zimmer in den Kerker dringen. Er musste sie weiter aufdrücken, um seine Leibesfülle durch die Öffnung zu zwängen, selbst seitlich gedreht, und drückte sie hinter sich wieder zu. Die Tür schloss sich mit einem gedämpften Knacken, und er hoffte, sie nie wieder passieren zu müssen.

Die Kammer, in der er sich jetzt befand, schien kleiner als seine Zelle und enthielt ein großartiges Kaleidoskop unbezahlbarer Schätze und dreckigsten Mülls. Sie war kaum vier Schritte breit, vielleicht zweieinhalb hoch und sieben tief. Ihre Innenmaße wurden von den Kanten tiefer Regale gesetzt, die bis zur Decke mit Büchern gefüllt waren. An manchen Stellen waren die Bücher nach hinten geschoben, und vor ihnen stand allerlei Kram aufgereiht, von seltsam geformten Steinen über Skelette von Vögeln und kleinen Tieren bis zu Artefakten arkaner und unergründlicher Natur.

Unergründlich ohne Einsatz von Magik.

Ein Karrenrad war zu einem Kronleuchter umgebaut worden und hing über dem langen, schmalen Tisch in der Mitte des Zimmers. Dicke Kerzen flackerten auf dem Rad, und in den Regalen tropfte von anderen Wachs – wie dicke Eiszapfen. An den Schmalseiten des Tisches, an Kjarrigans Ende und dem ihm gegenüberliegenden, waren Stühle aufgestellt. Eine Mischung aus Porzellan- und Silbergeschirr stand auf dem Tisch, und von Gerichten, die er weder vom Aussehen noch vom Geruch her erkennen konnte, stieg Dampf auf.

Er teilte den Raum mit zwei weiteren Personen. Die Erste saß ihm gegenüber. Der hochlehnige Stuhl war so gestellt, dass sein Benutzer schräg rechts an ihm vorbeischaute. Er wirkte schlank und trug eine prachtvolle rote Seidenrobe, kunstvoll verziert mit goldener Stickerei, in deren Muster sich Drachen durch ein verschlungenes Flechtmuster wanden. Eine dicke Goldkordel zog sich an den Säumen entlang, schloss die Ärmel ab und umrahmte die Kapuze. Diese hing tief über dem Gesicht des Fremden und tauchte es zum größten Teil in tiefen Schatten, sodass wenig mehr erkennbar war als eine sehr stilisierte Maske, die es völlig bedeckte. Er trug sogar Lederhandschuhe und einen leuchtend goldenen Schal, sodass nicht das kleinste Fleckchen Haut sichtbar war.

Die andere Gestalt im Zimmer war im Gegensatz

dazu so gut wie nackt. Sie hockte in einer Ecke, den Hintern in Höhe der Fersen, die Knie über die Schultern ragend, die Hände vor dem Schoß auf den Boden gepresst. Kjarrigan erkannte sie sofort als urSreð, aber ihre zottige schwarze Mähne fiel bis über die Schultern, und der Bart ging ansatzlos in eine dichte Brusthaarmatte über. Die setzte sich über den Bauch hinab fort und wurde über den Lenden noch länger. Kjarrigan konnte nicht erkennen, ob die urSreð eine Art Lendenschurz aus Pelz trug oder nicht, und studierte sie auch nicht lange genug, um es herauszufinden. Wo kein Haar sie bedeckte, war eine kupferspatfarbige Haut zu erkennen, die im Kerzenschein einen kränklichen Eindruck erweckte.

Augenblicklich korrigierte Kjarrigan seine Einschätzung. Das musste ein männlicher urZreð sein. Zumindest wirkte er breiter und massiger als jede urSreð, die er je gesehen hatte. Was ihn vor allem überraschte, war seine bloße Gegenwart. Er wusste zwar nicht viel über männliche Zwerge, doch bisher hatte er geglaubt, sie würden die Berge nie verlassen. Meredos Lage in der Nähe Bokaguls machte es zwar denkbar, dass man ihn dorthin transportiert hatte, doch der junge Magiker hielt den Gedanken für recht unwahrscheinlich.

Sein Gastgeber winkte locker mit der linken Hand. »Ich entschuldige mich für die Ärmlichkeit unserer Umgebung und die spärliche Verpflegung, aber meine Möglichkeiten als Gastgeber sind leider recht begrenzt.«

Kjarrigan nickte höflich, dann hob er die schmutzigen Hände. »Ich verdiene kaum die Bezeichnung Gast.«

Ohne den Kopf zu drehen, hob sein Gegenüber die Hand und winkte. »Bok, seine Hände.«

Der urZreð beugte die Schultern noch tiefer und kniff die schwarzen Augen zusammen. Ein leises, glucksendes Geräusch, dem jede melodische Note fehlte, drang tief aus seiner Kehle, dann schlurfte er näher. Bok streckte die linke Hand aufwärts und griff nach einem silbernen Becken auf einem hohen Regalbrett. Doch ohne sich aus der kauernden Haltung zu erheben, reichte sein Arm nicht annähernd hoch genug.

Dann dehnte sich der Arm des urZreð. Nur der Unterarm verlängerte sich, was ihn etwas dünner werden ließ. Die Finger fassten geschickt den Rand des Beckens und holten es herab, aber Bok musste den Ellbogen in einem ungelenken Winkel heben, um das Gefäß an die Rechte weiterzugeben.

Kjarrigan beobachtete ihn und konnte seine Überraschung nicht verbergen. Er wusste, die urSreiði waren Gestaltwandler, und er hatte auch schon die eine oder andere verwandelte urSreð bemerkt, war jedoch noch nie zuvor Zeuge dieses Vorgangs geworden. Außerdem hatten die urSreiði, die er bisher in verwandelter Gestalt gesehen hatte, auf eine symmetrische Form geachtet, was ihre seltsamen Formen leichter nachvollziehbar machte.

Bok griff in ein anderes Regal und holte ein kleines Handtuch, das er sich über den Kopf legte. Er schlurfte weiter heran und blieb vor Kjarrigan stehen. Mit einer Hand hob er die Schüssel und blubberte heiser. Kjarrigan nahm die Einladung an und tauchte die Hände in das kühle, saubere Wasser, das sich augenblicklich verdunkelte. Dann zog die Kreatur die Schüssel fort und verdreckte das Handtuch, indem sie Kjarrigans Hände damit abrieb.

Kjarrigans Gastgeber winkte, und die Schüssel schwebte vom Boden an sein Ende des Tisches. Er griff mit beiden Händen danach, während der urZreð Kjarrigan abtrocknete, und schwenkte das schmutzige Wasser. Er schaute hinein, als wolle er Omen und Zeichen darin lesen. Kjarrigan beobachtete ihn genau und lauschte auf irgendwelche gemurmelten Zauberformeln, sah oder hörte aber nichts, was auf das hätte hindeuten können, was der Fremde tat.

Sein Gastgeber stellte die Schüssel ab, dann deutete er auf den Stuhl, der sich vom Tisch fort schob. »Bitte, setz dich.«

Bok zog sich wieder in seine Ecke zurück und Kjarrigan setzte sich. Er zog sich die Decke fest um den Leib. Sein Magen beschwerte sich laut über die Abwesenheit von Nahrung, doch der Magiker griff nicht nach den Speisen. Er hatte auf eine ausdrückliche Aufforderung gewartet, einzutreten, und würde es mit dem Essen ebenso halten.

Sein Gastgeber nickte. »Du darfst mich Rym Ramoch nennen. Mein Diener ist Loktu-Bok Jex. Ich weiß nicht, wie viel du über die urSreiði weißt, aber aus deiner Erwiderung entnehme ich, dass dir bekannt ist, wie ausgesprochen selten man einen urZreð außerhalb der Berge findet. Die Gesellschaft der urSreiði ist ein Matriarchat, und die abgesondert lebenden Männer werden nur zum Arbeiten und zur Fortpflanzung eingesetzt. Sie sind wenig mehr als Sklaven, wenn auch durchaus vernunftbegabt. Die Nachsilbe ›Bok‹ kennzeichnet ihn als Ausgestoßenen. Ich habe ihn im Vorgebirge Bokaguls gefunden und seine Künste als Diener erkannt. Unglücklicherweise verwildert er fern der urSreiði-Gemeinschaft immer mehr, aber er ist noch immer loyal und ziemlich stark.«

Bok schaute zu Kjarrigan hoch und grinste ihn an.

Rym klopfte mit einem behandschuhten Finger auf den Tisch, dann zeichnete er einen kleinen Kreis auf die Platte. »Du fragst dich natürlich, warum du hier bist – wie es jedes vernunftbegabte Wesen täte. Du hast inzwischen geschlossen, dass Bok es war, der dich verfolgt und gefangen genommen hat. Er fühlt sich unter Brücken sehr wohl, und du bist in die Falle getappt, die wir dir legten. Du bist, wie du wohl weißt, recht stark, und dir ebenso wie deiner Magik haftet ein gewisser Makel an.«

»Ein Makel?«

»In der Tat, ein Makel, eine Verunreinigung. Ich glaubte zunächst, er stamme nur aus einer Quelle, dem Drachenbeinpanzer, aber da ist mehr.«

Kjarrigan blinzelte. »Drachenbeinpanzer?«

Rym hob den Kopf, doch die Kapuze verbarg seine Augen. »Du wusstest nicht, dass der Panzer, der durch deine Haut dringt, aus Drachenbein besteht?«

Kjarrigan dachte zurück an das Ritual. Für den Zauber waren drei gleichermaßen zähe Flüssigkeiten zum Einsatz gekommen. Die Erste war rubinrot gewesen, die Zweite elfenbeinweiß. Die Dritte hatte er nicht gesehen, aber sie hatte nach Minze gerochen. »Die elfenbeinfarbene Flüssigkeit, das waren flüssige Drachenknochen?«

»So ist es. Die Erste war Erdblut, eine seltene Mixtur, die nur den wenigsten bekannt ist. Und noch weniger sind in der Lage, sie herzustellen. Sie hat dich weit genug verwandelt, um die Verbindung mit dem Drachenbein zu ermöglichen.«

»Und die Dritte? Sie roch nach Minze.« Kjarrigan schauderte. »Sie betäubte den Schmerz der beiden anderen.«

»Irgendeine Salbe. Sie ist nicht unbedingt erforderlich, wird aber empfohlen, um es dem Empfänger des Panzers zu erleichtern, sich auf den Zauber zu konzentrieren. Ich muss sagen, es ist bemerkenswert, dass jemand von deiner Jugend ihn sprechen konnte.«

Kjarrigan wollte lächeln, verkniff es sich aber lieber. »Ich habe nur getan, was von mir verlangt wurde. Man hat mich nur gefragt, ob ich ihn sprechen kann, und mich dann aufgefordert, es zu tun.«

»Du hast den Zauber ohne einen Gedanken an die Folgen gesprochen?«

»Nun, ich …« Kjarrigan verzog das Gesicht und zog den Kopf ein. »Ich war hinaus nach Yslin gewandert, bin in einen üblen Teil der Stadt geraten und böse zusammengeschlagen worden. Ich hätte umkommen können. Und davor hatten Piraten versucht, mich zu töten und mich auch mit einem Pfeil verletzt. Meine Meister entschieden, dass ich Schutz brauchte. Sie zeigten mir den Zauber, forderten mich auf, ihn zu sprechen, und ich habe es getan. Ich wusste nicht, welche Wirkung er auf mich haben würde.«

Rym neigte den Kopf leicht zur Seite. »Und hättest du es gewusst, hättest du ihn gesprochen?«

Kjarrigan zuckte die Achseln. »Ich war verängstigt, also hätte ich es vermutlich getan. Eure Demonstration mit den Steinen vorhin hat mich erinnert, dass ich selbst so geschützt noch ziemlich verwundbar bin.«

»Es beunruhigt mich, dass man dich den Spruch hat einsetzen lassen, ohne dich über seine Folgen in Kenntnis zu setzen, aber deine Antwort gefällt mir. Du gibst deine Ängste zu. Es spricht auch für dich, dass keiner der Zauber, die du zuvor vorbereitet hast, von gewaltsamer Natur war.«

Der junge Magiker hob den Kopf. »Woher wisst Ihr das? Ich bin nicht dazu gekommen, einen einzusetzen. Ihr konntet nicht wissen, was ich vorhatte.«

»Ha.« Es war ein einzelner, leiser Ausruf, weniger Spott als Überraschung. Bok wiederholte ihn mit tiefer Stimme und gluckste sinnlos vor sich hin, bis eine Fingerbewegung ihn verstummen ließ.

Rym drehte sich auf seinem Platz um und legte, die Ellbogen auf den Tisch gestützt, die Hände aneinander. »Du wurdest auf Vilwan ausgebildet und solltest wissen, dass Vilwan nicht mehr so aussieht, wie es einmal war. In der Zeit Yrulph Kajrûns wurde Magik anders gelehrt und das damalige Verständnis der Magik war ein anderes. Auf Grund der früheren Methoden und

Kenntnisse war jemand wie Kajrûn zu seinen Leistungen imstande. Er besaß ein ausreichendes Verständnis der Magik, um diesen Zauber zu entwickeln, der, wie du weißt, Elemente ælfischer und urSreiði-Magik enthält. Lass dir Folgendes durch den Kopf gehen, Kjarrigan Lies: Du bist etwas Besonderes und magisch hochbegabt, aber wie kann es sein, dass ein Mensch vor Jahrhunderten diesen Zauber entwickelte, und du trotzdem heute der einzige Mensch auf Vilwan bist, der die Kunst der Heilzauber beherrscht? Du bist noch keine zwanzig Jahre alt und doch zu etwas in der Lage, was Magiker vom Vierfachen deines Alters nicht fertig bringen. Weißt du, warum?«

Kjarrigan wollte antworten, dass sie diese Art der Magik einfach nicht begreifen konnten, doch er wusste, dass das nicht stimmte. »Sie haben das dafür erforderliche Wissen nicht erhalten?«

»Nicht nur das, man hat sie gelehrt, es sei unmöglich für sie, diese Art von Zauber zu erlernen. Nach Kajrûn, nach dem Blutbad, war sich Vilwan darüber im Klaren, dass es seine Magiker zähmen musste, oder die Mächte der Welt hätten es zerstört. Man enthielt den Menschen Wissen vor, das sie einst besessen hatten, und nach zwei Generationen war die Entkräftung der menschlichen Magik vollbracht.«

»Aber warum bin ich dann dazu in der Lage?«

»Man entschied sich, Feuer mit Feuer zu bekämpfen. Aber jetzt fürchtet man dich.« Rym presste die Hände flach auf den Tisch. »Und der zweite Makel in dir gibt mir Anlass, dich zu fürchten. Wie weit bist du den Weg des Kajrûn gegangen?«

»Gar nicht. Keinen Schritt.« Kjarrigan hob abwehrend die Hände, und die Decke glitt ihm von den Schultern. »Abgesehen von dem Zauber, von dem ich nicht wusste, dass er von ihm stammte, habe ich nichts getan.«

Der Kopf seines Gastgebers zuckte hoch. »Falls das stimmt, warum hängt dann der Gestank der Drachenkrone an dir?«

Kjarrigan zögerte. »Ich weiß nicht …«

Rym stand auf, die Hände noch immer auf dem Tisch. Jetzt aber schlugen Flammen aus ihnen und färbten das Holz um sie schwarz. »Lüg mich nicht an, Kind. Stell meine Geduld nicht auf die Probe. Sag mir, was du weißt.«

»Aber falls Ihr für Kytrin arbeitet …«

Der maskierte Magiker stieß etwas in einer gutturalen Sprache aus, und der urZreð wurde plötzlich sehr aufgeregt. Bok hüpfte in seiner Ecke auf und ab, und aus der Hand an seinem linken Arm wuchsen gefährlich lange Stacheln. Der urZreð schob sich vorwärts.

»Bok, nein.« Der Magiker scheuchte seinen Diener mit einem Blick zurück in die Ecke. Nachdem der Zwerg sich zurückgezogen hatte, die Streitkolbenhand an die Brust gelegt, schaute Rym wieder zu Kjarrigan. »Adept Lies, entweder warst du in Kontakt mit Teilen der Drachenkrone – ausgedehntem, unmittelbarem Kontakt –, oder du bist dabei, eine eigene Drachenkrone zu erschaffen. Beides ist für jemanden von deiner Jugend Wahnsinn. Das Erstere könnte dein Tod sein. Das Letztere wäre es mit Sicherheit und zwar von meiner Hand. Also sag mir: Bringe ich dich um oder helfe ich dir, am Leben zu bleiben, damit wir diesem Irrsinn ein Ende machen können?«

Kapitel Sechsundzwanzig

Wills erster Eindruck nach dem Aufwachen war ein furchtbares Brennen im Hals. Er versuchte zu schlucken, doch das half nicht. Dann löste das Kribbeln in der Kehle einen Hustenanfall aus, der die Schmerzen noch verschlimmerte. Er setzte sich kerzengerade hin und riss die Augen auf, die linke Hand auf der Strohmatratze, die rechte an der Kehle.

Ein hohes, singendes Heulen füllte das Zimmer. Qwc, der eine von Wills Schläfenlocken hielt, die er halbwegs zu einem Zopf geflochten hatte, wurde vom Kissen gerissen und flog durch die Luft. Als er weggeschleudert wurde, ließ er den Haarzopf los, der in das Gesicht des Knaben peitschte. Dann stürzte der Sprijt auf Wills Knöchel. Er landete unbeholfen, halb auf Kopf und Schultern und sackte zur Seite.

Qwc erholte sich schnell von dem Missgeschick und versuchte, die Peinlichkeit zu überspielen, indem er mit würdevoller Miene seine Fühler glättete. Der Versuch schlug restlos fehl und löste bei Dranæ, Lombo und Peri Gelächter aus. Die drei im Zimmer verteilten Gefährten versuchten zwar, ihre Heiterkeit zu unterdrücken, hinter vorgehaltenen Händen aber drang fröhliches Gelächter hervor.

Will lachte einmal kurz auf, und ein Schwarm Messer schnitt ihm in den Hals. Er stöhnte und fiel zurück aufs Bett, die Brust bebend vor Lachen, der Leib verkrampft und beide Hände um die Kehle gekrallt. Er wollte das Lachen unterdrücken, um sich die Schmerzen zu ersparen. Doch er schaffte es nicht.

Qwc kletterte auf seine Brust und stand da wie ein Seemann auf sturmumtostem Deck. »Kein Schmerz, Will, nein, Schmerz, nein. Leid, tut so Leid. Dummer Qwc, dumm.«

Will kniff alle Gesichtsmuskeln zusammen, die er nur zusammenkneifen konnte, um die Schmerzen zu bekämpfen. Dann schnaufte er und entspannte sich. Er öffnete ein Auge und sah den grünen Sprijt da stehen, alle vier Hände aufs Gesicht geschlagen. Fast hätte er wieder auflachen müssen. Hastig schloss er das Auge erneut und schluckte. Er stellte fest, dass die Schmerzen etwas zurückgingen.

Aus seiner Ecke meldete sich Dranæ. »Qwc, geh runter von seiner Brust und lass ihn atmen. Wenn er lachen kann, ist er nicht in Lebensgefahr.«

Ein lautes Sirren füllte das Zimmer, und der Sprijt hing für einen Augenblick in der Luft, bevor er zum Fußende des Bettes flog. Will hörte das Geräusch leiser werden, dann riskierte er es, die Augen wieder zu öffnen. Er sah Qwc halb hinter Lombos Kopf versteckt, wie er durch dessen dunkle Mähne lugte wie durchs Unterholz.

Peri hockte neben dem Bett und lächelte ihn an. »Du brauchst nichts zu sagen, Will. Es ist wahrscheinlich besser, wenn du nicht redest.«

Der Dieb nickte, dann wagte er eine geflüsterte Frage. »Schneeflockendame. Wo?«

Die Gyrkymsu blinzelte mit großen, bernsteingelben Augen. »Wer?«

Qwc schwang sich wieder in die Luft. »Die Dame. Qwc hat Dame gesehen. Weiß, weiß, weiß.«

Will nickte. »Schneeflockendame.«

»Hier ist niemand, auf den das passt, Will.« Dranæ stand von seinem Stuhl in der Ecke auf und trat ans Fußende des Bettes. »König Swindger ist hier aufgetaucht und es gab einen Streit, deshalb hat Qwc uns aus dem Zimmer gescheucht. Und dann hast du in der Tür von Kjarrigans Zimmer gestanden, dein Hals war verheilt, und bist zusammengebrochen. Wir haben dich wieder ins Bett gepackt und du hast bis weit nach Mittag geschlafen.«

Lombo schnupperte mit weiten Nüstern. »Spuren. Jemand hier, außer uns.«

»Ja, ja.« Qwc vollführte einen Salto, dann landete er mit Schwung zwischen Wills Knien. »Wunderschöne Dame kam. Hat sie gesehen, Qwc hat. Wunderschön.«

Dranæ lächelte. »Und was hat sie getan, Qwc?«

Der Sprijt setzte sich sofort hin. »Weiß nicht. Qwc geschlafen.«

Will nickte. »Hat mich berührt. Mich geheilt.«

»So eine Heilung erfordert große Magik.« Peri kratzte sich hinter dem linken Ohr. »Du hattest Gift im Leib, und eine furchtbare Wunde. Sie hat Narben hinterlassen.«

»Narben?« Will zuckte zusammen, weil er lauter reagierte, als es gut für ihn war.

Peri streckte die Hand zum Nachttisch aus und reichte ihm einen kleinen Handspiegel. Will nahm ihn und hob ihn so, dass er seinen Hals darin betrachten konnte. Qwc hüpfte über sein rechtes Knie und half ihm, den Spiegel zu halten.

Er betrachtete seine Kehle. Zwei Narben waren unübersehbar, beide mit dem flüssigen Muster schwerer Verbrennungen, aber sie hatten gleichmäßige Ränder und waren beide klein genug, um von einer kleinen Silbermünze restlos abgedeckt zu werden. Als er schluckte, zog sich der Schmerz von einer Narbe zur anderen.

Er ließ den Spiegel los, und Qwc fiel um, darunter begraben. Während der Sprijt sich mühsam befreite, schaute der junge Dieb auf. »Ich habe sie gesehen.« Er wollte mehr erzählen, wollte diese wintrige Vision von Lieblichkeit beschreiben, das weiße Haar, die blasse

Haut und die silbernen Augen. Er wollte ihnen von ihrer Berührung berichten, die zugleich sanft und fest gewesen war. Er wollte all das mit ihnen teilen, erkannte dann aber, dass selbst wenn seine Kehle völlig verheilt gewesen wäre, bloße Worte dem Erlebten nicht hätten gerecht werden können.

Dranæ verschränkte die Arme. »Dass du magisch geheilt wurdest, steht außer Frage. Entschlossen konnte eine gewisse Grundmagik wahrnehmen, aber nicht feststellen, wie die Heilung vonstatten gegangen ist. König Swindger hat einige seiner Magiker geschickt, und jemand namens Syrett Kar aus dem Vilwaner Konsulat war auch hier. Sie haben eine Menge geredet, aber auch nicht mehr gesagt als Entschlossen.«

Will zitterte und zog sich die Decke fester um dem Leib. »Kalt. Durst.«

Lombo trat zur Tür. »Durstbann für Will.«

»Lombo, etwas Heißes.« Peri öffnete ihm die Tür. »Suppe, wenn möglich, nichts zu Starkes. Und nichts zu Festes.«

Will nickte und lächelte dem Panq zu. Die Gyrkymsu schloss die Tür und berichtete dem jungen Dieb in schnellen Sätzen, was sich seit seiner Verwundung ereignet hatte. Als Erstes beruhigte sie ihn, dass sich das Rubinfragment weiter in Sicherheit befand, und dass Entschlossen erklärt hatte, ohne Will hätten sie es längst verloren.

Das war gelogen, so viel war Will klar, aber er wusste die freundliche Absicht dahinter zu schätzen. Entschlossen hatte ihn wohl eher als lebensmüden Narren beschimpft, weil er mit einem Dolch auf einen Sullanciri losgegangen war. Er bemerkte auch eine Spur von Verletztheit in Peris Stimme, weil Alexia ihr ein Geheimnis vorenthalten hatte, auch wenn sie verstand, warum das geschehen war.

Will war froh zu hören, dass Nefrai-kesh nicht wieder

in Meredo aufgetaucht war, und noch mehr freute ihn Krähs Freilassung. Es behagte ihm zwar gar nicht, dass ausgerechnet Swindger die Kontrolle über das Fragment der Drachenkrone erhalten hatte, verstand aber die Überlegung dahinter. Es war besser, Kräh zu befreien und Alcidas Kampfkraft zu erhalten, als sich in einen Krieg zu stürzen, den man nicht gewinnen konnte.

Die einzig wirklich schlechte Nachricht war, dass Kjarrigan noch immer vermisst wurde. Will erinnerte sich nur zu gut daran, in welche Schwierigkeiten der Magiker geraten war, als er in die Düsterstadt Yslins gewandert war. Es hatte eine Zeit gegeben, da hatte Will Kjarrigan für ebenso wertlos wie das Wort eines Banditen gehalten. Inzwischen aber wusste er, welche Macht er tatsächlich besaß. Er bewunderte den Mut Kjarrigans, das Fragment aus Festung Draconis zu schmuggeln, und wollte dringend seine Meinung zu dem Heilzauber hören, den die geheimnisvolle weiße Dame gewirkt hatte.

Dranæ legte eine zusätzliche Decke über Will, und der Dieb zog sie fest um sich. Er bekam eine Gänsehaut, und sein Körper zitterte, aber es half ihn zu wärmen. Mit zunehmender Wärme ließen auch die Schmerzen in seinem Hals nach. »Schon besser. Danke.«

Lombo kehrte mit einer riesigen, dampfenden Schüssel köstlich duftender Suppe zurück. Peri beäugte sie misstrauisch, weil sie Möhrenstücke in der sämigen Flüssigkeit treiben sah. Man sah ihr an, dass sie Lombo damit zurückschicken wollte, doch Will streckte die Hand aus, und sie nahm dem Panq die Schüssel fort und reichte sie ihm. »Vorsichtig, Will. Es ist heiß.«

Der Dieb nickte und trank. Der Dampf füllte ihm die Stirnhöhlen, und die Suppe floss mühelos. Sie war heiß, daran schien kein Zweifel möglich, aber nicht so heiß, dass er sich die Zunge daran verbrannt hätte. Ein Möhrenstück glitt ihm in den Mund, doch es war so lange gekocht, dass es weich wie Brei war, und er schluckte es ohne Probleme. Tatsächlich glitt es leichter durch seine Kehle als die ersten Schlucke der Flüssigkeit, denn die heiße Suppe tat seinem Hals zunehmend gut.

Er senkte die Schüssel und Qwc half, sie zu stützen. Dann sprang er zurück und schüttelte alle vier Hände. »Heiß, heiß, heiß.«

»Vorsichtig, Qwc«, lächelte Will, dann wandte er sich zu den anderen um. »Da war eine Schneeflockendame.«

Dranæ schaute zu Peri und schüttelte den Kopf. »Ich habe nichts gesehen. Wir sollten vielleicht vorerst davon ausgehen, dass es ein Trugbild war, verursacht durch das Gift …«

Die Gyrkymsu hob die Hand. »Er ist geheilt, also müssen wir voraussetzen, dass jemand hier war und das bewirkt hat. Hätte Kjarrigan es getan, wäre er geblieben.«

Lombo schnaubte, dann tippte er sich mit einem Finger an die Schnauze. »Keine Kjarrigan-Spur. Lombo sucht, nichts gefunden.«

»So ist es. Also war es nicht Kjarrigan.« Dranæ fuhr sich mit den Fingern durch den dunklen Bart. »Die Fragen sind einfach genug. Wer war es? Warum hat sie es getan und warum ist sie verschwunden? Hier war nichts, was sie hätte verjagen können.«

»Außer dem Lärm, den wir im anderen Zimmer gemacht haben – und die abmarschierenden Soldaten des Königs.«

»Das könnte sein, Peri.« Der Hüne runzelte die Stirn. »Ælfen und Vilwaner hätten sich damit gebrüstet, den Norderstett gerettet zu haben. Der Versuch, die Heilung geheim zu halten, würde auf jemanden hindeuten, der für Kytrin arbeitet.«

»*Nicht* Nefrai-kesh.« Will schüttelte nachdrücklich den Kopf. Er weigerte sich zu glauben, sein Großvater hätte ihn retten können. Er dachte kurz nach und gab zu, dass die Lage verwickelter war. Er hatte Angst, sein Großvater hätte ihn retten können, um ihn für Kytrins Dienste zu rekrutieren. Die Vorstellung jagte ihm kalte Schauer über den Rücken, und er trank mehr heiße Suppe.

Peri schüttelte den Kopf. »Unwahrscheinlich. Er scheint Wert darauf zu legen, dass man seine Gegenwart zur Kenntnis nimmt, und dein Tod würde Kytrins Sache nützen. Aber Dranæ, deine Erklärung, warum die Fremde nicht geblieben ist, um sich für Wills Rettung danken zu lassen, ergibt Sinn. Das würde bedeuten, es gäbe in Kytrins Lager jemanden, der ihr Widerstand leistet.«

Dranæ schüttelte den Kopf. »So einfach ist das nicht, Peri. Nehmen wir einen Augenblick an, die Sullanciri intrigieren gegeneinander, um ihre persönliche Macht zu vergrößern. Der Arachnomorph hat sich unter Umständen entschlossen, Will zu töten, um an Einfluss zu gewinnen. Für eine andere Sullanciri könnte Will lebend als möglicher Rivale seines Vaters und Großvaters wertvoller sein.« Er schaute zu Will herab. »Du hast sie Schneeflockendame genannt. Könnte es Myral'mara gewesen sein? Sie kann heilen und ist sehr weiß.«

Will ließ sich das durch den Kopf gehen. Myral'mara war einmal eine Vorqælfe gewesen, und sie war ganz ohne Zweifel wunderhübsch und schlank, leuchtete sogar von innen heraus. Die Schneeflockendame hatte ihr äußerlich geähnelt, aber sie hatte eine Wirklichkeit besessen, die Myral'mara ganz und gar fehlte. Und Will erinnerte sich noch sehr gut an den hasserfüllten Ausdruck auf dem Gesicht der Sullanciri, als sie in Yslin vergeblich versucht hatte, ihn zu töten.

»Nein. Sie nicht.« Er aß noch etwas Suppe, dann leckte er sich die Lippen. »Sie war keine Sullanciri. Das weiß ich trotz des Giftes.«

»Hmm. Also ein neuer Faktor.« Dranæ verschränkte

die Finger und legte die Hände in den Nacken. »Wir wissen nicht, wer es ist. Wir wissen nicht, ob sie eine eigene Fraktion repräsentiert oder nicht. Wir wissen nicht, warum sie ihr Tun geheim halten will.«

Peri nickte. »Und wir wissen, dass sie über eine gewaltige Macht verfügt.«

Will kippte die Schüssel fast senkrecht und trank den letzten Rest Suppe. Er lächelte und wischte sich mit dem Handrücken den Mund. »Danke, Lombo.«

Der riesige Panq nickte ernst.

Will schlug die Bettdecken zurück und überwältigte Qwc mit einer Flutwelle aus Wolle, dann schwang er die Beine über die Bettkante. Er wäre aufgestanden, hätte Peri ihn nicht mit einer festen Hand auf der Brust daran gehindert. »Wohin willst du denn so eilig?«

»Mir geht's gut.« Er versuchte, locker zu klingen, eine leichte Heiserkeit blieb jedoch. »Wirklich.«

»Das hat Peri nicht gefragt, Will.« Dranæ legte ihm eine Hand auf die rechte Schulter und zog ihn herum. »Suppe und Schlaf werden dir helfen, zu Kräften zu kommen. Das brauchst du. Wir wissen weder, was das Gift dir angetan hat, noch wie weit du genesen bist.«

Will rieb sich die Narben am Hals. »Es gibt reichlich zu tun. Das Fragment …«

Die Gyrkymsu schüttelte den Kopf. »Swindgers Magiker haben den Teil des Balkens herausgeschnitten und zum Palast gebracht. Für morgen ist eine letzte formelle Anhörung anberaumt, bevor Kräh freigelassen wird. Für dich gibt es nichts zu tun.«

»Aber ihr habt bestimmt was zu tun. Mir geht es wieder gut. Ihr braucht hier nicht eure Zeit zu vergeuden.«

Dranæ hob eine Ecke der Decke hoch und befreite Qwc. »Will, wir sind besorgt um dich, aber das ist nicht der einzige Grund für unsere Anwesenheit hier.«

Lombo reckte sich und ließ die Krallen aufblitzen. »Kjarrigan vermisst. Will bleibt *gefunden*.«

Der Dieb blinzelte. »Ihr seid hier, um mich zu *bewachen*?«

»Nicht nötig. Hab gesagt, Hilfe nicht nötig.« Qwc zuckte müde die Achseln. »Hören nicht, hören einfach nicht.«

Will musste lachen. »Danke, schätze ich.«

»Da gibt es nichts zu schätzen, Will. Du bist der Norderstett. Fast wärst du gestorben.« Peri streckte die Hand aus und strich mit einem daunenweichen Finger über seine linke Wange. »Du bist die Hoffnung der Welt. Die Hoffnung darf nicht sterben.«

Er rieb sich wieder den Hals. »Wäre schön, wenn Kytrin diese Ansicht teilen würde.«

Dranæ lachte. »Das wird sie, irgendwann. Doch die Erkenntnis wird zu spät kommen, um sie zu retten.«

Kapitel Siebenundzwanzig

Obwohl er allein im Sattel saß, fühlte Adrogans die Herrin der Schmerzen hinter sich. Sie drückte die Brust an seinen Rücken, ihre Krallen gruben sich ihm in den Leib. Ihre nadelspitzen Zähne bohrten sich ihm in Schulter und Nacken. Die Ablenkung war gewaltig, doch Adrogans' Konzentration war stärker. Sie benutzte ihn und er benutzte sie, und er hatte den größeren Nutzen dabei.

Um ihn herum toste der morgendliche Schneesturm, die Flocken fielen dicht und schnell. Am westlichen Ufer des Swars erstreckte sich der Wald, durch den seine Truppen gezogen waren, in beide Richtungen bis jenseits des Sichtfelds. Unter ihm neigte sich das Land fünfhundert Schritte weit zur nördlichen Furt des Flusses hinab. Das Wasser schien eine undeutlich erkennbare, schwarze Schlange, und hinter ihm erhoben sich schemenhaft grau-weiße Höhen, die einst eine kleine Festung zum Schutz dieses wichtigen Übergangs gewesen waren.

Obwohl er dort unten keine Bewegung erkennen konnte, ermöglichte das Yrûn ihm, die Gegenwart des Feindes zu spüren. Er konnte dessen genaue Stärke nicht feststellen, dazu war er im Einsatz seiner neuen Macht noch nicht geübt genug, aber er wusste, es waren viele Gegner, und sie kämpften mit dem Hunger und der Kälte.

Er schaute nach links zu Ph'fas. Der kleinwüchsige Shuske saß auf einem zottigen braunen Bergpony. »Was meinst du, Onkel?«

Ph'fas schnupperte. »Tot können sie nicht widerlicher stinken. Schnatterfratzen, Vylænz, Hôrgun und noch andere.«

»Noch andere?« Adrogans konzentrierte sich – Schmerz trieb eine krallenbewehrte Hand tief in seine Seite. Er blinzelte, dann fokussierte er neu und nutzte die Klarheit, die Schmerz ihm verlieh. Er nickte. Dort, tief im Innern des Pulks hungriger, zitternder Leiber, waren andere.

»Ich habe sie. Aber ich kenne sie nicht.«

Der kleine Schamane fasste die dünne Wolldecke fester, die ihm über den Schultern lag. Der dunkel grünblaue Tartan schien bei ihm fehl am Platze, so stolz die Guraninsippe gewesen war, dass er ihn mitgenommen hatte. Ph'fas beugte sich im Sattel vor, als wollte er dem Pony etwas ins Ohr flüstern, dann schüttelte er den Kopf.

»Neu. Eine Überraschung.«

»Auf eine Weise, ja.« Adrogans hatte sich Mühe gegeben, seine leichten Einheiten gegen die ins Hochland eindringenden aurolanischen Truppen einzusetzen. Es hätte ihm genügt, sich mit diesen Kommandoeinheiten auseinander zu setzen, während seine restlichen Truppen trainierten. Aber mit Nefrai-keshs Auftritt in Meredo hatten sich seine Pläne geändert. Dank einer Arkantafal hatte er augenblicklich von der Gegenwart des Sullanciri in der Orioser Hauptstadt erfahren und sich entschlossen, sofort zuzuschlagen – bevor Kytrins General zurückkehren und sich wieder an die Spitze seiner Truppen setzen konnte.

Er hob die rechte Hand und fühlte, wie seine Herrin ihre Krallen in sein Fleisch grub. Lodernde Qual stieß bis hinab in die Achselhöhle. Als er den Arm herabfallen ließ, stieß rechts von ihm ein Trompeter ins Horn. Die Jeranische Reitergarde, ein prachtvoller Anblick in den braunen Wappenröcken über dem Ringpanzer, quoll aus dem Wald und bewegte sich den Hang hinab auf die Furt zu. Zu seiner Rechten trabte die Jeranser Leichte Reiterei in Zweierkolonne den Berg hinab, auf der linken Seite ritt die Weiße Mähne Valitias in Stellung. Mit den drei Kavallerie-Einheiten hatte er dreihundert bewaffnete Reiter unter seinem Befehl, eine Streitmacht, die schnell über die Furt stoßen konnte.

Es war kein leichter Ritt gewesen, denn Guraskija lag fast sechzig Meilen von der Furt entfernt. Sie waren hastig ausgerückt und hatten unterwegs mehrmals die Tiere gewechselt. Die Kavallerie war nicht davon begeistert gewesen, die Pferde im Winter so hart anzutreiben, aber noch weniger war sie gewillt, sich eine derartige Gelegenheit entgehen zu lassen, dem Feind einen Schlag zu versetzen.

Adrogans konnte mit Hilfe des Yrûn nicht exakt feststellen, wie viele Gegner auf der anderen Flussseite warteten, doch er spürte, dass die Garnison nicht allzu groß war. Seiner Schätzung nach fiel die Angriffsstreitmacht doppelt so groß aus wie die der Verteidiger, was ein gutes Omen gewesen wäre, hätten sie nicht in einem Schneesturm über einen Fluss hinweg eine befestigte Stellung angegriffen.

Wie erwartet hatte das Trompetensignal nicht nur die Südlandtruppen in Bewegung gesetzt. Dunkle Gestalten bewegten sich im feindlichen Lager. Adrogans beobachtete sie und verglich, was seine Augen ihm zeigten, mit dem, was Schmerz ihm offenbarte. Alles schien übereinzustimmen, bis auf eine ziemlich große Ausnahme.

»Das ist ein Hôrgun da unten, richtig?«

Ph'fas nickte ernst.

Der Frostriese stampfte durch den Schnee und zog eine Keule nach, die er aus einem Baumstamm gefertigt hatte. Er bewegte sich nur sehr schwerfällig, watete aber in den Fluss. Das Wasser brodelte um die breiten

Füße und stieg ihm bis an die Knöchel. Adrogans wusste, dass die eiskalten Fluten ihm selbst bis zu den Knien gereicht hätten.

Er konzentrierte sich, dann schüttelte er den Kopf. »Ich spüre ihn nicht, und das Wasser muss eisig sein. Er muss Schmerzen empfinden.«

Der Shuskenschamane schnupperte wieder. »Der ist jenseits von Schmerz.«

»Wiederbelebt?«

»Tot.«

»Das bedeutet eine gehörig starke Magik.«

»Du bist überrascht.«

Der jeranische General schüttelte den Kopf. Solange der Frostriese die Furt hielt, würde es schwierig werden, eine größere Formation überzusetzen. Diese Keule konnte Reiter zermalmen und Pferde umwerfen. Früher oder später musste die Kreatur zwar fallen. Lebend oder untot, irgendwann würden seine Soldaten sie in Stücke gehackt haben. Aber er war besorgt, wie viel Schaden sie austeilen konnte, bevor sie zu Boden ging.

Unter ihm gingen die Kavallerie-Einheiten nur zweihundert Schritt vor dem gegenüberliegenden Flussufer in Stellung, außerhalb der effektiven Reichweite von Pfeilen und Draconetten. Aber es brachte sie durch einen Angriff mit Draconellen oder den Donnerkugeln, von denen er aus Festung Draconis gehört hatte, in Gefahr. Es war ein Risiko, das er eingehen musste, denn seine Truppen konnten nicht über die Furt kommen, ohne sich zu einem Sturmangriff zu sammeln. Das machte sie zwar zu einem leichteren Ziel für Schusswaffen, aber es hätte eine Katastrophe herausgefordert, sie zu verteilen.

Adrogans blickte nach rechts. »Langsam vorrücken.«

Der Trompeter gab ein neues Signal und die Schwere Reiterei bewegte sich im Schritt auf die Furt zu. Der General trieb das Ross vorwärts. Ph'fas folgte an seiner

Linken, der Trompeter zur Rechten. Sie erreichten die hinteren Reihen der Reitergarde und schoben sich nach vorne.

Adrogans zog blank. »Für Königin und Vaterland!«

Hundert Gardereiter stimmten in den Schlachtruf ein, unterstrichen vom Schall der aus der Scheide gleitenden Säbel. Pferde stampften, schnaubten Dampfwolken. Zaumzeug klirrte und die Panzerhemden der unruhigen Krieger schepperten. Muskeln bebten bei Mann und Tier gleichermaßen. Rund hundert Schritte vor ihnen hob der Hôrgun die Keule und versetzte sie über seinem Kopf in eine langsame Drehung.

Adrogans nickte dem Trompeter zu. »Angriff.«

Das Signal ertönte und die Reitergarde preschte los. Die Hufe fraßen die Entfernung. Schnee spritzte auf, hinterließ weiße Flecken auf Brust und Beinen, verbarg zuckende Glieder und erweckte den Eindruck, die Pferde würden durch ein Nebelmeer waten. Menschen brüllten. Am anderen Ufer heulten Schnatterer. Schneeflocken bissen kalt in Adrogans' Wangen, als er dem Pferd die Sporen gab.

Links von ihm erklang ein anderes Signal. Unter weißen Mänteln und Decken tauchten die loqælfischen Schwarzfedern auf. Die leichte Infanterie war bereits weit im Nordosten Guraskijas gewesen und hatte die Swarfurt problemlos vor den Reitern erreicht. In der Deckung des Schneesturms war sie bis ans Flussufer vorgerückt und hatte dort auf das Zeichen gewartet.

Selbst über dem Donnern der Hufe konnte Adrogans das dumpfe Stöhnen der Silberholzlangbogen hören. Schwarze Pfeile, einen Schritt lang und fingerdick, sirrten durch die Luft. Auf einem schneebedeckten Hügel drehte sich ein Schnatterer und sank zu Boden, die Brust von zwei Pfeilen durchbohrt. Ein Vylæn, der auf den Fluss zurannte, wurde von einem Pfeil im Hals getroffen. Er stürzte nach vorne und rutschte unter den

Schnee. Eine andere Schnatterfratze, die stehen geblieben war und herausfordernd gebrüllt hatte, als zwei Pfeile vor ihr in den Boden schlugen, fiel nach einem Schuss, der ins rechte Auge eindrang.

Die meisten Pfeile bohrten sich in den Hôrgun. Die Ælfen griffen von der rechten Seite des Riesen an und spickten ihn von der Wade bis zum Schädel. Einige stießen geradewegs durch seine Gliedmaßen und rissen tiefe Löcher ins Fleisch. Andere senkten sich tief in Muskeln und Gelenke. Ein halbes Dutzend heftete das rechte Ohr an den Schädel, einer verschwand im Gehörgang.

Die schiere Wucht des Angriffs zeigte auch bei dem Hôrgun Wirkung. Die breiten Pfeilspitzen hatten Muskeln durchtrennt, und selbst ein wiederbelebter Untoter brauchte Muskeln, um sich zu bewegen und anzugreifen. Zerrissenes Gewebe hing in Fetzen am zerschossenen rechten Arm und wirkte auf den Bogen der Keule.

Im ersten Durchgang zumindest machte es nicht viel aus.

Die Keule traf den vordersten Reiter und sein Pferd von rechts. Der Kopf der Waffe hob sich gerade im Aufschwung aus dem Wasser und schleuderte Ross und Reiter in die Luft. Der Brustkorb des Pferdes beulte sich unter dem Angriff ein und faltete das Tier um die Keule. Der Hieb warf den Reiter aus dem Sattel, und er wäre davongeschleudert worden, hätte sich sein rechter Fuß nicht im Steigbügel verfangen. Als das Pferd sich überschlagend davonwirbelte, riss es den Mann mit. Sein Bein verdrehte sich durch eine Serie unmöglicher Winkel, dann löste er sich von seinem Reittier und schlug vor einer Gruppe Schnatterer hart auf.

Die Nordlandbestien stürzten sich mit Langmessern auf ihn. Ihr triumphierendes Heulen verwandelte sich in ersticktes Gurgeln, als ein zweiter Pfeilhagel sie durchbohrte. Aufgespießte Schnatterfratzen taumelten umher und verspritzten dunkles Blut in alle Himmelsrichtungen. Kadaver sanken noch zuckend zu Boden. Und gelegentlich blieben zwei oder drei von ihnen in einem makabren Schauspiel aufrecht stehen, weil die Pfeile sie so aneinander geheftet hatten, dass sie nicht umfallen konnten.

Aber wieder schlugen die weitaus meisten Pfeile in das Fleisch des Riesen. Das Gewicht der Keule hatte den Hôrgun auf die Ælfen zu gedreht, sodass deren nächste Salve ihn vom Schoß zur Kehle aufspießte. Wichtiger aber war, dass die Schwarzfedern die Pfeile gewechselt hatten. Bei der ersten Salve hatten sie schwere Pfeilspitzen benutzt, darauf ausgelegt, Panzerung zu durchschlagen. Sie waren gegen die Schnatterer zwar sehr wirksam, hatten bei dem Hôrgun aber nur begrenzten Erfolg.

Die neuen Pfeile hingegen waren eigens dazu gefertigt, möglichst große Wunden zu schlagen. Die rasiermesserscharfen Kanten waren zu einer Spirale gedreht, und wenn die rotierenden Pfeile ein Ziel trafen, bohrten sie sich tief ins Fleisch. Die meisten Bogenschützen hatten auf den Hals des Hôrguns gezielt. Ein Pfeil nach dem anderen schlug in den breiten Hals, sie zerfetzten die massigen Muskeln, die den Kopf des Riesen mit dem Körper verbanden.

Der Riese wankte, und der Schwung der Keule zog den Leib herum. Der Kopf machte die Bewegung nicht mit derselben Geschwindigkeit mit. Etwa als der Hôrgun gerade über die linke Schulter hinter sich schaute, kippte der schwere Schädel nach vorne. Mit einem lauten Peitschenknall rissen beschädigte Sehnen, und der Kopf stürzte in den Fluss.

Der riesenhafte Leib folgte Augenblicke später. Er schlug schwer genug auf, um den Boden erbeben zu lassen. Mehrere Schnatterer fielen um. Auch einige Reiter stürzten, als die Beine des Riesen durch ihre Reihen schlugen, aber die weitaus meisten preschten an ihm vorbei und trieben die Rösser auf die Schnatterfratzen zu. Sie galoppierten durch den Schneevorhang, den der Sturz des Riesen aufgeschleudert hatte und der sie vor Adrogans' Blicken verbarg. Doch das harte Klingen von Stahl und das Aufblitzen von Schmerz teilten ihm mit, was geschah.

Ein wildes Fauchen ertönte von links, als Adrogans' Pferd über eines der Hôrgunbeine sprang. Ein rotgoldener Feuerball stürzte von der Kuppe eines schneebedeckten Hügels herab und hüllte einen Reiter ein. Mann und Ross verschwanden in den Flammen und tauchten als rußgeschwärzte Skelette wieder auf, die zu Staub zerfielen, als die Flammen in schmierigem Rauch erstarben.

Auf der Hügelkuppe stand eine Kreatur, wie Adrogans sie noch nie zuvor gesehen hatte. Sie war groß und schlank genug für einen Ælfen, doch ihr Körper war bis auf einen roten Lendenschurz mit weißem Fell bedeckt. Sie hielt einen kleinen Stab in der Hand, und ihr Kopf drehte sich suchend von einer Seite zur anderen. Für einen Pulsschlag trafen sich ihre Blicke, dann hob sich der Stab, und ein neuer Feuerball erschien.

Die wabernde Kugel aus brennendem Gas schoss fauchend auf ihn zu. Adrogans' Ross wieherte schrill und bäumte sich mit weiten Nüstern auf. Der Jeranser General zog die Füße aus den Steigbügeln, als das Pferd davonsprang. Er landete sauber und sank auf ein Knie, hob in einem sinnlosen Versuch der Parade gleichzeitig den Säbel.

Nur einen Herzschlag lang hing der Feuerball bewegungslos in der Luft. Adrogans fragte sich, ob die Kreatur den Zauber etwa gegen ihn und sein Ross als Einheit geschleudert hatte und ihre Trennung ein Problem darstellte. Welch eine Ironie, dass er sich in den letzten

Augenblicken seines Lebens mit dieser Frage beschäftigen sollte, und es betrübte ihn, vor seinem Ableben keine Antwort mehr zu finden.

Dann wurde die Luft um ihn herum fest und die Feuerkugel prallte senkrecht nach oben ab. Sie explodierte mit lautem Donnerschlag und versprühte tentakelartige Feuerzungen hoch über dem Schlachtfeld. Die Druckwelle warf Adrogans zu Boden, und nicht nur ihn allein. Er rollte im Dunst schmelzenden Schnees aufrecht und duckte sich beiseite, als ein gestürztes Pferd sich wieder aufrichtete.

Er wirbelte zu der Kreatur herum, die versucht hatte, ihn umzubringen. Ihm war klar, dass er kaum eine Chance hatte, sie zu erreichen, aber er war entschlossen, zumindest den Versuch zu unternehmen, sie zu töten. Mit Stahl gegen Magik waren seine Erfolgsaussichten bescheiden, aber jemand musste sie erledigen, oder noch mehr Krieger würden sterben.

Die Kreatur und zwei weitere links und rechts von ihr hoben die Zauberstäbe für neue Angriffe, bekamen jedoch keine Gelegenheit, sie zu schleudern. Schwarzfederpfeile fielen dichter als der Schnee und schlugen ein wie eine Holzfälleraxt. Die Spiralspitzen bohrten zolldicke Löcher in ihre Opfer und traten in einem blutroten Nebel aus deren Rücken wieder aus. Zwei der Gestalten stürzten augenblicklich zu Boden, schienen zusammenzubrechen, als sei kein Knochen in ihren Leibern mehr heil. Die Letzte aber, diejenige, die den Feuerball auf Adrogans geschleudert hatte, hatte noch Zeit genug, auf die Löcher in ihrem Leib hinabzuschauen. Ihr Kopf kam gerade wieder hoch, da traf ein Pfeil ihre Schläfe. Sie wirbelte herum, der Zauberstab fiel aus der schlaffen Hand, dann rutschte das Geschöpf den Hügel herab. Eine blutige Schmierspur markierte seinen Weg.

Die beiden leichten Kavallerielegionen preschten

über die Furt und verteilten sich, trieben die Schnatterer vor sich her. Hier und da schlugen Pfeile ein, suchten die Ælfen sich einzelne Ziele. Ein Teil der Reitergarde stieg ab und schwärmte über die Befestigungen, räucherte versteckte Schnatterer aus und machte dem Widerstand schnell ein Ende.

Meisterin Gilthalarwin, die Kommandeurin der Schwarzfedern, watete durch die Furt. »Ich sah Euch stürzen. Seid Ihr verletzt? Ich habe einen Heiler dabei.«

Adrogans schüttelte den Kopf. »Mir geht es gut, doch einige meiner Leute können die Hilfe vermutlich brauchen. Ich schulde Euch und Euren Kriegern Dank. Ohne Euch hätte das hier weit schlimmer enden können.«

Die Ælfe lachte. Das schwarze Haar hatte sie zu einem langen Zopf geflochten, der ihr wie eine Schlange über die Schultern glitt. »Hochmütig wie immer, Adrogans. Ohne uns hättet Ihr diese Furt vermutlich nie genommen.«

»Wir hätten sie genommen, weil wir sie nehmen mussten. Und es war kein Hochmut. Ich kenne meine Leute so gut wie Ihr die Euren.« Er drehte sich um und schaute zu Ph'fas. »Danke für die Lebensrettung, Onkel.«

Der Schamane saß mit pumpendem Brustkorb auf dem Boden, brachte aber ein schwaches Lächeln zustande. »Ich musste dich mit Luft panzern. Die Magik war stark.«

Der General nickte. »Meisterin, habt Ihr eine Vorstellung, was das für Kreaturen waren?«

»Eine neue aurolanische Perversion?« Sie schüttelte den Kopf. »Ich werde es überprüfen lassen. Ich werde auch ein paar meiner Spurensucher darauf ansetzen, um festzustellen, ob weitere in der Nähe sind.«

»Sehr gut. Ich danke Euch.« Adrogans winkte dem Trompeter. »Blas zum Sammeln. Und dann schick zwei

Reiter zurück zur Infanterie. Ich will sie in drei Tagen hier sehen, um die Befestigung zu halten.«

»Jawohl, General.«

Der Mann entfernte sich und gab das Signal. Die Truppen kehrten zu ihren Einheiten und Offizieren zurück und machten sich daran, die Verluste festzustellen. Soldaten halfen ihren verletzten Kameraden, stillten blutende Wunden, schienten Knochenbrüche. Die ersten Schwarzfedern überquerten den Fluss und mischten sich unter die Kavallerie. Sie schickten die am schwersten Verwundeten zum Flussufer, wo ihr Heiler mit seiner Magik den Genesungsprozess beschleunigte.

Adrogans hockte sich neben Ph'fas und fühlte Schmerz auf seinen Rücken steigen. »So, Onkel, wir haben ihn getroffen. Ich weiß nicht, wie lange es dauern wird, bis er davon erfährt, aber sobald es soweit ist, wird er reagieren. Warte ich hier und lass ihn teuer dafür bezahlen, wenn er die Furt zurückerobert, oder ...«

Der alte Mann schüttelte den Kopf. »Vorwärts, immer vorwärts. Wenn du hier wartest, machst du dich zum Ziel. Wenn du weiterziehst, muss er dich erst finden.«

»Stimmt, und in einem Krieg ist es besser, sich gar nicht erst treffen zu lassen.« Markus Adrogans stand wieder auf und beugte den Rücken. Er spürte, wie die Wirbel vom Hals bis hinab zur Hüfte knackten. »Also weiter nach Swarskija. Ich erinnere mich, dass die Stadt im Frühling immer ein prachtvoller Anblick war. Wer weiß, ob sie es dieses Jahr wieder sein wird?«

Kapitel Achtundzwanzig

Will hasste es, wie ein Krüppel behandelt zu werden, denn er fühlte sich tatsächlich gesund. Na ja, jedenfalls solange er dick eingemummelt war. Als Dieb hätte er lockere Kleidung vorgezogen, die er schnell abstreifen konnte, wenn jemand versuchte, ihn festzuhalten, und weil sie reichlich Verstecke für Beute bot. Dieselbe lockere Kleidung kam ihm jetzt gut zupass, weil sie Platz für dicke wollene Unterwäsche bot, die ihm half, warm zu bleiben.

Trotz der Kälte war er entschlossen gewesen, mit bloßem Gesicht auszugehen. Es ärgerte ihn immer noch, dass das Gericht bereit gewesen war, Nefrai-keshs Aussage gegen Kräh anzuhören. An diesem Morgen hatte er sich geweigert, in den Palast zu gehen, obwohl Kräh heute freigelassen werden sollte, aber Prinzessin Alexia hatte irgendeinen Botschafterknaben geschickt, ihm zu erklären, warum es wichtig war, dass er vor dem Gericht erschien.

Und warum er eine Maske tragen musste.

Will sträubte sich gegen die Maske, und zu seiner Überraschung hatte Entschlossen ihm zugestimmt. Doch der Botschafter hatte ihn darauf hingewiesen, dass Will durch seine Anwesenheit den Anspruch auf den Titel eines Barons Norderstett unterstreichen konnte. Da Krähs Freilassung vermutlich unter Vorbehalt erfolgen würde, war es wichtig, dass sein Lehnsherr anwesend war, um ihn in Empfang zu nehmen. Und als Zeichen des Respekts vor den Sitten Oriosas musste Will dabei seine Maske tragen.

Als er jetzt hier neben Prinzessin Alexia im Gerichtssaal saß, kostete es ihn Mühe, ein Lächeln zu unterdrücken. Die versammelten Orioser Zuschauer hatten ihn den Saal betreten sehen, und ein Raunen war durch die Menge gegangen. Die Reaktionen waren gemischt, doch er hatte bei mehreren ein respektvolles Nicken als Anerkennung seiner Geste gesehen.

Er griff nach oben und richtete die Maske. Es war nicht die Maske, die er von König Swindger erhalten hatte, sondern eine weiße Höflichkeitsmaske aus Spitze und von der Art, wie sie König Augustus, Königin Carus und Prinzessin Alexia erhalten hatten. Sie wurden Nicht-Oriosen aus Respekt vor ihrem Status verliehen. Die Höflichkeitsmaske zeigte Respekt vor den Sitten des Landes, kennzeichnete ihn aber zugleich als Außenstehenden.

Die Maske, die ihm der König gegeben hatte, trug er um den rechten Oberarm. Das dunkle Grün des Leders bot einen hübschen Kontrast zu der roten Samtjacke, für die er sich entschieden hatte, und der rote Stoff unter den Augenschlitzen war vollkommen. Er hatte sich diese Lösung selbst ausgedacht, und dass sowohl der Botschafter als auch Entschlossen damit einverstanden gewesen waren, behagte ihm außerordentlich.

Als er neben der Prinzessin Platz genommen hatte, hatte Kräh vom Angeklagtenstand herübergeschaut und besorgt die Stirn gerunzelt. Will hatte ihm zugezwinkert und gerade weit genug das Kinn gehoben, um Kräh die beiden Narben zu zeigen. Der ältere Mann hatte erschreckt die Augen verkniffen, aber Will hatte den Kopf geschüttelt, um ihm zu bedeuten, dass er sich keine Sorgen zu machen brauchte.

Der laute Hall eines Stocks auf der Empore des Tribunals brachte das Gemurmel im Saal zum Verstummen. Durch die offenen Türen in der Rückwand traten die drei Richter. Königin Carus machte den Anfang, in einem tiefroten Kleid mit dreieckigen Elfenbeineinsätzen, die in Gestalt eines Stundenglases auf ihre Taille deuteten. Das schwarze Haar war nach hinten gezogen und wurde von goldenen, mit Rubinen besetzten Haarnadeln gehalten.

Dann folgte Augustus, in eher kriegerischer als königlicher Haltung. Seine Kleidung mischte Grün und Weiß mit goldenen Litzen und hatte einen militärischen Schnitt, ohne hoffnungslos streng zu wirken. Das heraldische Seepferd, das er als Abzeichen gewählt hatte, ein Fabelwesen, das den Oberkörper eines Pferdes mit einem Fischschwanz verband, erschien auf der Schnalle des breiten weißen Ledergurts um seine Hüfte. Seine Höflichkeitsmaske war aus weißer Spitze und an den Augenschlitzen korrekt eingeschnitten, um den Tod seiner Eltern anzuzeigen.

Lüdwin folgte zuletzt – und auch wenn Will klar war, dass dies der Ehrenplatz für das wichtigste Mitglied des Tribunals war, betrachtete er es als sehr passend, dass der Oriose hinter den beiden Monarchen ging. Die hängenden Schultern unterstrichen den generell schwächlichen Eindruck, den er hervorrief, und sein Kugelbauch schwabbelte bei jedem Schritt. Lüdwin watschelte sogar wie ein Fettwanst und schob bei jedem Schritt die Hüfte vor, obwohl er so beleibt gar nicht war.

Selbst Kjarrigans Haltung ist besser.

Das Tribunal nahm seine Plätze ein, dann trat Lüdwin vor, um zum Gericht zu sprechen. Wroxter Dainn und seine Assistenten glitten aus den Stühlen und sanken auf ein Knie, doch Kräh blieb sitzen. Will wartete ab, was Prinzessin Alexia tat, und als sie auf ihrem Platz verharrte, hielt er es ebenso.

Der Orioser Prinz räusperte sich einmal, dann ein zweites Mal. »Damen und Herren, Königinnen und Könige, erlauchte Besucher, Bürger. Diese Verhandlung ist in würdevoller Weise geführt worden. Wir haben den Beweisen gelauscht, sie abgewogen, und uns zur Wahrheitsfindung beraten.«

Der Prinz sprach langsam und hatte die Stimme gesenkt, um ihr Autorität zu verleihen, aber von Anfang an, sobald ihm auffiel, dass er ›Königinnen und Könige‹ vor ›Damen und Herren‹ hätte sagen müssen, kämpfte er mit zunehmender Nervosität. Will sah es in seinem Blick und am Zittern von Lüdwins Unterlippe.

»Die Anklage gegen Kräh beruht auf Anschuldigungen, die vor langer Zeit gegen Tarrant Valkener erhoben wurden. Er wurde des Hochverrats angeklagt und verurteilt. Das Urteil lautete auf Tod, wurde jedoch nie vollstreckt. Dieser Mann, Kräh, wurde als Tarrant Valkener erkannt. Auf Grund der Heirat mit Prinzessin Alexia von Okrannel war eine neue Verhandlung notwendig. Ein neues Urteil musste gesprochen werden.«

Der Prinz kaute einen Augenblick lang auf der Unterlippe. »Bei unseren Beratungen haben wir eine Schwachstelle in der Argumentation der Anklage gefunden. Die fraglichen Ereignisse liegen fünfundzwanzig Jahre zurück, und die Aussagekraft von Augenzeugenberichten ist nach so langer Zeit zweifelhaft. Die Hofmagiker erklären, ihre Zauber hätten eine Verbindung zwischen Kräh und Valkener aufgebaut, doch das angeblich Valkener gehörende Material, auf dem diese Übereinstimmung beruht, ist nicht mehr auffindbar, sodass es unmöglich scheint, diese Schlussfolgerungen zur Zufriedenheit des Gerichts nachzuvollziehen und zu beweisen. Die einzig klare Bezichtigung des Angeklagten erfolgte durch Nefrai-kesh, und da es sich bei ihm um einen Feind Oriosas handelt, ist davon auszugehen, dass er gelogen hat.«

Will runzelte verwirrt die Stirn. König Augustus hatte Kräh als alten Freund begrüßt, und sie hatten darüber gesprochen, dass sie einander kannten. Er hatte

Kräh nicht ausdrücklich zugeben hören, dass er Valkener war, doch er hatte es auch nie bestritten. Die ganze Frag, wer er sei, war eigentlich nebensächlich.

Soweit er es verstanden hatte, hätte Lüdwin aufstehen und erklären sollen, dass die Anklage nicht bewiesen war und Kräh aus der Gefangenschaft entlassen wurde, falls sich jemand fand, die Verantwortung für sein weiteres Verhalten zu übernehmen. Das sollte Will tun, seine richtige Maske aufsetzen, dann wäre alles wieder im Lot und sie könnten sich dem Kampf gegen Kytrin erneut widmen.

»Ich verstehe nicht«, murmelte er.

Alexia beugte sich zu ihm herüber, bis ihre Schultern sich berührten. »Genau so etwas habe ich befürchtet. Swindger trickst. Die verschwundenen Beweise der Zauberer können jederzeit wieder auftauchen und ermöglichen, dass die Anklage erneut erhoben wird. Falls Swindger damit durchkommt, wird Kräh sich nie von der Drohung befreien können, hingerichtet zu werden. Aber vorerst wird er nichts versuchen. König Augustus wäre nicht hier, falls Swindger die Vereinbarung gebrochen hätte.«

Will schnaubte. »Swindger ist eine Schlange.«

Die Prinzessin lächelte. »Das ist eine Beleidigung für alle Schlangen.«

Lüdwin sprach weiter. »Deshalb ist es die Ansicht dieses Tribunals, dass die Beweise unzureichend seien, um diesen Mann, Kräh, für die Verbrechen zu verurteilen, die Tarrant Valkener zur Last gelegt werden. Ihr, mein Herr, seid frei, diesen …«

Die Türen am anderen Ende des Saales flogen auf, und eine Frau in roter Ledermontur und einem wehenden roten Umhang stand im Rahmen. Sie trug eine rote Ledermaske, die ihr Gesicht von den Wangen bis zum Haaransatz bedeckte, auch wenn eine Strähne des langen roten Haars über das rechte Auge hing. Auch die

Haut der unteren Gesichtshälfte war von Kälte und Wind gerötet. Auf dem Umhang glitzerte schmelzender Schnee.

»Wo ist er?« Sie blieb im Mittelgang des Zuschauerraums stehen und der Mantel schlug ihr in einer wollenen Woge gegen den Rücken. »Wo ist er?«

»W-wer?« Lüdwin setzte zu einem Schritt an, blieb dann aber doch stehen, als seine Stimme versagte. Er senkte sie zu dem würdevolleren Ton seiner Ansprache. »Wer seid Ihr?«

Sie stieß einen Finger in seine Richtung. »Ihr, *setzt Euch*. Ihr interessiert mich nicht.« Sie schaute sich im Saal um, und ihre fahlblauen Augen ruhten eine Weile auf Will, dann glitt ihr Blick weiter, um doch zu ihm zurückzukehren. »Ihr. Ihr seid der Norderstett, oder?«

Will stand langsam auf. »Der bin ich.«

Sie kam schnell näher, wenn auch nicht so hastig wie zuvor, und marschierte ohne einen Blick am Angeklagtenstand vorbei. Dann sank sie auf ein Knie und fasste Wills Rechte mit ihrer Hand. Sie hob sie an den Mund und küsste sie. Will zuckte zusammen.

Sie schaute auf, ihr Blick traf Wills, und da durchzuckte ihn ein Schlag. Ihre Augen loderten mit solcher Wildheit, dass sie drohten, ihn in Brand zu setzen. Die Frau war schön, das ließ sich nicht bestreiten, doch es war etwas anderes an ihr, das ihn gefangen nahm, etwas, das tief in diesen Augen lag.

Will schluckte mühsam. »Wer seid Ihr?«

»Mein Fürst, ich bin Prinzessin Sayce von Muroso. Ich bin von Caledo gekommen, um Euch anzuflehen, meine Heimat zu retten.« Verzweiflung lag in ihrer Stimme. Wieder senkte sie den Kopf und legte die Stirn auf seine Hand. »Bitte, mein Fürst, Ihr seid unsere letzte Hoffnung.«

»Ich, äh, ich …« Will schaute sich hoffnungslos zu Alexia um, zu Kräh, dann zu König Augustus.

Der Alcider König stand auf. »Prinzessin Sayce, Ihr unterbrecht ein Verfahren von einiger Bedeutung.«

Die junge Frau stand abrupt auf und ließ Wills Hand los. »Bedeutung? Das hier hat irgendeine Bedeutung? Ihr seid Augustus von Alcida, und das ist Carus von Jerana. Ich habe Euch in Begleitung meines Vaters gesehen. Oriosa in diesem Schwachsinn versunken vorzufinden, überrascht mich nicht, aber Ihr? Wie könnt Ihr hier sein?« Ihre Stimme wurde lauter und Verbitterung breitete sich darin aus. »Wisst ihr denn nicht, was geschieht? Sebtia ist zerschlagen. Kytrins Truppen haben Lurrii mit Draconellen belagert. Sie haben die Tore gesprengt, sind über die Mauern gestiegen. Das Massaker war nicht zu beschreiben. Flüchtlinge strömen nach Süden, aber der Schnee überwältigt sie noch auf dem Wege. Im Frühjahr, falls es je wieder ein Frühjahr für uns geben wird, werden wir Familien finden, die gemeinsam in der Kälte gestorben sind. Die Straßen werden gepflastert sein mit Leichen. Und Ihr sitzt hier und hört Euch an wie Dummköpfe, die über irgendetwas daherplappern, das nicht die geringste Bedeutung besitzt, wenn Menschen ihr Leben verlieren, zu Hunderten sterben. Nein, zu Tausenden.«

Sayce drehte sich um und deutete auf Will. »Ich bin wegen des Norderstett gekommen, um ihn nach Caledo zu bringen, damit er unsere Truppen anführen und Kytrin besiegen kann.«

»Augenblick.« Will hob die Hände. »Ich mag der Norderstett sein, aber wenn es darum geht, Truppen anzuführen, braucht Ihr Prinzessin Alexia.« Er nickte zu ihr hinüber. »Sie wird den Kampf für Euch gewinnen.«

Sayce schnupperte, dann legte sie den Kopf auf die Seite. »Ihr seid Alexia? Hmm. Was für ein entzückendes Kleid. Ich hätte kaum erwartet, Euch hier zu finden, wenn anderen Orts Aurolanen zu töten sind. Mein Land wird nicht fallen wie das Eure.«

Alexia stand langsam auf. »Ich würde es Euch nicht wünschen, Prinzessin, und werde alles tun, was in meiner Macht steht, es zu verhindern.« Alexia hob die Stimme. »Prinz Lüdwin, Ihr wart dabei, Kräh freizulassen.«

Lüdwin hob den Kopf und erhob sich unsicher von seinem Thron. »Ja, Kräh, Ihr könnt gehen.«

Will klatschte in die Hände. »Ja.«

Sayce drehte sich um und schaute zu, wie Will und Kräh sich die Hände schüttelten und sich dann unter reichlichem Schulterklopfen in die Arme schlossen. »Ich freue mich für Euren Freund, Baron Norderstett, doch mit jeder Stunde, um die wir unseren Aufbruch verzögern, wird die Lage ernster.«

Will löste sich aus Krähs Umarmung und schaute zu ihr auf. Sie war etwa eine Faust größer als er und hager wie ein Wolf. Auf der rechten Brust ihrer Lederjacke war das Wappen des murosonischen Königshauses eingebrannt, ein aufgerichteter Bär. Ihre Maske verbarg die obere Gesichtshälfte, doch das kräftige Kinn und die vollen Lippen deuteten die Schönheit an, die sich darunter verbarg.

»Prinzessin, wenn ich Euch nach Norden begleiten soll, müssen Kräh und Alexia und alle anderen mitkommen.«

»Alle anderen?«

»Meine Freunde, Entschlossen, Dranæ und Peri. Noch ein paar mehr. Sie werden helfen. Wir haben gemeinsam das Drachenkronenfragment von Wruona geholt.«

Sayce nickte ernst. »Ja, wir werden all Eure Gefährten mitnehmen. Meine Leute sind unterwegs, frische Pferde aufzutreiben. Wir haben unsere auf dem Ritt hierher fast umgebracht. Sobald wir Futter für sie und Proviant für uns haben, müssen wir aufbrechen.«

»Ich bin bereit.« Will lächelte sie an, doch hinter ihr

versteifte sich Lüdwin. Der Dieb folgte seinem Blick und fletschte unwillkürlich die Zähne, denn er erblickte eine vertraute Gestalt in der Tür.

König Swindger stand im Eingang und lächelte. »Ah, hier seid Ihr, Prinzessin Sayce. Ich vergebe Euch den Affront, nicht zuerst zu mir gekommen zu sein, da ich verstehe, dass Ihr unter dem Eindruck standet, der Norderstett sei hier zu finden.«

Sayces Augen verengten sich. »Vergebt mir, Hoheit, ich habe keine Respektlosigkeit beabsichtigt. Der Norderstett *ist* hier, und damit habe ich mein Ziel erreicht.«

»Schade, aber das habt Ihr nicht. Ich würde nicht wollen, dass Ihr oder meine Schwesternation im Norden dem Irrtum verfällt, dieser Betrüger sei der Norderstett.«

Will fiel der Mund auf. »Was?«

Swindger lächelte. »Boleif Norderstett ist nicht ohne Erben von uns gegangen. Ohne *rechtmäßigen* Erben. Sein Sohn wird in ein, zwei Tagen hier in Meredo eintreffen. Wie es sich gehört, wird ein loyaler, wahrer Edler Oriosas die Welt gegen Kytrin anführen.«

Kapitel Neunundzwanzig

Isaura atmete tief die frische, saubere Luft ihres Heimatlandes ein. Sie sog sie so tief sie konnte in die Brust, fühlte sie Kopf, Kehle und Lunge kühlen, dann atmete sie langsam wieder aus. Sie ließ den Atem so viel wie möglich von der Fäulnis der Südlande mitnehmen, obwohl sie insgeheim fürchtete, den Gestank Meredos niemals ganz loswerden zu können.

Langsam wanderte sie durch den Eisgarten hinter der Zitadelle, in der sie wohnte. Keine Mauern teilten ihn von der weißen Tundra ab, die sich nach Norden erstreckte. Kein Ungeziefer konnte in ihn eindringen, um seine Köstlichkeiten zu verzehren. Denn die Schätze dieses Gartens wuchsen zwar, nährten aber allein den Geist derer, die zwischen ihrer Pracht lustwandelten.

Mehrmals im Jahr benutzten Neskartus Schüler ihre magischen Fähigkeiten dazu, eine Eiskapsel zu formen, in die sie einen Zauber betteten. Die Magik selbst fand Isaura schon fesselnd, weil sie das Bild einer Illusion benutzte und es mit aufbauenden Elementen verband, um etwas Wunderbares zu schaffen. Viele junge Schüler zum Beispiel gaben ihrer Schöpfung die Form einer Kreatur, eines realen oder imaginären Tieres. Nachdem dieser eisige Samen im Garten eingepflanzt war, reifte er und wuchs in das Bild, das der Magiker vor Augen gehabt hatte.

Die fortgeschritteneren Studenten waren zu weit mehr imstande und wetteiferten häufig um die komplexeste Schöpfung. Als sie jetzt durch den Garten schlenderte, lächelte sie und streichelte mit einer Hand die glasigen Blütenblätter einer Rose. Sie bestanden aus Eis und hatten nichts von der Weichheit einer echten Blume, doch sie besaßen denselben zarten Aufbau. Ein kurzes Fingerschnippen hätte genügt, die Blüte zerplatzen zu lassen, doch Isaura dachte nicht daran, sie zu beschädigen.

Sie wandte sich von dem Busch, aus dem die Blüten wuchsen, einer anderen Schöpfung in Gestalt eines Baumes mit ausladenden Ästen zu. Er unterschied sich sehr von dem Rosenbusch, den ein Schüler geschaffen hatte, der einen großen Teil seines Lebens in den Südlanden verbracht hatte. Er hatte Rosensträucher gesehen und war in der Lage gewesen, sich an deren Einzelheiten aus eigener Ansicht zu erinnern und sie in seine Schöpfung einfließen zu lassen.

Den Baum hingegen hatte Corde erschaffen, eine junge Frau, kaum älter als Isaura, die schon als Wickelkind aus dem Süden hierher gebracht worden war. Sie besaß keine Erinnerungen an ein Leben außerhalb des Konservatoriums, in dem ihre Eltern bis zu deren Tod studiert hatten. Cordes Schöpfung spiegelte ihren Geist, denn sie hatte die Gestalt eines Baumes, war jedoch aus einem Gitterwerk von Schneeflocken aufgebaut. Jede einzelne Schneeflocke, deren Größe von der von Isauras Handfläche bis zur Größe eines Kriegerschilds variierte, schien einzigartig. Mehr noch: Wenn man sie genau genug betrachtete, stellte man fest, dass sie ihrerseits aus kleineren Schneeflocken bestanden, und diese wiederum aus noch kleineren, bis Isaura ohne Hilfe von Magik keine mehr erkennen konnte.

Corde war eine der wenigen Schülerinnen Neskartus, die zumindest einen Hauch vom wahren Wesen der Magik wahrnahm. Ihre Schöpfung befand sich in ständiger Bewegung, so, als würde ein nicht wahrnehmbarer Wind durch die Zweige streichen. Als Isaura näher trat, öffneten sich langsam Blüten, in deren flachen Eisblättern Isauras Bild magisch eingraviert war.

So wundervoll dieser Baum auch wirkte, er hätte doch so viel mehr sein können, hätte Corde die Magik wirklich als Fluss verstanden. Die Zauberin war fähig gewesen, ihrer Schöpfung große Energie einzuhauchen, und Energie aus einer sehr reinen Quelle, doch irgendwann würde diese Energie vollends verbraucht sein. Dann würde der Baum nichts weiter als Eis sein. Das Sonnenlicht würde seine Zweige schmelzen lassen und der Wind sie brechen.

Isaura wandte sich ab, um keine weiteren Bilder wachzurufen und den Tod des Baumes damit zu beschleunigen, doch sie war zu langsam. Das Bild in den Blütenblättern veränderte sich, und an die Stelle ihres Gesichtes traten die Züge des Knaben, den sie in Meredo gerettet hatte. Sie zeigten ihn schlafend und frei von Schmerzen, was sie glücklich machte, und sie hoffte, dass das Bild nicht aus ihrem Gedächtnis gezogen war, sondern ihn ganz so zeigte, wie er in diesem Augenblick existierte.

Das verwirrte sie. Diese Hoffnung. Sie wusste weder, wer der Jüngling war, noch warum sie ihn gerettet hatte. Ja, sie hatte rückgängig machen wollen, was Spyr'skara getan hatte. Es hatte ihr nicht gefallen, wie die Blaue Spinne sie mit Blicken ausgezogen hatte, und deshalb hatte es ihr Vergnügen bereitet, seine Absichten zu durchkreuzen. Selbst nach der Rückkehr in die Herberge, zu Vrionna und Nefrai-kesh, als sie vom Tod des neuen Sullanciri erfahren hatte, hatte sie nicht bereut, sein Vorhaben zerstört zu haben.

Erst nachdem Nefrai-kesh sie und die Piratin zurück nach Hause gebracht hatte, hatte sie länger darüber nachgedacht, was sie getan hatte. Die Möglichkeit, ihre Tat könnte unter Umständen der Verrat gewesen sein, den ihre Mutter angedeutet hatte, entging ihr dabei keineswegs. Die Vorstellung hätte sie entsetzen müssen, und das hatte sie auch … zunächst. Aber irgendetwas hatte sie davon abgehalten, es zu bedauern.

Seltsamerweise hatte sie das Gefühl, gezwungen gewesen zu sein, dem jungen Mann zu helfen. Sie war im Fluss der Magik geschwommen und hatte sich von ihm tragen lassen. Offenbar war der Ort, an den er sie geschwemmt hatte, der Ort, an den sie gehörte. Der Fluss hatte sie an seine Seite getragen, und einmal dort angekommen, hatte sie ihm helfen müssen.

Isaura schüttelte den Kopf. Der Gedanke behagte ihr nicht, dass sie für ihr Handeln nicht selbst verantwortlich gewesen sein sollte. Zumindest hatte sie sich bewusst der magischen Strömung überantwortet, also blieb letztlich alles, was aus dieser Entscheidung entstanden war, ihre Schuld. Falls sie ihre Mutter mit ihrem Tun verärgert hatte, konnte sie das niemandem anlasten als nur sich selbst.

Das Problem war, sie empfand keine Scham. Sie konnte es sich damit erklären, dass ihre Mutter gewiss niemals gewollt hätte, einen unschuldigen Knaben solchen Schmerzen auszusetzen. Aber schließlich waren die Sorgen ihrer Mutter nicht die Isauras. Sie spürte, das Richtige getan zu haben. Die andere Präsenz in jenem Zimmer hatte das bestätigt. Sie war Teil eines größeren Plans, doch die Entscheidung zu handeln war ihre eigene gewesen. Dass sie so gehandelt hatte, erschien ihr richtig, doch um ihr Leben hätte sie nicht erklären können, warum.

Ein Zischen drang an ihre Ohren und sie schaute hoch. Ein wirbelnder Zylinder aus Eis und Schnee trieb hierhin und dorthin – durch den Garten. Er machte eine Kurve um die größeren Werke, dann trieb er an den kleineren vorbei, zögerte, als wolle er die harmlosen kleinen Eistiere streicheln. Als er sich ins Herz des Gartens vorgearbeitet hatte, wirbelte er über und um sie, und sie drehte sich lachend in seinem Auge.

Er glitt beiseite, dann verfestigte er sich zur Gestalt eines älteren Mannes mit Bart und wallendem Haar, gehüllt in einfache Kleidung – komplett mit einem Pelzumhang. Seine Haut blieb durchscheinend und floss zu einem Lächeln, als er den Kopf hob. Seine Hände vollführten eine Serie von Gesten – und er schloss sie mit einer hochgezogenen Augenbraue.

Isaura verneigte sich vor ihm. »Ja, Drolda, ich war auf Reisen. Aber nun bin ich zurück, mein Freund, und möchte nie wieder fort.«

Er antwortete in der geheimen Zeichensprache, die sie teilten.

»Die Südlande sind seltsam, Drolda, wie du ja weißt.« Sie seufzte. »Vieles dort verstehe ich noch immer nicht.«

Drolda runzelte die Stirn, und seine Finger woben eine Frage.

Isaura zögerte. »Es ist weniger, dass es mich besorgt. Es ist mir ein Rätsel. Ja, Rätsel ist der richtige Ausdruck.« Es schien ihr weit angenehmer, vor einem Rätsel zu stehen als besorgt zu sein, denn ein Rätsel ließ sich lösen.

Sein Kopf drehte sich auf den Schultern, bis er hinter sich auf den Schneeflockenbaum blickte. Sein Kopf drehte sich weiter, bis er wieder nach vorne schaute, dann atmete er eine Dunstwolke aus, die sich zum Bild des Jünglings formte.

»Ja. Er war verletzt, schwer verletzt. Ich habe ihn vor dem Gift gerettet, aber ich weiß weder wer er ist, noch warum ich ihn gerettet habe. Er könnte ein Feind gewesen sein, dessen Überleben das meiner Mutter bedroht.«

Die Miene ihres Freundes verdüsterte sich. Drolda mochte ihre Mutter nicht, er hatte ihr jedoch nie erklärt, warum nicht.

Isaura schaute ihn traurig an. »Weißt du, wer er ist?«

Der Frostmann schüttelte den Kopf, dann zuckte er die Achseln und entkräftete die Verneinung damit ein wenig. Seine Hände formten eine Antwort.

Isaura lachte. »Mächte im Spiel, sagst du? Du klingst geheimnisvoll heute, mein Freund. Wo sind die Zeiten geblieben, als du mich mit einfachen Scherzen und Geschichten unterhalten hast?«

Das Eiswesen streichelte sanft ihre Schulter, dann formte es seine Züge zu einer absurden Grimasse, die sie zum Lachen bringen sollte.

Sie erzielte die gewünschte Wirkung, doch Isaura konnte sich des Eindrucks nicht erwehren, dass Drolda etwas vor ihr verbarg. Bevor sie nachfragen konnte, fiel er auseinander – wie eine Hand voll Pulverschnee in einem Orkan. Sie fühlte den kalten Kuss von Eis auf der Wange. Sie hatte ihn schon oft so verschwinden sehen, und es bedeutete immer dasselbe. Sie hätte sich umdrehen und sie erwarten können, stattdessen aber trat sie tiefer in den Garten.

»Prinzessin, einen Augenblick.«

Auf Nefrai-keshs Bitte drehte sie sich um. »Ja, mein Fürst?«

Der Kommandeur der Sullanciri stand neben Neskartus schillernder Gestalt. »In der Abwesenheit Eurer Mutter obliegt mir die Sorge um Eure Sicherheit. Es ist in Okrannel eine Lage entstanden, die meine Aufmerksamkeit erfordert.«

»Soll ich Euch begleiten, Edler Nefrai-kesh?«

Blaue Schlieren glitten durch die weißen Augen des Sullanciris. »Eure Gesellschaft wäre höchst willkommen, Prinzessin, und ich wäre geehrt, sie zu genießen. Okrannel würde Euch sehr gefallen. Weite Teile des Landes sind in ihrer reinen Schönheit wiederhergestellt. Leider jedoch würde mein Tun Euch Erschwernis bereiten.«

Isaura runzelte die Stirn. Nefrai-kesh erwies ihr mehr als alle anderen Respekt. Der Rest der Sullanciri, ausgenommen vielleicht Myral'mara, schienen unterwürfig nur aus Angst vor ihrer Mutter. Myral'mara war respektvoll, neigte aber dazu, ihr aus dem Weg zu gehen. Isaura nahm ihr diesen Abstand nicht übel, denn Myral'mara schien ständig bedrückt, und es war ihr nie gelungen, diese Traurigkeit zu durchbrechen.

Nefrai-kesh hingegen war in vielerlei Hinsicht so, wie sie sich einen Vater vorstellte. Im Laufe der Jahre hatte er ihr viel gezeigt. Er hatte ihr beigebracht, auf einem Großtemeryx zu reiten. Wenn er von seinen Reisen zurückkehrte, brachte er Geschenke für sie mit. Das Mitbringsel, das ihr am meisten bedeutete, war ein Saphirring, den die Königin Oriosas ihm für sie mitgegeben hatte, wie er berichtete. Andere Geschenke – von kleinen Knochenschnitzereien bis zu exotischen Teesorten – hatten Spuren der Südlande in ihr Leben gebracht und die Welt für sie über die weiße Weite hinaus vergrößert, die sich um die Zitadelle erstreckte.

»Ihr wisst, mein Fürst, dass ich so zerbrechlich nicht bin, wie es den Anschein hat.«

»Ich weiß, Prinzessin. Eure Wanderungen durch die Straßen Meredos allein bescheinigen mir, dass Ihr zu vielerlei imstande seid.« Weder in Haltung noch in der Stimme des Sullanciri lag die geringste Andeutung eines Verdachts. Sein Gesicht konnte sie unter der Maske, die er ständig trug, nicht lesen. Hätte er aber geglaubt, sie hätte sich etwas zuschulden kommen lassen, sie hätte es längst gewusst. »Es ist jedoch so, dass ich gegen einen Feind kämpfen muss, der sich als tückisch erwiesen hat.«

»Aber es würde mir gefallen, die Feinde meiner Mutter untergehen zu sehen.«

»Das glaube ich Euch gern.« Nefrai-kesh deutete mit einer Kopfbewegung zu Neskartu. »Der Widerstand gegen das Heer Eurer Mutter in Sebtia ist zusammengebrochen. Ihre Truppen rücken nach Muroso vor, und Neskartu wird eine Gruppe seiner Schüler dorthin führen, um sich ihnen anzuschließen. Eure Mutter möchte, dass Ihr die Feinde fallen seht, und Ihr werdet in Neskartus Begleitung dazu Gelegenheit haben.«

Isaura zupfte sich mit Daumen und Zeigefinger der linken Hand an der Unterlippe. »Werden wir in den Kampf ziehen oder nur beobachten, Edler Neskartu?«

»Eure Mutter wünscht, dass Ihr beobachtet. Meine Schüler werden kämpfen, falls sich die Gelegenheit ergibt.«

Nefrai-kesh hob den rechten Zeigefinger. »Es ist wichtig, dass Ihr etwas begreift, Prinzessin. Bevor es Teil der großen Revolte wurde, befand sich in Muroso die Magikschule der Reiches. Die Akademie von Caledo war eine Zeit lang Vilwan ebenbürtig, und murosonische Zauberer sind äußerst stolz. Es ist Teil ihrer Tradition, Duelle auszufechten. Sie tun dies zu ihrem Vergnügen, auch wenn sie behaupten, es würde dem einfachen Volk Leiden ersparen. Sie werden unsere Magiker herausfordern, Ihr aber dürft Euch nicht in eines dieser Duelle verwickeln lassen. Für mich ist es wichtig, dass Ihr nur beobachtet und mir nach Eurer Rückkehr Bericht erstattet. Während es Eurer Mutter darum geht, dass Ihr Aurolans Feinde scheitern seht, bitte ich Euch um diesen Gefallen: Benutzt Eure Augen und Sinne, um mir zu zeigen, wie wir ihre Feinde auch in Zukunft besiegen können. Wollt Ihr das für mich tun?«

»Natürlich, mein Fürst.« Isaura nickte ernst. »Soll ich Euch per Arkantafal Bericht erstatten oder gibt es eine andere Methode, die ich einsetzen kann?«

Der Sullanciri trat auf sie zu. Schnee knirschte unter seinen Stiefeln. Er blieb vor ihr stehen und hob die rechte Hand. »Schließt die Augen, Prinzessin. Öffnet Euch mir.«

Sie tat wie geheißen. Sie fühlte, wie er ihr drei Finger auf die Stirn legte. Einen Augenblick lang kitzelte ihre Haut, dann schauderte ihr. Es war, als habe etwas, nur einen Augenblick, den Fluss der Magik eingefroren. Unmittelbar danach strömte er wieder, doch dieses Stocken erschreckte sie.

Sie öffnete die Augen, als die Finger sich zurückzogen. »Was habt Ihr getan?«

»Ein Rinnsal der Magik, Prinzessin, das uns verbindet. Wenn Ihr mich erreichen wollt, braucht Ihr Euch nur zu sammeln, und ich werde Euch finden. Ihr werdet mir berichten, was Ihr wisst, und ich werde es Euch danken.«

Isaura nickte. »Ja, mein Fürst. Und ich werde Euch gern zu Diensten sein.«

»Ausgezeichnet.« Nefrai-kesh wirbelte herum und fixierte Neskartu. »Und dir, alter Freund, brauche ich wohl nicht zu sagen, dass es besser für dich wäre, tot zu sein, sollte ihr etwas zustoßen. Tatsächlich sollte es dann deine letzte bewusste Handlung sein, sie nach Hause zu senden. Dein Versagen bei ihrem Schutz hätte ungezähltes Leid zur Folge.«

»Dessen sind wir uns bewusst, mein Fürst. Selbst der Tod wird mich nicht davon abhalten können, unsere geliebte Thronprinzessin zu beschützen.«

Isaura vernahm die Selbstsicherheit in Neskartus Gedanken, aber die Farben des Sullanciri waren trüber und langsamer geworden, während seine Umrisse leicht verschwammen.

Der Fürst der Sullanciri nickte. »Gut. Prinzessin, Ihr werdet auf herkömmlichem Wege in den Süden reisen. Es besteht jedoch keine Notwendigkeit, den Reifschlitten mit Truhen von Kleidern oder übermäßigem Proviant zu belasten. Ihr werdet unterwegs alles erhalten, was Ihr benötigt. Am Ende der Reise werdet Ihr in die schönsten Kreationen Sebtias und Murosos gewandet sein, um die neuen Untertanen Eurer Mutter durch diese Wahl zu ehren.«

»Wann brechen wir auf, mein Fürst?«

»Morgen Abend.« Nefrai-kesh deutete mit der offenen Hand zur Zitadelle. »Diener werden Euch beim Packen behilflich sein. Es ist kurzfristig, ich weiß, doch ein Aufschub würde Euch verwehren zu lernen, was Eure Mutter Euch zeigen möchte.«

»Die Zeit reicht, mein Fürst. Ich danke Euch.« Isaura lächelte, dann drehte sie sich im Kreis, um noch einmal den Garten zu bewundern. Diesen Augenblick wählte der Schneeflockenbaum, um zu zerbrechen, und seine schwertartigen Äste schlugen im Sturz durch eine Kaninchenfamilie. Es schien ihr jedoch kein böses Omen. Später sollte sie erkennen, dass sie es als eines hätte erkennen sollen, aber die Ereignisse waren bereits so weit fortgeschritten, dass das Unheil sich selbst mit dieser Warnung nicht mehr hätte abwenden lassen.

Kapitel Dreissig

Kjarrigan Lies fühlte sich besser, wenn auch noch immer unsicher. Bevor Rym Ramoch die Kammer verließ, hatte er Bok angewiesen, den jungen Magiker nach dessen Mahl zu baden und anzukleiden. Die Mahlzeit hatte sich als sättigend, wenn auch nicht sonderlich schmackhaft erwiesen. Kjarrigan hatte den starken Verdacht, dass es sich bei dem Fleisch unter der Sauce um Ratte handelte, aber inzwischen war er so hungrig, dass es ihm nicht wirklich etwas ausmachte.

Danach kam das Bad. Der urZreð hievte unter einigen Mühen ein riesiges halbiertes Fass in den kleinen Raum und füllte es mit Wasser. Aus einem Regal holte er ein kleines Stück Bimsstein, flüsterte etwas darüber und warf es in die Tonne. Schnell wanderten Blasen an die Wasseroberfläche und Dampf stieg zur Decke, woraufhin der urZreð den Stein wieder herauszog, mehrmals von einer Hand in die andere warf und schließlich, immer noch dampfend, zurück ins Regal legte.

Kjarrigan glitt in das warme Wasser und wollte entspannen, aber Bok nahm den Befehl, ihn zu baden, wörtlich. Der urZreð schrubbte ihn erst an der einen Seite hoch, dann an der anderen hinab, und Kjarrigans Haut war nach der Prozedur rot und kribbelte. Der junge Magiker hatte sich noch nie so klein gefühlt wie dort in der Wanne. Mit einer Hand zog der urZreð ihn hierhin oder dorthin, wie er es für erforderlich hielt, und ohne Zweifel hätte der Zwerg ihn auch mühelos aus dem Bad heben können.

Nachdem er gebadet war, brachte Bok ihm warme Kleidung von äußerst einfachem Schnitt. Obwohl Kjarrigan in Roben groß geworden war, hatte er sich seither an Hemd und Hose gewöhnt. Mehr noch, er verband sie mit Abenteuern. Schließlich hätten seine Vorgesetzten auf Vilwan es mit skeptischem Blick quittiert, ihn darin zu sehen, und es gefiel ihm, sich ihnen auf diese unbedeutende Weise zu widersetzen.

Nachdem Bok die Wassertonne wieder davongetragen hatte, breitete er ein Nachtlager auf dem Boden aus und bedeutete Kjarrigan, sich hinzulegen. Der Magiker gehorchte, und der urZreð streckte einen Arm, bis er dünner war als ein Speerschaft, um die Kerzen des Kronleuchters zu löschen.

Kjarrigan legte sich zurück und dachte darüber nach, was Rym Ramoch gesagt hatte. Die bloße Tatsache, dass Kjarrigan die Zauber sprechen konnte, die er beherrschte, bewies, dass Menschen in der Lage waren, diese Art der Magik zu erlernen. Der Gedanke, etwas Besonderes zu sein, gefiel Kjarrigan zwar, aber er musste zugeben, dass es sehr seltsam schien, wenn selbst der Großmagister nicht dazu fähig war, auch nur einen der einfachsten Heilzauber zu wirken. Und doch wusste der Großmagister, dass es für einen Menschen möglich war, sie zu sprechen.

Entweder war Yrulph Kajrûn ein Genie gewesen und hatte selbsttätig eine Menge über das Wesen der Magik herausgefunden, oder er hatte eine Menge gelernt und darauf aufgebaut. Oder beides. Vielleicht war er seinen Lehrern schließlich so weit voraus gewesen, dass sie keine echte Vorstellung mehr davon gehabt hatten, wozu er fähig war.

Genau wie ich.

Verständlich, dass die Magister Vilwans hinterher Änderungen an der Einrichtung eingeführt hatten, die ihre Schüler schwächten. Nachdem Vilwan die größte

Bedrohung hervorgebracht hatte, der sich die Welt je gegenübergesehen hatte, wäre es ohne derartige Zugeständnisse und Schutzvorkehrungen zum Ende der Insel gekommen. Die Fürsten der Welt hätten sich geweigert, ihre talentierten Zauberer zur Ausbildung nach Vilwan zu schicken, und die einzigartige Magikerkultur der Insel wäre untergegangen.

Kjarrigan schwirrte der Kopf, als sich die Fakten zu einem Ganzen fügten. Die einzelnen Reiche hatten kein Interesse an starken Magikerakademien, denn die erste Krone, die einen neuen Kajrûn hervorbrachte, hätte einen Eroberungskrieg gegen ihre Nachbarn anzetteln können. Was die Fürsten dagegen benötigten, war eine feste magische Präsenz in ihren Reichen, Magik, die in der Lage war, vieles zu bewirken und das Leben zu erleichtern, aber nicht stark genug, Gräuel zuzulassen, wie sie Kajrûn verbrochen hatte, als er die Drachenkrone geschaffen und eingesetzt hatte.

Also waren die Magister Vilwans mit einem Plan vor die Monarchen getreten, im Gegenzug für langfristige Unterstützung ihre eigene magische Macht zu beschneiden. Sie verweigerten ihren Schülern absichtlich die Möglichkeit, all ihre magischen Möglichkeiten zu verwirklichen, hielten aber insgeheim das Wissen darüber wach, dass Menschen theoretisch weit mächtigere Magik handhaben konnten. Kjarrigan wusste nicht genau, wann man die Wahrheit über die Magik erfuhr, aber wohl sicher erst nach Erreichen des Magisterranges – und selbst dann vermutlich erst, wenn man seine Loyalität zu Vilwan zweifelsfrei unter Beweis gestellt hatte.

Doch als Kytrin ein Vierteljahrhundert später ihren ersten Vorstoß nach Süden unternahm, hatte der Rat erkannt, dass sie einen Fehler begangen hatten. Sie besaßen niemanden, der ihr ebenbürtig war, denn sie hatte bei Kajrûn gelernt. Mit einer Generation Atemfrist hatten die Magister sich bemüht, jemanden zu erschaffen, der es an Macht mit ihr aufnehmen konnte. Sie wollten niemanden ausbilden, der die Macht besaß, die Welt zu bedrohen wie Kajrûn es getan hatte. Doch nur Vilwan konnte einen Magiker ausbilden, der Kytrin zu besiegen vermochte.

Jedenfalls werden sie sich das gedacht haben.

Und so hatte Vilwan Kjarrigan erschaffen.

Und jetzt fürchten sie ihr eigenes Werk.

Die Bedeutungen dieser Erkenntnis ließen ihn schaudern. Würden sie Jagd auf ihn machen? Sie hatten schon eine Gruppe Magiker nach ihm geschickt. Wie würden sie reagieren, wenn sie erkannten, wie mächtig er wirklich war?

Er schüttelte in der Dunkelheit den Kopf und verscheuchte diese Gedanken. Stattdessen konzentrierte er sich auf etwas anderes, das Ramoch erwähnt hatte: den Makel in seiner Magik. Kjarrigan wusste seit langem, dass verschiedene Zauber sich unterschiedlich anfühlten. Menschliche Magik wirkte unbeholfen und kantig verglichen mit dem lebendigen Wuchs ælfischer Zauber. Und urSreiði-Magik hatte eine vergängliche Qualität. Die Zauber der Zwerge wirkten in gleich bleibender Bewegung wie Rauch und Schatten, schwer zu fassen, aber leicht zu lenken, und auf Veränderung angelegt.

Als er darüber nachdachte, kamen ihm zwei Fragen, wobei sich ihm die Antwort der ersten geradezu aufdrängte. Da er einen Zauber an der Art seiner Herstellung erkennen konnte, fragte er sich, ob es noch andere Eigenschaften gab, aus denen er mehr über den Zauber und seinen Schöpfer erfahren konnte. Orla hatte ihm erklärt, dass der Stab, den Rahd benutzt hatte, es dem Zauberer irgendwie ermöglicht haben soll, sie zu erkennen und einen eigens auf ihren Tod zugeschnittenen Spruch zu schleudern. Rahd hatte sie sogar damit verspottet, dass sein Meister, der Sullanciri Neskartu, ihm den Stab mitgegeben habe, damit er ihn gegen ›Vilwangewürm‹ einsetze. Diese Bemerkung deutete darauf hin, dass es einen klar erkennbaren Aspekt in der Magik eines Zauberers gab, der auf Vilwan ausgebildet worden war. Mehr noch, Orla hatte einmal angedeutet, dass man anhand der individuellen Komponenten eines Spruches den exakten Magiker erkennen konnte, der ihn gesprochen hatte.

Kjarrigan erkannte den Gedanken an, dass es Eigenheiten in der Art gab, wie er einen Zauber einsetzte, die es ermöglichten, ihn daraus zu erkennen. Darin ähnelte Magik dem gesprochenen Wort. Dieselbe Rede, von hundert verschiedenen Personen gehalten, klingt weitgehend gleich, doch jeder einzelne Sprecher trägt etwas bei, das es dem Hörer gestattet, ihn von den anderen zu unterscheiden. Einen bestimmten Sprecher allein daran zu erkennen, war schwieriger, aber mit ausreichendem Studium und entsprechender Aufmerksamkeit schien es möglich.

Das brachte ihn auf den Gedanken des Makels. Er glaubte sofort, dass magische Artefakte großer Macht auszumachen waren. Die Vorstellung, dass etwas von ihrer Essenz sich auf den übertrug, der in Kontakt mit ihnen kam, überraschte ihn nicht. Er hatte nicht nur einen Teil der Drachenkrone am Körper getragen, er hatte Magik auf dieses und ein zweites Fragment gewirkt, und ein drittes Fragment berührt. Dass dieser Kontakt Spuren bei ihm hinterlassen hatte, war keineswegs erstaunlich, und Rym Ramoch hatte seine Erklärung für den Makel ohne weiteres angenommen.

Seltsamer aber war, dass Ramoch den Makel von Kajrûns Zauber erwähnt hatte. Kjarrigan wusste, wenn er Magik wirkte, zog er Energie in sein Innerstes und benutzte sie, um den Zaubern Kraft zu geben. Er hatte sich aber nie wirklich gefragt, woher diese Energie stammte. Er wusste, dass manche Akoluthen Schwierigkeiten hatten, sie zu fassen, aber er selbst hatte damit nie ein Problem gehabt. Im Gegenteil, viele seiner Lehrer hatten ihn um die Leichtigkeit beneidet, mit der er die Macht ansaugen und in seine Zauber kanalisieren konnte.

Was aber, wenn ... Er suchte nach einer passenden Analogie. Falls das Sammeln magischer Energie ein Prozess ähnlich dem Hauen von Kohle war, bestand dann die Möglichkeit, sich dabei die Hände schmutzig zu machen? Würden seine Handflächen fleckig sein, die Fingernägel schwarz? Mehr noch, falls der bloße Akt, einen bestimmten Zauber gesprochen zu haben, eine Spur davon an ihm hinterließ, bedeutete das, dieser Makel bliebe an ihm haften? Wieder deutete die Tatsache, dass Ramoch Kajrûns Magik an ihm erkannt hatte, genau darauf hin.

Und falls das stimmt ... Kjarrigan schlang sich die Arme um die Brust. Falls ein Zauberspruch oder magischer Gegenstand eine Spur an einer Person hinterließ, musste es dann nicht möglich sein, diese Spur zu erkennen? Ein darauf ausgelegter Zauber, zum Beispiel auf die Drachenkrone geeicht, mochte es ihm ermöglichen, Kytrins Aufenthaltsort festzustellen, sodass ein Angriff auf sie möglich war.

Er stöhnte laut auf. »Wenn ich nur nicht so ein Dummkopf wäre!« Als er das gelbe Fragment der Drachenkrone verzaubert hatte, hatte er einen Spruch in den Stein gelegt, der ihre Sicht der Welt langsam verzerren sollte. Er wollte ihr einen zunehmenden Verfolgungswahn bescheren, der sie glauben ließ, ihre Umgebung intrigiere gegen sie. Damals hatte er es für einen geschickten Schachzug und eine passende Vergeltung für den Tod seiner Lehrerin gehalten.

Wie viel einfacher wäre es gewesen, hätte er einen Zauber in das Juwel gelegt, der sie getötet hätte. Oder wenn schon nichts derart Offensichtliches, ein hintergründigerer Zauber, der es ihm ermöglichte, das Drachenkronenfragment zu lokalisieren.

Er rieb sich mit den Händen übers Gesicht. *Manchmal bin ich unglückseligerweise etwas zu schlau. Ich bin klug, aber unerfahren. Ich weiß zu wenig, um meine Möglichkeiten ausschöpfen zu können.*

Kjarrigan lächelte und dachte an Orla. Die grauhaarige Magisterin hatte ihm einmal etwas ganz Ähnliches gesagt. Als sie ihm aufgetragen hatte, auf Kräh und Entschlossen zu hören und Vilwan zu meiden, hatte sie das aus dem Wissen heraus getan, dass die Welt einen anderen Kjarrigan Lies brauchte als den, zu dem Vilwan ihn formen wollte. Er war fähig, mehr zu sein als eine Draconelle, aber genau wie ein Geschütz brauchte er jemanden, der ihn in Stellung brachte und auf das Ziel ausrichtete. Genau das würden Kräh und Entschlossen tun, denn sie kannten nur ein Ziel: Kytrin aufzuhalten.

Er setzte sich kerzengerade auf. Zu seiner Linken flammte ein Funken auf und flog in einem weiten Bogen zu einer Kerze im Regal. Die Kerze fing Feuer, dann loderte sie hell auf. Weitere Funken stoben aus der Flamme und schossen durch das Zimmer, entzündeten noch mehr Kerzen und immer mehr, bis alle fröhlich flackerten.

Der erste Funke war aus Rym Ramochs linkem Zeigefinger gekommen, den er beiläufig in Richtung der Kerze geschnippt hatte. Der maskierte Thaumaturg zog den Finger zurück in die Faust und schaute auf Kjarrigan herab. »Du bist unruhig, Adept Lies.«

»Ich habe über das nachgedacht, was Ihr gesagt habt.«

»Ebenso wie ich über das, was du mir erzählt hast.« Der Zauberer in der Drachenrobe legte die Fingerspitzen aneinander. »Diese Fähigkeit, aus ähnlichen Gegenständen neue herzustellen, begeistert mich. Wir haben jetzt keine Zeit für eine Demonstration, aber ich werde später eine verlangen. Und ich frage mich, wie gut diese Kopien sind. Verlangte ich von dir, einen verzauberten Gegenstand zu kopieren, würde der Zauber vollständig erhalten bleiben oder in der Kopie versagen?«

Kjarrigan zuckte die Achseln. »Ich weiß es nicht. Ich glaube nicht, dass das Fragment der Drachenkrone, das ich in der Festung Draconis zurückgelassen habe, in der Krone wirken würde. Ich habe keinen Versuch unternommen, die darauf liegende Magik zu verstehen, daher bin ich mir ziemlich sicher, dass die Kopie nutzlos wäre.«

»Schade, einerseits, aber in diesem Fall sicher besser so, alles in allem.« Ramoch neigte leicht den Kopf. »Über was hast du nachgedacht, Adept?«

»Über Spuren und Makel in der Magik, und warum Vilwan so ist, wie es ist.«

»Eine Menge Stoff zum Nachdenken. Bist du zu einem Schluss gekommen?«

»Ich vermute, Ihr wisst das alles bereits, da Ihr die Spuren an mir entdeckt habt.« Der rundliche Magiker verlagerte das Gewicht und zog die Beine unter den Leib. »Könnte ich lernen, die Makel zu erkennen, die mir von der Drachenkrone anhaften, dann könnte ich vielleicht einen Zauber entwickeln, der denselben Makel in oder an anderen erkennt. Falls ein solcher Gegenstand eine Fährte hinterlässt, könnten wir ihr vielleicht folgen.«

»Sehr gut. Das wäre äußerst nützlich.« Ramoch nickte ernst. »Wir werden dich anleiten, das zu erlernen. Aber sobald du den Makel sehen kannst, wirst du erst noch etwas anderes lernen müssen, bevor du ihn verfolgst.«

»Was?«

»Ihn zu löschen. Ein Makel, dem du bei anderen folgen kannst, ermöglicht es unter Umständen anderen, dir zu folgen.«

Kjarrigan runzelte die Stirn. »Aber die Notwendigkeit, den Makel zu löschen, würde darauf hindeuten, dass andere ihn bereits erkennen können. Halt, ich weiß ja bereits, dass Ihr es könnt. Wollt Ihr damit sagen, andere könnten mich deswegen verfolgen?«

»Ich weiß nicht, ob sie es tun oder nicht. Die einfache Tatsache, um die es mir geht, ist folgende: Wenn du auf der Jagd bist, schleichst du dich gegen den Wind an dein Beutetier an, damit dein Geruch es nicht warnt. Jeder, der ein Fragment der Drachenkrone besitzt, könnte mächtig genug sein, deine Annäherung zu bemerken.«

Der junge Magiker nickte nachdenklich. »Ja, natürlich.«

»Gut. Eine erste, erfolgreiche Lektion.« Ramoch klatschte in die behandschuhten Hände, und Bok erschien neben ihm. »Bok, eine Mahlzeit für Adept Lies, dann warme Kleidung. Wir gehen aus.«

Kjarrigans Augen leuchteten auf. »Aus?«

Der Kapuzenmagiker nickte würdevoll. »Ja, wir werden dich zurück zu deinen Gefährten bringen. Ich habe zu meiner Zufriedenheit festgestellt, dass du keine Gefahr für die Welt darstellst. Unter meiner Anleitung aber wirst du zu einer Gefahr für Kytrin werden. Je eher deine Ausbildung beginnt, um so besser für uns alle.«

Kapitel Einunddreissig

König Swindgers Erklärung hatte Will erstarren lassen. Nach einem Augenblick des Nachdenkens war die Strategie des Königs allerdings offensichtlich. Will hatte sich geweigert, Swindger zu gehorchen, also hatte der sich jemanden gesucht, bei dem er in dieser Hinsicht keine Probleme zu erwarten hatte. *Er ist eine intrigante Schlange, der noch tief im Grab, ein Jahr und einen Tag nach der Beerdigung, das Winden nicht aufgibt.*

In den Düsterdünen hatte Will solche Gestalten gekannt, aber dort hatte er mit ihnen gerechnet. In der Düsterstadt traute man anderen nur, solange man sie im Blick hatte, und selbst dann konnte man sicher sein, dass sie nichts Gutes im Schilde führten. In der Düsterstadt gab es nicht viel an Reichtum oder Macht, doch selbst nach diesem wenigen gierten die Leute.

Habsucht, entschied Will, war ein allgegenwärtiges Laster. Kytrin hungerte offenkundig nach allem, was der Süden zu bieten hatte. Swindger gierte nach der Macht, die damit verbunden war, den Norderstett zu kontrollieren. Andere hatten ihre eigenen Motive für ihr Handeln, und adlige Herkunft war sichtlich kein Schutz gegen Habgier.

Will war in einer Art Dämmerzustand in den *Springenden Panther* zurückgekehrt, und die Nachricht von den Geschehnissen im Palast war ihm sichtbar vorausgeeilt. Der Herbergswirt war noch immer respektvoll, aber jetzt sprach er ihn statt mit »mein Fürst« nur noch mit »mein Herr« an. Als er nach einem Krug Glühwein verlangte, um sich aufzuwärmen, nannte er den Preis. Will bezahlte mehr als verlangt und ging zum Feuer. Er setzte sich näher an die Flammen, als irgendjemand sonst auf sich zu nehmen bereit war, und es störte ihn nicht, dass die Hitze andere fern hielt.

Könnte es sein, dass ich gar nicht der Norderstett bin? Alles, was er durchgemacht hatte, schien seinen Anspruch zu bestätigen. Seine Mutter war in einem Feuer umgekommen, aus dem er gerettet worden war. Er hatte einen Teil eines Vorqælfenschatzes gefunden. In den Bergen Gyrvirguls war er auf die Probe gestellt worden, und der Sullanciri, der sein Vater war, war vor ihm erschienen. Selbst sein Großvater hatte ihn anerkannt. Dass er ein Norderstett war, stand außer Frage.

Aber ob er *der* Norderstett war, das war plötzlich nicht annähernd so sicher mehr. Die Prophezeiung war Magik, und allein damit, dass er einen Teil eines Wandgemäldes gesehen hatte, auf dem das Orakel ihre Vision der Zukunft malte, hatte er genug verändert, um diese Vision zu durchkreuzen. Hatte der Biss des Sullanciri etwas geändert? Hatte seine Heilung durch die Schneeflockendame etwas verändert?

Vor ihm hatte sein Vater, Boleif Norderstett, geglaubt, *der* Norderstett zu sein. Entschlossen hatte ihn sogar ausdrücklich gewarnt, er könnte unter Umständen nicht derjenige sein, von dem die Prophezeiung sprach. Dieses Los könnte einem seiner Kinder zufallen. War es möglich, dass der Mantel sich von seinen Schultern löste und auf einen anderen fiel?

Er glaubte nicht recht daran, aber noch nagten Zweifel an seiner Gewissheit.

Als er da saß und an der heißen Flüssigkeit nippte, dachte er an all das zurück, was er durchgemacht hatte. Die Kämpfe, Scharmützel und Schlachten, gegen Schnatterer und Piraten, Vylænz und Drachen. Zweimal wäre er fast von Sullanciri getötet worden. Er hatte

Draconellen und Draconetten im Einsatz gesehen. Er war in Gyrvirgul gewesen und hatte die Gyrkyme in ihrer Heimstatt erlebt. Er war in Okrannel gewesen, auf Wruona und in Loquellyn. Er war in Festung Draconis gewesen und hatte auf dem langen Rückzug gekämpft. Er hatte so vieles im Namen dieser Prophezeiung getan, und jetzt sollte das alles ein Irrtum gewesen sein?

Unmöglich. Er wollte knurren, doch schon beim ersten Ton schmerzten die Narben am Hals. *Ich darf nicht zulassen, dass Swindgers Intrigen mich an der Wahrheit zweifeln lassen.*

»Ich muss mit Euch sprechen, Will Norderstett.«

Der Dieb schaute langsam hoch. Prinzessin Sayce stand vor ihm, und die Hitze ließ den Schnee auf ihrem Mantel und den Stiefeln verdampfen.

»Ich brauche Eure Hilfe.«

Will verzog das Gesicht. »Habt Ihr König Swindger nicht gehört? Ich bin nicht der Norderstett. Ich bin nicht der, nach dem Ihr sucht.«

»Ha!«, schnaubte sie und zog einen grob gezimmerten Stuhl von einem der Tische heran. Sie drehte ihn und setzte sich rittlings darauf, die Brust an der Rückenlehne. »Haltet Ihr mich für so schwachsinnig, dass ich mich von einer derartigen Behauptung ins Bockshorn jagen lasse?«

Etwas in ihrer Stimme, in der Art, wie sie ihn herausforderte, hielt Will davon ab, mit einer frechen Bemerkung zu antworten. Er hätte es vorgezogen, allein zu bleiben, gleichzeitig aber wollte er nicht, dass sie ging. Er brauchte Zeit, sich wieder in den Griff zu bekommen, oder Abstand, um die Lage neu zu erfassen. Da sie nicht bereit war, ihm Ersteres zu lassen, würde sie ihm Letzteres liefern müssen.

Er beugte sich vor, die Hände fest um den Steingutkrug gelegt. »Prinzessin, ich bin ein des Lesens und Schreibens unkundiger Dieb aus Yslin. Ich kann Euch einen Reim schmieden, so leicht wie ich feststellen kann, dass Ihr nicht mehr als zwanzig Golddukaten in der Börse tragt. Ich weiß, Ihr seid einen langen Weg gekommen, um den Norderstett zu finden und zurück nach Norden zu bringen, damit er Euer Heimatland rettet. Niemand hätte das getan oder geschafft, der schwachsinnig ist.«

Sie nickte, und das Kaminfeuer warf goldene Glanzlichter auf die rote Maske. »Dann wisst Ihr auch, dass mir König Swindgers Spielchen herzlich gleichgültig sind.«

»Woher wisst Ihr, dass es nur Spielchen sind?«

»Das ist offensichtlich.« Sayce wischte jeden Gedanken an eine andere Möglichkeit mit einer Bewegung beiseite. »Morgen früh haben wir Pferde und Proviant und können nach Caledo aufbrechen. Sammelt Eure Freunde, und wir reiten los.«

»Dazu wird es nicht kommen.«

Ihre fahlblauen Augen wurden schmal. »Ich dachte, Ihr versteht, wie wichtig das für mein Volk ist.«

»Das verstehe ich auch, aber Ihr müsst verstehen, warum es so wichtig ist, dass Ihr hier die richtige Wahl trefft.« Will wandte den Kopf und blickte ihr gerade in die Augen. »Ihr seid gekommen, um *den* Norderstett zu holen. König Swindger sagt, dass ich der nicht bin. Ihr erklärt das für Unsinn, doch nehmen wir nur mal einen Augenblick lang an, die Lage hat sich geändert und er hat Recht. Eine Weile war mein Vater der Norderstett. Vielleicht ist mein Part in dieser Rolle vorüber. Ihr könntet mich mitnehmen, wenn ich gar nicht der bin, der Eure Heimat retten wird. Ihr seid nicht nur für ein Symbol hierher gekommen, sondern sucht die Erfüllung einer Prophezeiung. Was, wenn ich es nicht bin?«

Die Frage ließ sie kurz zurückzucken. »Aber Ihr müsst es sein. Wisst Ihr es denn nicht?«

»Es ist Magik! Woher soll ich es wissen?« Will strich

sich die Haare aus der Stirn. »Ich habe keine Narbe auf der Stirn oder ein einzigartiges Muttermal oder etwas anderes in der Art. Nur weil mein Vater ein Schläger für eine böse Hexenkönigin ist, bin ich nicht notwendigerweise ein Held. Ich meine, ich kenne die Lieder auch. Aber in den Legenden ist das alles viel einfacher.« Er hob das Kinn und zog den Jackenkragen nach unten, um ihr die beiden runden Narben zu zeigen. »Seht Ihr die? Die habe ich, weil ein Sullanciri versucht hast, *ihn* zu töten. Sehen aus wie Brandmale, nicht wahr? Bald wird irgendwer davon singen, wie diese Brandmale auf den Teil der Prophezeiung von wegen ›in Flammen gebadet‹ hinweisen, und die Tatsache, dass ich den Angriff überlebt habe, auf das ›unsterblich‹.«

Sayce setzte zu einer Entgegnung an, aber Will stand auf und schaute an ihr vorbei zu all den anderen Gästen im Schankraum. »Passt auf. Ich weiß, weshalb Ihr gekommen seid. Die Prophezeiung sagt, jemand werde Kytrin bezwingen, ein Held namens Norderstett. Das ist toll, aber wer auch immer er ist, er wird es nicht alleine schaffen. Sicher, die Leute wollen Helden. Ich wäre liebend gerne einer, aber ich kann nicht für alle der Held sein. Und während die Leute auf mich starren, übersehen sie all die anderen da draußen.« Er blickte sie an. »Seht euch an, Prinzessin. Ihr und Eure Leute seid im härtesten Winter seit Menschengedenken den weiten Weg von Caledo bis hier geritten. Wenn das kein Heldentum ist, was dann? Und seht Euch Kräh an. Seit er alt genug war, eine Maske zu tragen, kämpft er gegen Kytrin. Sein ganzer Leib ist übersät von Narben. Er hat Sullanciri erschlagen. Da ist für Euch ein Held. Und Entschlossen und Alexia. Sie sind Helden. Alle, die in Festung Draconis waren: Helden.«

Will spürte die Blicke aller Anwesenden auf sich ruhen, und als er den Kopf hob, stellte er fest, dass niemand außer ihm ein Wort sagte. »Wisst Ihr, eine Prophezeiung sorgt nur dafür, dass alle sich einbilden, jemand anders werde ihnen die Arbeit abnehmen. Aber dem ist nicht so. Prinzessin, Ihr seid auf der Suche nach jemandem, der Euch helfen kann, einen langen Weg gekommen. Ich wünschte, ich könnte dieser jemand sein, aber ich weiß nicht, ob ich es bin. Eines jedoch weiß ich, Held oder kein Held, ich könnte Euch besser helfen, wenn alle, die etwas dazu beitragen *könnten*, es auch *täten*.«

Er zuckte die Achseln und schaute zu Sayce hinab. »Ich weiß, Ihr habt mehr erwartet. Ihr habt mehr verdient. Ich weiß nicht, ob ich Euch helfen kann. Ich werde es tun, falls ich es kann, aber erst muss ich mir über einiges klar werden. Es tut mir Leid.«

Er seufzte und bahnte sich einen Weg durch die Menge. Seine Beine fühlten sich an wie aus Blei, als er die Treppe hinaufstieg und den Gang hinab in sein Zimmer ging. Plötzlich todmüde zerrte er die Stiefel aus, dann schob er sich unter die Decken und zitterte sich in einen unruhigen Schlaf.

Am nächsten Morgen wachte er spät auf, und Will konnte nicht sagen, ob Entschlossen auf der anderen Seite des Bettes geschlafen hatte oder nicht. Es war keine Spur von ihm zu sehen, nicht einmal ein Anzeichen dafür, dass er auch nur im Zimmer gewesen war. Der Dieb wusste, es gab in Meredo eine kleine Vorqælfengemeinschaft, und auch wenn Entschlossen die meisten seiner Landsleute zu verachten schien, konnte Will verstehen, wenn er es vorzog, seine Zeit mit ihnen zu verbringen statt mit ihm.

Er kauerte sich unter die Decke und versuchte, an gar nichts zu denken, was ihm recht leicht fiel, da er vor Kälte zitterte. Irgendwann fürchtete er zu erfrieren, wenn er noch länger liegen blieb, also stieg er in die eisigen Stiefel und schleppte sich in den Schankraum.

Er bestellte einen Krug mit heißem Glühwein und setzte sich ans Feuer.

Gerade fühlte er die erste Wärme in seine Glieder dringen, da betrat Dranæ die Herberge und stampfte sich den Schnee von den Stiefeln. Er ging zur Treppe, doch der Wirt deutete zum Kamin. Der Hüne lächelte, als er durch den Schankraum kam. »Gut, du bist wach.«

»Was soll daran gut sein?«

Dranæ schüttelte den Kopf. »So geht das nicht, Will. Nicht heute. Heute ist ein wichtiger Tag.«

Will hob den Kopf, der Dampf des Glühweins streichelte ihm den Hals. »Was ist an Heute so wichtig?«

»Der Norderstett-Anwärter ist eingetroffen. Er befindet sich im Palast, mit seiner Mutter und dem König. König Augustus, Königin Carus und Prinzessin Sayce sind auch da, ebenso wie Prinzessin Alexia und Kräh. Sie haben mich geschickt, dich zu holen.«

Will zuckte die Achseln. »Ihr braucht mich nicht. Ihr könnt ihn mitnehmen und den Kampf gegen Kytrin zu Ende bringen. Ich war bis jetzt doch keine Hilfe.«

Dranæ hockte sich vor ihn und senkte die Stimme. »Ich habe von deiner Ansprache gestern Abend gehört. War es dir ernst mit dem, was du gesagt hast?«

»Dass ich vielleicht nicht der Norderstett bin?« Will nickte. »Allerdings.«

»Nicht das, Will, der Rest.« Im Gesichtsausdruck des riesigen Mannes lag eine Spur Verwunderung, doch der Respekt überwog. »Du hast allen hier erklärt, dass sie schon Helden hätten. Dass der Krieg gegen Kytrin weit besser verlaufen würde, wenn jeder beitragen würde, was er kann.«

»Ja, so was in der Art.«

»Gut, dann, selbst falls du nicht *der* Norderstett bist, trägst du deinen Teil bei?«

Will tippte mit zwei Fingern auf eine der Narben. »Ich habe meinen Teil beigetragen.«

»Aber Kytrin ist noch da.« Dranæ legte den Kopf auf die Seite. »Erinnerst du dich, wie du mich gefunden hast, Will? Schnatterer hatten mich gefangen, und ich wusste nicht mehr, wer ich war.«

»Ich weiß.«

»Aber warum ich hier bin, weißt du anscheinend nicht mehr. Nicht, weil ich nicht wüsste, wohin ich gehöre. Es gibt reichlich Orte, an denen ich willkommen wäre. Ich bin hier, weil das, was du und Kräh und Entschlossen tun, sehr wichtig ist. Ich weiß vielleicht nicht, wer ich bin, aber ich weiß sehr genau, wer ich nicht bin. Ich bin nicht jemand, der sich versteckt und vor irgendeiner Eishexe aus dem Norden im Staub kriecht.«

Der Dieb blickte in den Wein. »Aber du könntest sterben.«

»Besser als ein Leben in Sklaverei – oder zuzulassen, dass andere versklavt werden.« Dranæ stand wieder auf. »Komm mit, Will.«

Obwohl er sich nur ungern aus der Wärme des Kaminfeuers löste, mummelte Will sich gegen die Kälte ein. Er band seine formelle Maske um den rechten Oberarm und zog sogar eine dünne Höflichkeitsmaske über, obwohl sie ihm gegen die Kälte keinerlei Schutz bot. Dann folgte er Dranæ in den Palast, wobei er den Hünen als Windschutz benutzte. Er hätte sich Dranæs Bitte, ihn zu begleiten, verweigern können, doch die Art, wie er den neuen Norderstett als ›Anwärter‹ bezeichnet hatte, hatte in Will den Wunsch geweckt, ihn sich anzusehen.

Sie trafen schnell genug im Palast ein und gingen geradewegs zum Thronsaal. Der war viel zu groß, um ihn für Wills Geschmack ausreichend zu wärmen. Was allerdings noch wichtiger war: Auch die Stimmung war unterkühlt. Prinzessin Alexia und Kräh standen im Gespräch mit König Augustus bei den Fenstern. Alle drei trugen dicke Winterkleidung, die mehr dem Wetter als irgendeiner Mode Tribut zollte. Prinzessin Sayce hielt sich etwas abseits, hatte aber ihre lederne Reitkleidung gegen etwas Wärmeres getauscht.

Auf der anderen Seite des Saales wirkte Königin Carus so schön wie immer, obwohl Will vermutete, dass sie eine schlaflose Nacht hinter sich hatte. Sie sprach höflich mit Lüdwin, und er nickte, wirkte aber, als sei ihm das Hirn erfroren. Bei ihnen stand eine alte Frau mit einer so eisigen Miene, dass Will von dem bloßen Anblick Frostbeulen bekam. Er erinnerte sich dunkel, dass sie Prinzessin Alexias greise Urgroßtante war.

In der Mitte des Saales jedoch bot sich das Bild, dessentwegen Dranæ ihn geholt hatte. König Swindger unterhielt sich mit einer großen, gut aussehenden Dame mit weißblondem Haar und Augen, die so hell waren wie die Sayces. Zwischen ihnen stand ein großer, schlanker junger Mann mit einer grünen Ledermaske. Ein schmaler Bart zog sich sein Kinn entlang, daher schätzte Will, dass er alt genug war, die Maske zu Recht zu tragen.

Ein Lächeln schlängelte sich auf Swindgers Züge. »Ah, Will, da bist du. Komm und begrüße die Gattin deines Vaters, die Dame Nolda Norderstett. Dies ist dein Halbbruder, dein *älterer* Halbbruder, Kerleif Norderstett. Er ist natürlich *der* Norderstett.«

Kerleif lächelte auf Will herab, als der Dieb näher trat. Die großen braunen Augen des Mannes verfolgten ihn aufmerksam und seine linke Hand schob sich über die Geldkatze. Seine Kleidung schien recht modisch, doch Will kannte sich inzwischen gut genug mit eleganter Kleidung aus, um zu erkennen, dass sie vermutlich aus Lüdwins Garderobe stammte, denn sie passte nicht richtig.

Wills Blick zuckte hoch und begegnete dem Kerleifs – und der Mann zuckte zusammen. Das überraschte ihn, denn sein Halbbruder hatte ihm einen halben Kopf an

Größe und sicher vierzig Pfund an Gewicht voraus. Er schaute hinunter auf Kerleifs Hände und sah, wie schwielig und vernarbt sie waren. Das waren nicht die Hände eines Adligen oder auch nur eines Soldaten.

Das waren die Hände eines Bauern.

Ein kalter Schauder schüttelte Will bis ins Mark und er schaute zu König Swindger hoch. »Ich weiß, warum Ihr das veranstaltet. Ich habe mich Euch widersetzt. Ihr hasst mich. Von mir aus. Doch ich muss Euch fragen, ob Euch klar ist, was Ihr Kerleif damit antut?«

Kerleif sagte mit leiser Stimme: »Ich habe keine Angst.«

»Nicht?« Will blickte zu ihm hoch. »Nein, sicher nicht. Und weißt du, warum? Weil du ein guter Mann bist. Du glaubst an Ehre und ehrliches, hartes Tagwerk, nicht wahr? Und du bist hier, weil der König nach dir geschickt hat, und deine Mutter und er dir gesagt haben, dass du deinem Vaterland gegenüber eine Pflicht hast.«

Sein Halbbruder nickte ernst. »Die Prophezeiung ruft, und ich bin hier, um zu tun, was getan werden muss.«

»Natürlich.« Will seufzte. »Das Problem dabei ist nur, dass das, was getan werden muss, für dich zu viel sein könnte.«

Swindger zischte. »Ein Gossenjunge will einem Orioser Adligen einreden, er sei minderwertig?«

»Minderwertig? Ganz sicher nicht. Er ist zu nett.« Will schüttelte den Kopf und musterte Swindger. »Ihr könntet nicht blinder sein, wenn Ihr eine Münze mit ausgestochenem Auge wärt. Lasst mich ein paar Vermutungen anstellen. Nachdem mein Vater zu Kytrin überlief, habt Ihr den Norderstett-Besitz beschlagnahmt und versucht, die Familie und die Prophezeiung zu vergessen. Die Frau meines Vaters und ihre Söhne sanken in bittere Armut. Norderstetts konntet Ihr keine bestrafen, also habt Ihr *sie* bestraft. Und als ich als der Norderstett der Prophezeiung auf den Plan trat, wolltet Ihr plötzlich, dass ich *Euer* Norderstett werde. Ihr habt mir eine Maske gegeben, die Güter, die eigentlich ihnen zugestanden hätten, und wolltet mich zu Eurem Schoßhund machen.« Der Dieb blickte zur Dame Nolda. »Ihr habt Euch immer an den Gedanken der Prophezeiung geklammert, als die Chance, Euer Leben wieder zu wenden, und seid immer davon ausgegangen, dass einer Eurer Jungs *der* Norderstett werde. Bis vor einer Woche hat Euch niemand beachtet, aber dann hat man nach Euch geschickt, weil ich mich geweigert hatte, König Swinger zu gehorchen. Er hat Euch die Rückgabe Eurer Ländereien versprochen, falls Euer Sohn der Norderstett wird.«

Die Frau hob stolz das Kinn. »Es ist zum Wohle des Reiches.«

Will strich sich mit der Hand übers Gesicht. »Nein. Es ist zu Eurem Wohl. Und es ist Irrsinn.«

Er wurde lauter. Ja, er war wütend auf Swindger, weil der eine intrigante Kröte war, aber er war ebenso wütend auf alle anderen, weil sie nicht sahen, was Prinzessin Sayce schon tags zuvor festgestellt hatte: Sie verschwendeten ihre Zeit. Und jeder Augenblick, den sie nicht damit zubrachten, gegen Kytrin zu kämpfen, erlaubte ihr, noch stärker zu werden.

Vor allem aber war er wütend auf sich selbst. In seinem tiefsten Inneren war Will froh gewesen, als Swindger verkündet hatte, es gäbe einen anderen Norderstett. Die Last, die auf ihm ruhte, war gelüftet worden. Er war frei. Er hatte genug Abenteuer erlebt, um sie den Rest seines Lebens zu ertränken. Er mochte dann zwar keinen Sullanciri erschlagen haben, aber er hatte ihre Angriffe überlebt. Er hatte zahllose Taten vollbracht, die geeignet waren, die Abenteuerlust eines ganzen Lebens zu stillen.

Das Problem dabei war natürlich, dass all das nicht genug war. Kytrin bedrohte weiterhin den Süden. Er hatte noch mehr zu tun, und was er zu tun hatte, würde nicht schön werden, und eine Menge Leben würden dabei ein jähes Ende finden – auch die vielen, die niemals hätten darin verwickelt werden dürfen.

Angefangen mit Kerleif.

Will schaute an ihm vorbei zu dessen Mutter. »Wollt Ihr Land und Titel? Bevor ich Meredo verlasse, werde ich Euch alle Norderstett-Ländereien überschreiben. Sie gehören Euch.«

Dame Noldas Augen wurden schmal vor Verachtung. »Sie gehören bereits meinem Sohn.«

»Nicht für lange. Der König wird sie Euch nur lassen, falls Euer Sohn sich als *der* Norderstett erweist.«

»Das ist er.«

»Glaubt mir, Edle Nolda. Euer Sohn mag tapfer und gut sein, gnädig und ein harter Arbeiter, und er mag Euch mehr lieben als sein Vaterland, aber *der* Norderstett ist er nicht.«

Kerleif streckte den Arm aus und ließ die linke Hand auf Wills Schulter fallen. »Ich weiß, wer ich bin.«

Will spannte sich. In einem Augenaufschlag hätte er die Hand von seiner Schulter heben, sich unter ihr drehen und den Arm umdrehen können. Ein schneller Zug und ein Tritt in Kerleifs linke Kniekehle, und sein Halbbruder hätte am Boden gelegen. Dann seufzte der Dieb und entspannte sich. Er brauchte keine körperliche Gewalt anzuwenden.

»Kerleif, ich weiß auch, wer du bist – und du bist nicht der Norderstett. Wärest du's, würdest du deine Mutter in diesem Augenblick zum Lebwohl küssen, denn du wirst sie nie wiedersehen. Ich weiß nicht, wie sie es tun werden, aber sie werden sie töten. Frag den König, er weiß es. Kannst du dir das vorstellen, Kerleif, hier zu stehen, den eben erst vom Leib gerissenen Kopf deiner Mutter in den Händen? Siehst du den Ausdruck auf ihrem Gesicht, wie sie aus toten Augen zu dir aufstarrt? Fühlst du ihr Blut durch deine Finger rinnen?«

Bei Wills Worten wich die Farbe aus Swindgers Gesicht. »Wie kannst du es wagen!«

Will stieß den linken Zeigefinger in seine Richtung. »Wollt Ihr mich noch einmal schlagen? Ich wage es, weil Ihr ein Feigling seid.«

Sterne explodierten vor Wills Augen, und plötzlich fand er sich auf dem Boden wieder. Er schaute zu Kerleif auf und sah Dranæ seinen Halbbruder zurückhalten. Will blinzelte. Das linke Auge schwoll bereits zu. Und Kerleifs wütende Miene wich schon dem Entsetzen darüber, was er getan hatte.

»Netter Schlag.« Will hebelte sich langsam wieder auf die Beine, war aber noch immer etwas unsicher. Er schüttelte wieder den Kopf und schnaubte einen blutigen Dunst aus der Nase. »Ehrlich, netter Schlag.«

»Es tut mir Leid.«

»Mir auch.« Der Dieb wischte sich mit dem Handrücken die Nase und schleuderte das Blut auf den Boden. »Seht Ihr, König Swindger? Ich habe Euch beleidigt, aber Ihr wart zu feige, mich zu schlagen. Euer Sohn war zu feige, mich zu schlagen. Es war einer Eurer Landsleute nötig, das zu tun. Würdet Ihr solche Loyalität herzensguter Menschen wert sein, so wäre Oriosa ein Bollwerk gegen Kytrin. Oriosa ist es *nicht*, weil Ihr ein Feigling und ein Narr seid.« Er schaute sich zu seinem Halbbruder um. »Und du hast mich nicht nur wegen den Dingen geschlagen, die ich über den König gesagt habe, oder? Du hast mich geschlagen, weil du nicht willst, dass deine Mutter stirbt. Du liebst sie und dein Land so sehr, dass du der Norderstett geworden bist, weil sie und der König das von dir wollten. Und als du erfahren hast, dass es ihren Tod bedeutet, hat es dich zerrissen. Habe ich Recht?«

Kerleif schaute zu Boden.

»Also, die Sache ist die.« Will wischte sich wieder die Nase und hinterließ eine rote Schmierspur auf dem Jackenärmel. »Ich weiß nicht, ob ich wirklich der Norderstett bin oder nicht, aber Kytrin und ihre Sullanciri scheinen es zu glauben. Sie haben deswegen meine Freunde getötet. Sie haben versucht, mich zu töten. Und bis wir sie eines anderen überzeugen können, macht mich das zum Norderstett.«

Er trat zu Kerleif hinüber und klopfte ihm auf die Schulter. »Du bist ein guter Mann, viel zu gut für diese Angelegenheit. Nutze die Ländereien klug und überlegt. Länder und Titel machen den Norderstett nicht aus, und bei dir sind sie in guten Händen.«

Swindger zischte. »Du bist nicht der Norderstett, Hurenbalg, es sei denn, *ich* erkläre dich dazu.«

Der Dieb schüttelte den Kopf. »Aber das habt Ihr bereits, Hoheit, und das oft genug. Ihr mögt es jetzt abstreiten, aber das wird niemand ernst nehmen, schon gar nicht außerhalb Oriosas, wohin ich so schnell wie möglich aufzubrechen gedenke.«

»Du wirst nie wieder einen Fuß in mein Reich setzen.«

»*Das* ist mal eine Prophezeiung, von der ich garantieren kann, dass sie wahr wird.« Will drehte sich um und schaute zu Kräh. »Ich kann mir nicht vorstellen, warum du den Wunsch verspüren solltest, noch einen Augenblick länger in Oriosa zu bleiben. Prinzessin Sayce sagt, sie habe Pferde und Proviant und Bedarf für Helden. Es werden vermutlich keine Reichtümer dabei abfallen, für Muroso zu kämpfen, aber für jemanden, der gerade erst aus dem Kerker entlassen wurde, sollte keine Arbeit zu schlecht sein.«

Kräh lachte. »Ich werde es mir merken.«

»Gut, und bring die Frau mit.«

Will drehte sich wieder um, bevor Alexias überraschte Miene sich ganz ausgeformt hatte. Er griff nach oben und riss die dünne Höflichkeitsmaske ab, dann wischte er sich die Nase daran, bevor er sie Swindger vor die Füße schleuderte. »In zukünftigen Jahren wird man sich nur daran erinnern, dass es ein Oriose war, der Kytrin aufgehalten hat. Euch, König Swindger, wird niemand erwähnen.«

Kapitel Zweiunddreissig

Alyx' Schock über Wills Bemerkung zu Kräh war noch nicht verklungen, als sie und Kräh an der Spitze der Gruppe den Palast verließen, gefolgt von Will, Dranæ und Prinzessin Sayce. Sie schlenderten geradezu durch die Straßen, auch wenn Alyx sich mehrmals dabei ertappte, wie sie sich zum Palast umschaute. Halb erwartete sie, dass Swindger ihnen Soldaten nachschickte, und die Tatsache, dass ihre Urgroßtante zurückgeblieben war, behagte ihr gar nicht.

Der Weg zum *Springenden Panther* war nicht weit, bevor sie jedoch die Herberge betraten, blieb Alyx stehen, drehte sich um und legte Will die Hände auf die Schultern. »Ich will mit dir reden.«

Er schaute mit großen grauen Augen zu ihr auf. »Ich wollte nicht respektlos sein, Hoheit. Ich war nur wütend und habe irgendwie um mich geschlagen, versucht, die Leute zu überrumpeln. Ich meine, ich kenne die Wahrheit und es tut mir Leid.«

Sie schüttelte den Kopf. »Will, das hat mich zwar überrumpelt, es geht aber in Ordnung. Du hattest ihr den Rücken zugekehrt, der Hieb traf meine Urgroßtante jedoch mitten zwischen die Augen. Danke. Aber das ist es nicht, weswegen ich mit dir reden wollte.«

Kräh räusperte sich. »Dranæ, gibst du mir einen Krug Glühwein aus?«

»Wartet.« Alyx schaute sich zu ihm um, dann zu den beiden anderen. »Ihr braucht nicht zu gehen, ich sage das gerne hier vor euch und jedem anderen in Hörweite. Was du dort hinten getan hast, Will, war vermutlich das Unüberlegteste, Unvernünftigste und Übereilteste, was du jemals getan hast. Es war gefährlich, und es ist durchaus möglich, dass es dich das Leben kosten wird, bevor diese Angelegenheit vorbei ist.«

Der Dieb nickte zögernd und schaute auf den Schneematsch unter seinen Füßen. »Ich weiß.«

Alyx streckte die Hand aus und hob mit einem Finger sein Kinn. »Und genau deshalb war es auch so mutig. Das war eine *Heldentat*.«

Er runzelte die Stirn. »Wie kommt Ihr darauf?«

Die Prinzessin lächelte. »Du hast dort drinnen ein Leben gerettet. Kerleif Norderstett ist nicht der Prophezeite. Du hast ihn richtig eingeschätzt: Er ist von gutem Schrot und Korn, liebt seine Mutter und sein Vaterland und würde ihnen fraglos gehorchen. Doch in diesem Kampf genügt das nicht. Er täte zwar alles, was verlangt wird, aber Kytrin würde ihn als Appetithappen verspeisen und seine bleichen Knochen ausspucken. Indem du ihn aufgehalten hast, hast du ihm das Leben gerettet. Und das ist doch die Essenz des Heldentums, oder? Wir alle tun, was wir können, um dem Tod zu entgehen. Aber ein Held weiß, dass manche sich nicht selbst beschützen können, und so greift er ein, um sie zu schützen.«

Will grinste. »Oder sie greift ein.«

»Ich danke sehr, mein Herr.« Alyx grinste zurück. »Der andere Punkt beim Heldentum, Will, ist, dass niemand durch die Geburt dazu kommt. Wäre dem so, wäre Swindger ein Held. Und Kerleif. Ein Held zu sein ist etwas, das man lernt, vor allem aber etwas, das man annimmt. Dort hinten hast du anerkannt, dass es eine schwere Verantwortung ist, der Norderstett zu sein, und du hast diese Verantwortung auf dich genommen. Das hat eine Menge Mut erfordert. Und deshalb, ganz gleich, ob wir nach Norden gen Caledo reiten, nach

Süden, nach Osten oder Westen, bin ich stolz, mit dir reiten zu dürfen.«

Der Dieb blinzelte überrascht, dann prustete er. »Ich? Verantwortung? Wer hätte das gedacht?«

Kräh grinste und schlug ihm auf die Schulter. »Eine angemessene Eigenschaft für den König der Düsterdünen, findest du nicht?«

»Wird wohl.« Will spannte die Schultern und Alyx fühlte, wie ihn ein Schauder durchlief. »Danke, Prinzessin.«

»Gern geschehen, Will.« Sie richtete sich auf, dann schob sie ihm die linke Hand in den Rücken. »Und jetzt rein mit dir und wärm dich auf. Dranæ, du und Prinzessin Sayce auch. Bestellt euch, was ihr wollt, und setzt es auf meine Rechnung. Kräh, ein Wort unter vier Augen.«

Dranæ nickte und führte die beiden anderen ins Haus.

Kräh schaute sie an. »Ja?«

»Oben in meinem Zimmer, bitte.«

Er nickte zustimmend, und sie ging die Treppe voraus nach oben. Kräh schob sich an ihr vorbei ins Zimmer und sie schloss die Tür. Er drehte den Docht der Lampe auf dem Nachttisch höher. Alyx deutete zu den Stühlen beim Fenster, während sie sich auf die Bettkante setzte und unter die Strohmatratze griff.

»Das gehört dir.« Sie zog ein langes, schmales, in Tuch gewickeltes Paket hervor und schob es ihm über die Decke zu. »Ich habe es von Entschlossen bekommen und musste den Oriosen erzählen, du hättest es mir zur Hochzeit geschenkt, um zu verhindern, dass sie es beschlagnahmen.«

Kräh lächelte, als er das Schwert auswickelte. »Es passt, dass es Euch gehört. Ihr habt es besser genutzt als ich. Ihr habt eine Sullanciri damit erschlagen.«

»*Wir* haben das getan.«

Er nickte und zog die Klinge aus der alten, zerkratzten Scheide. Obwohl Scheide und Gurt zweifellos schon bessere Tage gesehen hatten, wirkte das Schwert, als käme es frisch aus der Schmiede. Das lange, gerade Blatt besaß zwei Schneiden und war in der Mitte verstärkt. In diese Verstärkung war ein opalisierender Edelstein eingelassen. Er hatte die Form eines Schlusssteins, und diese Form wiederholte sich in den Verzierungen des Messingstichblatts und im Knauf aus demselben Material. Der Griff war mit gefärbtem Leder umwickelt, Krähs Finger streichelten es liebevoll.

Sie beobachtete ihn und etwas schnürte ihr das Herz ein. Er richtete seine ganze Aufmerksamkeit auf die Klinge, und das tanzende Feuer im Innern des Edelsteins warf kleine Regenbogenlichter auf sein Gesicht. Sein Blick glitt in unbestimmte Ferne, und sie wusste nur zu gut, dass schon das simple Gewicht der Waffe, das Gefühl des Leders in seiner Hand und das des kühlen Metalls von Klinge und Griff, hunderte, sogar tausende Erinnerungen wach rief. Sie hatte keine Ahnung, wie viel Blut es vergossen hatte, wie viele Verzweiflungshiebe es abgewehrt, wie viele Schnatterfratzen gespalten und Vylænz durchbohrt hatte. Doch sie war sich sicher, dass Kräh sich nur an die Gesichter derer erinnerte, die er gerettet hatte, und deutlicher noch an die, für die er zu spät gekommen war.

Die Linien in seinem Gesicht, die Grübchen, die Art, wie ihm diese eine weiße Haarlocke über die Stirn fiel, quer über die Narbe, die dort oben ansetzte und hinab auf die rechte Wange lief, all das gefiel ihr sehr. Sie wollte die Hand ausstrecken und die Locke zurückstreichen, nicht weil sie in seinem Gesicht gestört hätte, sondern um sie zwischen den Fingern zu spüren und ihre Finger tief in die Haare zu schieben.

»Prinzessin?« Kräh schaute sie an. »Stimmt etwas nicht?«

Alyx blinzelte, dann schüttelte sie den Kopf und stand auf. »Nein, alles bestens.« Sie unterdrückte den Impuls, die Hände auf den Bauch zu legen, in dem plötzlich ein Schwarm Schmetterlinge zu tanzen schien. »Ich, äh, wollte nur sichergehen, dass du Tsamoc wieder hast, wenn wir nach Norden reiten.«

Kräh nickte. »Danke. Wisst Ihr, dass dieser Stein aus der Radujabrücke stammt? Wir zerstörten die Brücke, bevor wir nach Swarskija kamen. Genau genommen hat der Weirun der Brücke sie für uns zum Einsturz gebracht. Dieser Stein ist alles, was von ihm geblieben ist. Sein Name war Tsamoc. Als er diesen Edelstein aus seiner Brust zog, fiel er auseinander, und die Brücke mit ihm. Ein Freund, Nethard Hauer, hat Tsamoc geschaffen und mir das Schwert gegeben. Es hat mich in Boragul gerettet und später auf der Flucht vor Kytrins Jägern, und noch zahllose Male später.« Er schob die Waffe zurück in die Scheide. »Tsamoc hat Net gebeten, gegen Kytrin helfen zu dürfen. Seitdem habe ich getan, was ich konnte, um ihm dabei zu helfen.«

»Und das sehr erfolgreich.«

»Danke.« Kräh legte das Schwert aufs Bett, dann schaute er zu ihr auf. »Und ich muss Euch um Verzeihung bitten.«

»Wofür?«

»Dafür, dass ich Euren Versuch zurückgewiesen habe, mein Leben zu retten. Swindger hätte mich töten lassen, wäre Euch diese Lösung nicht eingefallen.« Kräh drehte den goldenen Ring an seinem Finger. »Jahrelang hatte ich das Todesurteil so gut wie vergessen. Wenn man bedenkt, wie wild Kytrin darauf war, mich tot zu sehen, und dann die Mühen, Will zu finden: Es schien ohne Bedeutung. Ich mied Oriosa, ließ mir zur Verkleidung diesen Bart stehen, wurde Entschlossens Helfer und verbrachte den größten Teil meiner Zeit mitten im Nirgendwo damit, Nordlandtruppen zu töten. Die Vorqælfen wussten, wer ich war, jedenfalls die meisten, doch es war ihnen gleich. Als sie mich entdeckten, brach wie ein tonnenschweres Gewicht das Urteil über mich herein und ...« Er zögerte, runzelte die Stirn und verstummte.

Alyx glitt näher und kniete sich aufs Bett. »Was? Du brauchst keine Angst zu haben ...« Kaum waren die Worte ausgesprochen, da erkannte sie auch schon ihren Fehler. »Verzeih mir. Ich wollte dich nicht drängen.«

»Nein, nein, das geht in Ordnung.« Seine Augen hoben sich. »Ich gab auf. Sie hatten mich, und mir wurde klar, dass ich müde war. Ich war es alles so müde.«

»Aber, Kräh, du *warst* müde. Dein Bein war gebrochen und du hast Kjarrigan nicht erlaubt, es zu heilen, und wir waren tagelang scharf geritten. Natürlich warst du müde. Und dann haben sie dich verprügelt und dich nackt und frierend da unten im Vorratskeller angekettet und ...«

»Schhhhhh, Prinzessin, bitte.« Kräh seufzte. »Alles, was Ihr sagt, stimmt ja, doch nichts davon ändert etwas daran, dass ich ein Ende machen wollte. Und ich hätte aufgegeben, bis auf einen Punkt.«

Er zog den Ring vom Finger und warf ihn zwischen ihre Knie. »Das. Die umständlichen Manöver, die Ihr vollführt habt, um ihn an meinen Finger zu bugsieren. Ihr hättet mich in Tolsin aus dem Kerker brechen können. Wir hätten fliehen können, aber Ihr habt diesen Weg gewählt.«

»Du warst derjenige, der darauf hingewiesen hat, wie schwierig die Flucht geworden wäre.«

»Ja, aber Euer Handeln hat mich erinnert, dass dieser Krieg gegen Kytrin mehr als nur eine persönliche Abrechnung ist. Prinzessin Sayce hat Recht. Wir haben hier unsere Zeit vergeudet, doch das Ganze hatte ein paar gute Folgen. Es herrscht kein Krieg zwischen Oriosa und Alcida. Ihr seid keine Banditin, und das hätte ein paar Fürsten dazu bringen können, ihre Unterstützung des Okrannelfeldzugs zu überdenken. Es *war* der richtige Weg, auch wenn es kaum so gelaufen ist, wie wir es vorhergesehen haben.«

Alyx hob den Ring auf und drehte ihn zwischen Daumen und Zeigefinger. »Du hättest es auch erkannt, mit ausreichend Zeit, weniger Prügeln und mehr Ruhe.«

»Vielleicht.« Er lächelte. »Jetzt bin ich jedenfalls nicht mehr müde. Ich bin bereit, nach Norden zu reiten, mich Kytrin und ihren Horden zu stellen. Ihr habt mir eine Chance verschafft, zu Atem zu kommen, und dafür kann ich Euch nicht genug danken.«

»Sicher kannst du das.« Sie warf ihm den Ring zu. »Steck ihn wieder an.«

»Prinzessin, diese Scharade ...« Seine Stimme erstickte.

»Kräh, hör mir zu. Wir sind Freunde. Ich möchte, dass du diesen Ring trägst.« Sie lauschte ihren eigenen Worten und stellte fest, dass es ihr schwer fiel, sie auszusprechen. Sie drückten die Wahrheit aus, oder zumindest einen Teil der Wahrheit. *Ein Fragment.*

»Ich wage es nicht, Prinzessin.«

Sie hob fragend die rechte Braue. »Warum nicht?«

»Dieser Ring. Kjarrigan hat ihn so geschaffen, dass er alle Bindungen enthält – als wären wir verheiratet. Sollte ich fallen ...«

»Wüsste ich es?«

»Wahrscheinlich nicht.«

Sie spürte einen Knoten in der Magengrube. *Ich wüsste es.*

»Sollte ich fallen – und der Krieg ist ein Gewerbe für Jüngere als mich –, könnte jemand diesen Ring nehmen und die Magik darin zu Euch zurückverfolgen. Sie könnten Euch finden und angreifen, weil ich versagt hätte.«

Kälte sammelte sich in ihren Eingeweiden und drang in ihre Stimme. »Und im gegenteiligen Fall wäre es genauso?«

»Ja, sie könnten mich an Hand Eures Ringes finden.« Kräh lächelte sie an. »Aber die Gefahr, dass Ihr fallt, ist sehr gering.«

»Du missverstehst die Frage, Kräh.« Alyx schüttelte den Kopf. »Wenn du fällst, bleibt mein Ring mit deinem verbunden. Mit Hilfe von Magik könnte ich denjenigen finden, der ihn dir abgenommen hat. Ich könnte ihn hetzen.«

Er schaute sie eine Weile an, dann nickte er und schluckte. Seine Stimme klang heiser. »Ja. Und ich hielte es ebenso.«

Sie streckte sich, auf eine Hand gestützt, sodass sie die andere um Hand und Ring schließen konnte. »Dann behalte ihn. Trag ihn. Ich will es.«

»Ja.«

Alyx hob ihr Gesicht und berührte seinen Mund mit den Lippen. Die winzige Liebkosung, kaum genug sie zu spüren, sandte ihr einen Schauer durch den Leib. Erst in diesem Augenblick wusste sie, dass sie ihn küssen wollte, und mehr als nur ein einziges Mal.

Kräh zog sich zurück, den Mund geöffnet, und hob die rechte Hand, um ihre Wange zu streicheln. »Hoheit …«

»Schhhh, nicht reden.« Sie rieb die Wange an seiner Handfläche, dann drehte sie den Kopf und küsste sie. Ihre violetten Augen leuchteten auf. »Heute Nacht will ich, *brauche* ich, deine Arme um mich. Ich brauche deine Kraft, deine Wärme. Ich brauche *dich.*«

»Prinzessin …«

»Ich habe gesagt ›nicht reden‹.« Sie lächelte und küsste ihn noch einmal, diesmal richtig. »Ein okranscher Prinzgemahl käme nie auf den Gedanken, seiner Prinzessin zu widersprechen.«

Wortlos streichelte Kräh ihre linke Wange, dann senkte er die Hand in ihr Haar und zog sie zu einem tiefen Kuss an sich. Ihre Zungen begegneten sich, tasteten, streichelten, erkundeten.

Alyx unterbrach den Kuss nur widerwillig, aber sie lächelte, als sie sich zurücklehnte, um in seine Augen zu blicken. »Und nun, mein Prinzgemahl, komm zu mir ins Bett. Lange Nächte musste ich auf den Trost der Arme meines Gatten verzichten, und ich verspüre den dringenden Wunsch, diese verlorene Zeit aufzuholen.«

Kapitel Dreiunddreissig

König Swindger saß auf dem Thron und beobachtete, wie Kabot Marstamm die Dame Norderstett und ihren einfältigen Sohn zu den Gemächern führte. *Gutherzig, nett, loyal.* Swindger ertrug Kerleif nur unwesentlich leichter als den speichelleckerischen Marstamm, aber der war erheblich nützlicher.

Swindger würde die Besucher aus Valsina ein paar Tage verköstigen, während er sich überlegte, ob er ihnen die Ländereien tatsächlich überlassen sollte, die ihnen das Hurenbalg von einem Dieb überschrieben hatte. Die Legalität seiner Entscheidung kümmerte ihn nicht. Einerseits gab es Gesetze, andererseits war er der König, und in seiner Erfahrung wog das *andererseits* in jedem Fall schwerer.

»Ihr könnt Ihnen die Ländereien ebenso gut gewähren, Hoheit.« Tatjana trat aus Lüdwins Schatten. »Der Knabe wird Euch dankbar sein und seine Mutter könnte heute Nacht Euer Bett wärmen.«

»Falls Ihr meine Gedanken so leicht lesen könnt, seid Ihr tatsächlich die Hexe, als die man Euch bezeichnet.« Mit einem Schnauben betrachtete Swindger seinen Sohn. »Du darfst uns verlassen. Nichts von unserem Gespräch wird dich interessieren.«

Tatjana packte Lüdwins Ärmel, als der Prinz sich zum Gehen wandte. »Hoheit, er sollte es hören. Der Tag wird kommen, an dem er wissen muss, was wir besprechen.«

Der König Oriosas betrachtete seinen jüngeren Sohn.

In den braunen Kuhaugen las er kaum Verständnis. Er erinnerte sich an die Zeit, als der Junge noch munter und wachen Blicks gewesen war, begierig zu lernen, ein fröhliches, lachendes Kind. *Dann ist seine Mutter ertrunken, und das Leben ist aus ihm geflohen.* »Na gut, Lüdwin. Bleibe. Lerne. Sag nichts, weder jetzt noch jemals.«

Sein Sohn setzte sich stumm und unfeierlich auf den Boden und zupfte an den Schnürsenkeln.

Tatjana kam näher, schob sich kurz vor den Prinzen, dann trat sie auf den Läufer und drehte sich zum König um. »Mir gefällt natürlich ebenso wenig wie Euch, was sich hier abgespielt hat. Die Subversion des Gesetzes, die zu Krähs Freilassung führte, wird nur dadurch halbwegs erträglich, dass die Hochverratsanklage später erneut erhoben und er jederzeit wieder eingekerkert werden kann. Das war sehr geschickt.«

Swindger neigte den Kopf. »Ich habe meine Möglichkeiten, wenn es um Legalitäten geht, Großherzogin.«

»Das sehe ich, Hoheit.« Ihre kalten Augen glitzerten. »Ich nehme an, Ihr habt diesen Winkelzug als Antwort auf den gegen Euch ausgeübten Druck eingesetzt? Hat Augustus mit Einmarsch gedroht? Einer Regentschaft für Euren Sohn?«

Der König schüttelte sich bei der Erinnerung an die Auseinandersetzung. »Ich habe gewisse andere Zugeständnisse gewonnen.«

»Ja?«

»Allerdings.«

Sie fixierte ihn, als könne der Blick ihrer blauen Augen ihn zwingen, ihr von dem Fragment der Drachenkrone zu erzählen, das in den Verließen des Palastes lag.

Er schnaufte. »Nein, Großherzogin, nichts, was Euch interessieren müsste oder wird. Begnügen wir uns damit, dass keine alcidischen Truppen mein Reich verwüsten werden. Falls Augustus' Heere nach Norden ziehen sollten, werden sie es auf dem Seeweg oder in einem langen Marsch durch Saporitia tun.«

Tatjana lachte, dann blickte sie sich zu Lüdwin um. »Du kannst von deinem Vater etwas lernen. Er ist ein Meister, wenn es darum geht, zwei Seiten gegeneinander auszuspielen. Kytrin lässt ihm sein Reich, weil er ihren Truppen freie Hand gibt und ihnen begrenzten Zugang zum Süden gestattet. Augustus greift nicht an, weil er weiß, welch furchtbaren Blutzoll ihr Oriosen seinen Leuten abverlangen würdet. Sollte einer von beiden die Grenzen der Vereinbarung überschreiten, würde er sich zur Vergeltung dem anderen anschließen. Geschickt gespielt wird diese Strategie ihm sein Reich erhalten – und damit dir und deinen Nachkommen.«

Lüdwin schaute mit offenen Mund zu ihr auf.

Swindgers Stimme wurde scharf. »Sprecht mit mir, Großherzogin. Ihr nehmt Euch heraus, mir Verrat an den Südlanden vorzuwerfen, aber wäre nicht jedes andere Verhalten ein Verrat an meinem Reich? Die Nachrichten aus Muroso sind übel. Sebtia ist gefallen. Kytrins Truppen werden in die Sarenberge strömen, Alosa und Nybal ihre Kräfte an den Gebirgsgrenzen zusammenziehen. Sie marschiert in Muroso ein. Von dort steht sie vor der Wahl, Oriosa oder Saporitia, und ich ziehe es entschieden vor, sie im Westen kämpfen zu sehen statt zu erleben, wie sie mein Land in einen langen Marschkorridor nach Alcida verwandelt.«

Die Großherzogin drehte sich wieder zu ihm um. Ein Lächeln lag auf ihren Lippen, breitete sich aber für keinen Augenblick auf den Rest des Gesichts aus. »Eure strategische Einsicht ist beachtlich, Hoheit. Damit stellt sich nun also die Frage, ob Ihr Eure Truppen nordwärts nach Valsina in Marsch setzen werdet, um von dort nach Westen vorzustoßen und die aurolanischen Nachschubwege abzuschneiden. Ein schneller Vorstoß nach

Nordwesten würde die sebtische Grenze schließen und den vereinten alcidischen, saporischen und loqælfischen Heeren gestatten, die Aurolanen auf dem Amboss aus Euren Truppen und Bokagul zu zerschmettern.«

»Ha! Und meine Truppen in der Zange zwischen ihren sich zurückziehenden Kräften und den aus dem Norden anströmenden frischen Verstärkungen lassen?« Swindger stand auf und schüttelte den Kopf. »Ich bin doch kein Narr, Frau. Ich dachte, das hätten wir inzwischen festgestellt. Was Ihr vorschlagt ist eine Aktion, wie sie sich Helden ausdenken würden. Ich habe keine Ansprüche in dieser Richtung.«

»Ich würde es tun, Vater.«

»Was?« Swindger starrte seinen Sohn an. »Was würdest du tun?«

»Ich würde unsere Truppen in den Krieg führen, um die Nordlandhexe zu zerschmettern.« Lüdwins dunkle Augen leuchteten. »Wir haben erstklassige Soldaten, Vater. Wir könnten nordwärts ziehen und sie in Bereitschaft halten, genau wie sie vorgeschlagen hat.«

»Hast du ein Wort von dem gehört, was *ich* gesagt habe, Junge?« Swindger warf die Arme zur Seite. »Du bist voller Begeisterung über die Möglichkeit, dich mit Ruhm zu bekleckern, und denkst dabei keinen Augenblick an dein Reich. Du willst ein Held sein? Ich habe Helden gekannt.«

Er schaute zu Tatjana. »Ich erinnere mich an Euren Großneffen Kirill. Ich erinnere mich an sein Heldentum, und er war ein großartiger Held. Er kämpfte mit ganzer Kraft und weinte, als wir Swarskija in Brand setzten. Und er kämpfte mit ganzer Kraft in Festung Draconis, aber was hat es ihm gebracht? Gestorben ist er, in Blitzesschnelle an einer Mauer zermatscht. Willst du das, mein Sohn? Hast du Bedarf nach einer Delle irgendwo in einer Mauer, in der sich dein Blut sammelt? Legst du Wert darauf, dass zerlumpte Flüchtlinge mir deine Maske bringen, blutbeschmiert und von deinen Hirnresten besudelt, wenn sie vor den Horden fliehen, die Kytrin zur Vergeltung gegen mich in Marsch setzen würde? Denn das wäre meine Erinnerung an dich, während Kytrins Kreaturen mich hetzen. Und all das, nur damit du den Helden spielen kannst?«

Lüdwin senkte den Blick. »Aber Ermenbrecht lieben sie alle.«

»Ermenbrecht ist tot«, knurrte der König. Er ballte die Rechte zur Faust und hieb sich damit auf den Oberschenkel. »Seid Ihr hier, um mir das unter die Nase zu reiben, Hexe? Die Allianz, die Ihr mir angeboten habt, Alexias Hochzeit mit Ermenbrecht, ist unmöglich. Selbst wenn sie nicht darauf bestünde, diese Scheinehe mit Kräh aufrecht zu erhalten, käme Lüdwin hier als Partner für sie in Frage? Natürlich nicht. Habt Ihr irgendwelche niederen Adligen, die dazu bereit wären? Nein, nicht eine würde es tun. Die Zukunft meines Reiches ist besiegelt, doch ich bin nicht bereit, seinen Untergang durch vergebliches Heldentum noch zu beschleunigen.«

Lüdwin hob das Kinn. »Woher willst du wissen, dass es vergeblich wäre, Vater? Unsere Truppen sind gut.«

»Ja, natürlich sind sie gut, mein Sohn, sogar sehr gut.« Swindger schüttelte den Kopf. »Du lässt dich von dem Gerede dieses kleinen Diebes beeinflussen, aber er hat keine Ahnung. Nicht einmal den Hauch einer Ahnung hat er. Wie gut unsere Soldaten sind, spielt überhaupt keine Rolle. Kytrin verfügt über Draconellen. Du hast diese Waffen in Festung Draconis gesehen. Ich weiß es. Als du noch jünger warst, haben sie dich gewiss beeindruckt, jetzt aber musst du dir darüber klar werden, was sie anrichten können. Es ist mehr als nur ein Stein, der durch Soldatenränge schlägt. Sie zerfetzen ihre Opfer.«

Augenblicklich vermischte sich in Swindgers Geist

die Vergangenheit mit der Gegenwart. Er steht wieder im Thronsaal, dem *alten* Thronsaal, dem Saal, den er hat umbauen lassen, um vergessen zu können. Er steht da, den Kopf seiner Mutter in den Händen. Ihre Augen starren zu ihm auf, ihr Mund bewegt sich noch, während ihr Blut ihm durch die Finger rinnt. Er versucht, ihre Lippen zu lesen, ihre letzten Worte an ihn zu verstehen. Doch es gelingt ihm nicht.

Er öffnet die Hände und lässt ihren Kopf fallen. Ihr Gesichtsausdruck verzerrt sich zu einer Maske aus purer Wut, dann schlägt der Kopf auf den Marmorboden. Er zerplatzt wie eine überreife Melone. Er springt zurück, überrascht, nur das Geräusch seiner Stiefel auf dem Stein zu hören.

Tatjana blickte ihn mit nüchterner Miene an, weder Besorgnis noch Neugierde spiegelten sich auf ihren Zügen. »Was ist, Hoheit?«

»Wahrscheinlich war das Euer Tun, Hexe.« Swindger wischte sich die Hände am Hemd ab, dann schaute er zu seinem Sohn hinab. »Geh jetzt.«

Der Knabe – *Was denke ich da, er ist erwachsen, ist schon lange erwachsen* – stand auf. »Vater, ich habe dich noch nie um etwas gebeten, bis jetzt. Lass mich unsere Truppen ...«

»Ha!« Der König zog angewidert die Oberlippe hoch. »Dieser Narr eines Norderstett mag Oriosen für edel und gut halten und für die Art Schwachköpfe, die sich durch eine solche Bitte beeinflussen lassen. Wäre das hier irgendeine Märchenwelt, mein Sohn, würde ich dir die Bitte gewähren. Du würdest einen großen Sieg erringen, dann im Triumphzug hierher zurückkehren, und ich würde dir meinen Segen geben. Aber das sind Hirngespinste, Lüdwin. Du wirst keine Orioser Truppen anführen. Ich werde dir niemals die Erlaubnis dazu geben. Mehr noch, ich verbiete es ausdrücklich. Jetzt geh!«

Der Prinz stampfte aus dem Saal und verschwand hinter den Falten des Maskenvorhangs. Tatjana schaute ihm nach, dann drehte sie sich wieder zu Swindger um. »Das also ist der Weg, für den Ihr Euch entscheidet, auf Messers Schneide zu balancieren, bis die Umstände Euch zwingen, zur einen oder anderen Seite zu springen?«

»Ich habe gar keine andere Wahl, wie Ihr sehr wohl wisst. Ich kann mich nicht allein gegen Kytrin stellen. Falls sie droht, in Oriosa einzumarschieren, werden wir von Süden und Osten überrannt. Verbünde ich mich gegen sie, geschieht dasselbe aus der anderen Richtung.« Der König stieg die Stufen der Empore hinauf und setzte sich wieder auf den Thron. »Ich befinde mich in einer äußerst unangenehmen Lage.«

»Ihr verfolgt eine gefährliche Strategie, aber ich kann sie nachvollziehen.« Tatjanas Augen wurden schmal. »Falls Ihr Euch mit Kytrin verbündet, ist Euch der Hass Okrannels gewiss.«

»Welche Bürde! Ihr habt kein Reich, und das wenige, was Ihr an Truppen besitzt, steht weit entfernt in Eurer Heimat und kämpft unter einem Jeranser General. Der Hass Eures Volkes wird schmerzen, aber ich werde ihn ertragen können.« Er machte eine Pause. »Habt Ihr mir irgendetwas anzubieten, oder soll ich meinen Rücken freimachen, damit Ihr ihn geißeln könnt?«

»Ich biete Euch noch einmal Okrannels Hand in Freundschaft, Hoheit. Ich biete Euch einen Plan.«

»Ja, und der sähe wie aus?«

»Okrannel und Oriosa werden beide von den anderen Reichen bemitleidet und verachtet. Das okransche Volk ist die menschliche Version der Vorqælfen, aber wir erobern unsere Heimat mit der Hilfe anderer zurück. Das wird uns verpflichten, unsere Stärke und Dankbarkeit zu beweisen. Mein Vorschlag ist einfach und erfordert nur, dass Ihr Euren bisherigen Kurs beibehaltet.«

Swindger hob unter der Maske eine Braue. »Ich höre.«

»Je weiter Kytrin nach Süden vorrückt, desto länger werden ihre Nachschubwege. Die Lage ist genau so, wie Ihr sie erkannt habt: Ein geschickter Schlag kann ihre Horden von der Versorgung abschneiden und sie werden im Süden umkommen. Doch ein erfolgreicher Feldzug wird immer mehr ihrer Kreaturen beanspruchen und ihr immer weniger für die Verteidigung Okrannels lassen. Sobald meine Heimat befreit ist, werden meine Krieger hierher nach Oriosa kommen. Wir werden gemeinsam mit Euren Truppen zuschlagen, angeführt von meiner Alexia. Gemeinsam werden unsere Völker das Aurolanenheer zerschmettern.«

»Ihr setzt viel voraus, Großherzogin. Vor einem ›dann‹ stehen in Eurem Plan sehr viele ›wenns‹.«

Die Greisin schüttelte den Kopf. »Nein, nein, das ist keineswegs nur eine Annahme. Alexia selbst garantiert es. Als sie zu ihrer Traumjagd nach Okrannel aufbrach, hat sie sehr gut geträumt. Sie träumte eine Serie von Schlachten unter ihrer Führung, in Saporitia und Muroso. Sie alle führten zu einer gewaltigen Entscheidungsschlacht, in der Kytrins Kräfte zermalmt wurden. Sie wurde gefeiert, über alle Generäle hinweg, und Ruhm und Dankbarkeit überschütteten ihr Volk.«

Das Leuchten in Tatjanas Augen überraschte Swindger, denn keine Spur dieser Lebendigkeit strahlte auf den Rest ihrer Züge aus. Es war unübersehbar, dass sie vorbehaltlos an die Wahrheit dieser Träume glaubte, und die Kraft dieses Glaubens färbte ihre Stimme. Fast reichte sie aus, auch ihn daran glauben zu lassen.

»Ich sehe in Eurer Darstellung keinen Vorteil für Oriosa, Großherzogin.«

Das übliche kalte Glitzern kehrte in Tatjanas Augen zurück. »Auch ihre Verbündeten wurden gepriesen, Hoheit, und ihre Träume berichteten von maskierten

Einheiten, die im entscheidenden Moment der Schlacht eingriffen. Offensichtlich Eure Soldaten, Hoheit.«

Swindger dachte kurz nach, dann schnaubte er. »Das ist das neue Spiel? Erst setzt eine Vorq-Prophezeiung alles in Bewegung, und jetzt machen die Träume einer okranschen Prinzessin dem Ganzen ein Ende? Und was liegt zwischen Fantasie und Traum?«

»Albträume, Hoheit – grauenhafte Albträume.« Tatjana lächelte dünn. »Doch vor jedem Frühling kommt ein Winter, und vor jedem Morgen die Nacht. Schließen wir uns zusammen, dann wird der Sonnenaufgang so hell erstrahlen wie nie zuvor.«

Der Sonnenaufgang. Zeitpunkt der Hinrichtung für Hochverräter. Der König Oriosas nickte nachdenklich. »Steigen wir also hinab in die Albträume, um am Morgen im Sonnenschein zu erwachen.«

Kapitel Vierunddreissig

Mit laut hallendem Donner brachen die Vierschüsser los, als Ermenbrecht durch Rauch und Feuer sprang. Das Schwert hatte der Welt vor seinen Augen wieder die Farbe ausgesogen, und dem Kryll zu seiner Linken spritzte statt Blut schwarze Tinte aus zwei furchtbaren Vierschüsserwunden. Andere Sinne waren geschärft. Ein Vylæn fiel mit gespaltenem Schädel zurück.

Der erste Schnatterer an der schweren Kiste, zu deren Diebstahl die Verteidiger hier waren, schaute auf. Die Überraschung stand ihm unübersehbar ins Gesicht geschrieben. Ermenbrechts Säbel teilte es in zwei Hälften. Als das Vieh umkippte und seine Ecke der in Eisen gefassten Kiste zu Boden fiel, zuckte der Säbel herum und hoch, dann schlug er abwärts und zerteilte sauber den Arm eines anderen. Der Schnatterer heulte jämmerlich auf und stolperte davon, den Blut spritzenden Stumpf an die Brust gedrückt. Die Vorderseite des Kastens knallte auf den Boden, aber noch hielten zwei andere Schnatterfratzen das hintere Ende hoch.

Wieder sprang der Orioser Prinz vor und landete mit beiden Füßen auf der Kiste. Das zusätzliche Gewicht ließ die beiden übrigen Schnatterer in die Knie gehen. Der Säbel pfiff abwärts und spaltete den Rechten vom Schädel bis zur Hüfte. Der andere griff nach dem Langmesser, aber ein Draconellenschuss traf ihn in die Brust und schleuderte ihn nach hinten.

Ermenbrecht hüpfte wie bei einem Tanzvergnügen locker vorwärts. Er konnte den heimtückischen Einfluss des Säbels auf seine Bewegungen und sein Denken fühlen. Er hatte eine Mission, den Inhalt dieser Kiste zu stehlen, und deren Erfolg schien wichtiger als sein – oder irgendein – Leben. Die Mission war ebenso närrisch wie verzweifelt, aber vor allem war sie überlebenswichtig.

Durch den Qualm näherte sich eine der Kapuzengestalten. Aus der Nähe wirkte sie weit größer als zuvor, und um die Lage noch etwas zu verwirren, schien die Magik des Schwerts in ihrer Nähe seltsam gedämpft.

Egal. Ich war ein Krieger, lange bevor ich ein Zauberschwert besaß.

Die Gestalt näherte sich schnell. Sie lief nicht, doch sie bewegte sich mit weiten, raumgreifenden Schritten. Hinter ihr folgte ein Kader von Krylls, Schnatterern und sogar ein paar Vylænz. Die menschlichen Gefangenen, die in der Ausgrabung gearbeitet hatten, hielten sich zurück. Da sie aneinander gekettet waren, hätten sie ohnehin nicht viel ausrichten können, doch Ermenbrecht entschied, dass ihr Unwille, sich einzumischen, sich aus mehr als nur praktischen Erwägungen speiste.

Der Prinz sprang auf die Kapuzengestalt zu und erkannte beinahe zu spät, dass sie fast drei Schritt hoch war. Er setzte zu einem seitlichen Hieb an, um ihr den Bauch aufzuschlitzen, doch die linke Hand der Kreatur zuckte unter dem Umhang hervor und kam herab, um den Hieb abzublocken. Ermenbrecht sah eine Art Schuppenpanzer auf dem Unterarm und erwartete, dass die Klinge ihn durchschlug.

Zu seiner Überraschung prallte sie ab.

Der linke Arm der Kreatur flog herum, kam wieder hoch, dann schloss sich eine langfingrige Hand um die Stärke des Säbels. Mit einer einzigen Bewegung riss die Kapuzengestalt ihm die Waffe aus der Hand, so schnell, dass Ermenbrechts Handschuh mitgerissen wurde. Dann tauchte die rechte Hand der Kreatur unter dem Mantel auf und versetzte ihm mit der offenen Hand einen Schlag mitten auf die Brust.

Ein grausames Krachen schlug durch den Leib des Prinzen – und er flog zurück. Er landete hart auf Jullach-Tse, die gerade dabei war, die Kiste wegzuschleppen. Sie stürzte nicht minder hart, und der Kasten schlug zur Seite. Die urSreð stieß Ermenbrecht davon und ihre Krallenfüße scheuerten auf der Suche nach Halt über den Boden.

Er rollte sich ab und kippte auf den Rücken. Jeder Atemzug schmerzte – und er konnte nur flach atmen, oder die Pein war kaum zu ertragen. Er stützte die Ellbogen seitlich auf, um sich hoch zu hebeln, doch seine Rippen krachten erneut und ließen ihn aufkeuchen.

Hinter sich hörte er Jullach-Tse. »Beute ist sicher.«

Die Kapuzengestalt wurde immer größer.

»Weg, weg, weg!«, versuchte Ermenbrecht zu rufen, aber nur das erste Wort ertönte in einer nennenswerten Lautstärke. Er grub die Absätze in den Boden und versuchte, rückwärts davonzukriechen, doch dem Ding, das da auf ihn zukam, konnte er nicht entkommen.

Beide Arme hoben sich und öffneten den Mantel, unter dem ein ledriger Schuppenpanzer sichtbar wurde, der ihn entfernt an die gepanzerte Haut der Panqui erinnerte. Gold glitzerte in Flecken und Streifen auf dem grünen Schuppenpanzer des über ihm aufragenden Wesens. Er sah scharfe Hornsporne und Auswüchse auf den Unterarmen und Ellbogen. Krallenbewehrte Finger hoben sich, um ihn mit grausam gekrümmten Klauen zu zerfetzen.

Vier Draconellen krachten wie eine. Bevor der Qualm die Kreatur einhüllte, sah Ermenbrecht eine der Kugeln auf ihre breite Brust schlagen und abprallen. Er konnte nicht erkennen, wo oder was die anderen Schüsse trafen, die Gestalt aber stolperte rückwärts.

Der Prinz hörte ein lautes Zischen und das Wummern schwerer Schritte.

Er rollte sich auf den Bauch und hebelte sich hoch, doch sein linker Fuß rutschte ab, und er krachte wieder zurück. Er schlug mit der linken Schulter auf, und frische Schmerzen durchzuckten ihn. Er schrie auf, dann schaute er hoch und sah Ryslin, der vor ihm stand, den Silberholzbogen gespannt. »Weg!«

Der Loqælf schüttelte den Kopf. »Schnell.«

Ermenbrecht krallte sich in den frostigen Boden und hechtete vor, gerade als der Ælf den Pfeil von der Sehne ließ. Hinter ihm ertönte lautes Gurgeln, dann ein wütendes Fauchen, das zu einem Zischen verklang. Als Ryslin ihn an der Schulter packte und auf die Beine hob, riskierte der Prinz einen Blick zurück.

Eine der Vierschüsserkugeln musste die Schnalle des Mantels zerschmettert haben, denn die Kreatur trat nackt durch den langsam dünner werdenden Rauch. Die Panzerung, die Ermenbrecht gesehen hatte, war nicht Kleidung, sondern Haut, und die Kapuze hatte einen Abscheu erregenden Kopf voller Dornen und Hörner verborgen. Das Gesicht wirkte beinahe menschlich, wenn auch haarlos und mit Schuppen bedeckt, nur endete es in einer vorspringenden Schnauze, deren lippenloser Mund tödliche grellweiße Hauer freilegte.

Der Pfeil des Ælfen ragte aus dem Maul der Kreatur. Sie hustete und röchelte, während Krylls und Vylænz ihr zu Hilfe hasteten. Danach sah Ermenbrecht nichts mehr, weil Ryslin ihn in den engen Gang, durch den sie gekommen waren, und an dessen grob behauenen Wänden entlang in Sicherheit zerrte.

Er keuchte vor Schmerzen. »Langsam. Ich kann nicht rennen. Meine Rippen.«

»Es geht nicht anders, Hoheit.« Der Ælf schaute sich um. »Wir haben es nicht aufgehalten, sondern nur wütend gemacht.«

»Wisst Ihr, was das war?«

»Nicht sicher, nein. Aber Ihr erinnert Euch daran, was ich über die Kyralniri erzählt habe?«

»Albtraumkreaturen aus dunkler Vorzeit, ja.«

Der Ælf nickte ernst. »Es gibt selten erzählte Legenden, die von Bestien berichten, die Jagd auf Kreaturen wie die Kryalniri machten. Sie sind uralt und böse. Das Einzige, was noch älter ist als die Drachen, und je größer unser Abstand zu ihnen ist, desto lieber ist es mir.«

Gœruël senkte sich im Schnee auf ein Knie und spie den Pfeil aus. Etwas grünlich schwarzes Blut folgte ihm und verfärbte den Firn. Der Treffer hatte ihn weniger verletzt als überrascht. Selbst das weiche Fleisch im Mundinnern war zu hart gewesen, um den Pfeil tief eindringen zu lassen, sodass er sich nicht hatte festsetzen können. Beim Schlucken schmeckte er Blut in der Kehle, aber die Wunde würde sich schnell schließen, und die Verletzung war belanglos.

Einer der Kryalniri kam heran und kniete vor ihm nieder. »Wie kann diese Kreatur Euch behilflich sein, Herr-Meister Gœruël?«

Fast hätte er den Pfeil gepackt und durch das Maul des weißhaarigen Viehs hinauf in dessen Hirn getrieben, doch es war sinnlos, den Kryalnir für dessen Ähnlichkeit mit dem Ælfen zu bestrafen. Er zwang seine Hände auf, dann drehte er die rechte um, beugte die Finger und musterte seine Krallen. »Warum verfolgt sie niemand?«

Die Augen des Tiers weiteten sich. »Ich wollte Euch zu Hilfe kommen, Herr-Meister.«

Gœruël erhob sich, ragte hoch über den Kryalnir auf. Der zitterte zu seinen Füßen und sank zurück auf die Fersen. Die weiß bepelzte Kreatur senkte die Augen, zuckte aber trotzdem zusammen, als der Schatten seiner rechten Hand über sie glitt. »Narren, die sich herausnehmen, so etwas zu denken, verdienen den Tod.«

Seine rechte Hand fiel herab.

Der Kryalnir schaute mit weiten grauen Augen auf, als neben ihm ein Vylæn mit zerschmettertem Schädel umkippte. »Herr-Meister?«

Gœruël leckte sich das Blut von den Knöcheln. »Beweise mir, dass du nützlicher bist als dieses Ungeziefer. Hol mir das Schwert.«

Der Kryalnir sprang davon, um zu gehorchen. Gœruël ging weiter, den Spuren der Kiste im Schnee folgend, bis zu der Mauer, vor der sie endeten. Er schnupperte, dann peitschte seine gespaltene Schlangenzunge über den Stein. Er schloss die Augen und schnupperte wieder.

Es war etwas an Festung Draconis, das er schon bei der Ankunft gespürt hatte. Das Gefühl hatte sich allmählich verstärkt und war immer störender und aufdringlicher geworden. Er hatte es bei der Suche nach den Wahrsteinen gespürt und nach dem katastrophalen Einsturz des Araftiihorstes. Aber er hatte es noch nie so gespürt wie hier, was ihm allerdings keine Angst machte, sondern nur seine Neugierde weckte.

Sein Hilfsgeschöpf kehrte mit dem Schwert zurück und hielt es mit gesenktem Kopf auf beiden Handflächen empor. Gœruël nahm die Waffe und beschnupperte sie. Vorsichtig glitt die gespaltene Zunge über die gekrümmte Länge des verzauberten Stahls. An manchen Stellen zögerte seine Zunge, zu anderen kehrte es ein zweites Mal zurück.

Er spürte die Magik des Schwerts und staunte über ihre Stärke. Es versuchte, seine Wahrnehmung zu verzerren. Es bemühte sich, seine Umgebung als verängstigt und deshalb bedrohlich darzustellen. Es erteilte ihm sogar Ratschläge, wie er es am besten benutzen konnte, um sie zu vernichten.

Er schob all das wie einen aufdringlichen Hundewelpen beiseite und las weiter. Er konnte die jüngste Geschichte der Waffe entziffern. Die Klinge schilderte ihm in exakter Schärfe, wie sie zum ersten Mal blank gezogen worden war. Jeder zerschmetterte Knochen, jedes ausgelöschte Leben, all das öffnete sich ihm mit der breiten Fülle des Aromas würzigen Weins. Er fühlte die Hand des letzten Besitzers auf der Klinge und gewann eine gute Vorstellung von ihm. Vor ihm, eine Frau, und vor dieser, eine Sullanciri.

Langsam nickte Gœruël. Malarkex. Diese Sullanciri war in Okrannel gefallen, also musste die Klinge weit gereist sein. Dass sie für eine von Kytrins Generalinnen geschaffen worden war, erklärte, warum die Magik so stark war, dass er sie beiseite schieben musste.

Wieder leckte er über das Metall und fand eine dünne magische Spur, die er fast übersehen hätte. Klinge und Scheide waren verbunden.

Gœruël reichte das Schwert zurück an den Kryalnir. »Benutz die Suchmagik. Die Waffe wird euch zu ihrer Scheide führen, und dort findet ihr die Fragmentdiebe. Sofort!«

Ein unheiliges Licht umspielte die Hände des Kryalnirs, dann tanzte es wie ein Blitz über die Klinge. Es hüpfte und sprang das gebogene Metall hinab, dann sprang es als schillernder Ball in die Luft, der einmal kreiste und dann gegen die Wand prallte, die Gœruël kurz zuvor untersucht hatte.

Er trat näher, dann, als der Ruf des Kryalnirs Schnatterer mit Schmiedehämmern und Stemmeisen heranholte, zog er sich zurück. Sie schlugen auf die Wand ein und hatten sie bald durchbrochen. Eine Gruppe drängte in die Dunkelheit dahinter und heulte auf. Vylænz folgten ihnen, dann die Kryalniri. Die violette Lichtkugel glitt durch das Loch, und Gœruël duckte sich hinter ihr in den engen Gang.

Tief hinab führte ihr Weg. Die meisten Gänge zwangen Gœruël, sich zu ducken. Gelegentlich trafen sie auf Hindernisse, aber Hämmer und Zaubersprüche rissen sie schnell ein. Je tiefer sie kamen, desto schneller fielen die Barrieren.

Nach weniger als einer Stunde erreichten sie ein großes Amphitheater. Die Zuschauerränge waren mit den steinernen Abbildern verschiedener Krieger dekoriert, die Gœruël in keinster Weise interessierten. Er schritt schnell die Stufen hinab und wieder aufwärts auf die zentrale Bühne. In deren Mitte befand sich eine quadratische Öffnung, und eine weitere Treppe führte abwärts in die Dunkelheit. Er konnte bis zum Boden sehen, sie endete jedoch in einem nach Osten verlaufenden Korridor, der seinen Blick blockierte.

Er ging am Rand der Plattform in die Hocke und hob die Schwertscheide auf. Sie hatte gewiss in einer kleinen Vertiefung mitten auf der Bühne gelegen, was darauf hindeutete, dass sie absichtlich hier abgelegt worden war. *Und der einzig denkbare Grund dafür wäre …*

Der magische Eindruck, den er von Festung Draconis hatte, wuchs zu einem Crescendo an und verdichtete sich. Ein Vylæn zischte und ein Schnatterer heulte auf, aber Gœruël brauchte sich nicht umzudrehen, um zu sehen, was geschah. Vor ihm setzten sich auf allen Rängen steinerne Gestalten in Bewegung. Erst nur langsam, als würden sie aus einem tiefen Schlaf erwachen. Langsam, aber unaufhaltsam marschierten sie, stiegen zu ihm herab.

Die steinerne Legion erwischte die flüchtenden Schnatterfratzen mit Leichtigkeit. Die Statuen waren langsam, doch es waren so viele, dass eine Dornenhecke im Vergleich dazu ein lichter Wald gewesen wäre. Einzelne Schnatterer versuchten mit aller Gewalt, sich freizukämpfen, aber das einzige Ergebnis dieser Anstrengungen war Fell, das in Fetzen von den Krallen herabhing.

Der Kryalnir maunzte laut und streckte die Hände nach ihm aus, als die Statuen nach ihm griffen. Seine Krallen scheuerten über die Stufen und zogen dünne weiße Streifen in den grauen Fels, dann explodierte das Tier in einem Nebel aus Blut und Fell.

Gœruël zog sich zurück, wenn auch weder hastig noch ängstlich. Hinter ihm hatte sich die Treppenöffnung geschlossen und ein glattes Hinrichtungsfeld geformt. Er trat in die Mitte des steinernen Runds, spannte die dornbesetzten Schultern, dann schüttelte er die Arme aus und warf die Schwertscheide beiseite.

Er brüllte den Steingestalten, die zu ihm heraufstiegen, seinen Trotz entgegen. Als er erwartungsvoll züngelte, schmeckte er einen neuen Hauch der Magik, die den ganzen Saal durchzog.

Er nickte. »Natürlich. Jetzt sehe ich es. Ich hätte es sofort wissen müssen. Na schön.« Er winkte die Statuen heran. »Gebt euer Bestes. Bremsen könnt ihr mich vielleicht, aber besiegen? Niemals!«

Das Gewicht der Pelzroben schmerzte auf Ermenbrechts Brust, aber sie hielten ihn warm. Er folgte Ryslin, und hinter ihm ging Jilandessa. Sie hatte angeboten, ihn zu heilen, doch er hatte sich geweigert. Der Zauber hätte die Harqælfe geschwächt, und noch kam er schnell genug voran.

Jullach-Tse Seegg ging durch das Tunnellabyrinth voraus. Sie hatten die Korridore der Festung längst verlassen und waren auf dem Weg nach Osten, aber durch die zahlreichen Windungen auf ihrem Weg hatten sie keine Ahnung, wie weit sie gekommen waren.

Die urSreð erreichte eine Stelle, an der sie die Hände in Grabwerkzeuge verwandelte und sich hinauf an die Oberfläche schaufelte. Sie legte den Tunnel schräg an, um den Aufstieg zu erleichtern, und es dauerte nicht lange, bis kalte Luft durch das Loch drang, dicht gefolgt von Schnee. Das Heulen des Windes erreichte sie, aber es war leise genug, sodass sie nicht dagegen anzubrüllen brauchten.

Mit Ryslins Hilfe stieg Ermenbrecht aus dem Loch und drückte das blaugrüne Fragment der Drachenkrone an sich. Die anderen folgten und die Gruppe sprintete fünfzig Schritt ostwärts zum Waldrand. Dort angekommen setzte der Prinz sich an eine altehrwürdige Eiche und schaute zurück zur Festung Draconis.

Die einst stolze Feste war zerstört, und selbst die dickste Schneedecke konnte die Vernichtung nicht verbergen. In den Mauern klafften riesige Breschen, die Gebäude waren eingestürzt. Wo die Festung noch vor gar nicht langer Zeit in hellem Licht erstrahlt wäre, ein warnendes Leuchtfeuer für Kytrins Horden, Abstand zu halten, lag jetzt ein düsteres Phantom wie eine dunkle Nebelbank am Ufer des Kreszentmeers.

Verum, der Rüstmeister, kniete sich neben den Prinzen. »Ich weiß jetzt, wo wir sind. Etwa zwei Meilen nach Osten, dann südostwärts, und wir erreichen ein Waffenlager, wo wir uns neu ausrüsten können. Danach, tja, das ist Eure Entscheidung.«

Ermenbrecht nickte. »Wir müssen dieses Fragment vor Kytrins Zugriff schützen, also werden wir nach Süden ziehen, ihren Truppen nach.«

»Nicht, dass ich Eure Entscheidung anzweifeln will, Hoheit, aber sollten wir nicht versuchen, uns von ihren Truppen fern zu halten?«

Der Prinz zwinkerte dem Mann zu. »Ach, wir wissen doch, dass sie uns ohnehin verfolgt, also ist es gleich, wohin wir fliehen. Im Süden sind wir wenigstens näher an unseren Landsleuten. Wir müssen halt einfach beten, dass sie uns eher erreichen als die Hexe.«

Kapitel Fünfunddreissig

»Es läuft zu gut«, knurrte Will, als die kleine Gruppe Meredos Nordtor erreichte. Der Tag war strahlend, aber kalt, angebrochen mit klarem Himmel und einer fernen Sonne, die keine Wärme versprach. Es war nicht das geeignetste Wetter, um eine Reise zu beginnen, aber angesichts der Jahreszeit auch nicht schlecht. Wenn sie die Pferde nicht schonten, hatten sie eine Chance, die Strecke in einer bis anderthalb Wochen zurückzulegen.

Und es war in letzter Zeit tatsächlich eine Menge gelungen. Kjarrigan war zurückgekehrt, wenn auch etwas zerbeult und gefolgt von einer scheußlichen, halbnackten grünen Kreatur. Der Herbergswirt hätte sicherlich protestiert, wären nicht bereits Vilwaner Zauberer bei ihm gewesen, um nach Kjarrigan zu suchen. So hatte er sich bedeckt gehalten, um nicht Gefahr zu laufen, in eine Kröte verwandelt zu werden oder, schlimmer noch, in etwas wie das, was dem jungen Magiker folgte.

Kjarrigan hatte seine Abwesenheit sehr knapp erklärt und nur gesagt, er habe einen mächtigen Zauberer getroffen, der ihm bei einer Mission helfen würde, die von entscheidender Bedeutung für den Kampf gegen Kytrin war. Bok, der malachitgrüne urZreð, war dessen Diener, den er Kjarrigan geliehen hatte, und er würde sie auf ihren Reisen begleiten. Sein Meister würde später zu ihnen stoßen.

Der Magiker hatte ein paar Zauber gesprochen, um Wills blaues Auge zu heilen, dann schaute er sich dessen

Hals an. Er hörte sich die Geschichte von der Schneeflockendame sehr genau an, dachte lange nach und musterte Will mit ernster Miene.

»Ich weiß nicht, wer sie war oder was sie getan hat, aber es war mächtige Magik. Du bist geheilt, das steht fest. Die Zauber, die ich gesprochen habe, zeigen, dass dir nichts fehlt, nicht das Geringste.«

Will hob die linke Braue. »Das ist aber doch gut, oder?«

Kjarrigan nickte, dann streckte er die Hand aus und packte Wills Kinn. Er drehte es nach links, dann nach rechts, und runzelte die Stirn. »Das einzige Problem ist: Diese Narben sollten mir den Eindruck von einer Verletzung vermitteln. Genau wie dieses Frieren, das dir zu schaffen macht. Es ist natürlich kein ernstes Problem, denn du kannst dich ja aufwärmen, und die Narben sind nicht schlimm. Und ich spüre auch keine Magik, die eine Heilung behindern könnte, aber seltsam ist es trotzdem.«

»Hast du schon einmal etwas Ähnliches gesehen?«

»Nein, und das ist sehr seltsam. Als ich Kräh untersucht und sein gebrochenes Bein behandelt habe, konnte ich all die anderen Verletzungen erkennen, die er hinter sich hatte, einschließlich der bloßen Alterserscheinungen. Bei Orla genauso. Als ich ihre Verletzungen heilte, habe ich gleichzeitig andere Kleinigkeiten bereinigt und ein paar Abnutzungserscheinungen behoben, um ihr diese Wehwehchen zu ersparen. Als ich danach einen Diagnosezauber bei ihr einsetzte, war weniger zu erkennen als vorher.«

Will nickte. »Verständlich. Das ist, als würde dein Zauber jemanden mit dem bestmöglichen Zustand vergleichen, in dem er sich befinden könnte, und die Unterschiede betonen, damit du sie beheben kannst.«

»Ganz genau. Doch in deinem Fall erklärt die Magik, dass es dir selbst fröstelnd und mit den Narben am Hals so gut geht wie überhaupt nur möglich.«

»Könntest du die Narben heilen?«

Das Bett in Kjarrigans Zimmer knarrte, als er das Gewicht verlagerte. »Ich könnte es, *falls* ich sie finden könnte. Ich kann sie natürlich sehen, aber soweit es meine Magik betrifft, existieren sie nicht. Damit ich etwas in Ordnung bringen kann, muss ich einen Eindruck davon haben, dass es irgendwie verkehrt ist, und den erhalte ich einfach nicht. Vielleicht ist so etwas möglich, wenn die Zauber, die dich heilten, sich gegenseitig beeinflusst haben. Unter Umständen. Aber das ist jetzt eine reine Vermutung.«

Will grinste. »Du spekulierst?«

»Nun, ja.«

»Und gibst es zu?«

Kjarrigans Miene wurde säuerlich. »Ich sehe, du hast dich während meiner Abwesenheit nicht verändert.«

Der Dieb bewegte unbehaglich die Schultern. »Nicht viel.«

Danach hatten die beiden Kjarrigans Zimmer verlassen, um sich zu Prinzessin Sayce und Dranæ ans Feuer zu begeben. Dort hatten Sayce und Dranæ dem Magiker von dem Wortwechsel im Palast erzählt. Obwohl sie leise sprachen, war Will klar, dass die Geschichte sich schneller durch die Straßen Meredos verbreiten würde als der Schnee. Das war nicht unbedingt gut, aber er hatte es verdrängt.

Bis jetzt.

Eine Kompanie Reiter wartete im Hof vor dem Tor. Sie waren offensichtlich schon eine ganze Weile dort, und was noch seltsamer war, keiner von ihnen trug eine Maske. Jedenfalls nicht im Gesicht. Alle hatten sie ihre Masken um den rechten Oberarm gebunden, so wie Will.

Ein Mann lenkte das Pferd vorwärts und verstellte ihnen den Weg. Er hatte scharfe Züge und dunkle Augen, die noch durch die Tatsache unterstrichen wurden, dass die Haut in der oberen Gesichtshälfte, die normalerweise unter der Maske verborgen gewesen wäre, deutlich blasser war. Er schaute geradewegs zu Will, ohne Kräh und Alexia zu beachten. »Ihr seid der Norderstett?«

Will nickte müde und verließ Prinzessin Sayces Seite. »Der bin ich.«

»Und Ihr habt den König einen Feigling genannt und erklärt, er sei es nicht wert, über ein tapferes Volk wie uns zu herrschen?«

»So etwas in der Art.«

»Und im *Springenden Panther* habt Ihr erklärt, wir müssten alle Helden sein, um gegen die Nordlandhexe zu kämpfen?«

Will bemerkte einen seltsamen Unterton in der Stimme des Mannes. »Ja, ich schätze, das habe ich.«

Der Mann grinste. »Dann sind wir hier richtig. Unsere Vorfahren haben Masken getragen, um zu verbergen, wer sie sind. Aber das nützt uns jetzt nicht allzu viel, also werden wir wie Ihr unsere Masken tragen und stattdessen neue Namen annehmen. Wir sind die Orioser Freie Kompanie und würden uns freuen, wenn Ihr bereit wärt, uns nach Caledo zu führen. Nennt mich Weiz.«

Der Dieb blinzelte überrascht und wusste nicht, was er sagen sollte. Als er sie zuerst gesehen hatte, hatte er Ärger erwartet. Noch bevor Will sich von der Überraschung erholt hatte, ritt die murosonische Prinzessin heran. »Im Namen König Bomars von Muroso heiße ich Euch und Eure Männer willkommen, Hauptmann Weiz. Bitte, schließt Euch uns an.«

»Mit Freuden. Danke, Hoheit.« Weiz winkte, und seine Gruppe ritt einzeln und in Schrittgeschwindigkeit durch die Reihen der Lanciers ans Ende der Kolonne. Die meisten Reiter nickten Will zu, aber zwei Mann am Ende der Reihe schauten ihn nicht einmal an.

»Einen Augenblick. Halt.« Will runzelte die Stirn. »Kenne ich euch?«

Der erste Mann, dessen Schultern ebenso weich wirkten wie sein Kinn, schüttelte den Kopf. Der Zweite, der jung genug schien, um der Sohn des Ersten zu sein, lächelte zuversichtlich. Obwohl kräftig gebaut und alles andere als klein, quiekte seine Stimme vor Nervosität. »Mein Bruder spricht nicht viel, Baron Norderstett.«

Will erkannte die Stimme, und sein Blick zuckte zu den Händen des Reiters, um sich zu vergewissern, aber dicke Fäustlinge vereitelten es. »Euer Name?«

»Man nennt mich Nord, mein Fürst, und das ist Lüd…«

Der andere blickte auf. »Lüdenwig.«

Ein Schauder lief Will den Rücken hinab. *Kerleif und Lüdwin, was soll das?* »Ihr zwei solltet besser heimreiten.«

Lüdenwigs Stimme verzerrte sich zu einem Krächzen. »Ich besitze kein Heim.« Die Maske an seinem Arm wies zwei Waisenkerben auf. »Ich habe die Maske durch Geburt bekommen. Ich will eine Chance, sie mir zu verdienen.«

»Und du, Nord?«

»Solange Kytrin da draußen lauert, ist niemand sicher. Je eher wir sie töten, desto weniger muss ich um meine Familie fürchten.«

Will dachte kurz nach, dann nickte er. »Wie die Prinzessin schon sagte: Willkommen.«

»Besten Dank, mein Fürst.«

Will drehte das Ross und setzte sich wieder neben Prinzessin Sayce, die dem Zug den Weg aus Meredo wies. Wegen der Kälte waren nur wenige Leute auf der Straße. Die wenigen, die unterwegs waren, blieben stehen und starrten, als die Soldaten vorbeiritten. Will konnte sich bei dem Gedanken, dass seine Truppe mit ziemlicher Sicherheit der erstaunlichste Anblick seit dem letzten Herbstfest war, ein Grinsen nicht verkneifen.

Er blickte über die Schulter zurück, als ein Trupp Lanciers vorbeitrabte, um als Vorhut vorauszureiten, und schaute sich seine Streitmacht in Ruhe an. Auf ihn und Sayce folgten zunächst Alexia, Kräh und Entschlossen, dann Dranæ und Kjarrigan. Lombo lief durch den Schnee und schien bester Dinge, und Qwc schlug in der Luft Salti durch die Schneewolken, die der Panq mit seinen weiten Schritten aufschleuderte. Bok stakste auf unmöglich langen Storchenbeinen nebenher, eine schwere Holzkiste auf den Rücken gebunden.

Hinter ihm kam ein Tross von fünf Wagen, die die Prinzessin in Meredo gemietet und mit Kufen für den Schnee hatte ausstatten lassen. Sie wurden von einem großen Kastenwagen angeführt, in dem Peri fuhr. Sie hätte zwar auch trotz der Kälte fliegen können, aber in den höheren Lagen war die Luft noch eisiger, und gelegentlich ging ein stürmischer Wind. Niemand wollte riskieren, dass sie sich die Flügel erfror, also hatten sie ihr ein gemütliches Nest im Innern des Wagens hergerichtet. Sie hatte zwar protestiert, nachdem aber alle ihr geantwortet hatten, sie sei ihre Geheimwaffe, hatte sie sich mit dieser Notlüge zufrieden gegeben.

Auf die Wagen folgte ein Trupp Lanciers in leuchtend roter Ledermontur. Die Freie Kompanie, inzwischen knapp über vierzig Mann stark, kam dahinter, und schließlich noch die Nachhut der Lanciers. Die Kolonne erstreckte sich über fast dreihundert Schritte und bot einen wirklich bemerkenswerten Anblick.

Prinzessin Sayce bemerkte Wills Blick und lächelte, als er sich wieder umdrehte. »Ich muss Euch noch dafür danken, dass Eure Leute sich uns angeschlossen haben.«

»Meine Leute?«

Sie nickte, und frostiger Dunst wehte an ihrem Kopf vorbei, als sie sprach. »Die Freie Kompanie.«

»Die gehören nicht zu mir.«

Sayce musterte ihn nachdenklich, dann kratzten weiße Zähne über ihre volle Oberlippe. »Ihr habt keine Ahnung, was eben am Tor vorgefallen ist, oder?«

Will runzelte die Stirn. »Prinzessin, ich mag der Norderstett sein, aber aufgewachsen bin ich in den Elendsvierteln Yslins. Ich bin ein Dieb. König Swindger hat mir eine Maske gegeben und den Kopf getätschelt, und er hat erwartet, dass mich das zu seiner gehorsamen Marionette macht. Was am Tor vorgefallen ist, ist dies, dass sich uns eine Gruppe Männer mit Todessehnsucht angeschlossen hat.«

Ihre blauen Augen funkelten einen Moment lang, dann schaute sie nach vorne. »Wenn man in Muroso, Oriosa oder Alosa vor jemandem anders das Gesicht entblößt ... Man zeigt sein Gesicht nur der Familie und den engsten Freunden. Es einem Fremden zu zeigen und ihn anzusprechen, wie Weiz es Euch gegenüber getan hat ... Indem er seine Maske abnahm, hat er seine alten Bindungen aufgegeben. Er hat Euch praktisch gebeten, ihn als Vasallen anzunehmen. Sie alle wurden von Euren Worten und Taten beflügelt. Ihre Masken haben bestimmt, wer sie sind. Jetzt wollen sie als Eure Leute erkannt werden. Sie erwarten, dass Ihr ihre Masken markiert und ihnen gestattet, sie wieder aufzusetzen, wenn Ihr glaubt, sie hätten es sich verdient.«

»O.« Will atmete tief ein. Die kalte Luft stach ihm im Hals und machte ihn husten. »Dann habe ich wohl einiges falsch gemacht?«

Sie lachte. »Nein, überhaupt nicht. Deshalb war ich so überrascht, dass Ihr nicht wusstet, was Ihr tut.«

»Was ist damit, als ich Lüdwin und Kerleif nach Hause schicken wollte?«

Sayce blickte ihn an. »Ihr dürft sie niemals so nennen. Das waren die Namen, die ihnen gehörten, als sie noch ihre Masken trugen. Es ist genau wie bei Kräh. Als er noch eine Maske hatte, war er Tarrant Valkener. Er verlor die Maske und wurde Kedyns Krähe. Sie sind jetzt Lüdenwig und Nord.«

»Und was haben sie gedacht, als ich ihnen sagte, sie sollten heimreiten?«

Sie schürzte kurz die Lippen. »Im Grunde habt Ihr ihnen gesagt, dass sie sich besonders werden anstrengen müssen, um sich Euer Zeichen auf der Maske zu verdienen. Es war nicht schlecht, ihnen das zu sagen. Nord wird auf Lüdenwig aufpassen, das versteht Ihr sicher.«

»Den Eindruck hatte ich, ja.«

Will atmete tief durch, aber vorsichtiger als zuvor, dann zog er den Schal über Mund und Nase. Es hatte sich viel geändert. Von einem Straßendieb war er zu jemandem geworden, den Kräh und Entschlossen für einen prophezeiten Retter hielten. Dann hatten Teile der weiteren Welt ihn als die Lösung für die Schwierigkeiten betrachtet, die Kytrin machte. Und jetzt schauten Menschen mit hoffnungsvollem Blick zu ihm auf, die vor einem Jahr noch mit Verachtung oder Angst auf ihn hinabgeschaut hätten.

Und jetzt gibt es auch noch Leute, die für mich in den Kampf und in den Tod ziehen wollen. Er bewegte unbehaglich die Schultern. In der Zeit, die er mit Kräh, Entschlossen und Alexia – und dem Rest der Gruppe – verbracht hatte, hatte er Vertrauen zu ihnen gefasst. Er war bereit, für und mit ihnen zu kämpfen. Durch ihre Abenteuer waren sie zu einer verschworenen Gemeinschaft geworden.

Die Freie Kompanie hingegen war eine völlig andere Größe. Diese Reiter waren nicht hier, weil er der Norderstett war. Sie hatten von seinen Worten und Taten gehört. Und allein darauf gründete sich ihr Wunsch, mit ihm zusammenzugehen. Er hätte gedacht, ein paar von ihnen wären nur auf Abenteuer aus, doch Sayce hatte Recht. Seine Maske abzunehmen war keine leichtfertige Entscheidung für einen Oriosen. Das war nichts, was man in einer vorübergehenden Begeisterung tat.

Will schaute zu der rothaarigen Murosonin. »Hoheit, bin ich jetzt verantwortlich für diese Leute?«

Sie nickte. »Ja, das seid Ihr. Was sie tun, tun sie in Eurem Namen. Ihr werdet für sie bezahlen, sie bestrafen und sie belohnen.«

»Für sie bezahlen?« Will schaute sich um. »Selbst wenn ich die Kronjuwelen geklaut hätte, ich könnte nicht für alle bezahlen.«

»Baron Norderstett …«

»Will, bitte.«

»Will, Ihr braucht nur die Rechnungen zu bezahlen, die man Euch vorlegt. Weiz, Lüdenwig, Nord und ein paar andere mehr sind nicht mittellos. Das sieht man an ihren Pferden und der Kleidung. Ihr werdet feststellen, dass sie für sich selbst sorgen.« Sie hob die Hand, um seine Entgegnung abzublocken. »Und ungeachtet dessen, was Ihr vor König Swindger gesagt habt, Ihr werdet feststellen, dass die Krone Murosos Euch für Eure Anstrengungen reich belohnen wird.«

Sayce zog den Fäustling von der linken Hand und zwängte einen kleinen Ring von ihrem Zeigefinger. Sie reichte ihn Will und er nahm ihn an. Der einfache Goldreif trug ein kleines Wappen.

Er wollte ihn ihr zurückgeben, doch sie schüttelte den Kopf. »Ich soll ihn behalten?«

»Es wäre mir eine Ehre.«

»Na ja, er ist wirklich hübsch, aber ich bezweifle, dass er reicht, um meine Leute auch nur eine Nacht lang zu ernähren.«

Sayce lachte laut auf und der kehlige Klang gefiel

ihm. Ihre Augen funkelten hell und fast so lebendig wie bei ihrer ersten Begegnung. Jetzt erinnerte er sich daran, und daran, wie sie seine Hand genommen hatte. Seine Wangen wurden heiß.

»Will, dieser Ring stammt von meiner Großmutter auf Vaters Seite. Er steht für ein Gut im westlichen Muroso, am Eorisee. Selbst in einem schlechten Jahr reicht der Ertrag aus, die dutzendfache Zahl an Soldaten zu ernähren.«

»Das kann ich nicht annehmen.«

»Ihr müsst. Ihr habt Eure Ländereien aufgegeben, um meinem Volk zu Hilfe kommen zu können.« Sayce lächelte ihn an. »Jetzt ist es auch das Eure. Ich erwarte deshalb nicht, dass Ihr noch entschlossener gegen Kytrin kämpft, aber es wird den Sieg noch süßer machen.«

Will lächelte und freute sich plötzlich, ein neues Heimatland zu haben. Er zog den rechten Handschuh aus und schob den Ring auf den Zeigefinger. »Danke.«

»Die rechte Hand. Die Schwerthand. Gut.«

»Was?«

»Es bedeutet: Ihr werdet kämpfen.« Die Prinzessin zog sich ebenfalls den Schal über die untere Gesichtshälfte. »Kommt, Baron Norderstett, nach Norden, in Eure neue Heimat. Und Tod all denen, die sie bedrohen.«

Von MICHAEL A. STACKPOLE erschien in der Reihe
HEYNE SCIENCE FICTION & FANTASY:

Silberaugen · 06/5629
Es war einmal ein Held · 06/5956
Der Weg des Richters · 06/9155
Zum Helden geboren · 06/9183

DÜSTERER RUHM:

Zu den Waffen! · 06/9217
König der Düsterdünen · 06/9218
Festung Draconis · 06/9219
Blutgericht · 06/9220

Weitere Romane in Vorbereitung

BATTLETECH:

Band 5: En Garde · 06/4687
Band 6: Riposte · 06/4688
Band 7: Coupé · 06/4689
Band 10: Tödliches Erbe · 06/4870
Band 11: Blutiges Vermächtnis · 06/4871
Band 12: Dunkles Schicksal · 06/4872
Band 17: Natürliche Auslese · 06/5078
Band 21: Kalkuliertes Risiko · 06/5148
Band 25: Die Kriegerkaste · 06/5195
Band 30: Abgefeimte Pläne · 06/5391
Band 39: Heimatwelten · 06/6239
Band 43: Der Kriegerprinz · 06/6243

SHADOWRUN:

Band 27: Wolf und Rabe · 06/6137

In der ALLGEMEINEN REIHE:

Star Wars™ – Der Kampf der Jedi · 01/10218

HEYNE

Meisterwerke der Fantasy

Das magische Lesevergnügen

06/9300

Lesen Sie in der Reihe *Meisterwerke der Fantasy* die besten, originellsten und wichtigsten Fantasy-Romane, die je geschrieben wurden – von Autoren, die gemeinsam mit J.R.R. Tolkien die moderne Fantasy begründet haben.

Terry Pratchett
Die Magie der Scheibenwelt
06/9300

Poul Anderson
Das zerbrochene Schwert
06/9301

Michael Moorcock
Gloriana
06/9302

Mária Szepes
Der rote Löwe
06/9303

HEYNE-TASCHENBÜCHER

HEYNE

Michael Moorcock

DIE GROSSE ELRIC-SAGA

Das Meisterwerk der Fantasy

06/9189

Die atemberaubende Saga um Elric von Melniboné, den gnadenlosen und zum Untergang verdammten Albinokönig aus der Träumenden Stadt. Getrieben von seinem schwarzen Schwert ›Sturmbringer‹ erfüllt Elric seine tragische Bestimmung und entscheidet das Schicksal der Menschheit ...

»Wer sich auch nur ein bisschen für Fantasy interessiert, muss Michael Moorcock lesen!«

Tad Williams

1. Das Schattentor
3 Romane
06/9189

2. Der bleiche Lord
3 Romane
06/9190

3. Am Hof der Perle
2 Romane
06/9191

4. Tochter der Traumdiebe
Der neue Elric-Roman
06/9192

HEYNE-TASCHENBÜCHER

HEYNE

Stan Nicholls

DIE ORKS

Die Orks schlagen zurück!
Das etwas andere Fantasy-Epos, denn hier spielen sie die Hauptrolle: die Bösen aus Tolkiens *Herr der Ringe*.

»Furios und verrückt ... der größte Spaß, den Sie je mit einem Haufen Orks haben werden.« *Tad Williams*

06/9370

HEYNE-TASCHENBÜCHER